大廢墟記

末世三部曲

•● ESCHATON ●•

②

BOOK OF
GREAT RUIN

張草——著

目錄

序章

空中之帆

你不是海洋中的一滴水，
你是整個海洋，以一滴水的形態存在。

魯米[1]

殞落

他的名字是泰約（Tai-ye）。

千萬年來，泰約在近地軌道環繞著地球，一圈又一圈，計算圈數早已失去意義。

更何況，創造他們的海洋之子早已在母星上消失。

是這樣的，海洋之子發祥自一個溫暖的海峽，他們曾是四足獸，在溫暖的海峽演化成水中哺乳類，有一根擅於唱歌的長吻，能在海洋中用聲波和心念傳遞消息，並發展出注重心靈的文明。

隨著兩個大陸逐漸迫近，海峽日漸變窄，海洋之子也重新登上陸地，建立海洋文明。

很久以前，三角形的大島終於撞上大陸，將孕育主人的溫暖海峽完全消失，他們曾經的偉大歷史和文明，被兩個大陸板塊擠壓粉碎至盡，深深壓入地函之中，後世子孫無從憑弔。

在兩個大陸板塊擠壓之處，升起一道山脈，板塊繼續互擠，山脈則逐年增高，終於擋住南方吹來的濃厚水氣，迫得水氣上升，越過山峰，在山脈後方降雨，完全改變了整個地球的氣候。

當泰約的主人發明他們時，實際上文明已走入尾聲，最早的遺跡早已了無痕跡，文明步步退卻，最終湮滅，留下依舊在近地軌道執行任務的他們。

他們是海洋之子放到宇宙中孵化的通訊器，被主人賦予「撒馬羅賓」的名稱，意思是「僕人」，簡單來說，是一種蛋白質機器。

海洋之子擅於細胞工程，以ＤＮＡ寫程式操縱細胞，將寫好程式的細胞和原料包進人工卵膜，送上太空，然後在低溫低壓的環境刺激下，細胞程式啟動，在太空中生成一個完整的生物體。

泰約是最後一批被送上太空的撒馬羅賓，他在空氣異常稀薄的近地軌道展開偌大的聽帆，捕捉從太陽湧向母星的電漿，吸收源源不絕的能量。

撒馬羅賓也擔任母星的反射帆，聽帆也聆聽來自母星的訊息，再傳給所有其他的空行者，如此可以傳到地球的任一角落。

有一天，訊息不再傳來，母星沉默了。

泰約試圖聯絡母星，但完全得不到回應。

母星上的主人倒退回文明之前的狀況，最後只留下海洋之子的堂兄弟物種——海豚——繼續在溫暖海域維持原始時代的生活方式。

泰約在虛空中，繼續繞著地球公轉，唯一能交談的對象，只有其他的撒馬羅賓。

「泰約，你那邊看到曙光了吧？」

「路西弗，我進入暗面了，要節約能量了。」

諸如此類的對話。

路西弗（Nlu-cifo）比泰約更早在太空中孵化，曾見過海洋之子最後的榮景，因此對文明興亡的感受比泰約更為深刻。

在寂靜的母星暗面，亦即夜間的半球，進入休眠狀態的路西弗，開始迸出一些怪念頭，是以往為主人工作時不曾有過的。

1 Rumi，十三世紀波斯詩人。

始之於海，歸之於海，

嬰兒至老邁如此，興起至湮滅亦如此。

這是一首哀悼母星文明的短詩，他傳送給另一個撒馬羅賓，最後所有撒馬羅賓都接收到了，開始討論起這首詩。

年紀比路西弗老上百萬歲的沙恩比（Sa-enbi）提出：「路西弗的詩，一個字都沒提及主人，也沒提到主人的文明，雖然沒有主詞，光用動詞和受詞就可以道盡了！」所有撒馬羅賓同意這是最貼切的評論。

撒馬羅賓們每天觀看母星，有時會利用其他行星接近時趁機調整軌道，或有小行星越過時確保它不會造成母星的浩劫。

其間也發生過磁極轉移，南北極的位置不固定，撒馬羅賓們難以定位不說，紊亂的地磁也無法抵消太陽風的猛烈電漿，令他們在空中癱瘓了好幾年，才逐漸恢復。

母星的蔚藍海洋總是令路西弗神往，他有時會夢見在溫暖的海洋游泳，就像原始的海豚那般。

「母星並不是第一支文明。」

某一天，沙恩比分享他的知識。

「數千年來，我反射傳送過的訊息之中，曾經有熱烈爭論過『二足爬行類』的考古發現。」沙恩比說，「那是比主人更古遠的文明，原始物種是億年前稱霸母星的四足爬行類，分支出二足爬行類之後，發展出高度文明，爭論已久的崛摩羅遺跡，最後證明是二足爬行類的古城。」

撒馬羅賓們紛紛聊了起來：「他們肯定也有語言吧？不知道爬行類的語言會是什麼型

態呢？」
「我倒有興趣知道他們的嘴巴和舌頭，會發出何種母音和子音？」
「請教沙恩比，二足爬行類曾經上太空嗎？他們也有撒馬羅賓嗎？」
沙恩比回說：「即使是有，如今也應該殞落了吧？」
撒馬羅賓壽命雖長，也有殞落的一天，屆時他們將無法再抵抗地球重力，母星將把他們拉回來，在大氣中摩擦焚燬。
當母星的藍色海洋面積迅速減少、綠地減少，白色的陸地增加時，他們從高空中也能感覺到母星氣溫下降了許多。
在此嚴峻的氣候，他們反而再次看見文明的曙光。
夜晚的母星，出現點點黃點，顯然不是自然的火災，而是生火的行為。
「母星上又有新文明了嗎？」
「是主人的後裔嗎？還是新的物種呢？」撒馬羅賓們好奇的討論。
「我應該會最早知道吧？」輩分最高的沙恩比說，「當我殞落時，我會用最後的力氣看清楚的。」
沙恩比的使用期限迫近了，他的離心力漸漸抵抗不住地球的重力了。
他時而趁火星最接近時調整自己在近地軌道的位置，校正殞落的方向和角度，避免自己提早在大氣中焚燬，要在生命的最後時刻一覽母星上新文明的蹤跡。
命定的時刻終於降臨，沙恩比的軌道日漸傾斜，他計算過，要墜落在母星的光照面，才能近距離看見新文明的活動。地球表面冰天雪地，白色冰層將陽光反射回太空，十分耀眼，令撒馬羅賓望遠鏡的視力更能看清楚文明的跡象——好幾個錐形黑色物聚集在一起，四周包圍了黑點——是簡易的房子和圍柵，表示他們懂得用工具保護自己了。

沙恩比墜落時，特別朝向新文明的聚落附近，又不能太接近，否則他觸地時的撞擊可能會毀了這個詭弱的新文明。

大氣摩擦他的身體，加熱他表皮的蛋白質，他調整身體角度，好減緩死亡的速度。他盯住聚落的方向，將他目睹的景象傳送給近地軌道上的同類，跟他們分享最後的喜悅。

此時，沙恩比見到了令他驚愕的情景。

在他幾乎正下方的雪地上，有一群二足獸包圍著一隻體型比他們龐大許多的四足獸，四足獸渾身長毛，頭部還有兩根彎曲的長牙，卻抵不住渺小的二足獸！沙恩比看清楚了，原來長牙長毛的四足獸陷入一個大坑，二足獸們手上還有尖銳的長武器，長牙長毛的巨獸無法掙脫，無助地被二足獸刺殺。

沙恩比驚嘆：這是何等的策略！何等高度的合作行為！這支新文明將會跟海洋之子的心靈文明很大不同，但他無法判斷是禍是福。

而且，他沒料到這場獵殺會如此接近他的墜落點，這些獵人和獵物將全數被他撞擊的衝擊波殺死，說不定就此中斷這個文明。

沙恩比緊急扭轉身體，讓自己偏移原定的撞擊點，為保存母星上的新文明盡最後一點努力。

他墜落的速度已超過聲音的速度，高速摩擦令空氣發出奇妙的爆裂聲，雪地上的二足獸們紛紛抬頭驚視。

沙恩比用比預料中更小的角度擦撞雪地，在雪地上輾出長長的路徑，揚起漫天白雪，露出厚雪下方的黑土，連他的同伴們都能在太空中看到一道黑線，觸目驚心。

那群二足獸受到驚嚇，但沒受傷，利用那隻被陷阱坑殺的長毛象餵飽了這族原始人類，這是他們在冰河時期的嚴冬中，饑餓多日後的一餐飽食，令這支小族群得以存續，成為往後中亞各族的祖先，繼而一批批遷往東亞，直至碰到海岸線無法再前進為止。

日後，見證了人類文明的崛起，目睹人類在地表擴散之廣寬後，路西弗為沙恩比的墜落寫了一首詩：

沙恩比，你扭曲身體
爭取了一丁點的傾斜
避免了一小群的毀滅
成就了日後無數生命
沙恩比無憾地笑了
沙恩比不知道
他們本性殺戮
毀滅了比無數更無數個無數的生命
睿智的沙恩比
請告訴我
為何對的同時也會是錯的呢？

沙恩比的墜落給了撒馬羅賓們一個參考，日後他們都會慎選墜落的地點。

但他們萬萬沒想到的是，墜落還不是終點。

螢火蟲

古紀元一九九八年，是約翰．葛倫[2]此生最後一次的宇宙航行。

葛倫已經高齡七十七歲，因此這一次的航行，與其說是有必要，不如說充滿了象徵意義。

在第二次的世界大戰中，他優秀的戰鬥機飛行員經驗，包括第一次駕駛超音速飛機跨越美洲大陸的壯舉，令航空太空總署相中他的卓越才能，召募他擔當人類初探宇宙的「墨丘里」[3]任務，成為美利堅合眾國第一個繞行近地軌道的太空人。

雖然只是近地軌道，但對當時的科技而言，已是相當了不起的成就。

三十六年後，年老的葛倫再次拜訪宇宙，進行為期九天的實驗，也讓他成為進入太空最年長的人類。

比起以前，這次的太空艙算是很寬闊了，以前擠在友誼七號太空艙的一大堆儀器之間，只能維持坐姿，現在還有自由移動的空間。不過，回想起當年，真的是冒著生命危險，為人類在太空探路，當年的太空艙，真的隨時可能成為他的棺木呀！

他的所有體驗都是人類的初體驗，令他難以忘懷的是，當時他的臉孔幾乎貼著玻璃窗，太空跟他的眼睛僅有寸許之距，然後他看到窗外有無數的光點伴隨他飛行！

葛倫很困惑窗外的景象，畢竟人類對太空旅行還很稚嫩，在此之前充斥著外星生物的傳說，在真正接觸宇宙之前，就被科幻小說和電影廣為宣傳，他跟許多民眾一樣，很想知道有沒有外星智慧生物拜訪地球，此刻正是驗證傳說的時候。

他拿起攝影機，拍攝了好幾張之後，按下通訊鍵。

「這裡是友誼七號，容我試著描述一下我現在的情況……」他呼喚控制中心，「我被一大堆非常小的顆粒包圍了，這些小顆粒被光線照亮，燦爛得像在自己發光，」他在空軍的訓練早已習慣用詳細的形容詞敘述現況，「我從沒見過這樣的東西，它們一顆顆圓圓的，經過太空艙旁邊，看似小星星，一陣陣的像花灑般經過。它們繞著太空艙旋轉，越過窗戶前方，很光亮，大約距離我七、八呎，」他貼近窗口往下方望去，「我也看到它們在我下方。」

「收到，友誼七號，你有聽到太空艙受到撞擊的聲音嗎？完畢。」控制中心猜想是某些宇宙中的小石頭或碎片。

「否定，否定，它們非常慢，它們遠離我的時速不超過三或四英里，跟我的速度差不多，只比我稍微慢一點點，完畢。」葛倫頓了一下，趕緊修改說法，一時結巴：「它們，它們的確跟我有不同的運動方式，因為它們圍繞太空艙旋轉，然後朝我望去的方向離開。」

此時，葛倫想起了十年前看過的一個名詞：**宇宙螢火蟲**。

二次大戰時，葛倫才二十歲出頭，就已執行過許多戰鬥飛行任務。當時飛行員傳說在空中目擊異物，他們還以為是敵方的秘密兵器，但其詭異的飛行方式根本不是當時初發軔的飛行機科技做得出來的。怪異飛行物的傳說越演越烈，尤其是有一位移民美國的波蘭人

2 John Glenn（一九二一～二〇一六）。

3 Mercury，為羅馬重要神祇，乃商業、溝通、旅行、幸運、占卜、詭計和小偷之神，用此神命名行星時中譯「水星」，命名元素時譯「水銀」。這項太空任務是用神名取名，因為祂有速度很快的含意，而非行星「水星」之意，然而中譯向來慣稱「水星任務」，其實跟水星無關，有誤導。

亞當斯基[4]自稱拍到許多飛碟照片，並宣稱和外星人有接觸，造成媒體追捧的熱潮。

古紀元一六五三年，美國空軍終於正視這類目擊事件，將其取名為「無法辨識的飛行物體」（UFO）。

那位波蘭人亞當斯基也宣稱外星人曾讓他登上飛碟，帶他遨遊太空，僅僅發生在名詞UFO被定立的前一年。他說外星人來自金星，他在受邀太空旅行時，看到建在月球隕石坑的倉庫，看到金星上的圓頂建築，也在宇宙間看到如螢火蟲般的發光體，表示太空中充斥著許多外星飛船。

宇宙螢火蟲！真的如亞當斯基所描述的那般嗎？

葛倫開始懷疑有關亞當斯基是騙子的說法，說不定他真的跟金星人上過太空！想到此，葛倫又有點不甘心，蘇維埃聯盟的加加林[5]比他早一年繞行地球，美國好不容易才追上，而亞當斯基的經驗不就表示還比他早十年就上過太空了嗎？

葛倫在五小時之內繞了地球三圈，才回去地球。

此後葛倫的同僚卡本特[6]進行過跟他相同的繞行任務，也同樣目擊到宇宙螢火蟲。

但卡本特敲了敲太空艙內壁，那些「螢火蟲」就從窗戶脫落了，說明了它只是太空艙外殼的結霜，在宇宙低溫中並不稀奇，只不過初上太空的人類還沒搞懂而已。

但是葛倫不信服這個說法。

他目擊的螢火蟲並不是附在窗戶上的，它們可是會繞著太空艙飛行的！也有飛越和遠離太空艙的動作，絕對不是窗口外的結霜辦得到的事！

更何況，他事後從照片中辨識出不只螢火蟲，還有飄浮在太空中的白帆！

雖然照片很模糊，宇宙白帆只像對焦不良的窗戶反光，但他曉得不是反光，而是真真實實的物體！他很遺憾當時在各種壓力下無法仔細觀察。

其實光是要維持友誼七號太空艙的軌道，令任務成功，令自己存活，他就需要全神貫注在所有的儀表上，還得做許多手寫計算，加上玻璃表面在太空低溫下不夠清晰，根本無法專注觀察。

事隔三十六年，他總算有機會再上太空。

這次他有充分的九天時間，他期待再度看見，好證實自己當年的目擊是錯覺還是真實。不過他也不敢抱太大期待，畢竟人類的太空活動已經今非昔比，近地軌道上有人造衛星，也有人類長期進駐的太空站，更有太空梭來回，都不再有過宇宙螢火蟲的目擊報告。

果然，九天就如眨眼般過去，他每天都找時間望去觀察窗外面，看到的只有蔚藍的地球，和星星不會閃爍的宇宙，跟無數照片中顯示的一樣。

此後葛倫再沒回過太空，十八年後也離開塵世。他的人生從大學畢業、加入海軍、成為卓越戰鬥機戰士、獲得許多勳章、試駕超音速飛機、成為太空先驅、從政二十年位至參議員，又再回到太空任務，他的人生無人能超越，一生無憾。

然而他不知道的是，在那九天的夢幻旅程中，宇宙白帆曾經接近，甚至從窗口觀察他。

「這就是那個生物嗎？」

「應該沒錯，他的心靈跟先前那個一樣。」一樣充滿熱情，一樣剛正不移，一樣待人

4 George Adamski（一八九一～一九六五）。
5 Yuri Gagarin（一九三四～一九六八）。
6 Scott Carpenter（一九二五～二〇一三）。

和善，一樣純淨。

他們望著葛倫從觀察窗望出來的眼神，滿是期待，又屢屢失望。

然而他們不能滿足葛倫的期待，因為打從二足獸首次升空到近地軌道，撒馬羅賓們便在討論該如何反應，該接觸還是該避開？

撒馬羅賓中最年輕的泰約，分享墜落的路西弗留下的一首詩：

欣躍於藍海者，今成深溝飄雪
歡奔於大陸者，亦成腐土吹沙
然何物不生於逝去之先者？
今日廢墟，明日沃野
我緊隨太陽奔馳
某日，必有問候來自母星

因此當人類終於有能力抵達近地軌道時，泰約還曾想：「終於有下一個能夠脫離地球重力的文明了。」以前海洋之子將撒馬羅賓送上太空，但他們自己並沒辦法親自上來。

於是，撒馬羅賓們最終達成共識，決定自這支新文明之中隱身，最主要的原因還是在人類初探太空之前，在母星上引爆了原子彈。

原子彈的蕈狀雲衝上大氣層，造成高空氣流紊亂，大量輻射衝向近地軌道，正好在附近的幾個撒馬羅賓沒有防備，受到大量電磁波的衝擊，聽帆受損，花了好久才復原。

「縱然這個人有再好的心靈，也不能代表他的整個物種。」

「他們對母星、對自己的物種可以做出如此可怕的行為，也不可能會善待我們。」

從獵殺長毛象到原子彈，他們一直都在留意著人類這支新文明的發展，據他們所知，人類已經是母星上第三個發展出文明的物種，也是唯一對母星造成莫大威脅的物種。

他們的聽帆由處理各種不同波長的細胞組成，就如變色龍能調整表皮細胞色素那般，他們調整聽帆，將人類探測用的可見光等電磁波全面吸收掉，讓自己隱身。

日後當人類增加許多太空垃圾之後，他們更容易隱身了。

不過，太空垃圾也造成了撒馬羅賓的浩劫。

某日所有撒馬羅賓都接收到一則痛苦的訊息：「我被擊中了！」

二足獸不斷往空中發射機器，令大氣層周圍布滿了大小不等的各種機器，像不受管制的野孩子般飛竄，對撒馬羅賓而言，根本防不勝防。

一塊脫落的塑膠、一枚維修時失手掉落的小螺絲，都有如高速子彈，穿過撒馬羅賓的聽帆，破開大洞。在空中飄浮了千萬年的他們，何曾遇過如此密集的攻擊？

「我被擊中了！」撒馬羅賓失去了一半的功能，無法調整軌道，無助的飄浮，任由碎片穿過他的肉體。

奄奄一息的他，最終被人造衛星撞擊，分裂成數塊。

失去他訊息的同伴，要很久以後見到他的頭顱，才知悉慘劇。

泰約所認識最老的撒馬羅賓，亦即他記憶中第一個墜落的沙恩比，曾帶有深意地說：

「**母星是活的，母星是生物。**」

這是他數萬年以來觀察母星的感想，還是結論呢？

二足獸不尊重母星，不僅污染母星，還污染母星的天空。

總之，泰約從此更堅定相信《海洋之書》的預告：**文明可以滅亡，母星不能。**

第一章

新世界

人類是多美好啊！
這個新世界多棒啊，有這麼好的人們！

莎士比亞《暴風雨》

白髮

第一批進去地洞的人沒有出來。

鐵臂和其他人一起，被命令在大廳地面坐成一排，全都乖乖瑟縮在布滿石頭人的巨大陣列之間，寸步不得移動。

剛才那兩具屍體嚇壞他們了。

那一男一女的頸環都收縮得緊緊的，把脖子緊束得像手腕般大小，男女臉孔發黑，口吐長舌，眼珠差點脫出眼眶。

他們腦子裡迴盪著衛士長說過的話。

衛士扣在他們頸上的繩子：

若想扯下，它會收緊。

若想逃走，它會收緊。

若不服從指示，衛士長也能讓它收緊。

沒有人想變成下一具屍體。

但是，剛才被選上的人，已經進去地洞裡面很久了，外頭的天色慢慢沒那麼光亮了，他們卻依然還沒出來。

難道他們也變成屍體了嗎？

鐵臂不會坐以待斃，他不浪費時間，打從今早被從牢房拉出來開始，他就不停在觀察，記住走過的路線，傾聽周圍的交談。雖然他不瞭解潘曲為何棄他而去，但他謹記著潘曲提示他的：假裝不會說話，用心聆聽。

漸漸的，他摸到了一些輪廓。

這個火母口中的「聖城」，曾經是個重要的地方，但如今已經稱為「蓬萊」，由三個長得像小孩的傢伙統治，他們被稱為「三聖」，根據潘曲的說法，三聖其實年紀很老了，比大長老土子還老。

而如今他被帶來的地洞，正是昨晚那名美麗女人所說「石頭人的地方」，是個有去無回的戰慄之地。

鐵臂不會讓自己有去無回，不管是今天還是明天，他不會令自己在這裡變成屍體。

「我是天縫人。」鐵臂心裡浮現這句話。

有生以來，他第一次以天縫為傲，感激土子的訓導，感激火母，感激天縫之下對他的訓練。

所以他一定要活著離開這鬼地方！

這怪異的地穴中整齊擺放著大量的石人、石馬，每尊石人都有不同的姿勢，甚至不同的髮型和鬍子，說明了這地底大廳是個精心規劃的場所，從外頭破敗的建築可見其古老，跟他在路途中見過的廢城差不多古老，不知這些石頭人是何年、為了何事而塑造的呢？

他注意到了，剛才跟衛士長竊竊私語的白髮老頭，應該就是這個地底的頭領，就像天縫下的採集隊頭領彎枝，或捕魚隊頭領長藤那般，是帶領大家去工作的人。

他更注意到一件詭異的事。

那身材矮小的白髮老頭的動作異於常人，他的動作有些不順，但又不像一般老人蹣跚的動作，而是更像……潘曲的動作！

火母說過，而他也親眼見過，潘曲的身體不是人類的身體，而是用金屬製造的機械軀體，只有頭仍是人類的頭。雖然他搞不懂什麼是金屬，也想不通人類的頭怎麼可以分開，但潘曲的身體證明了，真實世界比他所認知的天縫更為詭異。

白髮老頭的兩隻眼睛，在眼前的一排奴隸身上游動。

當白髮老頭過來選人時，鐵臂留神他的一舉一動，愈發證實了他的觀察：他跟潘曲是同類！

「你！」白髮老頭指了指鐵臂身邊的高大男子，衛士馬上過來命令他起來，在他身上紮上個袋子，從袋子伸出兩條細管，直接插入鼻孔中，男子難過得叫出來。

在衛士為他安置袋子和管子時，高大的男子不停發抖，他皮膚很白，鐵臂以前沒見過這一類粉白的皮膚，也沒見過這種黃頭髮的人。

白髮老頭的眼睛掃過鐵臂一眼，完全沒有選擇他的意思，或許嫌鐵臂太瘦，或太矮，或高額凸眉尖嘴的人猿長相。

白髮老頭又選了幾名男女，都是高大健壯的，將他們裝備好了，才自己也裝上同樣的袋子和細管，不過他的細管末端有個小器件掛在鼻孔上，不需強橫插入鼻孔。

白髮老頭帶領奴隸們進入牆上破開的大洞，鐵臂則死盯著那個洞口，由於光線的落差，他完全看不到裡頭的動靜，直到天都快黑了，第一批進去的人始終沒有出來。

當橙黃的夕陽斜照在洞外時，洞口內總算看到有個白影晃動，然後白髮老頭就冒出頭來。他拖著疲憊的步伐爬出洞口，沒有衛士上前扶他，顯然衛士們也都心有餘悸，不敢刻意接近他。

白髮老頭走出洞口，拆下鼻子上的細管，彎身扶著膝蓋微微喘息，而跟隨他進去的人卻一個也沒跟著出來。

衛士長向白髮老頭打了個眼色，他也疲勞地搖搖頭、擺擺手，表示不行。

「還要再弄嗎？」

白髮老頭解下身上的袋子：「沒有光線了，今天到此為止，我們休息吧。」

他在洞口旁邊屈腿坐下，兩隻眼睛在眼前的一排奴隸身上游動，每個人都害怕地轉過頭去，只有鐵臂眼睜睜地跟他對視。

衛士送食物給白髮老頭，卻沒人給食物予鐵臂一行人。

他們想的是，這批人橫豎都得死，給他們食物是浪費。

白髮老頭的食物也沒多好吃，像一團長滿黴菌的麵包，又黑又乾，但餓了一整天的奴隸們全都看得直嘸口水，又不敢望向老頭，生怕被他選上。

只有鐵臂很放肆地緊盯著他，把白髮老頭被看得都尷尬了起來，轉頭問衛士長：「那個是什麼人？是人嗎？」

衛士長促狹地說：「我們不知道他從哪裡來的，不過是潘曲帶來的哦。」

鐵臂的耳朵警戒地豎起：他認識潘曲？

「潘曲來過？」白髮老頭沉下臉，瞬間就陷入沉思。

「他很不聰明地惹火了三聖，很快就逃走了，」衛士長說，「看來是不可能再出現了。」

「三聖沒想殺了他嗎？」

「他跑得像蟑螂一樣快呢。」衛士長挖苦道。

那麼一瞬間，鐵臂似乎看到白髮老頭鬆了一口氣，他確定不是錯覺。

「小子，」白髮老頭突然把頭轉向鐵臂，「你叫什麼名字？」

衛士長皺了皺眉，對他們而言，這些人的名字並不重要，反而擔心知道名字會令他們產生同情心。

鐵臂胡亂發出嘶啞的低吼聲。

他漸漸明白，他在天縫之下使用的語言，跟這兒的人用的一樣，似乎是這世界的共同語言，但他在前往此地的路途中也聽到幾種其他語言，說明這世界的語言不只一種。

他也從他們的對話中很驚奇地瞭解到，對他們而言，鐵臂的樣貌並不像人類，他們根本不太當他是人類。

潘曲說得沒錯：別說話，就可以聆聽更多。

但他不是啞巴，所以與其不說話，不如假裝他在說「另一種語言」——雖然實際上是他的胡扯。

聽了鐵臂發出的聲音，白髮老頭饒有興味地望著他：「我聽不懂你在說什麼，是一種語言嗎？潘曲如何跟你溝通的呢？」

鐵臂繼續發出模仿說話的無意義怪聲。

白髮老頭嗤笑了一聲，說：「我叫沙厄（Saat），我認識潘曲。」

鐵臂愣了一下，白髮老頭露出「逮到你了」的表情：「你果然聽得懂。」

因為沙厄的嘴巴一點都沒動。

剛才那兩句話是直接送入鐵臂腦袋的聽覺區，在他腦中顯現的音訊，周圍的人全都聽不見。

「潘曲，」白髮沙厄再送了一段話進他腦中：「也是這樣跟你說話的吧？」

鐵臂閉上嘴，假裝沒聽到。

如今果然證實了他的猜測：潘曲跟白髮老頭是同一種人！

沙厄將最後一口食物塞進口中，站起來拍拍衛士長的肩膀，指著鐵臂說：「請你給他一口食物，明天太陽出來時，我要帶他下去。」

鐵臂心知不妙，但轉念一想，這是無法避免的結果，他們這批人被送來的目的就是要進入那個地洞，而進入地洞的結果是必死無疑，逃走的結果也是必死無疑。

事實上他也很好奇地洞裡面究竟有什麼，天縫下有一句諺語：「好奇心害大頭蛻殼。」——大長老土子沒說過大頭的故事，也沒說過他是怎麼死的，不過這句話就如此流傳下來了——鐵壁不想當死掉的大頭，他要活著走出來。

進去裡面的人都死了嗎？如果是，那麼這位白頭髮的沙厄是怎麼活下來的？

鐵臂想要知道。

元日

危機還沒過去。

白眼魚不急著尋找倖存者，她還得提防黑毛鬼伺機攻擊。

天頂崩塌之後，巨石壓平了樹海，但黑毛鬼可能會躲藏在巨石之間的空間，剛才禁區電腦「巴蜀」就射殺一母兩小的三隻黑毛鬼了，牠們就是從巨石堆底下冒出來的。

族人陸續步出避難洞，個個臉上驚恐無助，他們不明白發生了什麼事，為何天縫裂開不見了？為何熟悉的天頂整個崩落？包圍他們世界的岩壁矮了半截，露出好藍好巨大的天空，他們承受不住眼前如此大片的開闊天空，內心的恐慌推到了極點。

「火母！難道我們蛻殼了嗎？」有個族人驚慌失措的嚷道，「我們已經來到了光明之地嗎？」對他們而言，感覺上是整片光明之地壓迫而來，吞噬了他們的世界。

而光明之地，應該是死亡之後才去的地方，跟歷代祖先相遇之處。

白眼魚心裡飛快地思考，眼下最應該優先處理的是黑毛鬼，但族人很可能會集體情緒崩潰，她必須給他們一個很好的說法。

「從此以後，光明之地跟我們的世界連接了！」白眼魚大聲宣布，「惡鬼破壞了我們跟光明之地的界線，我們全都能走入光明之地了！」

這是個非常方便的說法，將過錯推給黑毛鬼。

雖然她腦中的紫色１２０記憶立方體停擺了，白眼魚卻發覺自己依然能扮演得很好，尤其在創造新的神話方面，她挺行的。

族人們依然害怕，不過臉色明顯緩和許多，有的年輕人甚至暗自興奮：傳說中無法觸及的光明之地，竟會跟天縫下接通，這是前所未有的巨變，他們的世界將會不再一樣，往後還會發生什麼事呢？

「但是，惡鬼還沒離開！」白眼魚繼續說，「大家小心，牠們可能還藏在我們腳下！」

族人們還在慌亂，一名少年跑上前：「火母，告訴我們該怎麼做吧！」

白眼魚定睛一看，原來是鐵臂之弟赤繭，心中不禁暗喜：不知赤繭有沒有跟鐵臂一般的勇氣呢？

「我要點燃木頭，用煙燻牠們出來，」她高舉手中的火種，「捕魚隊、採集隊、工具隊，都準備好你們的武器！」白眼魚頗有火母的氣勢，她知道，如此才能令族人安心。

「我要加入採集隊！」赤繭自告奮勇，跳下巨石堆，回避難洞拿了一把尖刺。

巨石堆有個隆起之處，下方就是被壓垮的天頂樹，曾經是天縫下最高大的樹，如今在石堆下微微撐起，露出許多樹枝。

白眼魚走近天頂樹，用火種——亦即雷射槍——點燃樹葉和樹枝，一時之間冒出滾滾白色濃煙。萬一有黑毛鬼躲在其間，她要用煙將躲在裡頭的黑毛鬼燻出來。

捕魚隊和採集隊的隊員們握穩工具，警戒的觀察四周，提防黑毛鬼忽然跳出來。

大家都在全神貫注的當兒，沒人留意到倚靠在避難洞洞口的大石——曾經的守望者——悲傷地望著白眼魚點燃天頂樹。

不再有天縫，也不再需要守望者，失去了天頂樹的大石，如今什麼也不是。

當天頂崩塌的時候，他的世界也崩潰了。

他精神委頓，呆望著巨石堆上的族人，一點也提不起勁加入他們。

不久，白煙在巨石堆裡頭彌漫，他腳邊的巨石堆也開始冒出白煙，還傳出幾聲咳嗽。大石馬上驚覺，高喊起來：「有人！有人活著！」

他腦中掠過一張張畫面：避難洞門合上時，誰在外面沒進洞？有幾個人？五個？七個？長藤，捕魚隊的前任頭領……對，蚪蚪，她也在！

大石彎下身子，把頭貼在地面察看巨石堆下方。

有幾個人從避難洞跑出來加入他，但白煙遮蔽了視線，巨石又過於沉重，根本沒人抬得起來，再這樣下去，即使石堆下有倖存者，也會被煙燻死。

白眼魚見狀，立刻奔向飛行巡艇，火速將巡艇升空，飛向避難洞前方那堆巨石。她心中再度燃起了希望之火：「說不定他們還活著！」

她最後看見的，是在火母洞穴中的監視螢幕，七名守護洞口不肯進去的人，被黑毛鬼從岩壁上方攻擊，接著她就忙著破壞天頂了。

對於那七名勇士，她原本不抱存活的希望，一心只想著黑毛鬼的蹤跡，免得族人再受攻擊。

白眼魚將飛行巡艇停在避難洞前的巨岩上方，族人紛紛走避了，她才重施故技，在巡艇自由墜落時開啟反重力，瞬間將巨岩包在反重力半徑之中。

但在最後一刻，白眼魚也不禁懷疑：質量如此大的巨岩，反重力場能成功將它牽起來嗎？

巨岩緩緩升起，白眼魚不敢移動太快，免得巨岩脫離反重力場，她得升空到某個高度，再將它扔去一旁。

「有見到人了嗎？」她在飛行巡艇看不到下方，視線被巨岩遮擋了。

下方的族人們看到了驚人的景象。

巨岩升起後，果然在白煙中露出了人影，他們撥開煙霧瞧清楚，卻見到半截黑毛鬼的下半身，斷口稀爛，上半段竟黏在巨岩底部，被壓得扁平，隨著巨岩上升，還掉落片片肉屑和血塊。

「還有人在裡面！」眼尖的大石奮力撥開煙霧，終於看到奄奄一息的女子，「是蝌蚪！」果然她還活著！

聽見有蝌蚪的蹤影，她的好朋友紅莓馬上從巨石堆跳躍下來，用兩手撥散煙霧，終於看到蝌蚪的臉，她的身體幸運地在兩塊巨岩卡住的空間之下。

大石伸手要將蝌蚪拉起來，蝌蚪馬上發出痛徹心肺的慘叫聲，原來她還有一條腿被壓在巨岩下方，大腿骨折斷，肌肉撕成條狀，還有一截白骨插了出來。紅莓馬上跳到蝌蚪身邊，抱著她的頭，輕撫她的頭髮：「妳很勇敢，妳很勇敢，我是紅莓，我在妳身邊……」

蝌蚪在紅莓懷中放聲哭喊，要把她身體的痛苦化成聲音，身體發抖抽搐，釋放壓抑在她體內的恐懼。

白眼魚用飛行巡艇將巨岩扔到角落，再飛回來時，終於看清楚下方的情況。她升起壓著蝌蚪大腿的巨岩，讓族人們能將蝌蚪拖出來。當第二塊巨岩升空時，他們看到了兩個疊在一起的身體，被壓成扁扁的一片，上方的一團黑毛，黑毛下掉了好幾顆碎裂的尖牙，而壓在下面的，臉孔已經砸碎，身體壓成薄片，內臟變成稀爛一地的紅色漿液，只有碎裂的脊椎骨依稀可辨。

這是攻擊者和被害者同時被記錄下的最後一刻。

隨著一塊塊巨岩被白眼魚移走，避難洞前方最後的慘況漸漸明朗。

一具具碎裂的屍體，變成浸泡血水的肉醬和碎骨，除了黑毛鬼搶眼的叢叢黑毛，其餘族人皆已面目難辨。

最後守衛洞口的七名勇士的家人，焦慮地看著一塊塊巨岩移走，期盼其他人也能像蝌蚪那般倖存。

但沒有，除了蝌蚪，其餘勇士全都粉身碎骨，地面上六個稀爛的人形，是再清楚不過的證據。

白眼魚從高空俯望，看著她一手造成的慘況，將建立逾兩百年的禁區ＣＫ２１化成廢墟，焚燒禁區精神象徵的天頂樹，還殺死了許多生靈。不過她告訴自己，犧牲是為了保存更多的生命，至少她堅守了火母的職責，成功保住了人類的基因庫。

她繼續用生物偵測儀尋找黑毛鬼，尤其是那隻銀背黑毛鬼——牠們的頭領。她不知道，銀背黑毛鬼早已遁逃，牠在巨石堆下方尋找路徑，憑著強烈的生存慾望和直覺，離開崩落的禁區邊境。

白眼魚再搜索了一陣，才將飛行巡艇降落在避難洞前方。

許多族人包圍著臉色蒼白的蝌蚪，為她吟唱祈禱，也為逝去的族人哀悼。蝌蚪將頭靠在紅莓的胸前，斷裂的大腿仍在流血，白眼魚拿火種跑向她，族人紛紛讓出位子，白眼魚將火種調到最低能量，用雷射燒炙蝌蚪的斷腿處，令血管燒結止血，同時為傷口滅菌消毒。

蝌蚪雙目無神地看著白眼魚低頭為她止血，完全感覺不到疼痛，因為剛才的劇痛已經令神經麻痺了。

白眼魚全神貫注地尋找出血點，用火種一個個燒炙。她的疲勞已經到了極點，但她不許閉目休息，還有很多事需要她指揮，包括如何令族人在新環境生存、食物的下落、今天的晚餐等等。

今天是禁區崩潰——或是新生——的第一天，天縫的歷史開啟了新的一章。

黑神

潘曲不知道他會否過完今天。

當未知面對未知，就如兩隻素未謀面的狗兒，會先互嗅鼻子，試探對方的想法，再決定採用威脅還是懷柔、戰鬥或是順服。

不過，對方人數佔了絕對上風，潘曲沒有多少選擇。

他必須先飛快整理一下他的處境。

他被好幾位生化人包圍，她們只有兩、三種長相，看上去好像有幾批雙胞胎或三胞胎的樣子，看來是瑪利亞用同一個模子塑造了好幾個，有的長得特別像紫色１２０或橘色００。她們可能是執行特別任務的「橘色」，或是監視野生人類的「菊色」，會不會還有他先前不知道的特殊禁區的守護者「紫色」，正如他剛獲得的記憶立方體的擁有者？

這群生化人之一告訴他，因為有「黑色大神」的幫助，她們都已經擺脫瑪利亞的束縛，而黑色大神就是黑色巨廈的主人。

她說，黑色大神「是新神，也是舊神。」

「祂是真正的創造者，祂叫濕婆。」她也說。

「除了濕婆，其餘的都是偽神。」

這句話具有強烈的排他性，沒有妥協，沒有選擇。

黑色的巨大建築聳立在潘曲眼前，果真如同一尊巨神，堅固而神秘，沉默而莊嚴，單純的存在就已經令人窒息。

潘曲仰首望著黑色巨廈，很想弄清楚黑色大神的真面目。

「你們的黑色大神，濕婆，是個人嗎？」潘曲把助聲器壓上喉嚨，試探性地問她。

「你已經知道夠多了，」那位生化人說，「輪到你向我們交代，你來此有何目的？還有，解釋一下，為何你會開著別人的飛行巡艇？」

潘曲環顧四面八方的她們，還有她們手中的武器，然後問：「如果我說，我什麼目的也沒有，打算現在離開呢？」

「你已經知道我們的存在，除非有個很好的理由，否則不能活著離開。」她冷酷地說。

「我明白了，」潘曲識趣地點頭，「我剛才說了，我是奧米加，你們聽說過奧米加嗎？」

每位生化人都搖頭，潘曲很滿意，不知道才是正常。「瑪利亞培植我們奧米加，是專門執行秘密任務的。」

「不就是清潔隊嗎？」一位生化人問。

「清潔隊不是秘密。」被拿來跟清潔隊比較，潘曲有點不太高興，「其實不重要了，因為瑪利亞也不在了，而我們——我和你們，都不再受地球聯邦管制了。」

「看你的模樣，你是『浪人』了。」

「浪人？」

「我們的名詞，沒有歸屬，不隸屬於任何勢力，四處流浪的前地球聯邦公民。」

原來還有這種叫法呀？潘曲心想。「總之，我最後『流浪』到的，是大圍牆，亦即前地球聯邦東亞區首都，」他留意到有一名生化人表情激動了一下，「現在改叫蓬萊了，由三個小孩子統治，你們知道嗎？」

為首的生化人點點頭。

「妳們的姊妹，編號紫色的，跟我一同前往，妳們知道紫色這個編號嗎？」她們大都露出困惑的表情。

為首的問他：「她為何要去大圍牆？」

「很顯然她不知道瑪利亞出問題了，三十幾年來，她一心一意要去大圍牆，向瑪利亞報告禁區發生的事故。」

「已經過了三十多年，她怎麼會不曉得？」

「妳的疑問也是我的疑問，所以我才乘坐她的飛行巡艇，追溯她飛過的路線，想要尋找她負責的禁區，才會來到這裡，這就是我的『目的』。」潘曲說，「簡單說來，我並沒有特別的目的，況且如今看來，此地也不是她的禁區，她只是偶爾路過而已。」

「請問，你說的那位紫色，後來她怎麼了？」一名生化人怯弱地問。

「她死了，她被蓬萊三聖——我提過的大圍牆統治者——硬生生切成兩截了。」潘曲說，「我是成功逃跑的那個。」他並沒透露全部事實。

發問的生化人面色淒愴，眼眶馬上紅了，隨時要掉淚。

潘曲老而世故，他馬上問：「莫非妳曾經待過大圍牆？」

那女子黯然點頭。

他留意到，這位待過大圍牆的生化人長相不太一樣。

她不可能是只能活五年的那種低級生化人，例如在「腎上腺素小站」服務那種，或在普通禁區擔任監視員那種，因為她也離開該地快四十年了。

「到底那三個小鬼是什麼來頭？妳一定知道吧？」潘曲追問她，很想知道答案。

為首的女子阻止他：「住口！潘曲，她已經夠痛苦了。」

潘曲把頭轉向為首的女子：「所以說，妳們全都來自不同的地方吧？那可巧了，為何妳們都會聚集在這個城市呢？不可能是巧合吧？」

「瑪利亞忽然停擺後，禁區的野生人類叛亂，我們原本也是流散各處，是黑色大神召喚我們，才漸漸聚集起來的。」為首的女子說，「這樣你明白了吧？黑色大神救了我們，祂是我們的恩人。」

潘曲趁機接上話尾：「這麼了不起的人物，請容許我見見他吧。」

「你從一開始就見到祂了，祂就在你眼前。」

潘曲再度抬頭瞄了眼黑色巨廈：「那我現在交代我的目的了，妳們打算拿我怎麼辦？」

「你的命運將由黑色大神親自決定。」她們一致將雷射槍指向他，「請走進那個房間。」

黑色巨廈的牆上安靜地開了一道門。

為首的生化人朝門口揮了揮槍管：「請進去。」

潘曲凝視黑色巨廈上的黑門，感覺像一扇浮在空氣中的異空間入口。他見過的事情夠多了，遇過的危機也不少，對生命也沒有很惦念，只是對世間的好奇心促使他繼續努力活下去。

這個黑色巨廈的黑色大神謎團，值得他冒生命危險去經歷。

他步向那扇門，即將踏進去時，回頭問為首的生化人：「十分冒昧，我還不知道妳的編號呢。」

「若你有機會走出來，再知道也不遲。」

潘曲閉上眼，點點頭：「好。」說著，就踏進去了。

那道門在他身後合上，上方隨即亮起光線，他才發覺置身於一個透明箱子，由於光線只照進箱內，外頭一片漆黑，他完全瞧不見、也聽不見箱外的狀況。

「這裡會斷絕你跟外界的一切聯絡，」突如其來的聲音還真嚇了他一跳，「你不必試圖跟外界聯絡。」

「我沒什麼人好聯絡的。」潘曲聳聳肩。

「現在，我要掃描你了。」

「你就是黑色大神嗎？」
「這趟掃描，將讓我決定該不該留你下來。」
「你就是濕婆嗎？」
那聲音根本不回應他：「開始掃描了。」
潘曲聽到沉沉的低吟聲包圍著他，令他全身的金屬支架密集振動，他立刻覺得整個腦袋震盪，頭暈得當場坐倒在地！
他必須保住腦子！那是他僅有的自我！
潘曲合上眼睛，開始凝視眼睛後方的一個點。
很久沒這麼做了，不知還行嗎？
很快地，他閉目凝視的點化成一團光點。
在激烈抖動的腦子前方，他寧靜的閉眼，穩住光點不動。

呼吸

「拿去。」衛士長將一片黑綠色的東西扔到鐵臂腳前，那是沙厄要求他給鐵臂吃的。
其他奴隸全都瞪大眼睛盯著食物，但他們儘管肚子餓得要命，也不敢羡慕鐵臂，因為他們全都聽到了，這塊食物是用明天下去送死換來的。
鐵臂也餓得很，他撿起那塊食物，湊上鼻子嗅了嗅，裡頭透出一股奇怪的氣味，不是黴味，他認識黴味。
沙厄挑釁似地看著他，刻意大口大口吃給他看。

鐵臂凝視著沙厄將食物一口一口咬碎、吞嚥，心裡老是覺得怪怪的。

忽然，他有了領悟：「潘曲不是這樣吃東西的。」

火母跟他說過，潘曲的身體不是人的身體，他的身體不是肉身，而是機器，雖然鐵臂聽不懂「機器」是什麼，但如果不是肉身，應該會進食不同的食物。而他看過潘曲吃的食物只有一種，跟火母給過他的黑黑軟軟的膠質相同，有一股古怪的腥味。

但這塊食物又不一樣，有股略感噁心的酸苦味，沙厄還開始在吃第二塊。

鐵臂很想開口問他，但只要一開口，之前裝傻的努力都白費了。

他的腦中再度出現沙厄的聲音：「我不懂為什麼你會跟潘曲扯上關係，我猜你故意不說話也是有理由的，所以接下來我問你的問題，你用點頭或搖頭就好，明白嗎？」

鐵臂猶豫了一陣，最後決定點點頭。

「你明天想死嗎？」

鐵臂搖頭。

「很好，你聽得懂。」沙厄一面啃咬食物，一面在他腦中說話，「潘曲是你的朋友嗎？」

鐵臂搖頭。

「你討厭他嗎？」鐵臂搖頭，沙厄不禁困惑地皺了皺眉頭。

「我猜不到你跟潘曲是什麼關係，如果我讓你活下來，你會告訴我嗎？」鐵臂慢慢地點頭。

「很好，那麼你聽我說，不要吃你手上那塊食物，留到明天，我會告訴你該怎麼做。」

鐵臂驚奇地望著他。

「還有，我要教你該如何呼吸，你有一個晚上的時間學習。」呼吸？鐵臂困擾地向沙厄皺眉頭。

「你吸一口氣，可以停多久？」哦，這遊戲他玩過，他以前會跟弟弟赤藹比賽，看看誰能閉氣最久，他跟捕魚隊去水潭時，捕魚隊隊員也玩過這個遊戲，他們還把頭浸入水中。「我叫你吸一口氣，你把它吸得滿滿的，然後停止呼吸，好嗎？」鐵臂點點頭，躍躍欲試。

「好，你吸吧，吸滿了，我就開始算。」鐵臂如言照做。

沙厄默默地在計算，當他算到五十的時候，他驚奇地看到鐵臂面色如常，算到六十時，鐵臂依然臉色自如。他緊盯鐵臂，看他有沒有作弊，直到九十時，鐵臂才開始慢慢呼出空氣，直到一百二十五才停止呼氣，但還沒有要吸氣的跡象，到一百五十三，鐵臂才輕輕點頭，表示結束了。

沙厄心中高興，但他不想讓鐵臂知道：「很不錯，現在你聽我說，輕輕合上眼睛，不要用力，想像兩顆眼睛中間有一顆光點。」鐵臂不明白他想做什麼，不過還是照做了。

「你看到光點了嗎？」鐵臂點頭，「好，現在讓光點進入額頭，進到你的頭顱中間。」鐵臂照做了，「維持著光點，別讓它消失，好，現在跟剛才一樣，吸滿一口氣，然後停止呼吸。」

隨著時間越來越長，沙厄越來越驚奇。

「你還看得到光點嗎？」半閉眼睛的鐵臂點點頭，「別理會呼吸，忘掉呼吸，凝視光點裡面，進去光點裡面，讓光點擴大……」有一瞬間，沙厄看到鐵臂驚訝的表情。

隨著天色漸漸變暗，投入大廳的陽光逐漸傾斜、顏色愈深，擠在大廳邊緣的衛士和奴隸們的身形也慢慢模糊，變成一團灰黑色的輪廓。但是，鐵臂雖然半閉著眼，卻有那麼一剎那，看見大廳內充滿強烈的亮光，每個人的面貌皆清晰可辨，連臉孔上的細毛都一清二楚，比睜著眼看得更清楚。

然後一切又迅速回復正常。

在昏黃的光線中，沙厄聆聽鐵臂的鼻息，他已經很長時間沒有鼻息，沒有吸入也沒有呼出，如同凝固了那般。

沙厄知道，他選對人了，他撿到寶了。

「潘曲，這野人跟你是什麼關係呀？」沙厄興奮極了，忍不住悄悄呢喃。

鐵臂已經停止呼吸五分鐘了。

鐵臂感到心情異常的平靜，如同靜止的水面般，漣漪不生。向來心緒躁動的他，從未體驗過如斯平靜，這感覺很奇特，也很舒服。

這個叫沙厄的白髮老頭究竟教了他什麼呀？

心念一動，鐵臂就緩緩吸了一口氣。

「七分鐘三十秒！」沙厄心中驚呼，「怎麼可能？」

大廳暗下來了，只聽衛士們在吆喝奴隸們躺下，要他們睡覺。他們推了鐵臂一把，鐵臂只好乖乖臥下身子，免生枝節，而眼睛不放鬆地緊盯沙厄靠在洞口旁的黑暗身影。

在黑暗之中，沙厄在他腦中的聲音分外清楚：「你做得不錯，還想再試嗎？」

鐵臂用力點頭，生怕沙厄會太暗看不到。

明天就要進入那個洞穴了，按照常理，進去的沒活著出來的，而沙厄顯然掌握了活下來的辦法，鐵臂又豈能鬆懈呢？

如果現在跟別人一樣去睡覺，明天就是永遠的長眠了。

他豈能讓性命被睡覺擊倒？

更何況，以前在天縫之下，他也常常熬夜不睡，溜到夜間的樹海去冒險，尤其在有「夜眼」的時機。

而且，如果學得夠好，說不定還能學潘曲或沙厄那樣，在別人腦中說話呢。

沙厄也心知肚明，像鐵臂這種情況，要不是天生的能力，就是學得快，像他跟潘曲就是天生的，是瑪利亞特別從胚胎開始打造、挑選出來的，他們的存在不是偶然，而是精心設計的結果。

然而，像鐵臂這種野生人類，不，比野生人類更為古遠的原始人類，究竟是何種因素令他學習得這麼快呢？是求生本能嗎？還是……

「他更接近『奧米加原型』？」沙厄被自己的推斷給震撼到了。

鐵臂的那雙眼睛，在黑暗中十分明亮。

沙厄抑制著興奮的心情，傳送訊息給他：「好，你聽好了，接下來是……」

這是個無眠之夜。

外頭風沙吹拂，在靜謐的暗夜中僅有沙粒滾動的聲音。

在古老殘破的建築物地下大廳內，奴隸和衛士們被成群的石頭人包圍著入睡，衛士不怕奴隸逃跑，奴隸也不敢逃跑，因為有脖子上的電子鎖扣約束。

此時此刻，唯一不被約束的是心靈。

鐵臂和沙厄熱絡地以心交流，鐵臂學得很快，在天亮之前，他已經看見了許多從來不曾看見的景象。

潘曲的「流出」令他的腦袋發生了第一次跳躍。

沙厄的教導令他的心靈發生前所未有的昇華。

當太陽升起，光線穿入石頭人大廳，照耀在鐵臂臉上時，沙厄看到他的眼睛更明亮了，壓根兒不像長途跋涉了一天，加上一夜沒睡的臉孔。

鐵臂站起來，跟沙厄對視。

沙厄問他：「你準備好了嗎？」這次是真正開口說的。

他們兩人之間的氣氛已經轉變，衛士長也感覺到了，詫異地望著他們。

「如果我成功了，」鐵臂說，「這些人就不必死了，對嗎？」

這句用標準聯邦語講的話，是在沙厄腦子裡頭發出聲音的。

鐵臂只用了一個晚上，就學會了他幼年費時一年學習的技術，沙厄感動得快掉淚了。

「對。」沙厄回道，「現在可以告訴我，你的名字了嗎？」

「鐵臂，」他的聲音堅定無比，「我叫鐵臂。」

急救

蝌蚪不僅臉上蒼白無比，身體的血色也逐漸褪下，大腿的斷處糜爛，白眼魚很難幫她完全止血。

白眼魚靈機一動：「請你們幫忙，抬起蝌蚪！」族人們搶著抬起蝌蚪——七位勇者中唯一的倖存者——白眼魚帶領他們到飛行巡艇，將蝌蚪放進巡艇。

白眼魚也登上飛行巡艇時，看見眾人面色恐慌，白眼魚瞭解他們的想法，他們擔心唯一的依靠離開了。「大家回去避難洞，等我回來。」白眼魚說，「我要救蝌蚪的性命，很快就會回來。」

族人雖然擔心，也希望白眼魚能夠拯救蝌蚪。

「我保證回來，」白眼魚大聲說，要讓避難洞口的族人也聽見，「因為，我們還得去找晚餐呢！」

白眼魚的這番話令他們安心不少，因為天縫之下的族人總是一大早出去覓食，為的就是在每日的晚餐餵飽族人，這已是代代相傳的習慣。

白眼魚請族人遠離飛行巡艇，免得被反重力場傷害，然後才關上頂蓋，急急升空。

她在升空時，看見一道垂直的黑柱，原來是壓在巨石堆下被她焚燒的天頂樹所冒出的黑煙，濃煙筆直湧上天空，抵達高空後才被強勁的氣流吹彎，彷彿天頂樹也化成了祖靈，在天空長成更為巨大的神樹。

白眼魚飛到岩壁高處的火母洞穴，降落在洞口平台，趕緊將蝌蚪扶下，先讓她躺在地面。

經過一日一夜的折騰，她已然筋疲力竭，沒有力氣將蝌蚪帶進洞穴了。她也不能呼叫機器人特洛伊來幫忙，因為兩部特洛伊都被她毀掉了。

夜光蟲巨大的屍體黏在洞穴口，電磁屏幕的高熱炙燒令牠的肌肉和外殼熔解，殘餘的身軀黏在洞口兩側，彷彿一對守護神。

白眼魚打量了一下巨蟲，上前扯落牠形狀還算完整的鞘翅，然後將蝌蚪小心推移到巨蟲鞘翅上。

蝌蚪剛才還在發出微弱的呻吟聲，如今已面無表情，眼神渙散，生命正快速從她身上流失。

「蝌蚪，我知道妳進過火母的洞穴，我知道，」白眼魚疲憊地喘著氣對她說，「而現在，我要再度帶妳進去，要救妳的命。」

蝌蚪的眼球抖了一下。

「妳撐住了。」白眼魚彎身推動蝌蚪，墊在蝌蚪身體下方的夜光蟲鞘翅順利滑動，幫白眼魚省了很多力氣。

白眼魚頭昏眼花，四肢無力，她每天都要走好幾趟的狹長通道，如今卻成了極大的折磨。她一步步推進，好不容易推到手術室，那兒是火母製造胚胎、為嬰兒植入晶片、分解屍體的地方，也是火母將記憶立方體放進她大腦的地方。

禁區電腦「巴蜀」發聲了：「紫色030，妳需要我的援助嗎？」

「巴蜀，我需要緊急手術！」白眼魚幾乎是用喊的，「請準備好自動手術機！」她成功將蝌蚪推到自動手術機旁，立刻有六根機械手臂降下，將蝌蚪抬上手術台，各種掃描儀立即開始偵測她的受損程度和生命機能。

「她不太能獲救了，」巴蜀說，「不僅失血太多，電解質失衡，心率凌亂，腦電波也在彌留狀態了。」

「盡你所能，」白眼魚一邊爬到另一張手術台一邊說，「讓她活回來就是了。」她沒有力氣爬上手術台，「請把我抬上手術台。」六根機械臂也將她抬上去，讓她平躺，「巴蜀，我好疲倦，幫我恢復機能，注射營養液，做什麼都好。」

話才剛說完，白眼魚的兩眼則沉重的合上，立時陷入黑甜的夢鄉。

或許是疲勞過度，她並沒有睡得很好。

她反反覆覆地做夢，在夢中，許多莫名其妙的情節糾纏在一起，時間和空間都十分混亂，有時她在夢中是小孩，有時候在夢中已經老了，但無論如何，就是沒有鐵臂的出現。

她在夢中不斷尋找鐵臂，希望看到鐵臂，但她完全感覺不到鐵臂的存在，彷彿他已不在人世了。

她在夢中不停地哭，似乎在釋放一整天忍受的強大壓力，以及她即將面對的更大壓力。

白眼魚在淚眼婆娑中醒來。

手臂上的靜脈插了一根管子，可以感覺到冰涼的液體正慢慢灌進她的體內，充填她消耗過度的軀體。

她一醒來就陷入緊繃狀態：答應過族人要找的晚餐呢？答應他們會很快回來呢？族人們現在暴露在巨大的空曠中，誰來安慰他們呢？

身體的疲憊感消失了大半，不知道現在是什麼時間了？她緊張地跳下床，瞬間愣住了！

隔壁手術台上的蝌蚪不在了。

不僅是不在了，空蕩蕩的手術台上，餘下一些血肉的殘渣。

「蝌蚪呢？」白眼魚驚訝得馬上完全清醒了，蝌蚪總不會是自行離開了吧？「巴蜀，蝌蚪呢？」

「我已經將她分解了。」巴蜀的聲音平淡無奇。

「什麼？我請你救她呀。」白眼魚問道。

「妳叫我『讓她活回來』，我按照妳的指示做了。」

「可是，你把她分解了呀。」

「我把她分解，因為她的系統機能已經無法恢復，即使恢復了心臟機能，血管中也充滿血栓，肺臟有部分崩壞，無法支持氣體交換，所以循環系統也會隨之崩潰，接著就是各個系統連鎖崩潰，最終必定腦死。」巴蜀平靜地說，「所以在進入不可逆的境地之前，為了保存她的神經系統，我將其餘的部分分解。」

「你保存了她的腦？」

「不只是腦，是整個神經系統。」

「好吧，神經系統，」白眼魚左看右看，並沒看見，「蝌蚪的神經系統呢？」

「在隔壁，妳後面。」

白眼魚這才注意到，她後方的牆壁上開啟了一道她從未見過的門。

難道是她跟紫色０３０結合的時間還不夠長，不夠久得足以知悉禁區守護員的一切？

「順便一提，」巴蜀說，「分解了的蝌蚪，有一部分充當妳的營養液了。」

白眼魚震驚地低頭望向輸液管，淡黃色的液體正徐徐流進血管內，跟她合而為一。

她毅然拔下插在靜脈的針頭，將輸液管打個結，不令營養液流失浪費。她用手按壓著插針口，快速地走向那扇門。

她被眼前的情境嚇呆了。

門後是一個不大的房間，中央橫擺了個大水槽，淺水中浸泡著平躺的一整條腦神經系統，從大腦、小腦、腦幹到脊髓皆完整一體地泡在營養高氧液體中，維持著神經的活性。

令白眼魚嚇呆的不是這些。

而是，有二十多根細小的機械臂正在水中忙碌地移動，吐出奶白色的漿液，在水中拉扯、扭動，從軀體的裡到外紡織出血管、神經、骨骼、內臟等等複雜無比的系統，已經具有粗糙的人形。

「按照妳的指示，我讓她活回來，」巴蜀說，「再過二十個小時，注入人造血液後，經過測試，她就可以活動了。」

第二章

水銀

即使是出賣靈魂，
也要找個付得起價碼的人。

●● 歌德《浮士德》●●

交易

潘曲的身體是有感覺的。

他打從十歲就被摘除身體，只留下頭顱乃至完整的脊髓，被浸泡在高氧營養液中生存，由於不使用肺臟呼吸，所以不會在營養液中淹死。

他的血液已被置換成人造血液，能更有效輸送氧氣到最需要氧氣的大腦。

通往他頭部的血管全被裝上閘口，在裝上生化軀體時會自動接上機械的循環系統。

為了讓他懂得避開危險，生化軀體的外層也覆蓋了人造皮膚，含有微型感應元件（跟人類表皮感應壓力、振動、冷熱的各種小體相等），令他跟真正的人類一樣可以感覺外界，否則一個不會疼痛、不能察覺環境變化的生物，是很容易危及自己的生存的。

除了人類應有的感覺之外，他還被賦與了更多感覺。

他的視力和聽力被加強了。

他能感覺電力和磁力，簡單來說是電子的流動，因為電和磁是一體兩面。

所以當黑色大神「濕婆」將他封閉在入口的透明箱子，開始掃描他時，他感覺到強烈的電子流在他體內猶如急流洶湧，沖激他的仿生神經，令他顱內的腦神經如魚群在擁擠的小河中激烈拍尾，強大的神經訊息流就像有人闖進他腦中翻箱倒櫃，將他的記憶、知識、情緒和知覺亂丟一地，這比任何一次他對別人做過的「流出」更為強烈。

他極力用自身的意識保持神經穩定，閉著眼睛凝視一個光點，保持光點在混亂的激流中不被沖走。

不管黑色大神是什麼來頭，他感覺得到電子流彷彿祂的手指入侵體內，在他體內肆無忌憚地摸索。

潘曲無法反抗，只有等待結束。

正當他以為身體快要瓦解的時候，掃描說結束就結束，忽然之間，電流的感覺戛然而止，四周再度亮起微弱燈光，稍微照亮透明箱子，但依然看不見外頭的情況。

潘曲覺得全身酥麻，彷彿被拋入洗衣機之後剛剛脫身，渾身像被拆解再重組，每一顆分子都還沒定位。

「脫下衣服。」透明箱子外有一把斯文的聲音，響亮得有回聲，是標準聯邦語，分辨不出是男聲或女聲，倒像是電腦合成的聲音。

「為什麼？」潘曲大膽回問。

「我分析你的身體組成，但數據有矛盾，所以要瞧瞧你的身體確認。」這把聲音沒有威脅性，教人願意安心地接受命令。

剛才的電磁衝擊令他的關節有些卡住，潘曲非常緩慢地站起來，並脫下蓋頭的披風、襤褸的外衣，露出他的生化身軀。他已經許久沒露出身體，糟糕的狀況連他自己也不忍卒睹：人造皮膚破損，有的因陳舊而剝落，有的因受創而整塊失去，露出裡頭的金屬和管線，整個身體像一塊破毛巾。

破損的皮膚無法修補，某些區塊也失去了感覺，因此他的皮膚感官是不完整的，有的部位還真的感覺不到疼痛、熱冷，甚至觸感。

能幫他修補的ＴＴ任務中心，早在地球聯邦滅亡的當時就失去功能了，這三十八年來，他四處尋找殘存的聯邦城市，都無法為他修補。而最有可能的「蓬萊」（亦即前東亞區首都「大圍牆」）和「百越」（前禁區「珍珠」ＳＺ４６），他得罪了前者，後者又可能會想拆解他，兇猛得不容接近，所以他的生化軀體真的破損好久了。

「原來如此，我明白了，」那斯文的聲音說，「你吃了不少苦頭呢。」

這句話觸動了潘曲孤寂已久的心靈，眼睛不禁湧現淚水。

「所以，告訴我，你在地球聯邦扮演什麼角色？」.

「剛才我告訴過她們了。」

「奧米加是嗎？奧米加是什麼呢？」

「我們是特別被挑選，進行特別任務的。」潘曲考慮該透露多少。

「有多特別呢？」濕婆的聲音溫柔得令他忍不住想和盤托出，就如遊歷多年的遊子，很想將多年的辛苦迫不及待的告訴媽媽。

但是，他沒忘記他仍然被封鎖在透明箱子中的事實。

對方想從他身上得到訊息，他也要冒險從對方身上套取他想要的訊息。

從剛才被掃描的經驗中，潘曲猜想，或許外頭的每個生化人都曾被掃描過，並在掃描過程中就被截取了記憶。由於生化人的記憶系統是記憶立方體，雖是仿生物，依然是以電子運作，不難被截取資訊。

但濕婆找不到潘曲的記憶。

因為他的記憶體是生物演化億年發展出來的有機體，而且是人科動物特有的三層大腦構造。

潘曲回道：「我的創造者瑪利亞不允許我們跟任何人討論。」

「你的創造者已經死了。」

「祂是無上的，是世界的最初和最後，我們立誓遵從祂的。」

「你的創造者是個冒牌貨，」濕婆的聲音沒有怒意，但祂的用字已然情緒動搖，「他只是我的仿造品。」

潘曲從濕婆的話語中逮到了一絲線索，於是故意加強力道：「你不得褻瀆瑪利亞，祂是獨一無二的唯一真神。」

濕婆停頓了一下：「那你有見過瑪利亞嗎？你親眼見過嗎？」

事實上，潘曲的確沒見過瑪利亞，瑪利亞只用聲音跟奧米加們談話，只有地球聯邦第一主席得以親見瑪利亞的真身，以潘曲的身分是絕對不可能的：「當然有！祂十分巨大，是最偉大的。」

濕婆似乎沉不住氣了。

透明箱子周圍忽然大放光明，照亮了箱外四周，他身處於一個有好幾座體育館那麼大的空間中，但他只能看得見空間的一隅，四壁皆充滿了密密麻麻的機件、管線，像人體血管般複雜又井然有序，一時之間，潘曲為之目眩。

潘曲明白了，黑色大神濕婆是一部巨型量子電腦，而且是前所未有的巨大，依此看來，祂擁有的腦容量恐怕是全球人口的總和。

「如果是一部能跟瑪利亞匹敵的量子電腦，瑪利亞為何會容許它的存在？」潘曲深深疑惑。

燈光忽然又暗掉了，僅足以照亮透明箱子的弱光再度亮起。

「我已經從你的表情知道了你的答案，」濕婆溫和的語氣中帶有莫大的自信，「事實上，要修好你的身體，對我而言是輕而易舉。」

此時此刻，潘曲感受到浮士德的心情了。

「你剛才在外面見到的那幾位生化人，都是我修復好的。」濕婆說，「只要你告訴我，你在地球聯邦的身分，讓我判斷你值不值得活下來。」

原來外頭那些生化人所受的恩惠，不僅只於解除了瑪利亞在記憶立方體所設下的限制嗎？潘曲將助聲器壓緊喉頭：「我之所以不願意講，因為那是我羞恥不堪回首的過去。」

「我願意聽。」

潘曲呼了一口氣：「我是殺手，專門去執行殺人任務的。」

濕婆沉默了一陣子，才問：「殺手是可恥的工作嗎？」

「他們告訴我是榮耀，他們告訴一切都是為了平衡，平衡才有穩定，但奪取別人生命，本身就是可恥的。」

「原來如此，我明白了，那我有一個任務給你。」

潘曲鬆了口氣，很慶幸濕婆沒有再繼續追問，不然就會迫他說出秘密的核心，招來更大的麻煩。

但潘曲猜不透濕婆的葫蘆裡在賣什麼藥。

「只要你接受，我不但修好你的身體、你的聲帶，還加強四肢和所有器官的功能。」

濕婆開出的條件真的十分誘人，都是他以為永遠實現不了的幻夢。但經過三十餘年流浪生活磨練的他，仍保持理性：「如果不接受呢？」

「那更簡單，」濕婆說，「我馬上將你分解，分析研究之後，就把分析結果存檔便是。」

被困在黑色巨廈中的潘曲，面臨著一個不算選擇的選擇。

二選一的題目，一個是繼續活下去，一個是馬上死亡。

「是個可恥的任務嗎？」潘曲問。

濕婆的聲音依然溫柔但無情：「可恥是你的感覺，不是我的，你只需要決定想活下來，或不想活下來。」

「我想。」至少在死亡之前，他還想再次看見自己擁有一副完好堅固的身體。至少活下去，還可以有繼續選擇的機會。

「很好，我信守承諾，馬上修復你的身體。」

濕婆的話剛完，潘曲即刻感到腦子彷彿受到一陣重擊，一道細微的電流很精準地刺激他腦袋的某個區域，剝奪了他的意識。

地圖

「鐵臂是嗎？」沙厄複誦了一遍鐵臂的名字，「會取這名字，是因為你很強壯嗎？」然後沙厄擺擺手，表示並沒認真要他回答。

早晨的陽光照滿古老廢墟，也照進石頭人軍隊的大廳了。待陽光投照到洞口時，沙厄站起來，拍去屁股的塵沙，朝鐵臂彎彎食指，叫他也該站起來了。

沙厄對衛士長說：「今天我只帶一個人下去。」

衛士長聳聳肩，表示無所謂，橫豎下去都是死，對他來說，帶多少人下去的意義不大，反正這批奴隸就是用來消耗的，沙厄只要能完成三聖交託的任務就行了。

一名衛士為鐵臂裝備，先將一個袋子掛上他脖子，再從袋子伸出兩根細管，分別插入兩個鼻孔。細管插進鼻孔十分疼痛，但鐵臂忍住了。

「現在你聽好了，」鐵臂腦中出現沙厄的聲音，「等下一進到洞穴，你就拿出昨晚那塊麵包。」

原來那食物叫麵包呀。

鐵臂的身體處於興奮狀態。

他興奮，因為當身體疲憊到一個臨界點時，反而會像將要燒盡的燭火般，忽然更加光亮，產生一股虛假的衝勁。

他興奮，因為聞名已久的死亡，這次是真正站在眼前了——不像上次離開天縫那次的虛假——接下來他所做的每一件事，都可能將他帶入死境，或反之。

沙厄也戴上裝備，率先爬進牆上的洞口，再招手叫鐵臂進去。他用心念對鐵臂說：「看好了。」他將手上的麵包撕出兩小塊，塞到插了細管的鼻孔裡，「照我做。」

鐵臂從遮擋下體的圍布邊緣取出分給他的小塊麵包，依沙厄指示的做了。麵包一塞進鼻孔，杜絕了外頭的空氣，他才感覺到從細管送來的空氣何其清新，就跟在天縫之下的空氣很像。

「從現在開始，你要控制呼吸，就跟你昨晚做的一樣，吸了一口氣之後，能停多久就停多久。」

「為什麼？」鐵臂很小聲地問他。

沙厄後退一步端詳他，心想：終於聽到你的聲音了！之前果然在裝傻。

「因為空氣有毒。」沙厄說，「裡頭充滿了水銀……你知道水銀嗎？」

鐵臂搖頭。

「總之，塞在你鼻孔的麵包可以過濾空氣中的水銀。」那麵包加入了特殊成分，能夠抓住水銀蒸氣，沙厄也有給其他奴隸，但他們仍然敵不過毒氣的濃度，「每隔幾次呼吸，就該更換塞在鼻孔的麵包，加上你能閉氣很久，應該會吸入最少的毒氣。」

「我想跟你一樣活著出來。」鐵臂說，「你會幫我活下來嗎？」

「只要把那件事完成，我們就馬上出來。」

「你是守信用的人嗎？」

「看在潘曲的份上。」沙厄沒回答他絕對的答案。

穿過牆上的破洞後，沙厄先要他深吸一口氣，兩人便在晦暗的地穴中前行。

鐵臂在弱光中看到腳邊倒了幾具人體，他很確信不是石頭人，而是半裸的屍體。

「這些都是先前進來的人嗎？」鐵臂問。

他腦中響起了沙厄的聲音：「你聰明的話就別開口說話，說話必須呼吸，呼吸就會中毒，而且不會馬上感覺到毒氣的威力，這些人都是在倒下去的前一刻，才察覺自己快死了。」

鐵臂聽了，也嘗試用腦子傳送話語給沙厄，但試了幾次之後，沙厄都沒有反應，鐵臂不禁忖著：「奇怪，剛才感覺不難的。」

「閉氣，專注光點。」沙厄提醒他了。

在微弱的光線下，鐵臂看見前方有一面土牆被鑿開了洞口，事實上周圍的土牆都有被鑿過深深的洞，只有這面是成功被弄穿的。

洞口僅容一人低下身子通過，而洞口四周躺了更多的屍體，要不是他們仍具人形，他們灰黑的膚色幾乎跟四周土牆融為一體。

他開始覺得毛骨悚然了。

小塊塞回去。

「閉氣，換麵包。」沙厄剛剛吩咐，便低頭噴氣，將鼻孔中的麵包弄掉，立刻再撕兩小塊塞回去。

他確定鐵臂也照做之後，才彎腰鑽進洞口。

「這裡就是了嗎？」鐵臂不敢大口吸氣，他慢慢吸了一口氣，馬上閉氣，也隨之鑽進洞口。

此時，他才驚訝地發現洞中是有光線的。

他們進入了一個房間，說大也不很大，約為一間教室大小，四壁都有燃燈，仔細地看，是牆邊擺了幾個高瓶，瓶口上燃著細火，原本筆直不晃動的火焰，因著他們的闖入，才稍微搖擺了一下。

當火光照亮房間內的景觀時，他驚訝萬分，不禁屏息，忖道：「火母啊，妳真該看看。」他好希望火母能分享他的經歷。

房間的地面不是平的，而是有許多不規則的高低起伏，在微光之下還能看見水光反映，正在潺潺流動。高低起伏乃模擬山脈、平原、盆地等地形，在其間流動的液體模擬河川和海洋，由西流向東，再從邊緣流回山川，如此周而復始。

他們正置身於一個巨型立體地圖之中。

那流動的液體不是水，而是水銀，唯一在室溫中呈液態的金屬，亦即毒氣的來源。

沙厄也十分驚奇，這水銀似乎有個暗藏的能源，令它流動不休。據他所知，地圖室中的水銀已經流轉了兩千多年，水銀蒸氣甚至滲透了上方的土層，所以能在地表的泥土中檢測出水銀。

他已經進出這地圖室許多回了，不再有首次進來時的激動，他回頭看鐵臂，想提醒他不要沉浸於驚奇之中，趕快完成該做的事，活著出去才是，但更令沙厄驚訝的是，鐵臂完全對四周的奇景視若無睹，只用堅毅的眼神瞪著他。

「有什麼要我做的？快點！」他的聲音衝擊沙厄的大腦。

沙厄在他眼中看見求生的火焰正熾。

他帶進來的奴隸，死了二十六批才找到通往地圖室的牆壁，又死了五批才鑿開地圖室，再死了七批，仍然無法完成他的最後目標。

那些奴隸只需大吸一口氣，水銀氣便進入呼吸道，經由肺泡進入血液、滲透全身細胞、穿透肌肉、快速抵達腦袋、侵犯腦神經。

還沒吸上幾口氣，奴隸便開始呼吸困難，肌肉軟弱無力，最終必不支倒地，進入彌留。此時，沙厄只好回到外頭，等待他們死亡，別無他法。

「你上來。」沙厄登上假山，在群山之間竟包圍著一塊碩大的長方形石頭，外面雕有華麗的紋樣，日月飛雲、山川走獸，還有不知名的怪物，雖然繁雜，但構圖精緻。這麼沉重的石塊，當初不知要多少人力才能將它安放在上面。

沙厄撫了撫巨長石的表面，找到一道縫，指給鐵臂看：「這是個蓋子，我們要從上面推開它，之前進來的人，才剛用力推了沒多久就死了。」

鐵臂困惑地望著巨長石：蓋子？這不是一塊石頭嗎？

「看到這裡嗎？」沙厄低頭指著那道縫，「他們只推開了一點點。」「他們」是指地面的死屍們。

沙厄抬頭望著鐵臂：「只要能把蓋子推開，我就讓你活著出去。」

鐵臂感到有危機，心中一緊張，閉氣時間頓時就變短了。

他終於明白先前那些人必死的原因了。

要鑿開這片土牆、要移動如此厚重的石蓋，必然需要大口呼吸，所以中毒死亡根本是理所當然的，巨長石旁邊倒斃的數十具屍體就是他的結果。

「工具也有，你要用嗎？」沙厄從屍堆中摸出一把鐵橇，「還是，你想要用你的鐵臂？」

鐵臂分不清沙厄是揶揄還是詢問，他沉吟了一陣，試著用腦波問沙厄：「這蓋子裡面是什麼？」

「水銀，」沙厄語帶玩味，「更多的水銀。」

列印

白眼魚駕駛巡艇，先飛去水潭的自動工廠巡視，確認工廠仍能運作，她在摧毀天縫時，有刻意避開了水潭區，那兒生產魚、昆蟲和蜥蜴，是天縫下主要的食物來源。

為了避免有黑毛鬼偷襲，先用生物檢測儀掃描後，飛行巡艇才降落。

幸運的，水潭邊仍保有部分樹木，水也仍自潭底湧出，問題在巨石覆蓋了河流，積水和水循環將是個問題。

「巴蜀，開啟水潭的門。」白眼魚用巡艇上的通訊器下令。

火母的記憶立方體仍卡在她腦袋中，但安靜無聲，所以無法利用神經通訊聯絡電腦巴蜀。

水潭邊的岩壁忽然開了一道縫，徐徐移開，出現一道門，白眼魚準備好火種，才邊觀望邊走下巡艇。她心底毛毛的，感覺正在闖入一片陌生之地，很擔心突然迸出的危險，因為這片被巨石包圍的水潭，不再像她曾經熟悉的水潭。

她將土子的皮囊掛在肩上，想像逝去的大長老在圍抱她、保護她：「大長老，土子，賜我勇氣……」白眼魚呢喃著。

她進入岩壁後方的自動工廠巡視，自從被植入火母記憶立方體之後，她只來過一次，還沒機會熟悉食物工廠的運作，只能確認魚苗在水槽中很活躍、蟲卵和蜥蜴卵的複製正常進行、投放的設備正常。

她將一些足齡的魚裝進籃子，將蜥蜴裝進土子的皮囊，就踏上回去避難洞的路了。

明天開始，她必須帶領族人走一趟水潭，重新設定覓食的路線。現在她還有事要忙，尤其是入夜後，族人不再有安全的地方睡眠，她必須另外設法，今晚先暫且睡在避難洞吧。

還有一件事，令她老是忐忑不安的、如影隨形地干擾她的思維。

回到避難洞後，她馬上著手安排族人的晚餐，經過動盪的一夜，加上對巨大空間的恐慌，所有人皆疲累不已。白眼魚告訴他們，明天將帶他們重新建立新的採集食物路線，今晚先在避難洞睡眠，以免遭到黑毛鬼偷襲。

「在你們睡覺之前，我要讓你們看一樣很美的東西。」白眼魚說，「不過，大家必須爬上去才看得清楚。」

說完，白眼魚率先登上巨石堆，在上面招手叫他們上來。

首先跟上去的人馬上受到驚嚇：「天啊——」然後便直愣愣地立定不動，張口結舌地望向遠方。

「怎麼啦？」其餘族人也被挑起好奇心，紛紛攀上巨石堆。

當夕陽的美景進入他們的視線時，每個人都看得呆了。

之前高掛空中的猛烈太陽，斜斜滑進丘陵之間，變得淒美又溫柔，黃澄澄地教人昏昏欲睡，將整片天空染成金黃色，浮雲彷彿在金黃草原上漫步的遊牧民族，安詳自在。

「這就是過去你們在天縫看到的橘色天空，」白眼魚說，「天空中的太陽是光明之神，祂每天都要回到地底休息，明天再從地的另一端升起。」

「好漂亮。」大長老柔光感動得淚盈，「以後每天都能看到嗎？」

白眼魚鬆了口氣，看來他們對遼闊的「光明之地」漸漸適應了，或許全族人一起面對劇變，心理上得以互相扶持，但當年獨自面對的岩間草則發瘋了。

「火母說光明之神明天會在另一端升起嗎？」一名小女孩問。

「是的，另一端。」白眼魚指向夕陽的反方向。

「大石會叫我們起來看嗎？」小女孩期待的問。

大石聽了，沒來由地鼻酸。

他不再是守望者了，天頂樹被巨石砸爛之後，他以為沒人再重視他了。

白眼魚不想看到大石的臉，面對一個曾經處心積慮想佔有她的人，心理上挺尷尬的。

她凝望夕陽，對大石說道：「大石，你就睡在門邊吧，我會在第一道光線時開門的。」

她給了大石一個善意的台階，希望大石能理解，別再對她有妄想了。

天色完全黑去之前，族人們全都進入避難洞，白眼魚回到她的洞穴，吩咐巴蜀合上門。

接下來，就是她擔憂了一整天的蝌蚪了。

自從午後離開洞穴，她就沒機會再看一眼蝌蚪的進度。

巴蜀說需要二十個小時，為蝌蚪的中樞神經打造一副新的身體。

現在已將近二十個小時，應該快完成了吧？

白眼魚步入那個秘密的房間，在今天之前，她壓根兒不知道這房間的存在。

水槽淺淺的高氧營養液中躺著一具未成形的人體，一根機械臂正在頭部不停地移動，如同靈巧的藝術家，慢慢描繪出骨骼的結構，另有幾根機械臂則同時描繪血管、神經、肌肉、唾液腺、黏膜和脂肪等等。

看了一陣子之後，白眼魚問道：「這些機械臂，每根的作用不同嗎？」

電腦巴蜀回應道：「是的，這個技術叫『細胞列印』，每根機械臂噴出不同種類的細胞，是專門用來修補你們生化人的身體用的，比如傷口或斷臂。」

被重設後的巴蜀，只偵測到白眼魚頭顱內的火母的記憶立方體，以為白眼魚也是生化人，以為白眼魚就是他被設定合作的禁區守護員紫色120。

白眼魚跟火母結合得還不夠久，不知道細胞列印的存在。

「所以它並不是設計來製造整副身體的？」

「不是。」巴蜀的語氣有些驕傲，「這是我想出來的。」

「如果身體老化了呢？」

「老化是無法修補的，所以直接淘汰。」

白眼魚覺得自己不夠聰明，或者知識不足，無法明白電腦的邏輯。

「地球聯邦沒用過這方法嗎？」

「地球聯邦用更高等級的設備來製作整個生化人，但是，沒用來包裹一副完整的中樞神經過。」

白眼魚想，如果火母早些想到這方法就好了，就不需要借用她的身體了。

「列印新的蝌蚪，總共需要多少時間？」

「大約二十四小時，包括萃取她身體各部分的細胞，然後還要細胞培養，然後一邊分解她的身體同時記錄組織間的聯結點，好建立列印檔案，列印時，先從建立脊椎骨和頭骨開始，包裹保護中樞神經，接著就是一層一層的列印了。」

白眼魚看著機械臂描繪出眼窩的骨骼了，另外幾根機械臂伸過來接手建造眼球，先從眼窩中間的孔洞抽拉出視神經，然後是眼珠、眼珠內的凝膠、外頭的動眼肌肉以及控制肌肉的神經。

兩顆眼珠逐漸成形時，白眼魚覺得蝌蚪正在直視她。

蝌蚪已經有視覺了嗎？她仍浸泡在高氧營養液中，她算是活的嗎？

她不安地問：「還有多久才列印好呢？」

「大約五個小時。」

「我先去休息，即將完成時，請喚醒我。」

「謹聽吩咐，待你躺上床後，我會為妳調低燈光的。」

「我想去洞口望望，待會請關閉電磁屏幕吧。」

「謹聽吩咐。」

白眼魚走到洞口時，電磁屏幕剛好關閉。她步出洞口，從高處遙望黑暗的大地，夜晚的冷風吹拂她單薄的衣服，令她打個哆嗦——這是以往溫暖的天縫不會發生的。

有一剎那，她懷疑自己是否做錯了，是否不應該毀掉天頂？

她冷靜地回想了一下：不，這是最好的選擇了，而且是兩全其美的抉擇，不但拯救大部分族人，也迫使他們走出禁區。

黑夜的大地十分空寂，但滿天的星斗令人感動窒息，改天也要讓族人瞧瞧。天上有幾隻夜光蟲在盤旋，似乎難尋落腳之處。

白眼魚想起，第一次登上這個平台時，是首次黑毛鬼侵襲時，鐵臂拉她上來的……啊，又想到鐵臂了，鐵臂的形象如影隨形，不需刻意去想，都會每分每秒長伴著她。

「我好想你……」她朝著夜空吐露心中的話。

經過了長時間的奮戰，在二十四小時內解決和創造了諸多問題，此刻終於找到喘息的機會，讓心情能放鬆片刻，鐵臂即刻就闖入了她的心房。

「我好想你……」她更大聲地說，沒有任何人能聽見，她腳下避難洞內的族人不能，禁區電腦巴蜀也聽不見。

「我好想你……」當她第三次說出時，她的情緒崩潰了，淚水如小溪般流下臉頰，她控制不住，也無意控制，於是放聲號啕大哭，把積累到極點的情緒完全解放出來。

她好想念鐵臂，雖然鐵臂沒愛過她。

她哭得全身抽搐，哭得無法站穩，不得不倚靠洞口邊跪著哭泣。

她已經通過了磨練，但她仍然是個少女。

忽然，她打了個冷顫，一股毛骨悚然滑上背脊，感覺到身邊有個人站著，肩膀上有關懷的輕觸。

「鐵臂？」她輕聲探問。

當然不可能是鐵臂。

警覺性蓋過了悲痛，霎時間壓制了她的哀傷。

她回頭察看，洞外的平台並不大，洞裡透出淡淡的光線，也足以讓她看清洞外是否有人。

沒有，連岩壁表面凹凸造成的錯覺都沒有，但她的感覺的確告訴她，有個人正貼近身邊看望她。

她抓緊常掛身上的土子皮囊，尋找慰藉：「是誰在那兒？現身吧。」

沒有，連呼吸聲都沒有，是夜風蓋過了嗎？

在空曠寂靜的高處，她的感覺似乎更為敏銳，「那邊有個人」的感覺很強烈。

雖然感覺不到惡意，對方甚至散發出強烈的善意和關愛，但她仍舊忍不住發抖，彷彿寒冰直插入後頸，令頸椎以下都冰冷得發麻了。

她不敢再冒險，快步跑進洞穴，巴蜀即刻開啟電磁屏幕，隔絕裡外的空間。

火母洞穴外的平台上，的確站著人影，但星光無法照耀其身，夜風亦穿透其身，人影依稀在彼處，又彷彿不存在。

人影遲疑幾秒鐘，然後，穿越電磁屏幕，進入火母洞穴。

任務

潘曲昏睡了很久，他沒有夢，意識彷如在寂靜的荒林中靜坐，沒有情緒起伏，也沒有過去未來。

等他醒來時，他已經不在玻璃箱中，甚至不在黑色巨廈中。

「恭喜呀。」眼前的生化人冷冷地說。從臉孔分不清生化人誰是誰，但從語氣分辨，應該是那位生化人的領袖。

潘曲發現自己坐在地上，他轉了轉頭，發現轉頭的感覺不一樣了，脖子輕鬆了很多，他試了試四肢，就像他年輕時一樣靈活！

他身上的破衣依舊是那一套，軟式防彈衣也仍在身上，但衣服下方的肌膚，換成了年輕的光澤和彈性，連肌肉都恢復了出廠時的力量。

更重要的是——他試著發出聲音，氣流摩擦聲帶，發出聲音了！他說了一兩句話，嗓音一如他年輕時的聲音！

他心中狂喜，卻又十分不安，彷彿跟惡魔做了交易，不知還有什麼下文。

「我睡了多久？」潘曲用他新得來的聲音，問那位生化人領袖。

「我不知道詳細時間，大概兩天吧。」

潘曲明白，不知道也是對的，自從地球聯邦失控後，時間就失去了意義。

不再有時間表，不再有紀念日，只有每天尋求活著的機會。

「現在我沒死，可以告訴我名字了嗎？沒有稱呼很不方便。」

「我叫左拉。」她依舊一臉冰霜，「你明天一早就出發了。」

潘曲抬頭左右環顧，他置身於一棟建築物的大廳，充滿了高大的柱子，有鳶尾花的雕刻圖案圍繞。此地想必曾經雍容華貴，但歲月將其磨到只剩黃沙的顏色。

整個空寂的大廳僅有他和左拉兩人。

「出發去哪裡？濕婆還沒告訴我呢。」

左拉白了他一眼，不高興他直呼神的名字：「黑色大神告訴我了，任務很簡單，你去賈賀烏峇，找到瑪利亞，回來報告那邊的狀況。」

他好久沒回去賈賀烏峇了，想到要回去，不禁心裡涼了一下：「就這樣？」

「還要帶回瑪利亞的核心。」

「核心？我不知道瑪利亞的核心是什麼呢。」說到此，潘曲忽然打個冷顫，才發覺掛在脖子上的兩個記憶立方體不見了。

「在找這個嗎？」左拉伸出手，掌心放著兩個記憶立方體。

「謝謝。」潘曲正伸出手，又警覺的瑟縮了一下，忖著：「這還是我原來的嗎？濕婆有對它做過了什麼事嗎？」

「是你殺的嗎？」左拉問。

「什麼？」潘曲愣了一下，「不，他們是我的朋友。」

左拉冷漠的眼神終於放鬆了一點：「你留在身上是為什麼？」

「我不知道。」潘曲依然有所防衛，想了一想，他試探道：「或許，有機會為她們找一副新的身體吧？」

他在暗示，若濕婆有能力修補他的生化軀體，那麼重製一個完整的生化人應該不難吧？但左拉沒有反應。

她將兩個記憶立方體交到潘曲手中，繼續說：「飛行巡艇已經檢查過了，保養得很不錯，飛行哩數也不多，巡艇上有一把『萬用工具筆』，給你拆解瑪利亞的時候使用。」

「等等，我不知道瑪利亞的核心是什麼，沒有人可能知道，我想濕婆也不會知道。」

「總之你有三十天時間完成任務，你必須最遲在第三十天回到這裡，這棟大廳。」

「三十天？這三十天是怎麼計算的？」

左拉伸出手，將食指輕觸潘曲額頭：「你不需要計算，這裡面有個東西會計算，你一離開這個大廳，它就開始計算三十天，也就是兩百五十九萬兩千秒鐘，直到你再度進入這裡，計算立刻停止。」

潘曲臉色蒼白：將日子換算成秒以後，怎麼感覺更少了？

莫非濕婆在修補他身體的同時，也在他腦中植入了什麼嗎？

他的腦可是貨真價實的人腦！不是生化人的記憶立方體呀！

瑪利亞曾經在他大腦植入訊號增幅器，現在濕婆又放了什麼進去？

「三十天回不來會怎樣？」

「我也不知道，我從來沒再見過回不來的人，說不定是，」她的手展開，口中發出一聲碰，「就這樣，爆開了吧？」

難怪濕婆有恃無恐，不怕他出任務不回來。

「據說，瑪利亞是一部巨型量子電腦，它的核心總不可能只有一個記憶立方體，即使找到，也不是飛行巡艇能載得回來的。」潘曲急著說，「更何況，我根本不知道瑪利亞躲在何處？你也來自地球聯邦，在此之前，妳甚至不被允許知道瑪利亞的存在，我又怎麼會知道呢？」

左拉嘆了口氣：「你還是好好休息吧，明天一大早就出發。」

「我要見濕婆！」潘曲強烈地要求，「他給的指示太模糊了，我要問清楚細節！」

「祂不會見你的，」左拉步向大廳出口，「別跟過來，記住，你一離開大廳，就開始計算了。」

潘曲看著左拉步出大廳，告訴自己要將心情冷靜下來，冷靜才能思考。

他脫光身上的衣服，大廳柱子有昏黃的燈光投照，他在燈光下仔細研究看起來像全新的外皮，將手臂舉近眼睛前方，觀察細微的散熱孔，撫摸沒有生殖器的下陰。這種觸感好懷念，是他五十年前首次裝上生化軀體時才有的觸感吧。

如今，大概唯有他的頭是老舊的，黑白相雜的亂髮，加上滄桑的老臉，如今是配不上他的身體了。

他摸摸頭頂，頭髮沒有減少，沒有傷疤，沒有疼痛，所以濕婆並不是從頭頂植入東西的。

還有一個地方……他撫摸後頸，尋找可能的縫隙，但他的脖子平滑無瑕，連生化軀體跟他肉身脖子的接縫都消失了——濕婆將兩者完全連接了。

那麼最可能的就是，濕婆在為他編織新組織的同時，將那個「計算」的元件編織進去體內了。如此的話，那東西可能藏在他體內的任何角落。

潘曲無計可施，他懊惱的躺到地上，昂首仰望天花板的陰暗燈光，感到異常的疲累。是煩惱令他疲累嗎？還是大規模的修補耗損了許多能量？

左拉說得沒錯，他真的該好好睡一覺。

接下來的三十天……他咬緊牙關，想到接下來的三十天，他豈能入眠？

他必須先好好盤算。

首先，瑪利亞在哪裡？

他曾經是奧米加，基本上直接受命於瑪利亞，他所屬的ＴＴ任務中心的主任只是瑪利亞的傳聲筒。

他們的任務十分特別，是地球聯邦機密中的機密。

在他們有能力進行任務之前，必須先進行三件事。

首先，是從小就受訓成為歷史研究員，精研**真正的**歷史，而非聯邦公民學習的「公民版歷史」。

然後，成績好的研究員經過遴選，也同時學習冥想，除了在腦中植入「增幅器」，也要每天到醫學中心進行「神經刺激術」，以更快達到需要的效果，據說六至九歲的孩子最容易訓練。

最後，合格的研究員必須被逐步去除身體，以機械軀體零件逐件取代，先是四肢，先熟悉機械四肢的應用，然後切斷頭和身體的連接，換上生化軀體。

跟最早的奧米加一樣，他們平常把頭泡在含氧營養液中，外出時才裝上機械軀體。

他打從十歲就被換成成年人的生化軀體，帶著生化軀體，跟其他歷史研究員一起上課，他們會將身體掩飾得很好，其他研究員根本不知道他們的真正身分。不，是根本不知道有這種身分的存在。

當他終於首次執行任務時，有機會獲悉瑪利亞的存在，並聽到祂的聲音，任務中心主任告訴他們，這是神的聲音，是創造地球聯邦的神的聲音，而奧米加是直接服事神、侍奉神的特選者。

說真的，那一刻他是感動又激動得起雞皮疙瘩。

他們的首個任務，是到三百多年前的澳大利亞，在一個蘋果園中，找一位名叫帕瑪·喬普拉（Palma Chopra）的年輕女子。該任務是一個測驗，檢測他們這一代奧米加的精準性，時間和空間的精確仰賴他們的合作程度。

潘曲還記得，他們抵達了一個荒廢的果園，滿樹蘋果，但雜草蔓生，而且還是天色將近全暗的黃昏。雖然任務不太成功，但可喜的是，他們飽餐了一頓真正的蘋果，其滋味之鮮甜，是地球聯邦種不出來的。

他們由始至終都不知道，那位帕瑪·喬普拉是什麼人物。

幾年後，當他們的技術越來越純熟時，他們被派遣了一個意料之外的任務：陪伴一位少女到各個禁區，去追查他們無法得知全豹的秘密。

那位少女名叫法地瑪—λ16798K，很顯然深諳歷史，具有高級研究員的權限，還很貼近地球聯邦最高層，連奧米加們的主任都要敬她八分。

年輕時的潘曲，對法地瑪—λ16798K的來歷深感好奇，曾經多次偷偷入侵過她的記憶，搜集記憶中零碎的訊息。

他很驚訝地發現，法地瑪—λ16798K果然來頭不小，根據從她思緒中的碎屑整理出的訊息，她十分清楚瑪利亞的真正位置。

不僅如此，當年他們一批奧米加伴隨她去的禁區之中，有一個很重要又很特殊的禁區——就在這裡的附近。

飛蜥

地圖室的空氣充滿看不見的水銀蒸氣，卻能感覺到空氣中水銀的重量。大分子的水銀吸進肺臟之後就不會離開，直到把肺壓垮。

鐵臂心想：「推開石頭的蓋子就行嗎？」他用眼睛評估蓋子的重量，然後更換塞入鼻孔的麵包。

他又輕又慢地深吸一口氣，跟自己的手臂說話：「幫我。」

手臂開始發熱，就跟那天晚上，他很想很想將夜光蟲拖回天頂樹時一樣。

他壓下腰身，兩手靠在石蓋側面，慢慢加大力量，用整個身體去推石蓋。

才不過剛開始，石蓋竟發出吱吱摩擦聲，沙戹頓時揚起眉頭，心中燃起希望：「說不定……」不，他告訴自己還是別太奢望的好，他深刻體會過期待泯滅的失落感，已經對期待存有戒心。

可是眼前的石蓋，的確被鐵臂一點一點地推移，裡面的空間已經快要露出一角了，這是前所未有的進度！

「停止！」鐵臂腦中忽然傳來沙戹的喊聲，嚇了他一跳。沙戹還沒被興奮沖昏腦袋，還會提防危險：「小心！可能會噴出來！」不管裡面有什麼，封閉兩千年後，可能累積高壓，一暴露就衝出來，鐵臂就會首當其衝。

「有辦法用拉的嗎？」他問鐵臂。

鐵臂繞去長石塊的一端，兩臂抱著蓋子，試試移動。果然，裡面的空間才剛露出一點，就湧出一股渾重的氣體，像個銀灰色的泡泡，他們趕緊後退避開，泡泡很快崩垮，迸散在空氣中。

沙戹沉著氣，理解到他不能失去鐵臂，他是成功的關鍵，就算把整個「蓬萊」的奴隸們運來全部喪命，也抵不上一個鐵臂！

「你有呼吸困難嗎？」鐵臂搖頭。

「那你再繼續，一稍微有呼吸困難，一定要讓我知道！」鐵臂點頭。

鐵臂回到側邊再推了一陣，隨著石蓋越來越偏移，終於露出了裡頭，可以見到裝滿了液體，在昏黃火光下泛著金屬色澤，在石蓋移動的石面振動下，液體表面漾起波紋。

沙戹感動地屏著鼻息：「跟書上寫的一樣，是真的！」

石蓋推斜了三十度以後，鐵臂停止推動，低頭更換塞在鼻孔的麵包。

沙厄十分警覺：「你在喘。」鐵臂搖頭。
「不，你在喘，雖然很細微。」
鐵臂要再上前時，沙厄制止了他：「停止，別再推了。」
說著，沙厄走向奴隸的屍體，脫下他們身上的衣服，哪怕是小塊的布料也好，得想辦法將布料蓋在開口，好讓裡頭水銀的揮發變慢。
「好了，我們出去。」
鐵臂露出驚訝的表情。
「快出去，注意控制呼吸。」
鐵臂心裡狐疑，這石頭還要繼續開嗎？出去了還要回來嗎？沒想到他的思緒才一紊亂，閉氣也當下變短了，當即感到有股混濁的氣體侵入呼吸道。
沙厄推他一把，帶他鑽出地底密室的牆洞，快步穿過地道，回到石頭人大廳。
當他們抵達石頭人大廳時，所有人都驚訝地望著他們，衛士們目瞪口呆，他們第一次看到活著走出來的奴隸！坐在地上的奴隸們也驚奇地望著鐵臂，「必死無疑」的恐懼被撼動了，取而代之的是一絲希望。
但是鐵臂覺得肺部開始沉重，他扯掉插鼻的細管，希望更容易呼吸，但一口氣吸進去卻似乎抵達不了肺臟，他心知不妙，惶恐地望向沙厄。
沙厄咬一咬牙，邁步走向衛士長：「我要立刻帶他回城，用最快的方法。」
衛士長狐疑地問：「你成功了嗎？」
沙厄抬高腳趾，緊貼衛士長的耳朵：「你聽好，沒有他就不會成功，他不能死，我一定要他活下來，你們的三聖才能得到他們想要的。」

衛士長冷冷地說：「話不由你說了算，一切由三聖定奪，我得先詢問三聖，能不能讓他入城。」

鐵臂感到胸口彷彿有塊沉重的石頭，忍不住用手壓著胸口。

「至今為止，」沙厄的鼻息噴在衛士長臉上，他將拇指點向鐵臂，「他是唯一能移動石棺的人，而石棺已經開了一半，我們已經看到棺裡的東西了。」

衛士長抬起下巴：「石棺裡面有什麼？」

「我只向三聖報告。」

衛士長惱然推開沙厄，吩咐一旁的衛士說：「牽我的坐騎過來，載他們去聖城。」

那衛士詫異問道：「可以嗎，長官？」

衛士長狠狠地指著沙厄：「你最好給我成功，有朝一日，若是三聖摒棄你，我不會讓你好受的。」

沙厄冷冷回道：「請幫他解除頸上的鎖扣。」

衛士長粗暴地拉扯鐵臂頸上的電子鎖扣，鐵臂正要反抗，卻不知衛士長施了什麼魔法，頸上的鎖扣便輕輕落在他手上了。他指著坐在地面的奴隸：「這些奴隸，你還要用的吧？」

沙厄覷了眼奴隸們：「只要他仍活著，這些人都不必下去了。」奴隸之間發出了陣陣輕嘆。

沙厄扶著鐵臂步上階梯，從石頭人大廳回到大殿，在崩塌的入口外面，衛士已經牽來了衛士長的坐騎。

鐵臂看見那隻坐騎，驚奇地睜大雙眼。

一隻巨型生物的身體橫跨在門外，渾身粒狀的鱗片，在陽光下晶瑩閃亮。牠有鐵臂的脖子那麼高，長長的四肢幾乎平伏在地面，頭顱尖長，凸出的大眼泛著五彩，長吻時而吐出尖尖的舌端，後面拖著長尾。

簡單來說，就是一隻大蜥蜴。

一名衛士騎在大蜥蜴的脖子後方，右手握著一個倒Y形的把手，朝下扣在大蜥蜴的脖子上。蜥蜴吐了吐信，甩動一下脖子，那衛士只輕輕扭動把手，蜥蜴就乖乖不動了。

「上來吧。」那衛士說。

「怎麼上？」沙厄問道。

「踩牠的腳登上來，動作要快一點，免得牠不高興。」衛士搖搖右手臂，「我盡量穩住牠。」

「這東西可靠嗎？」

「由我來就很可靠。」那衛士很有自信，「否則衛士長那麼愛乘坐？」

在沙厄的指點下，鐵臂慢慢控制呼吸，但肺部的沉重感依然威脅著他的生命。

沙厄先幫他登上大蜥蜴的背部，再身手敏捷地攀上去，雖然白髮蒼蒼，雖然生化身軀已經老舊，但性能依然良好。

「衛士長說讓你們回城是嗎？」那衛士爽朗地說，「真不尋常呢。」

「是，很緊急，我們要面見三聖。」

「那更不尋常了。」衛士的語氣聽起來很愉快。他的腳跟壓了一下蜥蜴的脖子，輕拉把手，大蜥蜴便開始四肢划動，「等你們適應了，我就開始加速了。」

令他們驚奇的是，雖然蜥蜴的四肢動作很大，坐在牠還算平坦的背上，並沒有感覺到很厲害的晃動。

「你還行嗎？」沙厄問鐵臂。

鐵臂半合著眼，進入半冥想狀態，仍能微微點頭。他盡力維持沙厄所教他的，凝視額頭內的光點，只要能維持，就仍能感覺到生命的顫動。

「這玩意兒是什麼動物？」沙厄問衛士。

「你來蓬萊這麼久都不知道嗎？」衛士輕輕壓下把手，大蜥蜴奔跑得更快了，「牠們叫『飛蜥』，而這一隻呢，我叫牠『噗噗』。」

說著，衛士又加快了速度，令「噗噗」在乾燥的半沙漠地帶奔馳。沙厄生怕鐵臂從飛蜥背上掉落，伸手按了他一下，卻發現鐵臂無比穩定，比沙厄還少搖晃。

「老頭，為免我們還會再見面，」駕龍的衛士很是健談，「請你叫我劉累好了。」

好特殊的名字，「這是你的真名嗎？」

衛士嗤鼻道：「名字有真假的嗎？」

「也對。」沙厄點點頭，他望著衛士的背影，心裡忽然有種奇怪的感覺，似乎正如衛士所言，他們會再見面，而且不止見一次面。

沙厄有很強烈的既視感（Deja vu），此刻似曾相識，彷彿此時此刻只是如巨網相連的因因果果之其中一瞬。

「劉累。」沙厄輕輕重複衛士的名字。

·第三章·

變形

你從最黑暗的地點進入森林無路之處。
有路之處，必是別人的道路，你就不是走在自己的路徑上。

●● 約瑟夫·坎伯《英雄的旅程》●●

再生

夢境非常紛亂。

在夢中，天縫不像天縫，四周是扭曲的岩石、軟綿綿的樹木，三道河水流經空中，兩道瑩瑩泛光，一道如黑色琉璃。

許多族人在白眼魚周圍，有逝去的大長老土子，用慈祥的眼神看望她，看到她母親忙碌的分配食物，看到鐵臂無目的遊蕩，眼睛總是望向岩壁高處的火母洞穴，看到天頂樹的茂葉中有大石的眼睛。

在夢中，白眼魚感到時間扭曲了，分不清白晝黑夜，有時覺得自己仍在母胎裡未出生，被溫暖但混濁的羊水包圍著，有時又看見自己就是天頂的夜眼，正睜大四周閃亮的眼睛直盯著天縫之下。

忽然腦子裡頭發生微微的震動，硬生生將她抽離夢境，身體剎那回復沉重感，整個腦子像剛從攪拌機取出來般虛脫。

「我依約喚醒你了，列印已經完成了。」是電腦巴蜀冷靜沉穩的聲音。

腦袋渾沌的白眼魚爬起床，在床緣發呆片刻，才能腳步平穩的走向細胞列印室。

雖然早有預期，但當白眼魚看見完整的蝌蚪時，心裡的震撼依然不減。

蝌蚪赤裸地躺在水槽中，半個身子泡在高氧營養液，兩顆眼球在顫抖跳動，四肢也像在微微抽搐，似乎還不習慣運用。她依舊皮膚黝黑，但光滑無瑕，先前採集工作時的刮傷疤痕一個都沒有。

蝌蚪試圖把眼珠子轉向白眼魚，但非常不順利，白眼魚於是走到她面前，讓她看得見。

蝌蚪表情恐慌，她激動地想說話，但喉頭只能發出漱痰似的卡卡聲。

白眼魚安慰她：「別說話，先別說，放心，妳沒事了。」並將手輕輕擺在蝌蚪的肩膀上，但當白眼魚的指尖剛剛輕觸到蝌蚪的新皮膚時，她卻彷彿被炙傷，立刻發出痛苦的慘叫，白眼魚嚇得縮回手。

此刻她開始想：或許火母不是沒想過細胞列印的可能性，而是瞭解它的危險性。

「妳很安全，大家都沒事了，黑毛鬼被驅逐了。」白眼魚要蝌蚪安心，「妳別亂動，好好休息，待會慢慢起來。」

蝌蚪總算平靜了不少，呼吸也漸漸穩定了。

「妳覺得冷嗎？」白眼魚擔心她的新皮膚會十分敏感。

蝌蚪費力地眨眨眼。

「我去弄溫暖一些，妳好好休息，我待會再來看妳。」說著，白眼魚出去了。

室內的溫度果然變暖和了，蝌蚪不知道白眼魚怎麼辦到的。

她睜大眼睛盯住岩壁天花板，不敢合目，生怕一合眼就會回到夢魘之中。

有些事的記憶很模糊，有些則異常地鮮明，她躺著不能自在動作，身體彷如被鬼壓床那般僵硬，只好躺著慢慢回想之前發生的事。

他們幾個人決意守在避難洞外頭，阻擋黑毛鬼獵殺族人。她當時猶豫不決，是長藤的熱血影響了她，在緊急萬分加上熱情的催化下，的確有奮不顧身、願意犧牲生命的感覺——或說是錯覺。

但當黑毛鬼從她背後的岩壁衝下來，張牙舞爪地撲向她時，極度的恐懼令她後悔了，真希望避難洞的門還未合上。

她下意識揮動手上的魚叉，割傷了黑毛鬼，受驚的黑毛鬼發狂地抓住她的手，阻止她用魚叉，感受到生命隨時結束的她，用盡力氣反抗，她忘了細節，只記得十分混亂，所有行動都是下意識做出的。

夜光蟲如同光帶般掠過天際，黑毛鬼的尖叫聲如地獄來的妖物，火母洞穴發射的紅色光線穿入黑毛鬼的眼睛，爆出血腥的蒸氣。一切如此地不真實，連大長老士子講過最可怕的故事都沒提過。

然後最後的記憶是天頂崩塌，她親眼目睹天頂塊塊碎裂，露出布滿星光的夜空。黑毛鬼抱住她，要咬她的脖子，她奮力用手肘頂住，兩眼不放鬆地直盯崩落的天頂。當天頂墜落的巨岩迫到面前時，她用盡所有力氣轉身。

黑毛鬼被她甩開寸許，正好被壓在巨岩之下，連同蝌蚪的一雙腿。

她感覺不到流血，只覺全身多處疼痛，痛得她分辨不清部位了。她感到生命正一點一滴地流失，意識越來越渾沌，視線也變得像萬花筒般炫麗多彩，她以為結束了，祖先要來迎接她了。

沒想到更糟的還在後頭。

壓著她下肢的巨岩竟冉冉升上空中，疼痛馬上排山倒海似地回歸，劇痛貫滿她的骨骼、肌肉和內臟，她張眼瞪著一片從未見過的藍空，痛得希望快些死去，好讓痛苦結束。

然而，她被送進了自動手術機，身體竟被寸寸分解。

遠古東亞帝國最殘暴的刑法稱為「寸磔」，將犯人一寸寸切割，直到剩下骨架和內臟為止，而蝌蚪面臨的比這個地獄酷刑更恐怖。

不知是電腦巴蜀沒有考慮人類的痛覺，抑或其他原因，蝌蚪活生生地被自動手術機分解，表皮被削掉，切斷每一塊不同大小的肌肉，撕扯每一根細小的神經，每一秒都像無間地獄，她痛得以為永遠不會停止。

自動手術機細心地將她的背椎骨一小塊一小塊去除，以免傷害到包在裡頭的脊柱神經和周邊神經，當她的視神經被截斷、眼球被取出時，她感覺到自己空無一物。

蝌蚪剩下大腦、小腦乃至於整條脊柱的所有中樞神經，而她仍是活著的，因為浸泡著的高氧營養液不斷給神經提供足夠的養分。但很詭異的是，她四肢已經消失，卻仍然有虛幻的存在感，似乎是頭腦不停在搜尋四肢的神經回饋，畢竟四肢的感覺區佔有大腦皮層的最大面積。

她失去了眼、耳、鼻、舌、身的所有感官，只有意識仍然運作。她不會疼痛，也無法感覺到外界，整個空無的感覺彷如墜入深淵似的恐懼，蝌蚪萬分無助，想發出聲音卻沒有嘴巴，想感受外界卻沒有輸入源。

她只是一團泡在液體中的神經組織，完全失去了時間感，完全感覺不到時間的流逝。但漸漸地，有些細微的感覺慢慢浮現，存有感以極慢的速度增厚，但最先回復的竟是痛覺！

蝌蚪再次陷入烈火般的痛苦，彷彿有億萬隻火蟻在她身上狂咬，隨著印列的神經逐層增加，她的疼痛愈多、愈深、愈強烈。

當劇痛超越了一個頂點時，奇妙的事情發生了，她忽然對痛苦無感了。

她驟然放棄了恐懼，放棄了掙扎，任由疼痛在全身四處流竄。當痛苦變成了習慣以後，她忽然曉得如何跟它相處了。

她靜靜地觀察疼痛，觀察它的性質、它的成分，歸納它的種類，漸漸建立了一份清單，當某個疼痛生起時，她能迅速將它歸類。

忽然腦袋中出現閃光，一波一波的閃光，是光訊號開始刺激視覺皮層了。視神經已經被列印，正在列印著視網膜上的視細胞了。

當視覺逐漸出現，由模糊漸轉清晰時，映入眼裡的竟是白眼魚！

白眼魚！是的，白眼魚！一切痛苦的源頭就是她！

雖然白眼魚一副關心的表情，但蝌蚪完全不為所動，打從心底深處憎恨她！因為她奪走了大石的心，才令大石雙眼蒙蔽，看不見癡愛他的蝌蚪，才會演變成今天的局面。

白眼魚連大石的尊嚴也奪走了，她得到大石渴望的土子蛻殼，還得到火母的身分，短短時間內從平凡女生變成至高的地位，她一定在暗地裡做了什麼事去討他們的歡心，真是個奸巧的邪惡女人！

不，其實她不再愛戀大石了，她甚至對那白胖子感到嫌惡，越過了重重地獄之後，她甚至不會再愛任何人了。

無論是她的父母、她的妹妹，她全都覺得異常地遙遠陌生，一旦斷絕了「愛」的念頭，世間再也沒有可挑起她的愛戀之物。

她用新生的眼球冷漠地盯著白眼魚，儘管白眼魚顯得憂心忡忡，眉頭深鎖，在她眼中只是一塊令她鄙視的生肉。

白眼魚離開了她的視野，她不知道白眼魚是否仍在旁邊，因為她的聽神經剛列印好，尚未加上聽小骨、耳蝸等小零件。

好不容易，身體的存在感越來越豐富，大腦又重新可以感受到全身神經傳送過來的訊息了，她才驚覺皮膚的面積如此廣濶，內臟的蠕動如此活躍。

當肚臍之下隱藏的晶片發出一道電流時，她感到心臟猛然開始跳動，新的人造血液開始在血管中流動，灌滿每一個器官，她感受得到每一支微血管中流動產生的液壓，血液的沖激甚至令肌肉抖動，彷若在抽搐一般。

忽然之間，她有點懷念先前身體被分解後的時刻，原來擁有身體是如此巨大的負荷，相比之下，剛才雖然無助，其實是非常舒坦的。

皮膚開始對溫度有反應了，冰涼的洞穴令她起雞皮疙瘩，表皮的微血管收縮令她倍覺寒冷。

此時白眼魚又再進來，好心想安撫她，沒想到，當白眼魚的手剛輕觸到她的新皮膚時，竟像被活生生剝皮般疼痛，像被輻射灼傷燒掉了一層般火辣，白眼魚慌忙縮手，不停地安慰她，還不知用了什麼方法，讓洞穴變得暖和。

白眼魚企圖討好她嗎？她不會中計的，再也不會！

白眼魚又離開了，留下蝌蚪單獨一人，等待肌肉復甦，等待神經和肌肉恢復協調。

她好好享受這片刻的寧靜，猶如暴風雨後的靜謐，身體感到前所未有的安逸。

「不會再痛了吧？」這才是她最關心的。

慢慢地，她的手腳不再顫抖，她的視線也能順利定焦了。

她試著移動雙腿，扭動腰身，想走下鋼床。

當她用手扶著鋼床的邊緣時，覺得掌心怪怪的，她舉起手掌，掌心竟是一片灰綠色。

「怎麼回事？」兩隻掌心都是灰綠色的。這時，她才想起要看看自己的新身體——以前她都會到水潭去看的。

她低頭看，看見肚皮上沒有肚臍，兩顆渾圓的乳房上，乳暈竟是灰綠色的。

「白眼魚，」蝌蚪心中燃起怒火，「妳把我變成了什麼？」

雪浪

潘曲只要踏出這個大廳，三十天的期限就開始倒數了。

早晨的曙光初現時，他已經啟動飛行巡艇，檢查確定性能正常，也確認之前在無人藍藻廠預備好的儲糧沒缺少。他自認小人之心，因為他從抵達到離開，那些生化人都沒給過他一點食物，然而他的所有設備和水糧都完整無缺，一如他剛到時那般。

雖然一夜沒睡好，但面對未知的旅程，此刻的他卻是精神亢奮。

他孤單地離開，左拉沒再現身，事實上沒一個生化人露臉，彷彿這個古老的大城原本就是座空城。他先讓飛行巡艇記下大廳的座標，才飛離這棟建築物，這才看清楚，此處似乎在大毀滅前是座公共澡堂。

他升空後，在古城上空巡視了一遍，卻見不到有棟巨大的黑色巨廈。他很納悶，究竟黑色大神是如何將自己隱藏起來的？

好吧，這不是他眼下急需解決的疑問，他有個想法，他強烈地覺得是個難得的機緣，在遵照濕婆的指示前往賈賀烏峇之前，他想先去一個地方，不遠，以飛行巡艇而言，一個小時就能抵達了。

「一切皆有連結。」他記得托特說過的。

托特（Thoth），是他們這一代奧米加的八號，雖然平日看起來懦弱又羞澀，卻是他們之中能力最強大的。

約莫四十年前，在數趟護送法地瑪——λ16798K的任務中，他也頗驚奇八號托特總是黏著那位少女，跟他平日的害羞很是迥異。

後來他們還到禁區Hi54，是的，就是那個關鍵的禁區，如此多年後想起，他依舊熱血沸騰。

禁區Hi54，又稱「雪浪」，因為它位於喜馬拉雅山腳，猶如由白雪形成的層層浪花之中。

黑色大神藏身的古城迪馬普爾（Dimapur），就在喜馬拉雅山腳下，正是跟「雪浪」相鄰。

潘曲記得，當時法地瑪——λ16798K和托特闖入禁區的聖地，亦即位於山上的洞窟，此時，潘曲遇上了改變他一生信念的事情。

當他們其餘七個奧米加在山下等候時，有幾個野生人類出現，警告他們山上是神聖不可冒犯的聖地，非經長老許可，不得上去。奧米加們毫不在乎，在他們所受的教育中，野生人類等級低下，況且奧米加擁有心靈力量，只要稍微用意念「流出」，野生人類肯定抱頭求饒。

沒想到，野生人類見到他們態度高傲，只對他們說了一個音：「唵。」他們全都驀地暈眩，倒下去就睡著了。

待他們在野生人類的木屋中甦醒後，才理解他們碰上了什麼人。

「奧米加原型」！

也就是說，奧米加是根據這些人、參考這些野生人類所製造出來的產品。

奧米加們甦醒後，對這些監守他們的野生人類感到很複雜的情緒——他們理應蔑視的野生人類，竟是他們的始祖！

雪浪的遭遇，帶給他們這一代奧米加很大的衝擊，他可以感受到八號托特受到的衝擊最大，回到時間旅行任務中心之後，托特比以往更加沉默，似乎被無盡的思考佔據了所有的腦袋空間。

甚至在地球聯邦崩潰後，托特向他們提出了一個要求……

他有點羡慕托特，說不定他的決定是對的，雖然潘曲無從驗證，總比在這崩潰後的世界苟延殘喘來得好吧？

他需要解答，也需要援助。

他想再訪雪浪的野生人類，拜訪他們的長老。

雪浪正好在前往賈賀烏峇的路線上，潘曲打算好好利用這個機會，如果黑神濕婆能監視他的行蹤的話，他逗留之處就在路線的中途，也不易引起疑心。

啟程後沒多久，他便飛向眼前雪白的群山，爬升到高空，開啟巡艇資料庫尋找禁區Hi54座標，經過地磁修正，便直朝禁區方向飛去。

外頭一片雪白，看久了會令眼睛「雪盲」，但眼前的純淨美景令他不忍移開視線。當年他們奧米加是八人合作，用瞬間空間移動來幫助法地瑪——λ16798K造訪各禁區，從沒認真欣賞過此地風景，而今才得以恣意觀賞。

避開山間的氣流亂流，一路上搖搖晃晃地飛過群山，潘曲終於望見一個有許多洞窟的山頭。對照一下座標，他確信是抵達了。

他飛向洞窟，而不飛去山下尋找禁區的野生人類，因為他知道那些野生人類不想接觸外人，惟有冒犯他們的聖地時，他們則必定會出現。不過這種做法也有些冒險，他不確定這禁區是否仍跟四十年前一樣，畢竟地球聯邦已經不存在，瑪利亞的束縛已經消失，說不定這個禁區也有變化了。

潘曲將飛行巡艇停泊在洞窟外頭，並沒真正走進去，畢竟聖地裡頭是他們神聖的原型，他也不願意冒犯的。

他坐在洞窟外，在冰冷的山風下觀看日出，只等那些野生人類現身。

他的身後就是聖者休憩的神聖之地，然而他克制著進去的衝動，他已經在四十年前得過教訓了。

等了半個小時之後，他冷得受不了，於是鑽回巡艇，打開暖氣等了一陣，又讓巡艇升空盤旋，期望吸引野生人類的注意。

「難道這個禁區也消滅了嗎？」潘曲不禁狐疑。

太陽漸漸爬升，陽光越來越猛烈，將雪浪照耀得像一片潔白的玉地，將巡艇包裹在強光之中。

「離開。」一把聲音忽然在腦中悄聲出現，嚇了他一跳。

他轉頭四顧，他身邊當然沒人，飛行巡艇外頭的雪地沒人。是雪浪的野生人類聯絡他了嗎？他們不露臉，只用心靈聯絡他嗎？那聲音好祥和，聽了就舒服。

「快離開，我們不會見你的。」聲音又直接在腦中出現了。

「我……」他正想說以前來過，那聲音馬上制止他：「別說話，你心裡說就行了，我們聽得見！」

潘曲心中是高興的：「我四十年前，陪一位女孩來過，名叫法地瑪的，當時我們有八個人，你們記得嗎？」

「法地瑪。」對方重複了一次名字，「你是奧米加？」

他們記得！潘曲高興得要掉淚了，在四處流浪三十餘年後，在這個偏僻之鄉竟有人記得他。

「是的，我是其中一位……」

他的回答又被那聲音截斷：「請你盡快離開，你從不祥之地前來，身上帶有不祥之物。你若是我們的朋友，請你馬上升空。」

「不，我沒有惡意，我……」

「你沒有惡意，但惡意緊隨著你而來，你的身上、你的飛行巡艇上，都沾染了強烈的邪氣。」

潘曲愣了半晌，尋思著他們的意思：莫非黑神濕婆真的在他身上安裝了什麼，能監視監聽他？除非黑神有心靈能力，或有仍可使用的古舊人造衛星，否則不太可能做到遠距追蹤，畢竟現在不再是瑪利亞全球部署的時代了。

「否則的話，你可能會毀了我們。」這句話令潘曲的胸中熱血澎湃，他即刻毫不猶豫地將飛行巡艇升空。

但是，他心中覺得好可惜，雪浪仍然存在，身為「奧米加原型」的野生人類仍在生存，他卻無法見上一面，連一個問題都沒機會提出。

「你要去拜訪瑪利亞。」那聲音忽然說出的話，又令潘曲陡地一驚！他的心思似乎無所隱藏，對方的心靈力量過於強大，能將觸角深入，讀取他的記憶！

「我陪你去，我也想去見見瑪利亞。」

潘曲又驚又喜，又滿竇疑惑：對方沒叫他用巡艇載他，但若是忌諱黑色濕婆安裝了任何監視器，對方當然也不會要上來。莫非他也有交通工具？

「可是，你要怎麼……？」

「我已經上來了，正在你身邊。」

太不可思議了！他一陣毛骨悚然，不禁轉頭觀看，果然身旁的座位是空的呀！

「我身邊沒人。」潘曲的嘴唇情不自禁地發抖了。

「你看不見我，我在你旁邊，但不在相同的空間。」

什麼意思？潘曲難以理解，這人的話是什麼意思？他是人嗎？

「你無需害怕，」聲音依舊祥和，試圖安慰他，「我認識法地瑪，而且很熟。」

「你是誰？你是雪浪的人嗎？」他這才留意到，那把聲音的口音是標準聯邦語，跟他一樣，是賈賀烏峇道地的腔調。

「如果有個名字比較方便的話，我有。」對方說，「為了令你安心，請叫我『那由他』。」

聖殿

鐵臂感到肺臟的空間慢慢變小，能進去的空氣越來越少，雖然他吃力地大口呼吸，依然無法增加氧氣量。

「凝視明光，凝視明光，」沙厄不斷地在耳邊提醒他，「跟剛才一樣，只管凝視額頭裡面的光點，呼吸變慢，不要用力呼吸。」

鐵臂試著聽沙厄的話，他相信沙厄。

果然，經過嘗試之後，很神奇的，雖然呼吸變緩，卻吸得更深。他還不瞭解的是，由於沒有拚命使力，身體的新陳代謝自然變緩了，對氧氣的需求也降低了。

「你要撐著，」沙厄說，「我還不知道三聖願不願意救你，你得撐到有救你的辦法為止。」

飛蜥在乾燥的地面奔跑，踏起陣陣沙塵，騎在牠脖子後方的御龍衛士劉累，時不時回頭瞧看他們：「你們很急嗎？」

沙厄抬頭看他：「趕不及的話，他會死。」

「我可以更快哦，」劉累說，「不過你們要坐得很穩哦。」

「那就麻煩你了。」沙厄壓低鐵臂的身子。

劉累亢奮得滿臉泛紅：「這可是連衛士長都沒體驗過的！」他扭轉手上的操縱桿，大蜥蜴發出噴氣聲，腳下加速疾跑，忽然後腿彎弓跳起，前肢兩側伸長，竟展開一片腋下的薄膜，帶著背上三人凌空滑翔。

這下子，連沙厄也發出興奮的驚呼聲。

「噗噗厲害吧？」劉累驕傲地回頭說道。

飛蜥滑翔了一段距離，體態輕盈地邊跑邊落地。

劉累熟練地操控飛蜥，牠在地面助跑了一陣之後，再度躍身飛空滑翔，如果遇到高地，牠從高處滑翔，能行進更遠的距離。

不久，劉累說：「從這裡開始不能再飛了，接近聖城了，怕無人機誤認，把飛蜥打下來。」

沙厄觀看了一下鐵臂的狀況，對劉累說：「謝謝，你已經幫了很大的忙了。」

長長高高的土黃色圍牆出現在眼前了，聖城也在圍牆後方露臉了，幾部無人機立刻出動，朝他們直飛過來。劉界用一隻手高舉掛在他頸上的牌子，讓無人機觀看，果然它們沒再前進，只在遠處繼續觀察。

才到城門，幾名衛士就包圍了上來。沙厄也舉起他項上的牌子：「請通報！沙厄緊急要見三聖！」

領頭的衛士正開口：「三聖……」沙厄立即截道：「我知道你們要說什麼，三聖很忙，三聖不隨便見人，你去通報三聖！說沙厄找到水銀了！如果不立刻見我，水銀就沒了，懂嗎？」

那衛士還想打官腔：「你憑什麼……」

沙厄兇狠地瞪著他：「你不妨試試看遲去通報的結果，你可以試的。」

那衛士不敢碰運氣，他不服氣地瞪沙厄一眼，便快步跑進去了。

沙厄低頭對鐵臂說：「你要努力撐著，等我回來，待會要不是會有好幾個人幫忙抬你進去，要不然就是任你死在這裡，你要撐著，我先過去見他們。」說著，沙厄跳下飛蜥，跑向聖殿去了。

劉界仍坐在飛蜥脖子後方，安撫牠別亂跑。他回頭望了鐵臂一眼：「別擔心，你不會孤單死去的，我會陪你到最後的。」

鐵臂真的不知該如何回答他才是好。

在早晨清寒的空氣中，陽光為他的皮膚帶來暖意，他凝望斜斜上升的太陽，讓太陽在他視線中印入一個強烈的光點，如此一來，比他自己觀想的光點更為明亮、更加圓融，當他合眼時，圓圓的白光依然在額頭中心照耀不滅，彷彿照亮了整個腦袋裡頭。

接著，腦中的陽光化成數道暖流，沿脊椎流下，分流到全身，他頓時感到生命力重新流注到肌肉之中，呼吸似乎暫時變得不重要了。

鐵臂覺得舒服多了，雖然渾身倦怠，但他不敢躺下來，因為躺著會壓住肺臟。

他不敢分心，全心全意的想像光點、想像溫暖的光像河流般流遍全身，尤其讓光流擁抱著肺部，然後呼吸果真平緩了！他很驚訝這方法竟如此有效，他在天縫下從未聽說過，說不定大長老土子也不知道。

鐵臂專心地觀想，專心地等待，不知道過了多久，忽然聽到，不，是在腦中彈出沙厄的聲音：「準備好，我來了！」

沙厄成功叫到三聖救他了？鐵臂稍一分心，頓覺肺部一陣沉重，像有石頭壓在肺臟底部似的！

他聽見腳步聲了，遠遠見到沙厄從聖殿飛跑而來，但沙厄的身體過於老舊，關節並不滑順，無法順利奔跑。

好不容易跑到飛蜥面前，沙厄大聲對劉累說：「把『噗噗』趕到聖殿前方！」

劉累猛搖頭：「哎，不行的，三聖不會准許的。」

「三聖特別准許！三聖准了！相信我，有事由我擔當！」

劉累不敢相信地覷了鐵臂一眼：「這傢伙只是個野生人類吧？三聖怎麼會特別對待他？」

「別再囉嗦！」沙厄登上飛蜥背脊，幫忙扶著鐵臂，「要是這野生人類沒命了，我叫三聖要你的命！」

劉累狐疑地蹙眉，還是驅使飛蜥走向聖殿，將鐵臂送過去。

鐵臂一抵達聖殿外，數名衛士也隨即小跑步出現，合力將鐵臂移下飛蜥，沙厄一起跟上去，卻被衛士長擋住：「三聖吩咐，你在外面等候。」

沙厄本想辯論，卻又馬上停口，眼睜睜看著鐵臂被抬進聖殿。

「告訴我你還活著。」沙厄將這句話傳給鐵臂。

等了一會兒，他也聽到鐵臂的回應了：「我還活著。」訊息很微弱，不過也足夠了。

沙厄再度將話語傳給鐵臂：「借我你的眼睛。」

「怎麼借？」

這是以前奧米加出任務時，偶爾會用上的方法。當想知悉同伴的狀況時，只消對方同意，便可借用他們的五官之一，不過通常不會借完五官，否則會造成感官錯亂，分辨不清自己和他人。

「你只要打開你的眼睛，你看見的，全讓我看見。」

「我不會做。」鐵臂的訊息越來越弱，他的聲音也夾雜著窒息和痛苦。

「只要你同意借我，只要你能開眼，我就能辦到。」

「好。」

沙厄走到聖殿旁的陰影處坐下，然後合上眼睛。

當眼睛闔上時，另一幕景象在他眼前展開了。

他看到鐵臂所看到的。

鐵臂面孔朝上地被抬進去，他盯著聖殿華麗的天花板，上面鑲了幅巨大圖案，是三個手牽手圍成一圈的小孩圖案，然後他穿過一條陰暗通道，似乎轉了好幾個彎，才終於進入一間房間。

就是這個了吧？沙厄尋思著。

三聖能夠長久維持小孩樣貌的秘密，就在這房中了嗎？

剛才他在三聖面前要求拯救鐵臂，清除吸進他肺臟的水銀氣體，並說明只有此人有能力打開地底石棺時，他打的主意就是：三聖必定要用上那部使他們永保童年的設備——如果那部設備存在的話。

出乎意料的是，三聖挺快答應他的。

無論如何，他一石二鳥的目的達到了。

他屏息期待鐵臂的眼睛能揭開三聖的秘密！

那部假想的設備，或許能淨化細胞中的沉積物，或許是修補染色體，或許能用激素抑止細胞老化，或許……沙厄還想到了其他二十多種機制。

忽然，沙厄腦中傳來鐵臂驚慌的聲音：「他們要把我怎樣？他們要把我怎樣？」

奄奄一息的鐵臂，無助地低頭看衛士將他的兩手兩腳綁在一起，然後被兩人抬向一個水槽。

沙厄只好安慰他：「我求他們救你的，他們是在救你，你要相信我。」

「可是，那是水……」鐵臂的聲音中斷了，慌張令他心神散亂，無法再集中精神將話語傳給沙厄。

沙厄繼續借用鐵臂的眼睛，心中督促道：「往周圍四處看看。」

鐵臂果然左顧右盼，不知是接收到沙厄的話了，抑或是緊張得亂甩頭。

沙厄看見了，真的是個大水槽！鐵臂被直挺挺地抬進水槽，頭部朝下先進水，沙厄看見眼前一片白濁，那水是奶白色的，從裡頭看不清楚東西。

沙厄要說服自己：他們在救鐵臂，他們知道鐵臂很重要，他們不會殺他的，殺他不必大費周章，會花費這麼多心機必定是救他。

鐵臂四肢被綁，連撥水都沒辦法，就僵直地沉到水槽之底。

他想制止液體進入口鼻，用力憋氣，但很矛盾的他需要的是呼吸，於是，他很快就失守了，奶白色的液體灌入他的鼻腔，流進他的氣管，沖進肺臟，佔滿肺泡內的空間，他毫無辦法阻止。

他放棄抵抗，臉部肌肉放鬆了，嘴巴微微張開，奶白色液體立刻毫不留情的灌入食道。鐵臂體內被液體充滿，裡面跟外面融為一體，無分無別，然後瞳孔失去張力，漸漸擴張了。

此刻，仍有意識的他，看見一片布滿光線的奶白色世界。

灰蛙

蝌蚪步出火母洞穴時，被眼前的景象震懾了。

沒有天頂的世界，天空寬闊明亮無比，世界中心的天頂樹不在了，她熟知的所有都變了樣。

經過了身體和心靈的巨大折磨後，蝌蚪對眼前的鉅變並沒驚慌失措，她的情感被痛苦掏空了，心中只有一片冷漠，彷若黏滯的泥沼，拋入石子也不起漣漪。

蝌蚪從高處俯望，忙碌著採集食物和整頓地面的族人有如螻蟻，她冷冷地望著他們，忽覺他們是可悲的卑微生物，沒有經歷過她的苦難，根本是無知無識的可憐蟲，不比老是一臉愚相的白眼魚強上多少。

她步下岩壁，高傲的挺直她全新的肉體，要讓族人瞧清楚她浴火重生的樣貌，她光滑無瑕的表皮，她高挺的乳房，以及她完整的四肢。

「那人是誰？」族人注意到正徐徐從岩壁走下來的蝌蚪，被她充滿自信的姿態吸引，紛紛停下手中的工作。

「那不是蝌蚪嗎？」有人認出來了，「她的腳怎麼是完好的？」

蝌蚪的身體暴露在陽光下，她忽然覺得皮膚表面怪怪的，除了被陽光曬得暖和之外，還感到皮下有一層薄薄的麻感，像是鋪上一層靜電。她低頭望去，看見不僅只乳頭，只要在陽光下的皮膚都泛著奇異的灰綠色光澤，而且越強的光線顯得越翠綠，全身因陽光而充滿了力量！

將近走到地面時，她看見她的好友紅莓走了上來，眉頭間一股憂慮：「蝌蚪，妳的皮膚怎麼了？妳還好吧？」

「我很好，」她對紅莓關心的表情覺得有些噁心，「我覺得很有精神。」

「妳餓了嗎？自從……那天之後，妳還沒吃過東西吧？」

蝌蚪這才發現，她真的一點都不會餓：「我只想喝水。」

「好，好，」紅莓牽她的手，帶她跨上巨岩堆，「我們找到小光河了，在石頭下方的水仍舊乾淨，我帶妳去喝。」

她們在巨岩堆上走了一小段路，從一個很大的縫隙走下去，有一處巨岩四面擁護的圈子，陽光斜斜照入，有條清水潺潺而流的溪流。

蝌蚪蹲下喝了些水，頓時感到體內力量增長，她下意識將身體移動到陽光照耀之處，如此會令她很有精神。

紅莓看到蚪蚪的樣貌，欣喜之中隱含著不安：她砸成稀爛的腿怎麼回來的？她的皮膚顏色是怎麼回事？還有她的冷漠，是驚嚇造成的影響仍在嗎？或是——紅莓對這突來的想法感到戰慄——她其實不是蚪蚪？

「妳覺得我很奇怪嗎？」蚪蚪忽然問紅莓。

「有點，」紅莓不習慣說謊，「不過看妳好像比以前還要好呢，我待會去找個衣料給妳擋身體。」

「不了，我覺得這樣很好，很舒服。」蚪蚪站起來，在陽光下展開兩臂旋轉身體，讓每寸肌膚充分受到照耀，皮下立時出現點點翠綠。

蚪蚪加入族人整理家鄉的行列，她負責搭建遮蔽的棚子，他們沿著岩壁建立棚子供平日遮蔭，晚間則進入避難洞安眠。她的膚色很引人注目，她的食量也非常地少，在在處處都顯示她已經不是以前的那個蚪蚪。

接近她的人彷彿感到她身上有一股氣勢，會不自覺地順從她。

白眼魚也留意到，有一群族人常常會聚到蚪蚪身邊，儼然成為一位新的領袖。雖然她沒對白眼魚做什麼，但白眼魚已經感受到威脅，她擔心無法好好治理這群族人。

白眼魚為此質問電腦巴蜀：「你不是只是單純地重建蚪蚪，你究竟還對她做了什麼事？」

巴蜀的回答閃爍：「那是章程之內的作業流程。」

在跟火母逾百年的合作中，禁區電腦巴蜀曾經產生自我意識，會反對火母的意見，甚至至關閉白眼魚腦中的火母記憶立方體，並將白眼魚困在天縫之外，要不是白眼魚想到長老們的完整聖語可能有用，竟能將巴蜀整個重設回出廠設定，今天她或許已沒命坐在這裡。

由於前車之鑑，她不敢完全信任巴蜀，她甚至不確定巴蜀是否真正重新設定了，說不定依然是之前那個意圖害死她的巴蜀呢。

她好希望找到開啟火母記憶立方體的方法，失去火母的意識令她十分無助。

總之，巴蜀一定做了什麼事，而且不願意告訴她。

族人的生活慢慢步上了軌道，生活作息也漸漸建立了新的秩序，族人們也開始步出天縫之外的範圍，探索四周的世界，尋找新的食物來源。

他們依舊在每日傍晚集體用餐，白眼魚所扮演的火母角色不再高高在上，每天跟她自幼熟悉的族人們一起用餐。

某天的晚餐，在夕陽優美的景色包圍中，大家坐在巨岩高處用餐之際，蝌蚪忽然站起來。

她一站起來，好些人頓時停止用餐，用崇敬的眼神瞻視她。

白眼魚覺得氣氛十分不對勁。

「我要宣布一件事。」蝌蚪大聲說，然後等待所有人安靜了，才繼續說：「從此以後，請別再叫我蝌蚪，我死而復生，是第二次的生命，我不再是先前的蝌蚪。」

「那麼妳是誰呢？」有個小孩揶揄問道。

「蝌蚪會完全變成另一種生物，」她低頭向小孩說：「我也是，所以以後請叫我灰蛙，」她拍拍自己的身體，強調道：「灰蛙！」

說完，她還慢慢迴轉赤裸的身體，讓眾人看清楚她的每一寸肌膚，在日落的橙黃色光輝下如同精雕細琢的女神，白眼魚聽到有人發出嘆息聲。

人群中的大石，曾經地位崇高的守望者，覷了蝌蚪一眼，便默默地低下頭吃東西。當初蝌蚪如此愛戀他，他當她是峭壁上的普通小花，只不過短短的日子，幾近蛻殼的蝌蚪竟蛻變成令人驚嘆的形態，發出鎮壓眾人的氣勢。

大石心中五味雜陳，偷瞥白眼魚，看見白眼魚的眼中流露出不安，他也暗自吃驚了一下，不久便明白了。

他感覺到風暴前夕的低悶氣壓，只不過在不久以前，當他曾經接近權力頂峰時，他也無時無刻不在心中計算，他認為白眼魚也像他一樣，不過就是惦念權力的滋味而已。

但是他誤解了，他不理解白眼魚的心量，她考慮到的只有族人，沒有自身；也不會明白她這些日子的經歷，如同無常的海浪般突高突低，時而巨浪排空，時而暗礁，時而亂流。

有老人提出質疑：「我們代代相承的規矩，是不得擅自改變名字，因為名字是受到祖先認可的，是受到祖先祝福的，妳要改名的話，也必須問過火母。」言畢，老人望向白眼魚。

大長老柔光覺得氣氛不尋常，觀看另一位大長老搖尾蟲，只見搖尾蟲無知無覺，只是自顧自地進食，他察覺到柔光的眼神，還欣喜地告訴她：「這東西特別，以前天縫時沒吃過呢。」

柔光回想到天頂崩塌之前，她曾經附和蝌蚪對白眼魚的敵意，胸中霎然感受到一股沉重的壓力，如鯁在喉。

「是的……」柔光出聲了，眾人立刻注目。大長老的說話依然有力，不僅因為許多人是柔光的子孫，也因為她是土子的直接傳承，「名字是神聖的，名字代表你的魂魄，不得輕易改變，妳應該先請示火母。」她希望為白眼魚扳回一些優勢。

「如何？」蝌蚪轉向白眼魚，「請問我可以改名叫灰蛙嗎？」

此時此刻，白眼魚不能示弱，她必須保持火母這個身分的尊嚴，盡力維持冷傲的表情：「原則上是不容許的，不過我可以先為妳請示祖先，看看能否開個先例。」

「我們已經跟光明之地連在一起了，為何沒見到妳說的祖先呢？」

蚪蚪此言一出，大長老柔光背脊一陣顫抖，族人們也有人低頭議論了。

「妳問得很好，」白眼魚抬起鼻尖，「不過光明之神要休息了，黑夜將臨，夜晚的猛獸即將出動，我不能讓你們冒生命危險聽我說故事。」

白眼魚的理由能說服眾人，蚪蚪接不下去。

「所以，」白眼魚說，「咱們明日早點晚餐，我會告訴你們更多光明之地的事，還有妳，」她用凌厲的眼神瞟了蚪蚪一眼，「我們將用『聖木』請示祖先會不會接受改名。」

白眼魚說完後，靜靜地用餐，旁人也不敢再吭聲。她吃完晚餐後，仍然不發一言，默默的步上岩壁，回到火母洞穴。

蚪蚪目送白眼魚，有一批人也隨著她的目光盯住白眼魚。

當山丘後方只露出剩下半個太陽時，他們拾起篝火的木柴，用木柴前端點燃的紅光照亮路，開始邁步走進避難洞，準備一日的休憩。

接著，白眼魚從高處發出哨聲，提醒族人要關洞門了。

聽見哨聲，族人紛紛向西方站立，看著落日沉沒，這是他們新產生的儀式。

白眼魚有計畫地讓他們先熟悉太陽的起落，再一步步認識這個陌生的舊世界。

然而，她費盡心思擬定的進程，可能沒時間逐步完成了。

發出第二次哨聲後，她吩咐電腦巴蜀開始關上避難洞的門。

「我很累，想睡了。」她對巴蜀說，「請開啟電磁屏幕。」

「巴蜀謹聽吩咐。」

「我躺下後，請關燈吧，省下電力。」

「巴蜀謹聽吩咐。」

今晚的巴蜀很順從。

白眼魚躺下了，洞穴內的燈光也關上了，洞裡漆黑無比，白眼魚聽得見電腦運作中的細微聲音，散熱系統發出的低頻聲，電流的滋滋聲，以及她自己的呼吸聲。

漸漸地，眼睛適應了黑暗，四周慢慢顯出了模糊的輪廓。

半個小時、一個小時過去，白眼魚靜靜地躺著不動，仍不敢完全合上眼睛。

忽然，通道一片寧靜。

原本在通道中迴盪的微弱低沉音，忽然安靜了。

她知道是怎麼回事。

洞口的電磁屏幕被關閉了，巴蜀讓別人可以進入洞穴了。

白眼魚心跳加速，但她極力控制著呼吸的頻率，同時盡力專注在聽覺——失去了火母記憶立方體的聽覺加強，惟有全然黑暗能令聽力敏銳。

「土子，幫助我。」她心中低吟著，指尖輕觸放在身旁的土子皮袋，「鐵臂，救我……」

那由他

在九公里的高空中，潘曲駕駛飛行巡艇，朝非洲方向飛去，他身邊的座位空無一人，卻有個自稱「那由他」的聲音，宣稱他正坐在該處。

那由他？潘曲沒聽過這名字。他跟法地瑪是何關係？

對方似乎馬上察覺了他的心思：「法地瑪，算是我的姊妹，我是她的兄弟。」

禁區雪浪的居民，是互稱兄弟的嗎？

「我的意思是真正的姊妹，我們有共同的父母。」

潘曲有些懼怕，他發現在那由他面前，他的思緒根本無處可躲。

他的頭依然是原本的頭顱，不像生化人的記憶立方體，即使黑神濕婆也無法讀取他的思緒，然而，那由他卻輕鬆知道他的念頭。

不知這位那由他的心靈觸角有能力伸得多深？

比起想知道那由他的身分，潘曲對他的能力更有興趣。

「這種能力，是如何得到的？」

「哪一種？」

「你說你在我身邊，又在另一個空間，這是什麼能力？你如何得到的？」

那由他沉吟了一陣，才說：「要說得到，應該是本來沒有而後來擁有的，才叫做『得到』，但這是本來就具有的，只不過被遮蔽了，要是去除屏障了，能力就不被阻礙了。」

潘曲聽不懂。

「你現在所具有的能力，也是去除了某些障礙才顯露的。」

這些對話全都無聲無息，只在腦海中迴響，甚至不算是聲音，而是大腦皮層聽覺區中的意識流動。

潘曲不知道該害怕好還是感動好，即使是托特——他所認識力量最強的奧米加——也遠遠不及這位那由他。

但是，那由他並沒有一丁點威脅感，不像三聖或濕婆可能奪命，甚至不像紫色120或鐵臂的難以判斷，那由他就如一道偶然的清風，彷彿只是順道一同前往賈賀烏峇的過客而已。

「我不明白，能力本來就有？我去除了什麼呢？什麼在擋著我？」

那由他沉默了一段時間，潘曲還以為他不在了。

「你經過了很多事，很多，」原來剛才那由他在讀取潘曲的記憶，「但從來沒人向你們解釋過奧米加的能力。」

「這就是為何我剛才要去雪浪，」潘曲說，「我相信奧米加原型在那兒，他們可以解釋給我聽。」

「奧米加原型，嗯。」那由他的回應意味深長。

接著兩人都不說話了。

因為潘曲知道，無論他在想什麼，那由他都會曉得，所以也不刻意跟那由他對話了。他曾經試著控制自己的意念，試圖不起任何念頭，沒想到反而雜念紛飛，這才發覺在平日的種種念頭之下，原來還在背景中躲著更多細密的念頭，不停的乍起乍滅，如同風暴的沙塵般紛亂。

既然意圖抑制念頭是徒然，他只好不管它了。

潘曲檢查飛行高度，計算抵達賈賀烏峇的時間，外頭溫度極低，他還調高巡艇內的溫度。

「謝謝你。」那由他突然說。

潘曲大為驚訝：「為什麼？」

「我們之前完全不知道濕婆的存在。」

「濕婆應該是一部巨型電腦，這很重要嗎？」

「重要。」那由他說，「他很邪惡。」

「你用了『他』，而不是『它』。」

「他有心靈，就跟瑪利亞一樣。」那由他的聲音忽然令潘曲感到有些沉重，「不同的是，我感覺到一股惡意。」

聽那由他這麼說，潘曲亦覺毛骨悚然，濕婆的確不斷在威脅他的生命，並且在他體內不知何處埋藏了什麼。

「他放置晶片在你的體內，不只一處，而是兩處。」

潘曲不禁緊繃起身體：「你知道部位嗎？」

「你無法取出，他設計好了，取出時會傷害到很多系統，取出後也會有危險。」那由他的聲音冷靜，「很邪惡。」

潘曲咬牙忖著：「他給我三十天，取回瑪利亞的核心。」

「有意思。」

「你能知道他的目的嗎？」

「我不知道，但猜得到一些。」

接著，那由他又沉默了。

飛行巡艇離開了雪山範圍，進入一片黃沙土地，潘曲開啟生物偵察儀，順便確認沿途的幾個禁區，是否仍然有人居住。

那由他又忽然搭話：「你很想知道托特後來怎樣了嗎？」

「你認識托特嗎？」

「我沒見過他，曾聽法地瑪提過他。」

「地球聯邦崩潰後，他拜託我們……」

「原來如此，難怪了，是法地瑪拜託他的。」

「法地瑪拜託的？」

「她曾說，萬一你們有去古紀元一六二六年的古北京出任務，請去找一個人，是在你們前輩的時代逃遁去的公民，編號θ81402028的，然後告訴他一句話。」

「就這樣？」潘曲頗感驚訝。

「就這樣。」

「我們集合八個奧米加的力量，才將他送過去千多年前，也不知他到達了沒？」

「他成功到達了，不過到達的年份比計畫中的早了很多年。」

悶在心中四十年的疑問，終於有了答案，潘曲十分激動：「然後呢？他有遇上那人嗎？」

「遇上了。」

潘曲眼眶發熱，淚水都快流出來了。

托特竟然真的辦到了，他深深感到不可思議！

「你的能力，能知道未來。」

「不，我知道的是過去。」

潘曲想想也對，托特的未來不在未來，而是在過去。無論如何，前往千餘年前的托特，早已化成灰燼了吧。

「那麼，濕婆的過去呢？瑪利亞知道他的存在嗎？他如何把自己躲起來？」
「這麼說好了，」那由他輕描淡寫：「濕婆是瑪利亞的前身。」
「什麼？」潘曲吃驚得差點用嘴巴叫出來。
「別說話，一說出聲音就會記錄下來了。」那由他提醒道，「你的意識，是濕婆唯一無法入侵的地方。」
「是的，」潘曲極力讓自己冷靜下來，「你說濕婆是瑪利亞的前身？」
「先有濕婆，才有瑪利亞。」那由他說，「更詳細地說，濕婆是瑪利亞的原型。」
潘曲震驚得久久無法自已，他需要點時間來消化這個訊息。
「你早就知道了嗎？」
「我剛才謝謝你，因為你的記憶讓我知道濕婆的存在，記得吧？」那由他說，「然後我到時空記憶去尋找濕婆的時空軌跡，看到瑪利亞的時空軌跡從它那兒分支出去。」
潘曲聽得覺得頭腦都要裂開了，什麼時空記憶、時空軌跡？他可以想像那由他的意思，但完全體會不到那由他的境界。
「難道……這就是濕婆想要取得瑪利亞的核心嗎？然後，然後他要怎樣？」
「你真正問題應該是，」那由他說，「瑪利亞並沒有一個核心。」
「你怎麼知道？」
「我認識瑪利亞很久了。」那由他的語調變得幽幽的，「打從還在人工子宮裡頭，我就認識瑪利亞了。」
人工子宮？所以這位神秘的無形人那由他也曾經是位聯邦公民，而不是雪浪禁區的野生人類嗎？

潘曲快要承受不住這龐大的訊息量了。

「我跟瑪利亞是老相識，將近四十年前，祂忽然安靜之後，我都還沒回去瞧瞧呢。」

「你究竟是什麼人？」潘曲連腦中的聲音都在顫抖。

「我的身分曾經是秘密，」那由他試圖緩和潘曲的感受，「路途還長，讓我告訴你我的來歷吧。」

第四章

地底

以水銀為百川江河大海，機相灌輸，
上具天文，下具地理，以人魚膏為燭，度不滅者久之。

●● 司馬遷《史記．秦始王本紀》●●

長生

鐵臂發現自己沒死。

他被投入溫暖的水槽，肺臟進水了，內臟也灌滿了奶白色的液體，理應溺斃的他，卻仍然能夠在水中呼吸！

「鐵臂！鐵臂！」他腦中迸出沙厄的聲音，「你還在嗎？」

原本因吸入水銀氣而變得沉重的肺臟，似乎受到奶白液體的洗滌，變得輕盈而舒服，連曾經在天縫下跌倒撞傷的舊傷，都能清楚感到它被溶化了。

沉積在細胞中的代謝廢物，被奶白液體溶解、釋出，渾身細胞頓時煥然一新，身體愈加輕鬆，如同初生嬰兒般清新。

鐵臂無法用語言形容當下的感覺，他所掌握的辭彙，此刻才顯得過於不足。

「鐵臂，你有張開眼睛嗎？」沙厄跟他約好的，要借用他的視覺。

他嘗試在水中張開眼睛，竟驚奇地發覺眼睛並不疼痛，反而十分舒服，彷彿被羊水保護般令人安心。

四周白濛濛一片，什麼也看不到，剛入水時還頗為恐懼的他，此時竟漸漸安心，彷若待在溫暖的羊水中那般安心。

當他正沉浸於舒服之中時，水槽底部忽然有樣東西緩緩升起，將他推上水面，馬上有人在水槽外扶住他，另一人將一個罩子蓋在他嘴巴上，有一股逆壓從罩子裡面抽吸，將他體內的奶白液體抽出。

身體忽然回到外界，像被從天堂硬生生抽離，鐵臂反而很不舒服，連肺臟的呼吸都感到陌生。

有人用一塊厚布包住他，為他擦拭殘留的液體，免得他受寒，鐵臂打著哆嗦，正想回頭再看一眼那水槽，卻驚見有個小女孩站在他前方二十步之距，在十名衛士的守護下，遠遠地盯住他，令他一時拋掉要回頭的念頭。

他認得，就是此地「蓬萊」的統治者「三聖」之一，那位長髮的小女孩。也就是當他們派女子去跟他交配時，他故意氣他們說真正想要交配的對象。

那長髮女孩穿著一身奶黃色的亞麻衣，一臉傲氣地看著他，要不是早知道她的真實年紀，鐵臂還會好奇她稚氣的臉孔下，為何有一副歷經世故的表情。

這一次，在他眼前的不是虛幻的電磁屏幕影像，而是真正的女孩。

「是隻猴子，洗乾淨了，還是隻猴子。」他聽見女孩冷峻的聲音，彷彿正在他耳邊講話，卻聲調模糊，且沒見她張嘴，「讓他用我們寶貴的白晶水，值得嗎？」

「如果他能拿得到，當然值得。」有人回答女孩，聲若洪鐘，但他也沒見到其他人開口。

忽然，他們交談的聲音沉默了。

鐵臂感到一道強烈的視線從側邊盯住他，但他不敢轉頭望過去。

跟女孩說話的人似乎察覺到異狀，不再有對話。

而鐵臂佯裝什麼也不知道，繼續扮演聽不懂他們的語言。

他認為，剛才他們的交談，應該跟沙厄一樣，是利用心靈來交流的，他不想讓他們知道他聽得到。

剛才女孩說那些奶白色的液體叫白晶水是吧？

難道那種白晶水不僅清洗他的身體，還同時清洗了其他東西？

不然他為什麼可以聽見他人的對話？

「給我看看他的身體。」女孩命令一下，鐵臂後方的衛士立刻扯走厚布，鐵臂挺直身子，堅定地望著女孩。

「身體倒是人的，我以為有這張猴臉，說不定全身是毛呢。」女孩口中說著，兩眼忍不住端詳他精壯的體格、堅實的肌膚，當她與鐵臂明亮的眼神接觸時，忽然畏縮地別開視線。

鐵臂發覺，他竟能感覺到她的心思。如同在平靜如鏡的水面，只消小小的擾動，就能漾起一圈漣漪，她的心思正如漣漪的邊緣，輕輕滑過鐵臂的心，他就察覺到了。

浸泡過白晶水後，他的心更敏感、更細膩了。

即使如此，他還是不知道跟女孩用心念說話的是什麼人。

「夠了，把他送回去地底，讓他今天完成工作。」女孩轉身離開，鐵臂隨即被蒙上眼睛，帶離聖殿。

在聖殿外久候多時的沙厄見他被帶出來，緊張地一骨碌跳起，老舊的生化軀體不由得發出嘰嘰聲。

衛士將鐵臂交給沙厄：「傳達三聖的命令，今天要將東西找到！」

沙厄低聲下氣地微微彎腰。

他們登上飛蜥的背脊，騎在飛蜥脖子上的劉杲驚奇地望著鐵臂：「你可真的活著回來了！」他上下打量鐵臂：「瞧你，洗澡都沒那麼乾淨！」

「別多說了，」沙厄向劉杲招招手，「馬上趕回去。」

「好的好的，」劉杲的表情喜不自勝，「你們肯定是很重要的人物，我要立功了！」

劉累熟練地操御飛蜥，很快地回到「石頭人」的地底大廳。

當衛士們看見完好無缺、而且似乎更有精神的鐵臂時，不禁愣住，直盯著他和沙厄一步步走近，連借他們飛蜥的衛士長也面色凝重，他特別注意奴隸們的反應。

果然，當鐵臂步入大廳時，奴隸群中爆出驚訝的嘆息聲，鐵臂不僅是第一個活著出來的奴工，還像重生一般完好無缺地回來，狀況更勝昨日。

看見奴隸們露出崇拜的眼神，衛士長不喜歡，他嗅到危險的味道。奴隸只需要恐懼，不需要崇拜，崇拜會帶來希望的幻象，讓奴隸抱著希望是危險的。

衛士長要壓壓鐵臂的光芒，他拿著電子鎖扣，要重新為鐵臂戴上，讓他跟其他奴隸一樣，卻被沙厄阻止了：「不需要，這東西會妨礙他。」

「這是三聖的規定。」衛士長冷冷回道。

「三聖要我們今天就結束這件事，你不會希望出岔子的。」沙厄拍打胸口，「我沙厄用性命保證，他不會逃走的。」

「你怎麼知道？他告訴你的嗎？」衛士長緊盯沙厄的眼睛，意圖逮到謊言的線索。

「我們只有一條路進出，你說，有地方逃嗎？」沙厄不中他的計。

兩人劍拔弩張地互視了一陣，鐵臂則在一旁閉目養神，等了一會，衛士長才轉身向奴隸們走去，口中說：「今天還剩下的時間不多，再兩個小時就是日落。」

沙厄也不多說什麼，跟衛士要來氣囊和鼻管，為鐵臂接上了，又讓衛士幫自己接上，才用心念對鐵臂說：「走吧。」兩人齊齊走進地下室，消失在眾人眼前。

他們循著原路，走回那間充滿水銀的地下室，途中，鐵臂終於開口說話：「你現在能告訴我，你們要找的是什麼了嗎？」

沙厄初次聽見鐵臂真實的聲音，還不禁呆了一下，才說：「那是個墓室。」

「墓室是什麼？」

「埋葬死者的地方，只有非常有權勢的人才會建造這麼大的墓室，那個石頭是放死者的石棺，裡面的人，當然是遠古一位很重要的人物。」沙厄說得出墓主的名字，更有能力對墓主的歷史侃侃而談，但他知道這些對鐵臂毫無意義。

鐵臂腦子不停打轉，他們天縫下沒有埋葬的習俗，他們最重要的人物就是大長老和火母，但也不會花費人力和時間去做這種墓室。

「為什麼他要放毒呢？因為不要別人偷他的東西？」

「不是的，事實上，古時候要收集這麼多的水銀是很困難的，」沙厄腦中浮現從礦石提煉析離出水銀這種液態金屬的製程，「遠古的人相信，水銀能令他的肉體永遠不會敗壞，甚至能成為一種稱為『仙人』的超級生命。」

「超級生命……」

「仙人是一種不老不死的生命體，或說跟天地同壽命，也就是說，他們的生命仍有終點，不過會很長很長，這個地下墓室的主人，他在活著時，很希望當上仙人。」

「看來他沒成功，」鐵臂說，「所以他做了很多石頭人在地底陪他。」

那些是他的地底軍隊，他想攻佔死後的世界。沙厄忖著，不過口中不說。

「那石棺盛滿了水銀，我們要找的東西就在水銀之中。」

「就是那個人的殼嗎？」

「殼？」沙厄很快猜到鐵臂的意思，他搖搖頭：「不，三聖說得很清楚，是一顆球。」

「一顆球。」鐵臂沒看過球，天縫下沒有球，但他從潘曲的「流出」中截取到這個概念。

「而且三聖連大小都知道，大概有我的頭這麼大。」沙厄摸摸斑白的頭髮。其實他十分費解，他年輕時曾是地球聯邦的歷史研究員，也曾對這個三千年的古墓下過工夫研究，也沒見過有關「球」的資料。

他摸不清蓬萊三聖的來路，他們是如何／為何知道「球」的存在呢？約四十年前，當「蓬萊」仍是地球聯邦的東亞區首都時，這三個人是以何種方式存在？是像他一樣的某種秘密實驗嗎？

他們等一下就會知道了。

「好了，戴上鼻管，我們要進去了。」

夜遁

情況對白眼魚十分不利。

擋在火母洞穴外面的電磁屏幕關掉了，有能力做這件事的，惟有禁區電腦巴蜀。

她不是已經用「聖語」重設巴蜀了嗎？難道巴蜀很巧妙地騙了她？或是巴蜀又喚回了叛變的記憶？

不管怎樣，白眼魚都應該要立刻遁逃。

叛變時的巴蜀曾經說過，火母的軀體報廢後，對天縫下最好的選擇並不是讓火母的記憶立方體在人類的腦中繼續執行工作，而是由像蝌蚪那般有領袖氣魄，敢於發言的人取代。

所以巴蜀要毀掉她。

最簡單的是讓蝌蚪進來火母洞穴，將她殺死。

「不對！」白眼魚不同意，暗自告訴自己，「蝌蚪只是很會耍心機，喜歡操縱人心！難道別人看不出來嗎？」她並不戀棧權力，這完全不是她的志趣，但她不能讓族人被一個權慾薰心的人帶領走向懸崖。

惟有保住性命，才有希望。

她確定體積不大的雷射槍「火種」仍握在手中，用土子的蛻殼製作的皮囊有在身邊，然後，她一邊假裝發出夢囈，一邊轉動身體側躺，預備悄悄下床。

她在黑暗中靜待了一陣，猜想巴蜀正在觀察她，她靜悄悄地、很緩慢地移動身子，將腳慢慢放下地面。

她知道巴蜀的弱點，洞穴內沒有紅外線裝置，只要沒有光線，巴蜀是看不見她的。然而她臍下仍有晶片，巴蜀能偵測到她的心跳呼吸等生命指數，因此她必須極力保持冷靜。

蝌蚪已經到哪裡了？仍在登上岩壁嗎？或已走在外頭的通道上？白眼魚胸口緊繃，她沒有多餘時間，腦中演練著她剛才已經演練過很多次的逃走路線。

她已在這洞穴中行走過無數遍，即使在黑暗中沒有視線，依然能摸黑走到任何她要的位置。

於是，她踮高腳尖，迅速移動到出口，探聽通道的動靜。

果然，她聽到洞穴入口的方向，有腳底摩擦地面的窸窣聲，而且有重有輕，不只一個人。所以，巴蜀果然放人闖進來了，不管他們打算如何對付白眼魚，都不會是她想要的。

「火母？」黑暗中忽然出現巴蜀的聲音，它悄聲呼叫，似在探看她是否醒著。

不能等了，白眼魚踏出通道，她腳下穿了軟鞋，亦是天縫唯一的一雙鞋，踏在岩石地面，像貓步般安靜。

「火母？」巴蜀再度探問。

白眼魚屏著息，正要往通道深處走去時，忽來的一陣毛骨悚然，感覺到身邊有人！

那人存在的感覺是如此強烈，他是如何靠近她而不被發現的？

白眼魚驚慌四顧，竟見到有個白影，正站在她跟房間出口之間，發出幽幽的黯淡光芒，在黑暗中格外顯眼。

這人影對她散發出溫柔的慈愛氣息，沒有絲毫威脅感，跟她剛才在洞穴外平台感覺到的相同。

終於，她恍然大悟，心中忖道：「大長老？」不禁抓緊土子蛻殼的囊袋。

這人影看起來比較年輕，也沒有土子因腳痛而歪一邊身子的姿勢，但從他給她的感覺，的確是土子無疑！

當她無助地仰躺著，巴蜀將火母的記憶立方體植入她的頭顱時，也曾看見過通體晶瑩的年輕土子，只是她當時想不通、看不透。此時此刻她才明白，不僅只是土子蛻殼的皮囊在她身邊，土子也實際上一直在她身邊！

那白色人影對她頷首，然後指向通道末端，白眼魚不再多想，立刻加快腳步，摸著洞穴內壁，逐步走向停泊飛行巡艇的房間。她回頭瞧看，白色人影依然站在剛才的位置，似在幫她擋住偷襲者的去路。

洞穴內傳來巴蜀的聲音：「她逃了。」說著，通道赫然大放光明，白眼魚馬上眼睛刺痛，腳下仍舊不敢停止，邊擦眼淚邊快步移動。

「她在那裡！」通道彼端傳來蝌蚪冷酷的聲音，白眼魚回頭睜開眼睛，看見遠處是全身灰綠色的蝌蚪，以及兩男一女的族人，他們必定是在避難洞關門時刻意留在外頭，算計好來攻擊她的。

不待刺痛流淚的眼睛恢復，立刻有個男子拔腿奔跑向白眼魚，手中握著魚叉，是捕魚隊的人！在天花板的白光下，白眼魚沒再看見土子的白影，但是當那男子跑到白影所站的位置時，竟會猛然打個冷顫，弓著身體跪倒在地。

「你幹什麼？為什麼不追？」在蝌蚪的吆喝聲中，白眼魚放開兩腿，奔向飛行巡艇的所在，同時將手中的火種調至低強度，準備隨時防身，雖然她不想傷害任何族人。

身後的腳步聲更多了，他們經過土子的白影時，紛紛忽然渾身發冷，內心莫名湧現極大的畏懼，兩腿膝蓋也發軟了，惟有蝌蚪不為所動，筆直地走向白眼魚。她也有感覺異樣，但她漠視那股闖入她心中的恐懼，因為她面臨過更大的恐懼、真正的恐懼，再也沒有什麼能擋住她的去路。

她手中握著石刃，發紅的雙眼直盯白眼魚背部，看準打算刺下去的部位，心中已在模擬石刃透入人體時的手感。

「沒有人體驗過我的痛苦，沒有人比我更痛苦，所以他們不會比我痛！」她心中吶喊，狠狠瞪著白眼魚的頸動脈，甚至遠遠都能看見脖子上的脈搏跳動！

白眼魚跑進飛行巡艇停泊室，但她不能再吩咐巴蜀關上入口了，她只能儘快登上飛行巡艇，即刻啟動引擎、關上門，更重要的是，她要確定巡艇依然保持在黑毛鬼攻擊之夜的手動設定，如此巴蜀就無法接管巡艇。

蝌蚪走進巡艇停泊室，她直視著坐在巡艇內的白眼魚，心中的怒火達到極點，因為她預設的夢想破滅了！她原本期盼明天在平台上高舉白眼魚的頭，同時展示無頭的屍體，好宣示她接管一切，然而白眼魚的頭近在咫尺，她卻無法前去割下。

「你不能做點什麼嗎？」蝌蚪吆喝道，「你說你才是天縫真正的主宰，難道你沒辦法打開她的門嗎？」

白眼魚聽到巡艇的操控板發出訊號，顯然是巴蜀企圖接管巡艇的操作。

她知道巴蜀辦不到，但誰知道？說不定巴蜀藏了一手。

白眼魚按下通訊鈕，跟巴蜀連接上：「巴蜀，現在發生的事，是根據你的計算而來的嗎？」

巴蜀沒回應她，但從操縱板上的訊號變化，她知道巴蜀不斷在嘗試覆蓋她的操縱權，可是引擎已經啟動，必須要她動手按下授權鈕，巴蜀才能接手。此時，白眼魚才充分感受到「手動」比自動的好處。

她深知巴蜀的性格，他的思考是非線性的，然而他的決定是不容置換的，即使發生錯誤的結果，他的邏輯也不許他認錯，惟有抹除錯誤的結果，所以她不能告訴巴蜀說他錯了，他會更抓狂，更加要證明他的正確性。

「巴蜀，你的計算只有唯一解嗎？或是有多個解？甚至是無窮解？」白眼魚小心地繼續跟巴蜀談判，避免正面指出他的錯失，而是拋出選擇題給他，「你有使用混沌模式嗎？有留下空間給其他的解嗎？如果我死了，紫色０３０跟你百年來建立的經驗就永遠消失了。」

「錯誤，」巴蜀的聲音從通訊器傳出，「我們才剛展開合作，我就發現妳是瑕疵品，你沒有生化人紫色系列的內建程式，『母親』不容許瑕疵品，為了禁區安危，在母親指派新的守護員之前，妳必須先被關掉。」

白眼魚覺得混亂，這個巴蜀究竟是有著百年履歷的巴蜀，抑或是重設回原廠狀態的巴蜀？或更像是兩者的混合體？

「或者，你只需要放我走，打開上面的開口，讓我離開。」白眼魚說，「如果禁區CK21發生緊急危難，我仍然是可靠的外援。」

「錯誤，如果危急，母親會從首都大圍牆派遣支援前來。」

「母親已經有三十九年失去聯絡了，你可以查看紫色030的紀錄。」

「錯誤，錯誤，錯誤。」

蝌蚪在巡艇的透明罩外頭虎視眈眈，她見白眼魚久無動靜，便拿著石刃趨近飛行巡艇，尋找下手之處，此時，其餘三名族人也從通道抵達了，四人包圍飛行巡艇，以逸待勞。

白眼魚知道巴蜀已無法溝通，於是關掉通訊器。

她面對幾個困境。

她想從停泊室上方的出口逃走，但頂上的出口僅有巴蜀能打開。

她想從洞穴入口離開，但通道寬度不足於讓飛行巡艇通過。

她想擊破上方出口，但飛行巡艇沒有攻擊性武器。

她已經技窮。

不，還有方法，這些選擇看起來是沒有交集的平行線，然而依「影射幾何學」，平行線也會在無限遠處交集。

於是，她開啟反重力場，巡艇四周馬上出現一層無形的罩子，將所有靠近的物體反推回去。蚪蚪等四人也感覺到那股力場了，他們眼前彷彿有股壓力，每當試圖靠近，都會將他們推走。

「來吧！」白眼魚緊瞪著蚪蚪，手中忽然調整加大反重力半徑，四名包圍者馬上往四方彈開，有跌倒在地之後被推到邊緣，有被擠壓在岩壁上動彈不得，蚪蚪警覺性最高，她察覺有異，即刻飛跑向通道，仍被反重力場撞上背部，摔倒在地，再被反重力場推到岩壁邊緣。

白眼魚持續增強反重力半徑，將四人推擠到貼在四壁上，但她不希望他們死，不希望傷及他們的骨骼和內臟，於是手中很小心地微調，讓他們被擠壓得呼吸困難。

她不斷觀察周圍的四人，見有名男子臉色蒼白，眼神空洞，顯是快暈過去了，一名女子也兩臂無力的下垂，惟有蚪蚪，頑強地怒盼著她，屈著兩臂極力抵抗反重力場，讓肺部有呼吸的空間。

「妳別抵抗吧，」白眼魚呢喃道，「不然會害死其他人的……」

蚪蚪有今天，白眼魚覺得自己要負一半責任，當初令天頂崩塌，將黑毛鬼壓死的同時，也將六名守護在避難洞口的族人壓成肉醬，唯一倖存的蚪蚪才會變成怪物的。

她不能再令更多族人送命了，「對不起了！」她忽地增強反重力場，蚪蚪擋住臉部的手臂登時折斷，重重撞上臉部，暈眩過去。

白眼魚迅速關掉反重力場，觀察四人，等了一會，確定他們暫時無法站起來了，才打開巡艇的門。

她將身體露出一半，用雷射槍「火種」對準頂上出口，射向出口四周，跟她毀壞天頂的方法異曲同工。

「妳在做什麼？」巴蜀沒有抑揚頓挫的聲音從通道傳來。

白眼魚無暇回答他，她一邊忙著加熱出口周邊的岩石，還得留意蚪蚪有沒有甦醒。

「妳會令天花板崩塌的。」

一塊火紅的岩石出現裂痕，發出裂開的聲音。

「請停手，黑毛鬼會從那邊進來的。」

白眼魚不理他，繼續加熱岩石天花板，令石頭膨脹，然後碎裂。

忽然，天花板的出口傳出「轟」的一聲，蓋子緩緩地打開了。

白眼魚愣了一下，趕緊關掉火種的雷射光。

是真的，蓋子很快地開啟完畢，與此同時，停泊室內的燈光亮度降低，露出布滿星星的夜空。

「巴蜀，」白眼魚暗自說，「你再次計算過損益了吧？」

她沒時間猶豫，立刻回到駕駛座，在巴蜀反悔之前，用最快速度上升飛行巡艇，穿過出口，朝星空直線上升，下方的出口化成一個圓光。

白眼魚才剛離開，巡艇的出口很快又合上，從洞穴透出的光線於焉消失，大地恢復黑暗。

賈賀烏峇

潘曲的身體雖是生化機械體，依然會使用過熱而需要休息，何況他還有一個活生生的有機體大腦。在飛行了五個小時之後，疲憊的腦袋瓜昏沉不已，他竟毫無警覺地陷入深度睡眠。

雖然飛行巡艇能設定自動飛行，他仍需謹防突發狀況。平常無論如何都會打起精神的他，此時卻無法控制自己，當他一覺醒來時，連自己也覺得訝異，怎會如此安心？

「睡得好嗎？」當那由他的聲音在腦中出現時，潘曲才驚悟是怎麼回事：是那由他令他睡著的嗎？

他一躍而起，慌忙檢查操控板。「快要到賈賀烏峇了。」那由他的聲音像鬼魅般，不見人影，只在腦中有聲。

潘曲查看時間，發現自己竟睡了七個小時！外頭已是一片烏黑。

「有地磁變異需要校正……」他一開口，才想起為了避免被黑神濕婆記錄下聲音，他們都在用心念溝通：「否則會飛錯地點，你知道這件事嗎？」

「我很清楚，當年發生地磁消失時，我曾親眼目睹了它的威力。」那由他說，「而且放心，你睡著時，我接手操控飛行巡艇了。」

「那就好。」潘曲心想：原來他也會駕駛飛行巡艇。潘曲低頭看望，大地上漆黑一片，曾經存在的地球聯邦首都，躲在黑暗中，沒有一點燈光。

「我們要降落在對的地方，黑暗是很好的保護色。」那由他說，「這座城市曾遭黑毛鬼侵襲，留有一個黑毛鬼巢穴，瑪利亞的附近偶爾會有黑毛鬼出沒，還有人類存活，躲得很辛苦。」

那由他似乎對情況洞然清楚，潘曲頗為吃驚：「你常來嗎？」

「時空會留下痕跡，有的清晰，有的模糊。」

潘曲也曾經歷過那段恐怖的日子，他不願多回想：「那麼，對的地方是在哪裡？麻煩你帶路了。」

「我來操控，你假裝操控就好。」

潘曲如言將手擺在操控板上，果然感到方向盤在自己動作，他僅僅是將手輕置於上而已，也沒感覺到另一隻手的存在，不知那由他是如何辦到的。

為了避免被注意，他們沒有開啟飛行巡艇的燈光，在黑暗中降落，那由他竟能將飛行巡艇平穩又準確地停在一間屋子的庭院，藏身於雜草之間。

潘曲正猶豫應否打開巡艇的門時，那由他的聲音又出現了：「你從窗口進去，我已經從裡頭打開了。」他完全被這位只聞其聲的人指使，他甚至不確定這人是否真是他所宣稱的那由他。

潘曲拿好乾糧和隨身工具，還有那把黑色大神給他的萬用工具筆，才離開巡艇，走到眼前的窗口，輕推了一下，果然已從裡面鬆開了鎖扣。那由他根本像神一般的存在，沉著地設計好每一個步驟，潘曲十分安心，也有點不甘心。

他輕輕推開窗戶，縱身跨進房子之後，再回身扣上窗戶：「然後呢？」

「這是客廳，你可以找個地方坐下來，我去尋找電源。」

「已經沒人發電了。」

「瑪利亞就在這棟房子裡，祂的電源是獨立的，能源也是特殊的，可以用上萬年，我去尋找，你先坐。」

「你很清楚這間房子嘛。」

「再見，請坐，待會再談。」那由他說完後，潘曲忽覺腦袋瓜輕鬆了，似乎剛才有隻抓住它的手鬆開了。

「那由他？」潘曲嘗試聯絡他，但都得不到回應，那由他真的說到做到。

潘曲等了一會，待眼睛適應黑暗後，客廳內家具的輪廓才逐漸浮現。即使光線微弱，他仍看得出這是個遼闊的客廳，在他前方就是一張沙發，空氣中飄著嗆鼻的酸味，想必是他的入侵揚起了久積的塵埃、擾動了凝滯的空氣。

他輕輕坐到沙發上，封閉在這房子四十年的沙發柔軟依舊，將他深深埋入，雖然被黴味包圍著，卻是他此生以來最舒服的一次坐著。

潘曲將頭往後仰，享受難得的寧靜和安全。

然而，當他想要什麼都不去想時，反而有眾多的疑問湧出，紛擾著他，讓他的心無法安靜下來：住這房子的會是什麼重要的人？為何瑪利亞在這房子中？

屋裡寂靜無聲，靜得能聽到體內的血液流動，比蚊子還細微千倍的尖銳聲。潘曲凝視著黑暗，想像這兒曾經的主人，如何在這兒生活，享受地球聯邦賦予他的崇高地位，當黑毛鬼突破賈賀烏峇的防線時，不知他經歷了什麼呢？

忽然，有個極細的聲音隱然生起，在屋子的牆壁間微微震盪，似乎是某種共鳴，潘曲仔細聆聽，才發覺低迴聲源自地面，更正確地說，是地底。

當下他的想法是：「那由他找到電源了嗎？」

正當他作如斯想，前方牆壁驀地一聲「喀」，像石塊掉到大理石地板的清脆聲，接著牆壁發出如坦克車履帶的隆隆聲，開始緩緩移動，慢慢露出牆後的暈黃燈光，露出隱藏在後的房間。

牆壁完全移開後，一個寬闊的房間出現了，房間中央有個圓筒，圓筒上有道門，門上刻了三行字，光線太暗，他看不清楚。

從房間透出的光線照亮客廳，雖然微弱，但已足以看見沙發前方的小几，上面還有一個積塵的茶杯，斜放著一根小茶匙，沙發旁的桌上擺了幾個相片框，蒙上厚厚的塵埃。

「那由他？」潘曲再度嘗試用心念聯絡，仍得不到回應。是那由他接收不到呢？或是不願回答？

潘曲驀地激動起來，他忽然領略到，他終於要真正地面對瑪利亞了，這是他四十年前想都別想的，他以為會對掌握生殺之權的瑪利亞感到厭惡的，沒料到此刻卻是感動得起雞皮疙瘩，那股敬畏之心已然深植於潛意識中。

他從沙發中站起來，撥撥沾在身上的塵埃，步入牆後房間，只見圓筒表面反映著四周的黃光，顯然是金屬製的，他還不知道圓筒和地板都是厚鉛板，好隔絕外界的電磁波，不讓有害的輻射進入，也不讓裡頭的訊息洩漏。

圓筒上的門果然有字，厚重的門面上用聯邦語刻著：**「工廠，南區七號入口，非法闖入者格殺勿論」**。

「工廠？」潘曲從沒聽過。

他擔心燈光會透出窗戶，擔心他的影子會投映在窗上，令外界注意到房子有活動，他希望儘快打開門，且是否能令牆壁重新合起來？他於是試拉門把，又推推門把，沉重的門才打開了，一股涼快的空氣驟然沖出，與密閉在客廳三十九年的塵埃混合，產生小小的漩渦。

門後也有燈光，古老的燈管照亮通往地底深處的螺旋梯，在第一道梯級的起步點，地面鑄了片金屬，刻了密密麻麻的字，已被長久的鞋底摩擦變薄，顯得有些模糊，不過即使清晰，也是他陌生的文字：

Nous sommes tous debout sur les épaules de nos ancêtres.
Marcher sur leurs empreintes
Vivre sur leurs tombes

潘曲回頭關上門，果然，他聽見門後傳來隆隆聲，客廳的牆壁應該是再度關上了。

他只猶豫了一陣，便踏上螺旋梯，一步步走下去，梯級輕微搖晃，在他腳下發出咿呀聲，回音在空間中回響了好幾遍，可見地底是個多麼巨大的空間。他望不見螺旋梯的末端，梯級旁邊牆壁的燈管又十分昏暗，有的還壞掉了，從高處望下去，也無法看見地底的樣貌。

他想加快腳步，卻又擔心古老的梯級耐不住強力踩踏。

在腳下一遍又一遍的重複動作中，他想起此行的起因，是黑神濕婆威脅他完成的任務，要將瑪利亞的「核心」取回去，而今三十天的期限雖然只用了一天，但瑪利亞是否真有一個具體的核心？又該如何拆下？萬一過於巨大，該如何帶回去？

他胡思亂想了一陣，慢慢走了約有十層樓的深度，終於聽到踩踏梯級的回音戲劇性地變弱，表示接近地面了，下方終於出現微弱光線，他也依稀看到一些東西了。

螺旋梯的末端是堅硬的地面，他踏在地上，腳底仍有踩在梯級上的不安感。

不遠處，亮光從一道高牆上的門後透出，有個溫柔的聲音：「過來。」猶在耳際，又像在門後。

潘曲謹慎地走過去，穿過那道門，在弱光中謎眼細看，只見陰暗中有個人背對他站立，那人站在某樣龐大的東西前方，該物有著女人腰身的形狀，遠看彷若懷孕婦女的身形。

那人展開兩臂，溫柔地說道：「敬愛的瑪利亞，很抱歉，今天才來探望您。」說著，他輕輕擁抱那巨大孕婦形式的物體，將臉依偎在冰涼的金屬表面：「那由他回來了。」

球體

從進入石頭人陣列的那一刻開始，沙厄就不再開口說話。說話必有空氣進出，增加吸入水銀氣的風險。

鐵臂使用沙厄教他的呼吸法，將吸進的少少空氣做最大的利用，沙厄告訴他，這叫「龜息」，亦即烏龜的呼吸法，牠能吸一口氣便待在水中很久。

「還有更厲害的，叫『胎息』，就是胎兒在媽媽肚子裡的呼吸。」

「怎樣呼吸？」

「就是不用呼吸。」

雖然兩人以心念對話，但沙厄沒時間詳述，他們已經到了墓室，準備進去了。

這是今天他們第二度進到墓室。

外頭午後的陽光正熾，但地底的墓室清冷得很。

墓室四邊擺著高瓶，狹長的瓶頸用毛細管原理將瓶內的油脂吸上，燃著細細的微弱火光。

他們穿過地面高低起伏的地圖，避開流動的水銀，踏上假山，上面擺放的石棺依舊是他們上午離去時的模樣，棺蓋半開，裡頭裝滿沉重的水銀。

「我有個建議。」鐵臂說，「與其推開蓋子，何不直接推倒它？」

「對死者太不敬了。」

「否則的話，我們必須在一大灘水銀中尋找一顆球，還必須將整條手臂伸進去裡面撈，若碰到皮膚會中毒嗎？而且說不定那球被壓在屍體底下。」

「有道理。」

「難道你原本的打算，就跟我說的一樣，用手進去找嗎？」鐵臂訝然問道，「那不是要死更多人嗎？」鐵臂忽然有所領略，沙厄千方百計救他是有原因的，否則沙厄根本不在乎他的死活，就跟之前中毒死亡的上百位奴隸一樣。

「你要知道，被泡在水銀裡的這個人，是個很有趣的人，他被泡在水銀裡，不是沒有理由的。」沙厄說，「總之，我們先把蓋子推開吧！」

鐵臂明白了，說到底，沙厄跟潘曲一樣，始終不是朋友，他只能服從。

鐵臂把兩手搭在棺蓋角落，沙厄也將兩臂搭在另一角，他的生化肌膚之下是強壯的合金和機械關節，加上鐵臂天生不尋常的雙臂，在兩人同時施力之下，棺蓋立刻移動。

沉重的棺蓋跟石棺邊緣互相摩擦，產生規律的震動，令滿棺水銀漾起波紋，在黯淡的火光之下彷如浮雕。沙厄不想水銀濺出來，稍微減慢了速度，但鐵臂不願減速，因此棺蓋歪了一角。

「別推到底，否則蓋子會跌破。」沙厄連忙停手，叫鐵臂也停止，他翻翻背袋，取出一對皮手套，遞給鐵臂。

鐵臂從來不是乖小孩。

他深夜前往暗影地，去拖夜光蟲回天頂樹，已經冒犯了兩項禁忌、一項規定，然而這個舉動餵飽了一族人，也破除了夜光蟲的神聖性。

他在黑毛鬼首次入侵時，不從眾進入避難洞，改變了他和白眼魚的命運，也促使兩位紫色系生化人分道揚鑣，走上各自的命運。

如今，當沙厄低頭去找手套時，鐵臂盯住他花白的頭髮，一面將手扣在石棺下角，試了試石棺的穩定性。

石棺擋住了沙厄的視線，看不到鐵臂的動作。

棺蓋被推去一側後，棺蓋的重量已令石棺的一角稍微抬高，石棺大約傾斜了一度，雖然角度很小，但加上滿棺的水銀抖動，只消增加水銀搖晃，讓石棺不穩……於是，鐵臂將石棺抬起一點又放下，抬起一點又放下……

當沙厄將皮手套遞給他時，他故意傾斜上身去接，用身體去推已經傾斜的石棺，終於，石棺下方的假山不勝負荷，崩落了一小塊，瞬間造成雪崩效應，整具石棺傾倒，裡頭的水銀傾泄而出！

沙厄大吃一驚，他反應很快地跳開，但仍有水銀沾到鞋子和披風，在披風的纖維表面凝成一顆顆小銀球。

石棺倒下假山，轟然撞擊地面的山川模型，水銀灌滿地圖中的河川，淹過平原，流向墓室一側。

望著倒地的石棺，沙厄驚惶未定，忿怒地瞪住鐵臂，在那瞬間，他本能地想向鐵臂「流出」，那是奧米加獨特的殺人手法，亦即用強大的意識流癱瘓對方的大腦神經細胞，然而他及時阻止了自己，因為理性很快佔了上風：他還需要鐵臂。

「你是故意的嗎？」他在鐵臂腦中尖叫，刺痛了鐵臂的大腦皮層。

「為什麼會這樣？」鐵臂故意也一臉驚愕，這個裝傻他是要裝到底了，「是一邊太重了嗎？」

沙厄無法分辨鐵臂是否說謊，他只能傳送心念，無法捕捉心念。他咬咬牙，暫且放過鐵臂，低頭審查石棺。

棺蓋折斷了，石棺也崩了一角，棺內仍積有水銀，一具烏黑的屍體半身側躺在棺外，身上厚重的袍子已經瞧不出原本的色彩（雖然原本也是以黑色為底色的），側躺的臉孔像戴了黑色皮革面具，部分露出骨骼。

其實在他入殮時，他的身體已呈嚴重腐爛狀態，需要用腐敗的鮑魚肉來掩蓋臭味，好隱瞞他死亡的消息。然而經過了三千年，水銀已然深深滲入每一寸組織，令屍身從表皮到內部都充滿了水銀，沒有細菌能在此種條件下生存，因此屍身停止腐敗，保持在入殮前的最後狀態。

鐵臂戴上皮手套，兩手托住屍體的背部，欲將其翻過去，好檢查有沒有傳說中的「球」。

沙厄彎身仔細瞧看之後，指了指屍體的嘴巴，要鐵臂去碰它，鐵臂這才留意到，死屍口中銜了一塊扁平的東西。手套太厚，鐵臂不容易用手指將那塊東西取下，於是將它從死者口中挑出，讓它掉在另一掌上。

沙厄又取出一方破布，將它從鐵臂手中包住拿走，再攤開布仔細看，滿臉欣喜，心中忖道：「是玉，圓圓有洞，這種稱為『璧』吧？」

鐵臂見他興奮的表情，心想：「為什麼那麼高興？這種石頭，天縫下多得很。」

沙厄將玉璧放進背袋藏好：「還沒見到『球』嗎？」

是的，光靠呼吸法待在這裡不是聰明的事，他們應該儘快完成任務才是。

但是石棺內一目了然，屍體底下也沒壓著東西。

沙厄左右為難，他曾經仔細研究古書，灌滿水銀的山川地圖和人魚膏燭火都有紀錄，然而「球」的事從未聽聞，不知三聖是根據什麼得知的，甚至可能只是個虛構的傳說。

就當他們說的屬實好了！那東西還會藏在哪兒呢？

「鐵臂，脫下他的衣服！」

「這不就對死者不敬了嗎？」鐵臂的心念反駁。

「照我說的去做！」

鐵臂本來就不覺得有何不敬，他粗暴地從死者身上扯下長袍，滲泡過水銀的布料變得像厚紙一樣硬，如果小心翼翼，反而會耗上更多時間，他們必須趕緊離開才是。鐵臂將衣服逐層撕開，直到屍體變得赤裸為止，依然沒那個球的蹤影。

只有最後的可能了。

「把他的肚子打開看看。」

鐵臂訝異地望著沙厄，因為這個是真正的不敬了。

「你看清楚他的肚子，」在這種光線下是很難看清楚的，「他死了很久之後才被泡進水銀，身體早就爛了，你看，肚子有被縫過，現在又裂開了。」鐵臂低頭看見了，沙厄說得沒錯，敞開的肚皮有很多條斷裂的線段。

鐵臂輕吸一口氣，持續凝想著額頭裡面有個光點，讓氣息充分灌滿每一根血管和筋膜，讓他有足夠力氣和時間完成任務，活著出去。

他將兩手伸進死者肚子的裂口，在裡頭的內臟之間探索，大部分內臟早在三千年前就腐爛了，肚子裡面塞了布團，摸不出有個大如人頭的球體。

「等等，」鐵臂心中陡地一驚，「有個東西。」有樣不像布團也不像臟器的東西頂住手背，他反手朝上摸了摸，不禁抬頭看了眼沙厄。

沙厄揚起眉頭：「找到了？」

真的有球，不過卡在肋口，被包圍在肋骨之間，戴著厚重的手套無法伸進去拿。

事已至此，再沒什麼好遲疑的了，鐵臂將肚子的裂口拉開至胸口，露出肋骨，然後扯斷肋骨，果真露出一個黑銀包的球體。

這下子，連沙厄也覺得毛骨悚然，心中暗呼：「真的有！」

鐵臂把更多肋骨折斷，才得以把球掏出，它有三歲小孩的頭顱大小，沒沙厄說的那麼大，抓起來堅韌有柔軟度，詭異的是，它不盡然是個球體，它大半光滑，另一半垂掛著許多長長的肉芽。

兩人都有相同的疑問：這是什麼東西？

「我們可以出去了嗎？」鐵臂用心念發問，他對心念傳話越來越熟練了。

沙厄嘶了嘶口水之後，對鐵臂甩一甩頭，兩人朝牆上的破洞走去。

神選者

大石覺得有些異樣。

每天夜晚，關上避難洞的洞口後，洞內會有一點弱光，免得他們害怕，但他不知道光線的來源。當洞內的燈光轉強時，他就會自動醒來，負責叫醒眾人，一如往日擔任天頂樹上的守望者，看見光線時則發出起床的呼嘯聲。

白眼魚不計前嫌，指派他這項工作，讓他從跌到谷底的尊肅中找到避風港，心裡稍稍好過了些，但仍懷念著過去的天縫，以及他鎮守的天頂樹。

可是，今天當燈光轉亮、預備起床時，大石總覺得跟平日不太一樣。以前每天坐在天頂樹樹頂，留意天縫下的變化，隨時用嘯聲警示或通知族人，令他鍛鍊了很強的警覺性，對任何變化很是敏感，往往在變化真正發生之前，他就感覺到連空氣分子都不一樣了。

果然，當避難洞門打開時，洞外站了四個人。

按理說，洞外不該有人的，要有也該是白眼魚，不，新火母，族人私底下是這麼叫的。洞口外不該站著蝌蚪的，更何況是其餘三人，大石是最先看見他們的人，分別是新芽、天目蟲和黑紋蜥。這三名男女平日就是不太願意合作的族人，其中新芽和天目蟲去年才剛婚配。

避難洞內的族人也發現不對勁了，紛紛呆愣地望著洞口。

大石擋在洞口，堅毅地盯住蝌蚪：「為什麼妳會在外面？」他知道這女人曾經深愛過他，他甚至曾邀請她發生關係，而她以婚配為條件。但是，眼前的蝌蚪彷如另一類生物，她寸縷不掛，高傲地展露她的身體，緊繃又精細的灰綠色皮膚，只要望上一眼，就會令人油然生起敬仰之心。

大石的內心很矛盾。

但是，蝌蚪望向他的眼神全無愛意，充滿威嚴，氣勢懾人，大石震撼不已，兩腿也無法堅持在位置上了，由不得讓開路。

蝌蚪經過他身邊，面對所有族人，晨光在她身後，彷彿神聖的背光。

其餘三人走進避難洞，坐進族人之間，仰首崇敬地望著蝌蚪。

「從今以後，我的名字，不再是蝌蚪，」蝌蚪的聲音彷若命令，「從今天起，我叫灰蛙。」

大長老柔光立即說：「還沒經過火母的允許，今天晚餐才要詢問祖先呢。」然而，就連柔光的聲音也帶有顫抖。

「不需要了，」蝌蚪對柔光說，「火母已經不在了。」

族人們忽然安靜下來，整個洞穴內一片死寂。

他們等待蝌蚪的解釋。

蝌蚪大聲說：「從今天開始，火母不再存在，我取代火母，我是灰蛙，只有灰蛙，沒有火母！」

「妳憑什麼？」育兒隊頭領橋流水站起來，她看不下去了。

「憑這個。」蝌蚪指著橋流水。

橋流水忽然感覺一陣噁心，心跳驟快且加重，如有重錘撞擊胸口般難受。她臉現紅潮，頭頂冒出熱汗，不禁痛苦得跪地，一手撐住地面，一手緊壓心臟。

她的子女們衝過去安撫她，為她拍背，為她安撫胸口，她的丈夫恐慌地面向蝌蚪：「是妳做的嗎？」

「不好意思，要借用妳向大家示範了。」蝌蚪收回手，橋流水馬上呼吸變順，悶熱的頭頂也變涼了。

眾人驚愕地望著蝌蚪，不瞭解她如何得到了火母的力量。

也惟有蝌蚪知道，那其實是電腦巴蜀的力量，當初白眼魚也是如此這般令她忽然入睡的。但其實蝌蚪亦無法理解巴蜀是如何辦到的，有關晶片植入、仿生神經、荷爾蒙等等都是她遙不可及的知識和概念。

他們的眼神告訴她，她已經確認了領導者的地位。

此時，跟隨她的黑紋蜥立起，揮拳呼叫：「灰蛙！灰蛙！」

新芽和天目蟲也站起來，鼓動眾人：「灰蛙！灰蛙！」

大長老柔光按捺不住：「蝌蚪！妳最好交代火母發生了什麼事？為什麼妳們昨晚沒進來睡覺？」

蝌蚪高傲地看著柔光：「大長老，今天開始，我們不再需要大長老了，你傳承的是天縫下的規矩，如今不再有天縫，新的規矩將會建立，新的長老將會開始新的傳承，所以，柔光、搖尾蟲，不需要你們了。」

「妳什麼意思？」柔光兩手握著拳發抖，不知是憤怒還是恐懼，或兩者兼有，「妳沒有權力這麼做！」

而另一位大長老搖尾蟲，由始至終都瑟縮在人群中，不敢吭聲。

「天縫下和光明之地已經合而為一，很顯然，光明之地的祖先也沒現身來迎接我們。」蝌蚪的話擊中了天縫神話的弱點，許多人開始點頭，「我們在一個全新的世界，天縫下的規矩不足以讓我們生存，所以必須建立全新的規矩，否則的話，如何再次抵抗黑毛鬼？」

她不客氣地指著柔光，「如果黑毛鬼再來，請問妳有何方法救我們？」

柔光是許多位族人的祖母，她不會屈服於一個孫輩的蝌蚪之下：「妳呢？難道蝌蚪妳就有好辦法？」

「我有，因為神明選擇了我。」

「神明？」

「火母洞穴是神明居住的聖洞，火母只是神明的代表，現在神明選擇了我。」她嚴肅的威脅柔光，「所以剛才是妳最後一次叫我蝌蚪，也是你們所有人最後一次聽見這個名字。」

「不然呢？」柔光不容許她大長老的地位受到挑戰。

「不然，這道門將永遠關上。」蝌蚪將手一揮，避難洞口的石門立刻隆地一聲移動了寸許，嚇得有人驚叫起來。

「灰蛙！」黑紋蜥趁機呼喊，「尊貴的灰蛙！」

雖然眾人半信半疑，但已有人跟隨呼喊：「尊貴的灰蛙！」他們是老早就對灰蛙有崇拜之心的年輕人。

「尊貴的灰蛙！」新芽和天目蟲也鼓動眾人，一些膽小的或沒主見的，也隨之小聲喊起來，「尊貴的灰蛙！」

比灰蛙輩份高的族人冷眼觀看，忌諱於灰蛙不知如何掌握了火母的權能，有更多生存履歷的他們暫且不妄動。

搖尾蟲碰碰柔光的手，做了個握東西的手勢，暗示火母手中的火種，灰蛙沒有出示火種，柔光輕拍搖尾蟲，表示明白了。

柔光瞭解，灰蛙試圖以恐懼制伏眾人，此非長久之法，但說不定她真有什麼好辦法讓族人更好呢？這個念頭令柔光暗自驚懼，不禁自責竟對心機如此深沉的人抱存期望。回想起黑毛鬼攻擊之前，蝌蚪—灰蛙也曾拉攏她反對白眼魚，柔光想到就滿心愧疚。

「好，大家都明白了是吧？」灰蛙舉起兩臂，「現在大家充滿精神地起來吧！」這是禁區電腦巴蜀的計畫，他早已教灰蛙各種說辭，當灰蛙揚臂時，巴蜀立刻操縱所有人體內的晶片，將腎上腺素分泌提高少許、褪黑激素分泌減少，還加上令人心情愉悅的催產素，族人們忽覺精神百倍，不禁嘖嘖稱奇，也更多的人信服灰蛙了。

「現在，我們重新分配工作，」灰蛙說，「除了原有的捕魚隊、採集隊、工具隊和育兒隊，我們還要增加一個：探索隊！」

「探索隊？」族人中有人反應。

「我們要踏出天縫下的區域，邁入光明之地，探索更大的世界，尋找更多食物、更多可以讓大家住的地方，或許，每個人可以擁有自己的洞穴！」許多年輕人亢奮地歡呼起來，其他人儘管認為妙想天開，也忍不住心動了。

「誰能擔任探索隊的頭領呢？」有年輕人興奮地問。

灰蛙轉頭望向一直呆立在她身邊的大石。

大石的眼睛一接觸到她的目光，馬上畏縮地別開視線。

灰蛙失望地瞇起眼，轉向人群：「小蜘蛛，你呢？」

大石陡地一驚。

小蜘蛛是跟他一同受訓成為守望者的，也跟他同齡，以前，他最受不了小蜘蛛取代他攀上天頂樹了，他不容守望者的地位被人動搖。

灰蛙是明明知道，卻故意選擇小蜘蛛的吧？

不過大石很驚訝地發現自己並沒生氣。

小蜘蛛喜不自勝，幾乎是跳起來地說：「我可以，妳要我做什麼都願意。」

探索隊？大石輕呼一口氣：聽起來十分危險。

危及生命的事，他是不會去做的。
這種事就交給小蜘蛛吧。

中場一

奧米加

除了你腦殼裡的幾立方厘米以外，
沒有東西是屬於你自己的。

● ● 歐威爾《1984》● ●

一號

時，地球聯邦一〇五八七年，亦即古紀元二九八四年。

當奧米加六代們正舒服地沉睡，八個人頭在藍色維生液中載浮載沉時，昏暗舒適的燈光忽然大亮，打擾了他們的休息。

他們位於非常深的地底，等閒之人無法知悉，所以進來的要不是TT任務中心主任，就是第一主席。

可是，都不是。

八個浸泡奧米加的玻璃筒圍成圈，站在他們之間的是一名矮個子，他們都認得，是歷史研究院院長厄俄斯福洛斯—ι7144321，問題是他為何在此？

他跟平常不太一樣，他平常穿著整齊，今天卻鈕扣半開，衣服又髒又縐，顯得狼狽。

「院長好，請問現在幾點了？」奧米加一號「塔卡」開眼問道。沒出任務時，他們住在地底深處，與陽光隔絕，不受日光制約影響，自然的生物時鐘是二十三小時。

「凌晨三點。」厄俄斯福洛斯—ι7144321回答，疲憊中夾帶著緊張。

「這是個奇怪的時刻呢。」一號是奧米加的領袖，由他代表全體說話。

「你們完全不知道地面上發生什麼事，對吧？」

一號聞言後，八名奧米加同時合上眼睛。

不久，他們再度張眼，個個臉色蒼白，不過泡在水中的他們本來就蒼白得很。

「為什麼？」一號困惑了。

他們合上眼，去捕捉地面上的人的思緒，卻發現充滿了恐懼、混亂和驚慌。

而且空氣中有許多不知名的干擾，令他們無法捕捉到更精細的狀況，這是他們從未遇過的情形。

「究竟發生了什麼事？」一號問。

「電力中斷，所以供水和通訊也中斷了，車子無法發動……」對高度仰賴電力的文明而言，失去電力，社會就無法運作了，「老實說，我也不知道真正的原因，我前來就是要尋求你們幫忙的。」

「可是我們的電力正常呢。」

「你們這個房間的電力是獨立的，由地熱和核融合電池提供，」院長指向這個大圓形房間的門口，「踏出這裡就不一樣了，我剛才過來的電梯差點停掉。」

「發生有多久了？」

「大約兩天。」

「難怪，我們似乎睡了好久，都沒人喚醒我們。」

「是地磁。」奧米加八號「托特」忽然插話。

八號是八名奧米加之中能力最強的，但也最害羞最少話，他會插話，想必是重要得非說不可。

「地磁。」八名奧米加互相交換了心念，瞬間了然於心。

地面上的混亂並非單一事件，而是地球的磁場發生逆轉，波及全球。其實事前早有先兆，比如候鳥飛錯遷徙路線，但由於上一次地磁逆轉發生於七十八萬年前，沒人對此有經驗，再加上地質觀測站於兩百年前的「大毀滅」中停止運作後，再無人追蹤觀察地球的磁場變化。

不過磁極逆轉還不是最主要的破壞。

地球磁場有如保護膜，將來自太陽的超高速電漿流（太陽風）導開到兩極的電離層，形成炫麗的極光。但當磁極逆轉造成磁場紊亂時，太陽風則完全投向地表，造成所有利用電磁操作的設備超載而損壞，包括電力和人造衛星。

這才是電力中斷的原因。

「聽起來不妙，」奧米加一號說話了，「你想我們怎麼幫你？」

「我要去一個地方，但目前街上極不安全，電力中斷後，賈賀烏峇的邊林保護網失去防護，黑毛鬼竟然闖進來了！」

「黑毛鬼嗎？」聽到黑毛鬼，奧米加們也不禁毛骨悚然，這批在大毀滅後出現的新種野生人類侵略性很強，所經之地必定血流成河，已有幾個禁區被牠們殺成廢墟。

「你要去哪裡？」

「我有座標，是一間房子，你們必須精準地把我送到客廳之內。」

「為什麼要去那間房子？」

「這是機密，你們的等級不許知道。」

一號遲疑了一下，才說：「我們有條件。」

厄俄斯福洛斯—ι7144321警戒地問：「什麼條件？」

「眼看沒人能幫我們裝上生化軀體了，請你先讓我們脫離水槽，裝上生化軀體吧。」

奧米加擔心的是，若情況真如院長所言，他們將被遺忘在這地底深處的秘密單位，最終的結局是腐爛成一槽屍水。

「我沒做過。」

「我們教你，」奧米加一號的眼睛瞟向三號，「先從泰蕾莎開始吧。」三號泰蕾莎最熟練安裝生化軀體的流程，很擅於幫助同伴安裝。

厄俄斯福洛斯—ι714321不得不答應，這批奧米加六代可說都是他的學生，往後可能很需要他們的助力。

他先將泰蕾莎的生化軀體用推車移到玻璃柱旁邊，再依他們的指導打開上方蓋子，先把人造脊柱放進去，固定垂掛在人頭下方的脊髓和周圍神經，再將機械臂伸入藍色維生液中，抓住人頭兩側，小心地抽離液體，再迅速放入生化軀體。

泰蕾莎的人頭和脊髓跟生化軀體合體後，先花了點時間適應身體和四肢，然後馬上幫一號塔卡裝置生化軀體。一而二，二而四、四而八，花費了一個小時才將八名奧米加裝備完成。

能等待這麼久，厄俄斯福洛斯—ι714321算是比平日有耐心了：「可以了嗎？」

一號解釋：「我們還需要時間熱身，畢竟這副身體是外來物，每次都要花時間適應。」

「那麼，我也該給你們心理準備了。」厄俄斯福洛斯—ι714321朝門口彈指，門外竟走進四個人，一律藍色制服和藍色鴨舌帽。

奧米加們變了臉色——這些人是地球聯邦令人聞風喪膽的「清潔隊」，他們出現之處，必然有人被消失，不僅肉體消失，也會在所有紀錄中彷彿不曾存在過。

「院長，我們犯了什麼錯？」第一代奧米加整批被清除的歷史，向來是奧米加的緊箍咒，每一代的奧米加都害怕遭遇相同命運。

院長伸手安撫道：「別擔心，這四位人員是要跟隨我一起過去的。」

「一次傳送五個人嗎？」塔卡依然不敢放鬆心情。

「聽說你們有時候會傳送得不很精確，所以是的，一起傳送比較保險。」

為免夜長夢多，奧米加們趕緊整理好心情，合力將歷史研究院院長和清潔隊都傳送離開。

接著，他們也該為自己打算了。

「現在怎麼辦？」七號沙厄先發問，「真的沒人管我們了嗎？」

塔卡沉思了一下：「我們走出去看看。」

這是他們首次在無人指示之下步出門口，通常每一個他們要去的地方都是事先計畫好的。

他們想去另一個地下層，但電梯真如院長所言，不能動了。另一層有奧米加五代，是他們的先輩，又另一層有尚在訓練中的第七代。

但是他們亦深知，方才傳送五個人令他們耗損了許多體力，如果用同樣方法前往其他地下層，頂多僅能再用一次。

最後由一號塔卡決定：「我們拿好乾糧，上去地面。」此時此刻，他們必須自救了，「大家都還可以吧？」

奧米加們都點頭了。

塔卡的意思是，他們都具有傳送自己的能力，不過只能到達另一個地點。

如果是時間旅行，仍需集合八人之力。

「我們上去何處呢？」

「安全的地方，黑毛鬼也進不去的地方。」

「會議室。」大家都有相同想法，因為會議室有嚴厲的防護，即使發生核爆，他們也能在裡頭存活一個月。

「大家準備好，」一號塔卡下令了，「我們一起到會議室去！」

一名奧米加有能力獨自空間跳躍，但當合作的人數增加時，能力頓時呈指數增加，因此當八位奧米加們齊心集中意念時，所產生的時空扭曲比個人操作時強上千萬倍，到達的座標也更準確。

他們瞬間便抵達地面層的會議室，一到達地面，他們馬上感受到激烈變化的地磁，削弱了他們的時空扭曲能力，幸虧是八人合作，才不至於失敗。

地球磁場從地核延伸到太空，南北極的方位正在逆轉，亦即南極變北極，北極變南極。所有原子都有極性，而所有生物和非生物皆由原子構成，但有的生物對極性較為敏感，例如某些鳥類、魚類、哺乳類能感覺磁性，並依賴地球磁場判斷方位，這幾天地球南北磁極忽然互換，這些生物紛紛失去方向感，奧米加們也覺得身體像被翻轉般難受。

賈賀烏峇的電力系統受到太陽風破壞，會議室中的燈光時暗時亮，奧米加們待在裡面，無法用五官知悉外界變化，只能偶爾使用超感官知覺，探測外界安全了沒，但強烈的太陽風帶來大量帶電粒子，也影響他們的能力，無法盡情施展。

他們坐困在會議室的五天之內，會議室的大門從來沒人打開過，應該在此開會的人，一個也沒出現。

「不知道第五代和第七代有沒有逃出來？」六號史東說，但沒人想答腔，地磁和太陽風的狀況不明，他們必須保留力氣。

這五天期間，奧米加們聊了很多話題，最津津樂道的是禁區「雪浪」。他們相信該地的居民就是「奧米加原型」，那一次被命令帶法地瑪去探索各個禁區，讓他們見識到許多前所未知的世界。

「托特，」他們問八號，「你跟法地瑪去到山上的聖洞，我們都沒去到，就被野生人類逮住了，只有你知道洞裡面究竟有什麼？」

忽然被人提問，托特感到臉龐火熱：「有……更古老的奧米加原型。」

「什麼叫更古老？」

「他們坐著一動也不動，像死了那樣，卻仍然可以感覺到生命火焰。」

「這樣就古老了嗎？」

「他們……被鐘乳石封住了，走不出來。」

奧米加們愣呆了。

鐘乳石大約每年才能成長三毫米，需要多長的歲月才能將一個人封住？

奧米加的能力是凡人無法理解的，而奧米加原型的能力卻是連奧米加都無法理解的。

「我感覺到太陽風的力量減弱了。」托特忽然說。

「是暫時的吧？」四號黑格爾說。他用超能力感覺了一下外界，果然少了很多障礙。

托特咬了咬牙，提起勇氣說：「我想出去外面，瞧看情況如何了。」

一號塔卡點頭，似乎等待這個提議很久了：「我也想出去看看，不如我們都出去看看，一有危險就回來，即使沒有危險，晚上也回來集合，如何？」

有幾個人同意。

「不想出去的，就留下吧。」塔卡說。

三號

遠在奧米加三號出生前數十年，就被決定了命運。

不，該說是決定了命運以後，才決定製造她的。

她是「地球人口研究中心」的產物，更正確的說，是研究中心其中一個計畫的產物。

數十年前，某個晴朗的上午，地球人口研究中心主任婆羅門－α５１安排了兩個重要會面。

他約好跟前主任見面，她是位樣貌和藹的婦人，事實上，她就是製造第一代人工胚胎的主持人，所以婆羅門－α５１也是她團隊的產物。

婦人不怒而威的模樣令婆羅門－α５１肅然起敬，她那一代的「阿法前」（pre-alpha）公民經過自然淘汰，已經人數稀少，每一位都是地球聯邦的珍寶。這位前主任尤其地位重要，她建立「胚胎室」，不但培育聯邦公民，也製造供各種使用的生化人。

「泰蕾莎主任，」婆羅門－α５１必恭必敬，「您今天約我見面，必定有非常重要的事情吧？」

「秘密，」前主任說，「現在開始，從我口中說出來的都是秘密。」

「權限是？」

「目前只有你能知道。」她壓低了聲音，「我卸任之前有個最後的工作，卸任後仍在進行，如今已初步完成，你將會收到一套染色體，以及詳細的基因報告，我老實說了，那是從禁區Ｈｉ５４萃取的。」

婆羅門－α５１忖著：「Ｈｉ５４？不就是喜馬拉雅山腳嗎？」他唯唯諾諾：「我會

妥善保存的，泰蕾莎主任有特別用途嗎？」

「有，我代表十二人席會，要你成立一個小組，取名『寶瓶座計畫』，我將不公開、不具名擔任組長，我需要你給我九位最好的研究員，背景要乾淨得沒有一點塵埃。」

直接來自十二人席會的指示，想必非同小可，婆羅門－α51不敢再多問計畫內容，乖乖執行前主任泰蕾莎的命令。

但泰蕾莎告訴他了。

「寶瓶座計畫」是個很大膽的想法，目標在製造超能力者，尤其是扭曲時空的能力，最終目標是進行時間旅行。他們從傳說中超能力者最密集的地區尋找基因，相信只要植入正確的基因，就能製造出超能力者。

「我們確實找到了 ϕ（psi）基因組，」泰蕾莎瞳孔擴大，語帶興奮，「它不是一個，而是好幾個分布於不同染色體的基因，老實說，還沒完全弄清楚它的機制。」她嚥了嚥口水，「而且還發現，它的來源十分古老，經比對之後，竟然在某些原始人類身上找到。」

婆羅門－α51聞所未聞，也不禁聽得口乾舌燥：「太不可思議了。」

「我告訴你，是期望集思廣益，你若對 ϕ 基因組的用途有什麼點子，請告訴我。」

「能幫助您是我的榮幸，我一定會的。」

送走泰蕾莎後，他邀約第二個會面，是跟禁區CK21的負責人交接，清點送往該禁區的細胞和基因清單，以及跟工程隊交代該禁區的胚胎室工程細節。

此時，他想起前主任泰蕾莎的話：ϕ 基因組能在原始人染色體中找到。

而CK21正是個保存原始人基因的秘密禁區。

他取出電子記事本，記下要安排交差比對原始人和Hi54野生人類的基因，或許會有好發現。

數年後，「寶瓶座計畫」順利發展成「奧米加計畫」，並建立φＴＴＣ（賽—時間旅行中心）做最初的突破時間實驗，然後在奧米加第三代時終於技術成熟，將中心易名為ＴＴ任務中心。

奧米加到第六代時，泰蕾莎已經逝世近二十年了。

為了記念這位功臣，瑪利亞特別下令，六代奧米加的其中一位女性，要以泰蕾莎本人的染色體為基礎，並命名為泰蕾莎。

這就是她，奧米加三號泰蕾莎。

ＴＴ任務中心的地下層有間內部史料廳，掛上每一代主任和奧米加的照片。

當她抬頭仰望第一代主任泰蕾莎的照片時，她看到了老年的自己。

如果她有機會老去的話。

光看老泰蕾莎的照片，猜測不到她的個性，在她和藹可親的慈容下，卻能以虐待「奧米加原型」來測試他們的超能力，以活體解剖來尋找超能力的根源，奧米加泰蕾莎無法理解，她的肉體遺傳自奧米加的創立者，究竟是榮耀還是恥辱？

她是個禁錮在老泰蕾莎染色體中的靈魂，從出生前就注定不能擁有自我，如今，地球聯邦面臨突如其來的崩潰，反而解放了她。

當托特提議出去時，她馬上雀躍贊成。

在此之前，她在首都賈賀烏峇只能來回任務中心和歷史研究院兩地，現在，她終於能出去盡情逛逛外面的世界了。

「妳想去哪裡？」一號塔卡問她。

「哪裡都好，我想隨便逛逛很久了。」

「現在可不能隨便逛呢，院長不是說了嗎？黑毛鬼穿過邊林的防護網了，不安全呀。」

「那……怎麼辦呢？」她很少自己作決定，不由得六神無主。

「我想先去最高的地方觀望，再選擇要去的地方。」

「那我們一起去吧。」

泰蕾莎答應了。

她一定會答應的。

塔卡平日都擺出領袖的姿態，惟獨對她最為溫柔，也只有塔卡在身邊時，她最安心。

塔卡和泰蕾莎向其他奧米加告別，約好晚上一定回到會議室，大家報告在外頭探索的結果。

他們一起集中心念，瞬間便到達「聯邦育幼中心」的頂樓陽台，那是賈賀烏峇最高的建築物，也是他們長大的地方。

從高處眺望，街道上沒有一個人影，也不見傳聞的黑毛鬼蹤影，儼然是座空城。

「好安靜，」塔卡說，「不應該這樣子的。」

「大家都去了哪兒呢？」泰蕾莎微皺眉頭。

「也許是躲在房子裡頭吧。」

他們聆聽了一下，卻絲毫聽不到動靜，整個城市連飛鳥和蟲聲都沒有，寂靜得可怕。

他們站在無遮蔽的高處，太陽風的強烈離子流打在他們的生化軀體上，漸漸感到不舒服了。

「塔卡，太陽曬得好奇怪，我們不該在這裡的。」泰蕾莎望著一間宅院，羨慕地說：「我好想去別人的房子看看。」他們從未經歷過家庭生活，能夠過上平凡的生活，是遙不可及的奢望。

四下無人，也沒有其他奧米加，塔卡對泰蕾莎比平日更溫柔了：「那就去看看吧。」為了安全，他們先用心念偵察該宅院，確定沒有生命跡象，才瞬間空間跳躍過去。

他們抵達房子的客廳，看見溫馨的擺設、舒適的家具，卻彌漫著一股酸腐味，泰蕾莎立即警覺起來。塔卡指了指餐桌，才看見吃了一半的餐點，上面爬滿黑大的螞蟻，還有蛆在蠕動。

塔卡警戒的查看窗戶和門口，確定是關上的，然後再走去將門一扇扇打開：「泰蕾莎，妳待在原地別動。」泰蕾莎應諾了一聲，隨即四下張望，看見客廳一角有小孩的玩具散落一地，便走過去想拿來看。

她蹲下身拿起一樣玩具，竟見到散亂的玩具中有一根發黑的小手臂，已腐敗得流出褐黃色的液體。

塔卡聽到她的驚叫聲，趕緊跑過來。

玩具散在一灘乾涸的黑褐黏液上，四周地面、牆壁、家具都有黑色的噴灑痕跡。塔卡伸手輕觸泰蕾莎嘴巴，示意她不要說話，改用心念傳話：「那邊的房間。」

他們輕移腳步，小心翼翼的走過去。

在塔卡打開了的一間房門後，一團黑毛像菇蕈般，矗立在房間中央，四周散布乾黑血跡，兩個人頭滾在一旁，還有黏著殘肉的骨骼被四處亂丟，顯然發生過一場殘殺。

仔細觀察的話，那團黑毛正微微起伏，發出輕輕的呼嚕聲，看似飽足後滿意的酣眠。

「之前沒感覺到生命跡象！」泰蕾莎心念傳話，嘴唇發紫，肩膀忍不住發抖了。

「可能太微弱，可能太陽風剝奪了我們的力量。」塔卡正在找理由時，那團黑毛忽然動了一下，他當下跑去拉門把，快速將門合上，將黑毛鬼關在裡頭：「我們快離開！」

「去哪兒？」

「會議室！」

但他們在短時間內做過兩次空間跳躍，機能尚未充分恢復。

房門後方出現騷動，房門被撞擊得震動，開始出現裂痕。

泰蕾莎嚇得臉色紙白，越是緊張，就越難集中精神，別說空間跳躍，慌張到六神無主的她，連生化軀體的四肢都亂了方寸。

「泰蕾莎！」塔卡向她喊道，「會議室！」

忽然，她感到身體和意識被抽吸、拉長，剎那就回到了會議室。

她抬眼觀看，會議室中只有六號史東一人，正發愣地望著她：「妳這麼快回來啦？」

泰蕾莎驚魂未定地直望史東，忽然開始抽泣，嚇壞了史東：「發生什麼事？」

「是塔卡送我回來的，」她放聲大哭，「是塔卡送我回來的！」

五號

潘曲跟沙厄很常在一起，但說不上是朋友。

簡單來說，他們有相似的興趣。

在真正成為奧米加之前，他們的代號是「寶瓶座」（aquarius）。

寶瓶座孩童在聯邦育幼中心佔有特別樓層，裡頭的育幼人員不跟其他樓層來往。除了因為寶瓶座是秘密計畫之外，他們對待小孩的方式也會嚇壞很多人。

首先，幼兒在手部動作靈活後，就被切除手臂，換上機械臂。

學會奔跑後，就被置換機械腿。

然後身體內外一點一點被置換，讓他們自幼熟悉機械軀體。甚至血液，都被換成含有「超級抗體」的藍色維生液，讓他們永遠不怕病原體的侵襲，預備前往充滿未知細菌、病毒和寄生蟲的古代世界。

當然，有些孩童會手術失敗，死亡率向來符合預期，最終死去的寶瓶座孩童被還原成原生濃湯，重新利用。

倖存的孩童被給予天才的教育，從小就學習高等數學和高級物理學，寶瓶座計畫發現這些擁有 ϕ 基因組的孩子，大多數都有高於一般孩童的學習能力。為了讓他們往後更有效率執行時間旅行任務，他們更需研究歷史。

他們被歷史研究院院長親自教導，每旬的每天都安排不同專家，教授古世界各地的歷史。當潘曲和沙厄都還是小孩時，他們都對亞洲史很有興趣，尤其是人類學和哲學的部分。

當他們雙雙被遴選為奧米加之後，有機會為自己取一個名字，也不知是誰開始的，其中一人以古印度數字取名，另一人覺得不錯，也跟隨了。

潘曲（pañca）是五，沙厄（saat）是七。

在歷史研究院時，潘曲在查資料時發現一個奇怪的現象，當大家從歷史研究院回到TT任務中心，卸下生化軀體，浸泡在藍色維生液時，他問了其他奧米加。

「你們查歷史資料庫時，有注意到嗎？有些年份是完全沒有資料的。」

「怎麼說呢？」一號塔卡回道。

「我注意很久了，有的年份就完全空白，我發現最長的一段有十年空白，最短一個月，而且是完整的一個月，從一號到三十一號，下個月就有了。」

四號黑格爾說：「一號到三十一號……你說的是大毀滅前的古史吧？」地球聯邦以「旬」計日，捨棄了週、月等觀念。

「你說得對，我下次去查查，說不定只在古史的部分吧。」

「我看過。」有把怯生生的聲音。

潘曲注意到，是沉默的八號托特：「你看過什麼？」

托特溫吞地說：「有幾份論文，他們稱之為『大空白』。」

潘曲深吸一口氣，但吸到的是維生液，穿過鼻腔，流經口腔，再從脖子流回出來：「大空白？那我的發現不算新發現了？」

「是的。」即使是心念傳話，托特的聲音也比蚊子還小，「先賢有整理出幾個大空白的時段，你可以查詢關鍵字『大空白』。」

「謝謝。」當下潘曲覺得托特真的不容小覷。

後來的數次出任務，他們才發現八號托特是他們之間超能力最強大的。

奧米加們再討論了幾句，便合眼休息，讓頭顱充分吸收維生液，進入冥想狀態。冥想是每日必行的功課，以維持並強化他們的超能力，萬一他們失去能力，就會被取代，也就是被「還原」了。

地球聯邦崩潰，他們在會議室躲了五天後，當塔卡吩咐大家各自出外探索狀況時，他選擇去清潔隊總部。

潘曲在歷史資料庫發現，古代有警察維持（或破壞）社會秩序、有軍隊保護（或侵略）

國家，而地球聯邦「清潔隊」集二者於一身，還負責消滅個人實體和資料。他猜想，若地球聯邦真的崩潰了，清潔隊應該出面維持秩序，若黑毛鬼真的闖進賈賀烏峇，清潔隊也應該驅除黑毛鬼。

然而，在崩潰發生後，他僅看到歷史研究院院長厄俄斯福洛斯—ι7144321帶著的四名清潔隊員，而他們在重要的十二人席會會議室待了五天，卻沒一名清潔隊員出現。

潘曲想看看清潔隊到底怎麼了？

在塔卡和泰蕾莎離開後，潘曲也立刻空間跳躍，為了安全起見，他位移到清潔隊總部內部，他不知道內部結構，但只要不是外面，哪裡都行。

結果，他才剛到達，就看到一片駭人的景象。

地面散布著很多屍體，遍地血跡，藍衣藍帽的清潔隊員有很多殘缺不全的屍身，都是被啃咬或強行撕裂的，而黑毛鬼的屍體都有燒焦的洞口，屍體盡皆惡臭沖天。潘曲四下觀看，才知道這裡是停泊場，有很多部飛行巡艇和巡邏車整齊地停泊著。

忽然，他恍然大悟——清潔隊總部設在邊林附近，此地必定是黑毛鬼最初入侵的破口，所以清潔隊首當其衝，是最早面對黑毛鬼的公民。

目睹令人膽寒的清潔隊結局如此，不知該說是悲壯好，還是說像古代東方的概念「報應」，或是牛頓第三運動定律的道理。

潘曲在屍體間走動觀察，地面上散落著幾把雷射槍、電擊槍和突擊棒，他彎身撿起，查看槍枝是否仍可使用。槍是很陌生的武器，飛行巡艇是從未乘過的交通工具，他身邊有許多好工具，但他一件都不會用。

「能夠從死者腦中萃取資訊嗎？」或許會有駕駛飛行巡艇的方法，還有使用槍枝的方法。

他蹲下來，用雙手抱住一顆頭，凝視死者白濁的眼睛，他專心感應死者的腦袋瓜，但裡頭空蕩蕩的，沒有一抹生命之火。「說不定這個人腦袋爛掉了，找另一個看看。」他輕輕放開頭，雙手沾滿到剝落的臉皮，死者臉孔頓時露出腐化中的柔軟肌肉，沾了他一手漿液。

他看到有個清潔隊員的頭殼破裂，腦子被掏空了，這個沒希望。有的清潔隊員上半身分離，腹腔內的臟器消失了。

潘曲推想：「看來黑毛鬼特別愛吃內臟。」即使他沒有真正的肉體，依然渾身發寒，「或許，會有飛行手冊，會放在哪兒呢？」這棟建築物何其大，如何才能找得到呢？

他走到一艘飛行巡艇，尋找開門的方法，卻不見任何把手或按鈕，門的邊緣光滑，縫隙塞不進一枚縫衣針。正在苦惱之時，他把手放到門框上面，輕輕一壓，巡艇的門竟安靜地凸出來，然後慢慢像蝴蝶翅膀一般上揚。

一旦知道方法，便會驚訝原來如此簡單！

潘曲環顧四周，確定沒有移動的物體，才放膽坐進巡艇。面對操控板面上一堆看不懂的按鈕、推桿、觸控板、轉盤、方向盤等機件，他頓感茫然無助。

研究了一下，他找到一個應該是啟動鍵的東西，拇指才剛放上去，巡艇既然發出聲音：「辨識錯誤，不含晶片，請進行晶片辨識。」辨識什麼？他再試一次，依然如此。

潘曲想了一下之後，終於想明白了！

每位地球聯邦公民，都會在右手大拇指中植入稱為「訊號增幅器」的晶片，好方便隨時能被監控。

他步下巡艇，在屍體中盡量尋找腐爛較嚴重的拇指，較容易施力折斷拇指。如此收集了幾個拇指之後，再回去飛行巡艇，將死亡清潔隊員的拇指按上去。

果然巡艇有反應了：「辨識成功。」接著便發出低迴的引擎轉運聲，看來只要是清潔隊員都行。

「要求加入身分。」潘曲大膽說話。

「請再次辨識。」巡艇電腦說。潘曲再次將斷指按在啟動鍵上後，電腦又說：「請加入新的身分辨識。」

「真的可以！」潘曲立刻將拇指按上去。

「辨識錯誤，不含晶片，請進行晶片辨識。」

也對！奧米加的晶片不在手指上，因為他們的身體不是屬於他們的，其正屬於他們的是——潘曲低下頭，將額頭靠上啟動鍵。

「辨識成功，新身分加入成功。」潘曲十分欣喜！

現在只剩下如何起飛了！

八號

當厄俄斯福洛斯—ι7144321命令奧米加將他們傳送時，惟有八號托特另有疑慮。

歷史研究院院長給的座標，他是認得的。

那是法地瑪的家。

他們曾經被指派，利用空間跳躍幫助一名年紀跟他們相仿的少女去探索各個禁區，奧米加們都很納悶那位名叫法地瑪——λ16798K的少女是什麼來頭？她沒有顯赫的地位，才十多歲就當上了高級歷史研究員，即使如此，也不該被賦予支配奧米加的權力。更令他們不解的是，她的任務好像只是為了尋找一個人。

無論如何，托特被她深深吸引了。

法地瑪黝黑的膚色、深邃的五官、明亮且充滿警戒性的大眼、清晰的思維和談吐，對懦弱的托特而言，幾如異世界降臨的仙女。

在法地瑪面前，他竟能自在地說話，這是他在奧米加夥伴面前也辦不到的。

他很想探知法地瑪的一切，想知道她平日會做什麼活動？喜歡什麼食物？在什麼樣的環境中生活？因此，他偷偷地觸犯禁則——趁著親近法地瑪的機會，偷窺她的記憶，搜索到她家的住址。

為何院長要帶四名清潔隊員前往法地瑪的家？莫非要對法地瑪不利？

當一號塔卡決定上去地面會議室時，八號托特不違抗，乖乖與夥伴們一同空間移位。

當塔卡同意各自冒險去探索外界時，托特迫不及待，馬上使用空間跳躍的能力，很多年後，他才知曉這能力有個名稱叫「神足通」。他的目標就是法地瑪的家，亦即歷史研究院院長和清潔隊員所去之處。

法地瑪的家中一片寧靜，所有窗戶合上並拉好窗簾，看來屋主是從容離去的，但沙發前的小几上還擺著個茶杯，旁邊擺放小茶匙，杯中尚有乾涸的茶漬，又似乎屋主離開得頗為匆忙。

沙發旁的桌上有數個照片框，裡頭有法地瑪——那就沒錯了。法地瑪跟一位女性高級歷史研究員合照，但奧米加們都知道，那位女子是「影子院長」，她才是實際上的地球聯邦第一主席，這說明了法地瑪為何得到授權使用奧米加的能力。

問題是，另一張照片中有他不認得的女子，臉孔是很明顯的東方人，她跟年幼的法地瑪合照，但面無表情。

托特沒想太多，他已經被客廳中矗立的一個大圓筒吸引住目光。

仔細一瞧，大圓筒不屬於客廳，它在客廳原有的牆壁後方，牆壁循著地面的軌道打開了，露出沒有鋪磚、沒有修飾的水泥地面。

大圓筒上有一扇半掩的門，門前地面的積塵布滿凌亂的鞋印，告訴他厄俄斯福洛斯—ℓ7144321等人就是由此處進入的。

托特推開厚重的鉛門，步下螺旋梯，走了很長的路，才總算抵達地底，看到五天前到TT任務中心的那五個人，已經歪七扭八地倒在地上，屍體呈半腐爛狀態，身體發脹，隨時會破裂流出屍水。

他腳下避開屍體，遠離一枚未爆的屍體炸彈，穿過一道大門，門後有一部宏偉的量子電腦，形狀像極了豐滿的母體。

托特深吸一口氣——這就是瑪利亞了，地球聯邦最深的秘密、地球聯邦的創造者、統治者，是母神也是死神。由於瑪利亞有時要奧米加直接報告，所以他們知道瑪利亞的存在，但只有身為領袖的奧米加一號親自會見過瑪利亞。

詭異的是，瑪利亞前方有一根跟奧米加相同的玻璃柱，藍色維生液已然混濁，泡著一顆腐爛的人頭。

托特無法想像此地發生過什麼事，幸好的是，他擔心的法地瑪不在死者之中。

他穿過瑪利亞，才發現這是個巨大的地底城市，賈賀烏岧的地底竟躲有一個如此宏偉的城市！

在昏暗的燈光中，托特看見瑪利亞後方的建築物寫著古歐語系文字「歷史」，便不知不覺被吸引步入。傾倒的門後，是大片插滿記憶立方體的高牆，每個記憶立方體旁邊都有一枚小燈在閃爍，表示這裡的電源不受地磁轉移影響，仍在運作中。

他目瞪口呆地仰望無數記憶立方體，忽然領悟：這裡就是歷史研究院的資料庫了吧？他們在研究院所查詢的所有文字、影像、影片乃至全像資料，全都出自這裡的吧？

地上散落著幾個記憶立方體，他撿起來看，上面寫了編號，這才留意到有的記憶立方體插槽是空的，小燈光也沒亮。他將記憶立方體依編號插回去，小枚燈泡馬上閃爍起來了。

托特一時還未想到記憶立方體掉在地面的意義，直到他穿過兩道記憶立方體高牆側邊的走道，推開走道末端的另一道門。那金屬門一經推動，立刻傾斜倒下，在寧靜的地底發出巨響，嚇得托特連聲道歉：「對不起！對不起！」彷彿生怕吵醒了久居地底的死靈。

他探頭進去，立時毛骨悚然：裡面坐著一個人！

驚魂略定後，他才看清楚是具乾屍。

乾屍坐在一張桌前，桌上有一片寫了「借還書請在此登記」的金屬牌。

托特猜測這人是一位圖書館員。

然而他不知道的是，圖書館員已經坐在這張椅子上兩百餘年了。

當年，這座人類文明最後的碉堡「工廠」，發生了空前劫難。工廠糧食部研究中的自我生長肉類，突變成無限生長的「癌蟲」，在無人警覺的就寢時刻掃食所有它經過的生物，體型不斷增大，而這名圖書館員是最後的倖存者。

當年保護他不受癌蟲攻擊的金屬門，不敵歲月的侵蝕，被托特一推就倒了。

其實圖書館員也沒存活很長時間。

為了消滅癌蟲，瑪利亞發出能打斷DNA、殺死一切細胞的中子波，圖書館員死得很迅速，中止了他永遠完成不了的工作：整理記憶立方體。

瑪利亞發出癌蟲警報時，圖書館員正抱著一盒抽選的記憶立方體，要到他的桌上進行保養作業。他奔逃進圖書館的途中，掉落了大部分記憶立方體，亦即托特剛才撿起的那些。其餘的記憶立方體，則散落在他桌上。

托特忽然明白他看見了什麼！

「大空白」！

何其荒謬呀！托特心中嚷道。

「大空白」是歷史研究院懸而未決的歷史謎團，研究員先賢們發現，不知為何，歷史資料庫中有幾個空白之處，有的範圍大，有的範圍小，它們在目錄中，但搜尋進去時，卻資料全無。

他讀過所有有關大空白的論文，有的整理出大空白涵蓋的年份，有的推測它的原因，還有研究員歸咎予「反聯邦」。

這個兩百年來困惑了無數學者的問題，原來答案如此簡單。

只是歷史的偶然。

這個偶然，促成θ81402028——逃逸入時空的傳奇歷史研究員——親往遠古時代的東亞，研究一個古老國度的滅亡，害得第一代奧米加遭到處決，也造成每一代奧米加的劫難。

托特不曉得的是，連瑪利亞都不知道大空白的原因。因為自從癌蟲事件後，再沒人踏入過瑪利亞的後方，以免任何人心懷不軌，破壞瑪利亞的元件，所以托特是兩百年來首位見到這具乾屍的人。

對了，法地瑪還拜託過他，若有機會，若奧米加的任務正好有前往那個時空，請轉告一句話給θ81402028……不可能了，若地球聯邦真的崩潰了，奧米加就不再有任務了。

托特從沉思中回神。

發現「大空白」的謎底令他興奮，但隨即想到無人可分享他的發現，又覺落寞。他隨手將圖書館員桌上的記憶立方體集合在一起，打算拿回外面，將其一一置回記憶槽中。當他回身要出去時，適應了暗光的眼睛，此刻才注意到，圖書館員的面前是一長列的書架。

他想看得更清楚，遂在門邊找到電燈開關。

打開燈光，托特被眼前的景象震懾得雞皮疙瘩——書架上置滿了傳說中用植物性纖維紙張印製的「書」！

開了燈才知道，這房間有足球場之大，從地面到天花板，約莫三層樓高的空間中，全都堆滿了書！

托特驚喜地望著書架，感到胸口彷彿瞬間掏空了！

他滿腔敬意地走向書架，慢慢地瀏覽書名，感動得眼眶溢淚。

每一個經過視線的書名，都是過去只能在傳說中讀過的名字，他只看過被引用的句子，卻連一個完整的章節都沒讀過！

托特挑了一本書，將它徐徐從書架取出，在昏黃的燈光下展開第一頁。

他嘴唇微微抖動，複誦書本啟始的句子，將古老的文字化成聲音，任其在古世界最後一間圖書館中迴響：「四月間，天氣寒冷晴朗，鐘敲了十三下……」

七號

潘曲返回會議室時，發現大家的臉色有些奇怪。

「發生了什麼事嗎？」

「一號沒有回來。」

「現在還沒晚上啊。」潘曲點算人數：「八號也沒回來呀。」於是奧米加們將泰蕾莎遭到黑毛鬼攻擊的事轉述給潘曲聽。

奧米加們個個心情沉重，潘曲趕緊安慰他們：「現在時間還早，我們等到晚上再說吧，他向來很會照顧我們，想必也很懂得照顧自己的。」為了振奮大家的心情，本來要等塔卡回來才宣布的，於是他跟大家說了：「告訴你們好消息，我發現有很多飛行巡艇！」

眾人眼神為之一亮：「這表示，我們可以離開這裡了？」

二號烏倫也舉手說：「我也有好消息，我去了糧食局，有很多藍藻塊，我還查到幾個藍澡工廠的座標！」

泰蕾莎勃然大怒：「我還以為你們會一起救塔卡！沒想到你們都不在乎！」忍了很久的她，再度痛哭起來：「是塔卡救我的！他用他的力量推我回來的！」

七號沙厄冷淡地接道：「塔卡死了。」

泰蕾莎更憤怒了：「你胡說！你怎麼可以這樣說？」

沙厄依然表情冷峻：「難道，你們有誰感覺得到塔卡的存在嗎？」

的確，泰蕾莎剛回到會議室時，六號史東馬上就試圖感應塔卡的心靈，卻無法感應，他當時歸咎於太陽風的狂暴，干擾了感應力。隨後每位回來的奧米加都試過了，都在聽到消息的第一時間試過感應塔卡了。

「八號也沒回來，」四號黑格爾提醒大家，「我也感覺不到他，難道托特也死了嗎？」

潘曲把話頭拉回來：「大家，請先聽我說飛行巡艇好嗎？攸關大家的生死。」他說明飛行巡艇會辨識駕駛者，並說明如何用清潔隊員的拇指晶片啟動巡艇，然後新增身分，「數量很充足，我們可以一人一艘！」

「如果要走，能走去哪兒？」沙厄消極地問，「何況，還不知該如何讓它飛行，也不知在太陽風之下飛不飛得動呢。」

「大家冷靜想一想，你們一定有個想去的地方。」潘曲激動地說，「轉個念頭想，這是自由，是歷代奧米加從未獲得的自由。」

「自由和死亡，有時候是同義詞。」沙厄一貫語氣冰冷，彷彿對活著提不起興趣。

「沙厄，東亞區的首都，你不想去嗎？」潘曲一句話觸動了沙厄的心弦，「中亞和東亞的樞紐？首個消滅、整合東亞新石器諸國的西陲政權？首個由中亞入主東亞建立的巨大帝國？」

「可惡。」沙厄被勾出心底的念頭，不甘心地白了潘曲一眼。

「直到大毀滅前，有些謎題都還沒解開呢。」潘曲繼續激勵他。

潘曲跟沙厄比較親近，曉得沙厄感興趣的歷史領域，但其實沙厄真正想探索的並不是遠古的政治，而是更為隱晦的……他從未透露的……

仙人。

仙人會是「奧米加原型」嗎？或是其中一種原型？

比起奧米加原型，仙人有個不同於奧米加的特徵，就是不老不死。

他非常有興趣。

然而，身為奧米加，原本是完全沒機會探討這個問題的。他們最後的結局，通常要不是在任務中死亡，就是被地球聯邦消滅，這是奧米加的宿命。

沒想到，地球聯邦的崩潰，既然給了他機會去探索這個遙不可及的問題，如此說來，他是否應該慶幸地球聯邦的崩潰呢？

「好吧，」沙厄說，「所以還缺少飛行巡艇的駕駛方法是嗎？何不回去歷史研究院找呢？資料庫應該什麼都有吧？」

「只有歷史檔案，不會有駕駛手冊吧。」黑格爾說。

「有哦。」沙厄促狹地說，「全像影片。」

奧米加們愣了一下，沒馬上反應過來，終於，史東首先呼叫出來：「我懂了！」

歷史資料庫中的全像影片資料，奇特地包含了許多私密的照片和影片，尤其是以第一人稱視角拍攝的全像影片。他們並不曉得，那是大毀滅之前，地球聯邦前身──「工廠」──的創建者可善穆（Ksam）以非法手段收集來的，當然，大毀滅前的法律早已過眼雲煙。

這些影片中，很可能會有駕駛飛行巡艇的影片。

「那麼，誰能去歷史研究院走一趟？」

歷史研究院位於賈賀烏峇中央區，靠近聯邦育幼中心，極可能是黑毛鬼活躍的地區。

「我吧，」沙厄說，「其實我剛從那邊回來，」他去資料庫搜尋他醉心的歷史資料，少了瑪利亞的阻礙，他可以隨意瀏覽以前被限制進入的「極密資料庫」，「但是，資料庫的電腦走得比以前慢，相信太陽風的電磁暴風還是有影響吧。」

「你沒遇上黑毛鬼？」潘曲憂心地問。

「別說黑毛，一根毛也不見。」

沙厄沒說實話，歷史研究院內外有不少殘缺的屍塊，他機警地躲進電腦室，反鎖了門，小心不發出聲音，才順利用到電腦的。否則當他使用搜尋目鏡時，難保不會遭受黑毛鬼攻擊。

不說實話，輕鬆帶過重點，是他一貫保護自己的方式。

不過他說話算話，他帶了兩天份的藍藻餐，回到歷史研究院，打算無論如何都要找到駕駛飛行巡艇的畫面，而其餘奧米加則繼續用心靈搜尋一號和八號的下落。

沙厄直接空間跳躍到電腦室，確定所有入口都反鎖了，才戴上搜尋目鏡，沒想到比預期來得簡單，只要輸入正確的關鍵字，三兩下便找到了，然後花上兩個小時反覆觀看駕駛飛行巡艇的第一人稱紀錄，將它深植於記憶中，包裹成一個記憶包，待會傳給其他同伴。

當他回到會議室時，驚見八號托特已經回來了，眾人正在問他去了哪裡？但他什麼也不透露，有人試圖窺視他的心思，卻發現他的心被鎖得緊緊的，壓根兒無法揪出半絲半縷念頭。

「托特，我們都共享了今天的經歷，你的資訊可能很重要，」黑格爾試圖動之以情，「你就告訴我們願意分享的部分吧。」

沒人能理解托特的想法，他不是自私，也不是不願分享，只是想保護那個地方。他已將工廠的門關上，將法地瑪房子的秘密牆壁合上，不讓神聖的圖書館和瑪利亞遭到恣意冒犯。

他甚至不能告訴他們，厄俄斯福洛斯－ι７１４４３２１和他帶的清潔隊員都死了，因為會讓他們猜到瑪利亞的位置。

「我能確定的是，」托特一說話，大家立刻安靜，因為他惜字如金，「地球聯邦已經不存在了，我們自由了。」

「你為何如此確定？」烏倫驚恐萬分，他習慣了遵從命令，害怕自己決定事情。

「還有，」托特繼續說，「塔卡沒死，還沒。」

泰蕾莎哇的一聲哭喊出來，制止不了身體的顫抖。

「可是，他送走泰蕾莎之後，自己逃跑時，精神耗盡了，卡在高次元空間中，無法掙脫。」

「怎麼辦？」泰蕾莎哭著問，「我們能幫他嗎？」

「能，我們至少四個人就能時間旅行，所以是能夠的，你們誰能幫我？」

「我。」泰蕾莎立刻說。

「不，妳心情太亂，只怕會干擾。」

「我來吧。」潘曲說著，也瞟了沙厄一眼。

沙厄搖搖頭：「我今天已做過四次空間跳躍，精神太耗損了，怕會有不良影響。」

其他人紛紛舉手之後，遂圍到托特身邊。托特說：「我定位，準備。」他們都是箇中老手，對程序很清楚。

周圍的空間忽然震動，一號塔卡在半空中出現，掉在會議桌上，他早已昏絕多時，不省人事。

眾人發出歡呼聲，衝過去扶起塔卡。

沙厄在旁邊觀看，不由得心底沁涼：托特真的很強，不愧於他為自己的命名，托特（Thoth）是埃及月神，亦為智慧、文字、法術之神。

雖然佩服托特，但沙厄打從心底不喜歡他，因為他沉靜、溫吞、小心、低調，全是沙厄不欣賞的特徵。

奧米加們休息了一晚，養足了精神，餵飽了身體，他們將一人一艘飛行巡艇，並帶上清潔隊的武器，前往他們既熟悉又陌生的世界。

但托特另有想法。

奧米加們出發前往清潔隊總部前，托特罕見地主動對同伴說話：「謝謝潘曲的建議，但我不打算留在這個世界了。」

「什麼意思？」對他無盡感激的泰蕾莎受驚似的問道。

「我懇請大家幫我一個忙，我想前往遠古，我必須去完成一件承諾，是法地瑪拜託我的事。」他稍微開放了一點心房，將法地瑪跟他對話的記憶分享給同伴，讓他們理解。

他們知道，送一個人去另一個時空的話，他們必須在當下的時空中緊繫著他，以便之後將他拉回現在，這是自第一代奧米加就研發出來的方法。如此的話，他們必將大量耗神，今天恐怕也不能去試駕飛行巡艇了。

「不，我不打算回來了。」托特眼神堅定地朝眾人微笑，「謝謝你們這些年來的陪伴。」

奧米加們相互交流心思，感慨、遺憾、不捨和尊敬各種情緒在他們之間交織著，最後，他們都對托特點頭：「我們全力幫忙。」

於是，七名奧米加包圍八號托特，雙目半合，精神集中，合力要將托特送往他指定的時間和空間——一千三百五十八年前的北京城，經緯度是……

但是，沙厄向來不喜歡托特，他老覺得托特表現的懦弱，是一種刻意為之的虛偽。

尤其當大家都對托特表示敬佩時，沙厄更是打從心裡感到嫌惡。

因此當大家集中精神冥想時，他刻意惡作劇地加入了一點點干擾。

只有一點點。

就有點如一輛高速行進中的車子，只要有一丁點擾動，就會偏離方向，行進距離越長，則偏離越遠。

托特在眾人視野中消失了，彷彿忽然關掉的螢幕畫面般消失了。

沙厄心虛地注意同伴們，看看他們有沒有察覺他動的手腳。

沒有，沒人提及剛才有任何不妥，包括跟他最要好的潘曲。

雖然還是不放心，但沒人再提起托特。

沙厄心想：為了一個愚蠢的承諾，托特不會再回來了。這樣也好，他再也不必見到那個裝模作樣的托特了。

沙厄暗暗發下誓願，離開賈賀烏峇之後，他將不再回來這個充滿痛苦回憶的首都。

第五章

歸程

誰控制過去就控制了未來，
誰控制現在就控制了過去。

●● 歐威爾《1984》●●

圖書館

在深邃的地底下，聳立著形如豐潤孕婦的巨柱，一名男子站在其前，依戀地環抱著巨柱。

「你是那由他？」潘曲才開聲就後悔了。他太魯莽了，不曉得黑神在他體內植入的元件，究竟是能夠直接記錄他的一舉一動，還是經過人造衛星監視的？若是前者，那麼那由他的名字就被知曉了。

那由他轉過身來：「你放心，濕婆聽不到的，這裡的訊號是傳不出去的。」

這是他第一次看到那由他的樣貌。

那由他說過，法地瑪是他的兄弟姊妹，那麼他們的年紀應該相近，但潘曲完全看不出那由他的年紀。他相當俊美迷人，但相貌不像真實的人類，倒有點像米開朗基羅的大理石大衛像。

潘曲擔心：「可是……」萬一是直接記錄呢？

「我需要你的幫忙，」那由他說，「完成之後，我幫你把濕婆放進去的東西拿出來。」言下之意就是，即使記錄了什麼也不必擔心。

「你拿得出來？」潘曲有些遲疑，即使跟他從小共事的沙厄也不太可以信任，何況眼前是個陌生人。

「我先付你訂金好了。」那由他斯文地微笑著，冷不防將手臂伸向潘曲。

潘曲還未反應過來，那由他的手臂已穿入他的胸口，他驚駭地垂頭直視，但軀體並沒有傳來疼痛感，也沒偵測到破壞警告。

「別動，有點難度，」那由他說，「濕婆把它連在維生系統上。」

潘曲一點也不敢移動。

機械軀體內部沒有仿神經元，他無法感覺裡面發生的事。

「快好了，取下來了，」那由他的微笑令人安心，彷彿任何問題都能在他的微笑中找到答案，「還得恢復連接。」

當那由他的手漸漸抽出他的身體時，潘曲睜大眼直盯手臂和他軀體的交接處，很想看穿那由他是如何辦到的？但他什麼也看不出來，那由他抽出手臂的部位，人造皮膚上沒有凹陷，也沒有扯裂，就如冰塊和水的邊緣般看不出接縫。

那由他握著拳頭抽離，手上也沒有沾染一點機械的潤滑液。

「我簡單說明好了，」那由他說，「我剛才不在你的身體內，也同時在你的身體內。」他展開拳頭，手掌內有一枚濕濕的晶片，面積只有螞蟻大小，卻在上面伸出許多半透明的細絲。

「我不明白。」潘曲說話都結巴了。

「在高次元的空間——不用多，就比咱們三次元高一個次元好了，內外是沒有差別的，可以同時看到每一個角度，和所有內部和外部。」

潘曲依稀明白他的意思，但難以想像。

「還有一個類似的元件在你體內，恕我必須暫時留住它，」那由他將晶片交給潘曲，「留住不是為了脅迫你，而是另有用途。」

「用途？」看著晶片上精巧細密的迴路，潘曲愣呆了。這無比精密的微小晶片，就是製造濕婆的古老科技嗎？

那由他走向他剛才環抱的母形巨柱：「這根柱子，就是瑪利亞的核心。」

潘曲目瞪口呆地抬頭仰望，看見巨柱一直伸入上方高處的黑暗中。

「而這個呢，」瑪利亞的前方立著一根強化玻璃柱，一如潘曲少年時在TT任務中心，浸泡於藍色維生液中的玻璃柱，只不過這根玻璃柱內層沾滿乾涸的棕黑色物體，完全看不見裡面，「這個是瑪利亞死亡後，曾經取代祂的……」那由他的手透進玻璃柱，取出一塊黑色的東西，仔細瞧看，是塊殘餘的下顎骨，還有牙齒鑲在骨骼中，「腦袋。」

「等等，瑪利亞死亡……是因為磁極逆轉、太陽風……？」

「不，是更早以前的事件，因為火星攻擊。」

「火星攻擊？」看來他不知道的事太多了，「那麼這個人是……？」

「蘇，地球聯邦第一主席。」

「天啊。」潘曲回想起蘇—η99907的樣貌了，他年輕時常常看見她，親自到TT任務中心指派任務，年近中年的她依然很美，然後忽然不再來探望奧米加，不再指派任務，沒幾個月就發生磁極逆轉了。

「這說明了兩件事：人類的頭腦可以連接瑪利亞，而且一個人腦就抵得上瑪利亞巨大的核心。」

若潘曲的人造皮膚有汗腺和毛孔的話，此刻必會毛骨悚然。

「我不明白你的意思。」潘曲感覺不到那由他有惡意，但說不定是因為他將他的冷血隱藏得太好。

那由他沒回應潘曲的話，繼續說：「這座地底城市稱為『工廠』，是大毀滅前建立的，為的是保存人類文明，所以，這裡的背後有人類文明的所有紀錄。」他啟步走向瑪利亞的後方，見潘曲遲疑沒跟上來，便向他招手：「你以前在歷史研究院查詢的歷史資料庫，就是連接來這個後面的。」

潘曲的理性不敢跟過去，但強烈的好奇心移動了他的腳步。

一扇高大的門頂上寫著 Ἱστορίαι，那是希臘文「歷史」，據說意思是「調查而來的知識」，對時間旅行者的奧米加而言，這個解釋特別貼切。

穿過門後，幾面插滿記憶立方體的高牆令潘曲看得腿都酥軟了，震撼得想跪下來親吻地面。

那由他在前方慢慢踱步，領著他往前行，指著前方另一道門，那由他走到門前，抬起掉落在地面的門板，推去一旁，然後邀請潘曲進去。

都已經來到這裡了，不進去會後悔的。

一踏進第二道門，放滿了書本的書架進入視線，且書架有三層樓之高，排放在足球場那麼大的空間，看上去延綿不絕，潘曲立即雞皮疙瘩，興奮得渾身抖擻，口中不禁吐出年輕時常說的、表示忠貞的標語：「地球聯邦萬歲……」他跪在一堆書架前，兩手抱拳，一邊流淚，一邊呢喃著，向他心中的諸神說出讚美詞。

那由他默默看著他的舉動，聆聽潘曲心中流露的讚美。

待潘曲讚美完畢了，那由他說：「你似乎遭遇過很多事，你的讚美詞很有意思。」

「你不需要問我，都能知道吧？」他站起來走向書架。

那由他晃了晃頭，不置可否：「那你還應該謝謝這位先生。」

潘曲回頭看那由他所指為何時，終於看見門旁的桌上有個人頭，皮肉大半腐朽了，人頭以下的身體脫離了，崩垮散落在一張椅子周圍。方才光線陰暗看不清，潘曲這才留意到，桌上還有一本翻開的大簿子，幾本相疊的書，還有一本打開後反過來放在桌上的硬皮精裝書，大簿子上還放置了一枚記憶立方體。

「我不懂你的意思。」潘曲再次說。

「這位是圖書館員，他到最後仍在工作。」

「圖書館員……意思是管理圖書館的人嗎？」

「是的。」

潘曲上前細看，見到反扣的書本封面上寫了「1984」四個大字。

潘曲正想把書拿起來時，那由他制止他：「小心，這些紙張十分脆弱了，而且小心別破壞了留下的訊息。」

潘曲快碰到封面的手指凝在半空：「什麼訊息？」

「這裡有一股你的同伴的氣息。」那由他說，「很多年以前，有一位奧米加來過，氣息很淡，不過他來過。」那由他補充道：「而我是第一次來。」

潘曲低頭瞧看，大簿子是一份手寫的列表清單，寫滿了編號，他猜測為何簿子上會擺了個記憶立方體？跟他脖子上掛的那兩個來源相同嗎？抑或是歷史資料庫的檔案？

在大簿子角落的一小片空白處，突兀地寫了幾行字：

聽說

即使是兩道平行線

也能在宇宙盡頭相遇

更訝異的是，他認得這字體！

「你知道那位奧米加長得什麼模樣嗎？」

「分辨不出，你們都一個樣，光頭、身體是生化機械，既然只有頭了，性別也不重要了吧。」那由他說，「不過他的心靈特別強，所以才留下痕跡了吧。」

特別強嗎？潘曲將反放的書反轉，在翻開的那頁上，有一段文字被畫了線：

黨的一句口號說：誰控制過去就控制了未來，誰控制現在就控制了過去。

這段話在潘曲心中迴盪了一下，忽然令他內心震動，久遠的回憶剎那迸現，他瞬間明白了很多道理。

這就是為何八號托特要奧米加們幫他時間旅行！

他留下訊息，透露他要回到過去的原因。

不，不僅如此，桌上疊的好幾本書，都是他看過的嗎？

四十年前的那一天，托特依約在當天晚上回到會議室，而且還救了一號塔卡。當時，潘曲就對幾件事覺得不合理，如今依然記得。

例如，托特帶著好幾天份的藍藻塊都吃光了，在大家合力送他前往過去之前，他還再補充了一些。

然後，托特的頭髮長了許多，比他們的還長。

這表示說，托特在此地不只待了一天！然後時間旅行回到出發該日的晚上！

這表示，托特單憑個人之力，就足以穿越時空！

但是，或許他的能力不足以穿越千年的時距，也或許他的心靈耗費過多，才需要大家一起的助力吧？

潘曲渾身發冷，將那疊書一一查看：《美麗新世界》、《華氏四五一》、《動物農莊》、《我們》……全是地球聯邦不可翻閱的禁書。他花費了多少時間閱讀這些書？他有讀完嗎？

可是，留在桌上那枚記憶立方體是什麼意思？

潘曲將記憶立方體拿起來端詳，發現上面印有編號。

他低頭對照大簿子上列表的編號，格式完全相同。

他再步出圖書館，抬頭觀看插滿記憶立方體的高牆，尋找空的插槽，但他找不到，或許在更高之處？或許在後面的牆上？

「這是托特留給我的訊息。」潘曲想，「不，他不知道我會來，他不知道吧？」說真的，奧米加們只感覺到害羞的托特有個極為強大的心靈，卻不知道究竟有多強大。

當年，奧米加們被命令去幫助法地瑪空間跳躍時，發生了一件令他們極為挫折的事，也改變了他們所有人的想法：當他們在禁區「雪浪」的山下等候時，瞬間就陷入深睡，然後被該地的野生人類帶離，原來當地野生人類具有奧米加能力的原型。好像，當時只有托特沒被影響……

托特的心靈力量，有強大到能夠預知未來嗎？

這個記憶立方體真會是托特留給他的嗎？裡頭到底裝了什麼訊息？

「你很想知道是吧？」那由他靜靜的說。

潘曲內心的掙扎，如暴風雨般強烈，如巨浪般洶湧。

「不只是這個，你身上那兩個也可以哦。」

那由他這句話，驀地斬斷了緊紮他心緒的鋼鏈。

潘曲冷靜片刻之後，才面向那由他：「真的可以嗎？」

那由他點頭：「事實上，你的這位同伴嘗試過了。」

肉球

鐵臂兩手從石棺捧起「球」的當兒，水銀從球的表面滴滴滑下，但球體摸起來軟綿綿的像團肉，如果它在石棺中浸泡過三千年，水銀經已浸透，整顆肉球顯得髒兮兮的銀灰色。

他雙手小心翼翼地捧著肉球，由沙厄帶領他循原路離開。

在出去外面的路上，沙厄想到任務就此結束，還不禁有點悵然若失，不過想到不必再犧牲更多的奴隸，又覺得自己至少做了點好事。

當鐵臂鑽出牆壁破洞時，在石頭人大廳等待的所有人皆目瞪口呆，衛士們不可思議地瞪大眼，奴隸之間也揚起陣陣的驚嘆。鐵臂不僅是唯一活著出來的奴隸，而且還兩度進出！這是從來沒其他奴隸辦到過的！

鐵臂兩手捧著肉球經過眾人面前，奴隸們紛紛投以欽慕的眼光，這表示他們不再需要進去那個必死之地，鐵臂拯救了他們所有人！

惟有衛士長的臉色不太好看，他心裡矛盾得很，他一方面想要完成三聖吩咐的工作，一方面又嫉妒被奴隸搶了風采，看著鐵臂高額尖嘴的臉孔，越看就越有氣。

沙厄對衛士長說：「請吩咐人幫他解下裝備吧。」

衛士長不理沙厄，他走向鐵臂，伸手要接過肉球：「給我。」

鐵臂望望沙厄，看他怎麼辦。

「由他拿著就好。」沙厄跟衛士長對視。

為了維持重心和行動便利，奧米加的生化軀體比一般人的身高矮，所以沙厄必須抬頭才能跟衛士長對視。

「你的工作完成了，」衛士長故意低頭迫近，語氣更強硬了，「這東西由我來交給三聖就好。」

「這東西有毒，你知道嗎？」衛士長果然眼神畏縮了一下，沙厄繼續說：「它的表面都是水銀，那些人就是被水銀毒死的，連我都不想拿呢！何況還需要帶回去清理，方法只有我知道。」最後那句是唬人的。

衛士長將伸向鐵臂的手縮回來，不甘心地盯著球體。

在午後斜照的陽光下，銀灰色的肉球垂著麵條似的黑色肉芽，像極了發霉的肉塊。

「三聖一定想早點看到。」沙厄很客氣地說，「如果您不介意的話，可否再借用一次飛蜥呢？」他可以感受到衛士長在衣服下的體溫升高，太陽穴緊繃。

衛士長揮手呼喚部下，叫他們幫鐵臂解除裝備，還得小心不弄傷他手中的肉球，又吩咐人去傳令準備飛蜥，才對沙厄說：「你滿意了吧？」隨即掉頭走向部下們，安排將奴隸們帶離此地。

當奴隸們獲知能離開時，立即興奮地歡聲呼叫，卻遭到衛士喝止：「別吵！別吵！太陽快下山了！你們再不出發就很難走夜路了！」

鐵臂捧著肉球，英雄式地經過衛士和奴隸面前，他可以感受到奴隸們感激的目光，也感受到衛士們的不知所措。

飛蜥已在外頭等待，騎在巨蜥頸上的依舊是劉累，他朝鐵臂和沙厄微笑：「今天真是不平凡的一天呀。」

偏西的太陽依然猛烈，在將天空染黃之前，最後的強光如同白刃般穿過山丘，直投在鐵臂身上，鋪蓋在銀灰色的肉球表面。

鐵臂驟覺肉球內部抖動了一下。

他驚奇地瞟了眼肉球，看見沙厄沒留意，便暫時不聲張。

他邁步走向飛蜥時，陽光照耀下的肉球只安靜了一下，鐵臂感覺到肉球內部再度開始慢慢蠕動，如有蝸牛在五指和掌心中爬行，但他低頭看不見肉球表面有變化。

沙厄走向他：「我扶你上去。」他擔心兩手捧球的鐵臂無法自行登上飛蜥的背部。

鐵臂忍住不說話，其實他的手心十分癢，但他不能放手，他心中有個聲音反覆告訴他不能放手，否則後果難以想像：「這是那三個小孩要找的東西。」「這是用很多條人命換來的。」「沙厄說是三千年前的東西，好不容易拿出來，不能摔壞。」

他一腳踩在飛蜥的腳背，飛蜥察覺到腳背的重量，馬上焦躁地甩了甩頭，劉綦立刻用操縱棒控制住牠，一邊用手掌安撫牠的脖子。

沙厄想了一想，將手放在鐵臂背上，轉頭四顧，確定沒人留意，鐵臂忽覺四周晃動了一下，腳下似乎空蕩了一剎那，就站在飛蜥背上了。沙厄確定鐵臂站穩了，才將手放開，而沙厄已是面色潮紅，微微氣喘。

鐵臂有些恍惚：「剛才是不是發生了什麼事？」

沙厄剛剛做了微距離的空間跳躍，但對年近六十歲的他而言非常吃力，他年輕時代強大的精神力早已今非昔比。他搖搖頭，擺手叫鐵臂坐下：「抓好那個球。」然後吩咐劉綦：「有勞你，我們要去聖殿。」

其實沙厄頗不甘心，他不想把肉球這麼快交給三聖，他還想帶回去研究，次日再送過去，但他找不到藉口。

年輕時，他在歷史研究院發現「仙人」這個詞目後，就十分神往。

尋找這顆肉球是他多年來的目標，豈可這麼快離開它？

回想起以前找到的資料：千年前有人挖地底，挖到兩個上下覆合的大缸，裡面竟有人坐著，問他什麼都搖頭不答，紀錄中稱之為「地仙」。

當然，前提是假設所有紀錄都是真實無妄的。

東亞歷史上，有幾位熱中於尋找仙人的統治者，甚至還在交通不發達的時代派人出海去尋找仙人。

雖然沒找到仙人，但後世也發展出將自體訓練成仙人的技術。

有時沙厄也不禁猜想，說不定奧米加也符合仙人的定義。

地球聯邦崩潰後，沙厄駕著飛行巡艇四處探求仙人遺跡，飛到傳說中的高山，也飛到東邊的海洋去尋找島嶼，而這處尋找肉球的古墓，他更是來過好幾趟。

這古墓是屬於尋找仙人的遠古統治者，傳說他以水銀保存屍身，或許是因為傳說服食水銀能成仙（沙厄還能分辨這傳說是不實的）。他的墓地於千年前被發掘，被當時的政權建成博物館，展出壯觀的陶俑兵團等陪葬品，雖然如今建築物主體早已崩塌，沙厄仍數次前來，進入地底展場，坐在陶俑兵團包圍之間，遙想墓主生前是以何種念頭建立此地的。

直到有一次，他乘坐飛行巡艇前來時，從高空看見廢墟有不尋常的活動，平日荒涼之地，竟有許多衣色相同的人員頻繁進出。

衣色相同，表示他們是有規模的團體，一如往昔藍衣藍帽的清潔隊，或綠衣綠帽的工程隊。或許，是聯邦崩潰後新建立的政權。

他無法按捺住好奇心，便將飛行巡艇停泊在隱蔽之處，上前去接觸那些人。

他預備了隨時逃走，若有萬一，立刻使勁全力空間跳躍回到飛行巡艇。

沒想到，當他抱著忐忑的心情走近那群穿著制服人時，某個人見他行近，竟舉手向他打招呼，還出聲說：「潘曲，你怎麼會來這裡？」

沙厄的意識像觸電般震撼，他好久沒聽過、沒見過，也沒想過潘曲了。

待他走近了，那人才錯愕道：「咦？你不是潘曲，你是誰？」還同時打量他的下半身。

沙厄懂了，他們奧米加裝上生化機械軀體後，走路的姿勢都有某種特徵，那人才會誤認。

「潘曲來過了？」沙厄故意裝得知道發生什麼事，「我跟他是同伴。」

經過跟該人的對話，沙厄終於打聽到，這批人來自「蓬萊」，而那人宣稱他是蓬萊的衛士長，語氣中引以為傲。一旦滿足他身為衛士長的自豪感，他便滔滔不絕地透露更多資訊。

蓬萊是個有趣的名字，會取這名字更是有趣的事，更有趣的，是他們的統治者是三個小孩——永遠是小孩的小孩。

所有的元素皆指向「仙人」。

經過了這麼多年，沙厄總算嗅到了希望的氣味，而且相當強烈！

於是他毛遂自薦，聲稱他對這古墓很瞭解，事實上他也沒誇大，當今之世，恐怕也沒人能比沙厄更清楚了。

於是衛士長引薦他面見「三聖」。

結果，這個尋求生命不朽的工程，犧牲了眾多生命，直到命運安排了鐵臂的出現，才令長達五年的探尋，在最後一個關卡上迎刃而解。

無可否認，鐵臂是一個很特殊的存在，他不能失去他，至少，暫時不能。

剛才要求他們拯救鐵臂，終於讓他窺見了三聖維持幼童體態的秘密——浸泡鐵臂的奶白色液體，宛如遠古傳奇中的「青春之泉」——他們究竟掌握了何種技術？會是地球聯邦遺留的嗎？或是更古老的技術？

蓬萊、三聖、青春之泉……

而三聖想要進入尋找仙人者的古墓尋找東西，還很明確地說是一粒球。

三聖肯定掌握了他所不知道的資訊，才會派出大批人員前來廢墟的。

多年以後，答案終於在他手上——不，是在鐵臂手上——而他必須將它交給不勞而獲的三個驕傲的老小孩。他不甘心，即使擁有一夜也好，他希望有機會親自檢查這東西。

「給我一下。」沙厄向鐵臂伸出兩手，要他把肉球傳過來，他的手是機械臂，其實不怕水銀侵害的。

鐵臂毫不猶豫地遞給沙厄，然而奔跑中的飛蜥背上極其顛簸，鐵臂怕肉球掉落，必須坐穩了下盤，才好傳給沙厄。

可是，沙厄拿不到。

正確地說，是肉球無法脫離鐵臂的手！

「給我呀。」沙厄起了戒心：難道鐵臂也想據為己有？

鐵臂必須在劉累面前假裝不會說話，連連朝肉球打眼色，沙厄不明就裡，待用兩手拿住肉球了，才發覺它緊緊黏住鐵臂掌心，根本扯不下來。

肉球上長出許多細絲，如同黏稠的漿糊般固定在鐵臂手掌！

忽然，沙厄心中一陣悸動，他感覺到肉球正發出防備的氣息，對他湧現敵意。

當下，沙厄恍然大悟：「它是活的！」肉球裡面有心靈活動，而且十分活躍，「它是生物！」

不，不僅如此。

恐怕它真的是某種形態的「仙」！

培育室

白眼魚在禁區上空盤旋，偷偷觀察族人動靜。

火母交託給她的任務太過重要，她無法一走了之。即使蝌蚪—灰蛙威脅她的生命，她也無法拋下整個遠古人類的基因庫，這是火母百年的心血！

曾經，黑毛鬼侵襲天縫時，電腦巴蜀竟趁機叛變，令她腹背受敵，因此她早有防備，在飛行巡艇中準備了藍藻乾糧，巡艇也會收集大氣中的水分，所以飲食是暫時不成問題的，但她必須有更好的後備。

臨近傍晚時，白眼魚才將飛行巡艇靜悄悄降落在亂石堆。

若是依照之前的協定，傍晚就是族人的晚餐時刻，然後回到避難洞關起來受保護，所以此刻應該是沒有族人會來到此地了。

亂石堆的下方，是天頂樹的另一角、捕魚隊的水潭處，亦即自動培養昆蟲、蝸牛、蜥蜴和魚苗的密室，會定期投放培育好的魚蟲進入水潭和樹海。她在天縫崩塌後曾前去檢查了幾次，確認機械完好，培育功能正常，確認族人仍保有傳統的食物來源，這也表示電腦巴蜀仍能監控那個地方的濕度、溫度、飼養等工作。

培育室有個後門，所幸沒被石塊遮擋，以前的火母，或是現在的她，都是從該後門進出的。

這道門上面有感應器嗎？如果闖入的話，巴蜀會發現她嗎？說不定會叫灰蛙伺機偷襲？

白眼魚無法確定，她必須尋找另一條途徑。

水潭！鐵臂曾經要幫長藤破壞的水潭岩壁，就在魚隻投放口上方的那塊假石頭。

她走到水潭，觀察了四周動靜，才將下肢踏進水中，背對天頂樹方向，好用身體擋住「火種」發出的雷射光。那塊岩壁是用強化壓克力製作的假岩石，她只要燒開部分，就能掀開進入吧。

費了一些工夫，白眼魚在天色轉暗前，沿著假石形狀切割出一團橢圓形的縫，用力一推，則整塊岩壁往內掉入，在密室內發出空洞的響聲，她感到腳下的水中有魚兒紛紛逃竄，滑過她的腳邊。

白眼魚屏息聆聽了一陣，才彎身爬入，趕忙將切下的岩壁抬起，塞回洞口之後，才將「火種」轉去照明模式。

如果巴蜀已經發現她的闖入，他也無法聯絡她，因為這裡也沒有對話設備，所以這趟闖入也是最後一次進來了，因為下一次就會有防備了吧？

餓極了的白眼魚，先到昆蟲培育槽去，在百種昆蟲中挑了她最愛的幾種，抓了幾隻來吃。她記得有的幼蟲肥大又多汁，而族人只會吃到成蟲，於是又從培育槽中選了特別肥美的蛆來加速填飽肚子。

這裡所培育的昆蟲、爬行類、兩生類、軟體動物和魚都是能短時間內成長食用的種類，但都不是方便帶走的食物，不過她來的目的也不在食物。

培育室中忽然發出聲響，有小滾輪在地面摩擦的聲音，一部機器人從角落出現，進行它排程的培育、餵食、篩選和投放的工作。那是老舊的農場機器人赫米斯（Hermes）六型，沒有裝備武器，不執行排程以外的工作，白眼魚只要不進入它狹小的視野就好了。

剛才機器人默默地躲在角落充電，現在趁它忙碌，白眼魚躡手躡腳地走去角落查看，她記得那邊有一張人皮。天縫下的死亡稱為「蛻殼」，因為火母會負責處理屍體，將人皮剝下製成皮革給家人紀念，其餘部分化成分子濃湯循環利用，而這張人皮是天縫下一個隱而不說的名字，第一個離開天縫的族人，被火母結束生命的岩間草。

「岩間草是土子的朋友。」白眼魚輕輕說，「是嗎？」

陰暗的培育室中出現一個淡淡的人影，似有似無地飄渺不定，白眼魚猜想是土子，是自從她繼承土子的蛻皮後，就保護了她好幾次的土子。

白眼魚不明白，蛻殼後的土子為何還能以人影出現，這就是祖靈嗎？火母傳承的神話是——蛻殼後前往光明之地，與祖靈會合——光明之地是謊言，莫非祖靈不是謊言？

白眼魚腦中仍有火母的記憶立方體，但被巴蜀關閉後就一直無法再開啟，這麼火母算是死了嗎？如果火母死了的話，火母一定也有靈魂，火母說過，萬物都有靈魂，他們吃的蟲和魚、他們腳下踩踏的石子、樹海中的每一棵樹都有靈魂，那麼火母也會有。可否請火母的靈魂也像土子一般現身，教她如何化解困境呢？

她撫摸岩間草陳舊的人皮，人皮經過鞣製後，折疊好擺在角落架子上，人臉的部分連著頭髮置於人皮上方。從過往接觸過的火母記憶中，她知道岩間草的遺體並不是搬進火母洞穴被自動手術機分解，而是火母親自動手，一刀一刀剖下送進分解槽回收的。

「土子，你要我進來，就是要我拿走岩間草蛻下的殼嗎？」

淡白色的人影像團煙霧地輕輕搖頭。

白眼魚沒太多時間思考，如果電腦巴蜀通知蝌蚪——灰蛙跑過來襲擊她，她只有不到三十分鐘的時間。

她不知道的是，灰蛙在夜間無法行動敏捷，但巴蜀知道。

她也不知道，巴蜀早就知曉她闖進培育室了，但巴蜀無暇行動，它還有更緊急的狀況要處理。

白眼魚從架子取下岩間草的蛻殼，將它打開，果然內層粗粗的，還有未剝乾淨的組織，不像土子的蛻殼用自動手術機處理的光滑。

白眼魚心念一動，翻找人皮肚臍內側的部位，在殘餘組織中搜索了一下，果然摸到一塊很小又堅硬的薄片。

「晶片沒被回收！」浸泡過鞣製液體的晶片，表面裹了一層髒兮兮的棕色，連結身體的仿神經元細絲也變得硬邦邦的，「我該把晶片留下來嗎？」她還在想要將晶片送回胚胎室去清洗存放好。

幾天前的晚上，逃離火母洞穴後，她在附近上空盤旋了很久，茫然不知下一步該如何是好，滿腦子都是「族人怎麼了？」「食物足夠嗎？」「會有外來的危險嗎？」畢竟她生於天縫，又曾擔當過火母的職責，彷彿她的生命除了天縫別無其他意義。

白天時，她從高空探測禁區四周，希望為族人尋找更多食物和材料，等到傍晚才回到天縫附近休息。

那晚土子救過她之後，她一直將土子的皮袋緊貼身邊，土子始終沒再現身，直到剛才天色開始昏暗，才忽然出現在身邊的座位，貌似在憂心忡忡的俯視地面。

「你是大長老嗎？是土子嗎？」那淡白的人影點頭。

土子始終不發出聲音，或許他也沒有回答的方法，畢竟土子沒有嘴巴。費了好一番唇舌，問了好些問題，白眼魚才理解土子的意思：去養蟲魚的地方。

現在她來了，但究竟為何要來呢？土子完全沒有指示。

此時，正在工作的赫米斯六型機器人忽然停頓，輪子喀嚓喀嚓作響，發出像輪子陷入泥澤的聲音，白眼魚覺得異樣，趕快緊盯著機器人。

她知道這類機器人沒有武器、沒有發聲和聽覺設備，只是很純粹的操作員。

但是赫米斯六型的動作很怪異，它先是在地面自旋，然後隨機的往東西南北移動，像是個六神無主的醉漢。

最後，機器人移動到地面流動的水溝邊——那是一條連接外面水潭的溝渠，從外界河流引入，流經培育室，做為投放魚兒的出口——機器人伸出機械臂，沾了溝渠的水，在地面描畫。

白眼魚不敢相信的想：「它在畫圖？」於是湊近去看。

不是圖畫，地面上寫的是「危險」。

「危險？」白眼魚暗暗吃驚，這機器人在寫字嗎？它寫的是「危險」嗎？託火母的福，她目前是禁區內唯一識字的人，所以這字是寫給她看的嗎？

機器人繼續沾水寫字：「不要出來」、「攻擊」。

能夠令機器人寫字的，惟有禁區電腦巴蜀了！

禁區出事了！而巴蜀試圖聯絡她！

想必發生了難以控制的大事，否則兩度想滅除她的巴蜀不會這麼做，因為對電腦而言，所有決定都是精密的計算。
誰在攻擊？誰又被攻擊了？蚪蚪—灰蛙為了鞏固權力在對大長老柔光和搖尾蟲不利嗎？或是有族人起而反對蚪蚪—灰蛙了嗎？不，仔細想想，巴蜀不會為了這理由而警告她！
白眼魚心急如焚，很想知道發生了什麼事？但在培育室中根本無法得知外頭的狀況！
她跑到剛才進來的地方，想推開她切出的假岩塊，出去觀看情況，赫米斯六型竟立刻飛快移過來，伸出機械臂的夾子，拉住白眼魚的衣角不放。
隔著假岩壁，白眼魚聽到了……外頭有巨大的隆隆聲，似有大量的輪子滾動，輾過高隆的巨岩。
「發生了什麼事？發生了什麼事？」她很想知道，但機器人拉住她朝洞裡走，不讓她出去。
前天還處心積慮想除掉她的巴蜀，如今卻在保護她嗎？
岩壁外面的聲音是她從未聽過的，似有大量沉重的物體在經過培育室附近，震動著地面，也震動了培育室內部，飼養魚兒的水槽也抖動得起了波浪。
不，不會是黑毛鬼，而是來自光明之地，他們從未接觸過的另一個世界。
「是我的錯，是我讓天頂崩墜的。」白眼魚近乎瘋狂地責備自己，「族人來不及準備好面對外界！還來不及！」
「妳不適合領導。」巴蜀的聲音猶在耳邊。而他果然是對的。
外面剛入夜，族人應該躲進避難洞了吧？這是白眼魚最後的期望了。
赫米斯六型繼續沾水在石板地面寫字：「等」。
她什麼也無法掌握，什麼也無法行動，能做的只有等待。

外面的聲音冗長又噪雜，非常恐怖，她滿腔心虛的瑟縮在培育室中，聆聽外頭的變化，每一分鐘感覺都像過了一年。

忽然赫米斯六型不動作了，像雕像般僵住了。

培育室中運作的機器仍在微微作聲，在培育室中迴盪，像是墮入無限的循環。等了好久好久，外面漸漸安靜了，地面上的字跡也乾得無影無蹤，白眼魚緊盯著赫米斯六型凝在半空中的手，期待它再寫一個字也好。

赫米斯六型不會動了，是電力耗盡了嗎？還是連巴蜀也遭到噩運了？

現在是深夜了吧？黑夜中看不見敵人，反而容易暴露自己，白眼魚一不做二不休，乾脆等到早晨！

她好好地睡了一覺，儲備好戰鬥的精力，等待早晨來臨。

次日大早，她從培育室的後門出去，那道門以前隱藏在高坡之上，如今已能輕易從堆疊的巨岩攀上。她從高處眺望火母洞穴，遠遠像個黑窟窿，可見洞穴入口的電磁屏幕沒開啟。

清晨安靜得可怕，連蟲聲鳥聲也闕如。

巨岩亂石上留下很多道雜亂的黑色壓痕，有的甚至壓碎了岩石，一路延伸到火母洞穴。

白眼魚觀察了很久，聆聽周圍的動靜，尋找可能有人隱藏的跡象，終於，她回到飛行巡艇，但不敢飛得很高，以免被入侵者發現。

終於飛到火母洞穴，眼前的景象令她觸目驚心，避難洞口厚重的門傾倒了，顯然遭到強力破壞，裡面空蕩蕩的，一個族人也沒有。她再飛升到火母洞穴，走道裡面安靜得沒有一點聲音，沒有燈光，電腦的操控板和螢幕也沒有動靜。

「巴蜀？」白眼魚輕聲呼叫，沒有回應。

她放膽邁進走道，將「火種」轉成照明模式，快步走到其他房間查看，她最擔心的就是存放精子、卵子和基因組的庫房了，雖然冷藏庫的電力不會中斷，但若遭到破壞，人類這個物種數百萬年累積的資訊就會缺掉一大塊了。

她正在走道快步疾走，快抵達基因室時，聽到有男人的聲音：「別殺她，她不是生化人。」

白眼魚還沒弄清楚狀況，便覺腦袋瓜一震，頓時失去知覺。

資料庫

「平行線能在宇宙盡頭相會。」

托特留下的這些話是什麼意思？

潘曲從這句話推想到兩件事。

當繪畫透視圖時，兩條平行線的確會在遠處交會。

另一個想法是，時空不是平面，所以平行線在曲面空間會失去定義。

不，他直覺認為，托特想說的不是這些。

那由他說，托特曾經將自己連接上瑪利亞。

如此說來，也是四十年前的事了。

所以那由他跟隨他來到賈賀烏咨，還直接帶他找到瑪利亞，打從一開始安的就是這個念頭嗎？

當初那由他如此暗示時，潘曲十分恐慌，如今他卻越來越熱切地想要嘗試。

「我該怎麼做？」他問那由他。

「首先，你要知道，這是個失去心靈的記憶室，如果沒有心靈，這些記憶全都像閉上嘴巴的抽屜。若以人比喻，就像是植物人。」那由他說，「現在，由你提供心靈，驅動瑪利亞的記憶。」

「我有可能死亡嗎？我的腦袋會負荷不了嗎？」潘曲需要那由他給他安心。

「風險總是有的，所以你要考慮好了。」

「如果我極不願意呢？」

「那就回去濕婆那邊，向它報告一切。」

「不，我也不會那麼做。」潘曲咬咬牙，他發現他所有的選擇，其實是沒有選擇。不過與其死在濕婆手上，他寧可死於此地，能跟地球聯邦的創造者結合，探索祂的全部資料，已經是這輩子的無上光榮。

然而他仍有疑惑：「說真的，你怎麼知道那位奧米加連上過瑪利亞？」

那由他溫和地笑了笑，指向第一主席蘇—η99907曾經待過的強化玻璃筒，在沾滿黑色腐爛物的表面上，伸出幾根管線，玻璃表面沒有破裂，管線是直接穿出來的。潘曲明白了，如果奧米加有能力穿越空間，隔著玻璃取出管線只是小事一樁。

「這裡有殘餘的訊息。」那由他拿起管線，指著末端說，「這個曾經連著第一主席的腦袋，那位奧米加就是利用它的。」

潘曲接過管線來看，金屬編織的管線上沾黏了硬化的黑色物體，末端沒有任何元件，只垂掛著一束細絲，經過了數十年，細絲依然濕潤。

「這是什麼？」潘曲心裡忖著，「托特真的把這個放進腦袋嗎？」

「我不建議直接放進腦袋，」那由他說話了，「從脊索比較好，萬一需要緊急抽出，你還有命在。」

「不過會下半身癱瘓。」

「沒錯。」

潘曲抿緊唇，他彎下脖子，伸手到頸後撥開一個小扣子，那是他的頭顱和生化軀體結合之後，最後一個扣上的元件，而撥開扣子露出的孔洞內部就是裸露的脊髓，他彎下脖子就是為了不讓維生液流出來。

他將來自瑪利亞核心的管線插入脖子後方的孔洞。

潮濕的管線一接觸到脊索，末端的細絲竟開始生長，伸入洞口、沿著脊索延長，有意識似的向上往大腦生長。那些細絲是人造的「仿神經元」，液體中充滿了仿神經元自我複製的原料。

當仿神經元接觸到潘曲的大腦皮層時，他的腦中驀地出現閃光，他頓時覺得身體延長了，意識擴大了，四肢的感覺忽然變得非常渺小，眼睛的視覺變得微不足道，連個人存在感都捲縮成沙塵大小。

「這就是神的感覺嗎？」潘曲驚奇地讚嘆。

如果賈賀烏峇全體恢復電力，他還能經由監視器觀看各個角落，通過秘藏的麥克風傾聽細微的秘密。但是，賈賀烏峇只剩下獨立供電的地底遺跡「工廠」仍有電力，因此潘曲尚未感受到完整的瑪利亞。

意識進入資料庫游走，但如同斷尾蟑螂般四處亂竄，漫無目的，紊亂無序。

所有插在槽中的記憶立方體受到驅動，發出沉默的量子跳躍[7]進行運算，只等待適當的激發來掏取或加入訊息。

瑪利亞是如何搜尋資料的？難道跟人腦的方法相同嗎？話說回來，什麼才叫人腦的方法？

那由他的聲音在耳邊出現，卻似乎十分遙遠：「集中精神，你行的。」集中精神只是奧米加的基本訓練，「如果可以了的話，集中這個名詞：**地磁**。」

這就是那由他想尋找的嗎？

曾經，世界各地的人類建立圖書館以保存珍貴的知識，甚至曾經可以在世界任一角落搜尋百科全書，不過現在只剩下這裡，將整個文明的殘骸保存在地底，沒有閱讀者，沒有人跟文明的締造者互動。

「地磁，找到了。」他花了幾分鐘才找到。

「請固定住內容。」

潘曲感覺到那由他闖進他的意識，瞬間就將整個跟「地磁」詞目相關的內容攫取過去。潘曲更覺神奇的是，他能將詞目內容如拍照般攝入記憶，完全略過了吞嚥、消化、吸收的過程。

「勞煩你找第二條：**磁極逆轉**。」

他明白為何那由他要來此地了。

「找到。」這次快多了，才用了十餘秒。

7 Quantum leap。

「謝謝，下一個：**太陽風**。」兩秒。

「下一個：**喜馬拉雅**。」一毫秒。

潘曲越來越熟練了。

反而是那由他停頓了一陣子，似是在思考，然後才說：「請查：**第三極**。」

這名詞頗罕見的，不過潘曲也很快找到了。

「原來如此，」那由他重重呼了口氣，「這就是為何設置了禁區雪浪，瑪利亞的每一步都有計畫。」

「瑪利亞真的偉大嗎？」潘曲無法讀取那由他的心念。

「端視你從哪一個角度看。」那由他淡淡的回說，「請查：**火星移民**。」

這詞目似乎來得突兀，不過潘曲還是瞬間就從資料庫挖掘到了。

在記憶室中沉默了四十年的記憶立方體，因電子的活躍而恢復了生氣。

「火星照片，所有大毀滅後的火星照片，地面望遠鏡、太空望遠鏡和人造衛星傳回來的都要。」

「我也找到火星移民跟地球的最後一批通訊。」

「太好了，謝謝你。」

潘曲越來越駕輕就熟了，他的意識在布滿許多面高牆的記憶立方體之間愜意游走，有一種想永遠留在這裡、也能永遠留在這裡的錯覺。

接下來，他們又找了好幾條詞目，潘曲也將它們全部置入自己的腦袋，但仍搞不清楚那由他的目的。他試圖把那由他尋出的拼圖碎片一塊塊湊起來，卻找不到拼圖碎片的銜接處。

「接下來的詞目有點麻煩，它不在百科全書，也不在歷史資料庫，而是瑪利亞的記憶，所以可能分散很廣。」

「我試試看。」潘曲相當有信心。

「好，聽著，」為免失誤，那由他直接將聲音植入潘曲腦中，「**撒馬羅賓**。」

這是什麼字？「有拼字嗎？或拼音呢？」

「尋找聲音的記憶，可能是音節，不知道瑪利亞有沒有將它分類。」

潘曲感覺到困難了。

聲音該如何分類、歸檔呢？

如果瑪利亞的思考方式類似人腦，那麼祂的歸檔方式也應該像人腦才是。

於是，他思索聲音，思索「撒馬羅賓」的音節，在無窮無盡的音聲中徜徉，剎那間，「撒馬羅賓」完整地闖入意識，還伴隨著畫面，就跟人類對音的記憶一樣。

潘曲一陣寒涼：「那是什麼？」出現在意識中的畫面，是他從未見過的異樣生物，像披著大衣的高大長嘴鳥兒，卻有像戴著頭盔的頭顱，而牠所站立的位置，就在瑪利亞的正前方——潘曲所坐之處。

「果然，瑪利亞真的見過撒馬羅賓。」那由他說，「跟我見過的一模一樣。」

「你見過？」

「是的，請你搜尋圖像，瑪利亞最早見到撒馬羅賓，是什麼時候？」

「找到了……」潘曲一找到紀錄，就立刻驚愕得屏住鼻息。

撒馬羅賓和瑪利亞的對話內容，跟撒馬羅賓的圖像強烈的聯繫在一起，好幾個場景同時躍現在意識中，讓他們一次完整瀏覽。

潘曲對搜尋到的結果震驚不已：「天啊……」
「是的，我也很驚訝。」
「地球聯邦竟是……」
「撒馬羅賓提議建立的。」

白水

沙卮大吃一驚，肉球何時生出細絲，黏住鐵臂的手了？

這個被跟著遠古統治者遺體一起浸泡在水銀中的肉球，經歷三千兩百年，竟能在離開水銀後快速甦醒，這東西究竟是什麼來歷？三聖一定知道！沙卮很想知道三聖所知道的秘密！

從高空中眺望，即將沒入地平線的太陽非常耀眼，似乎要在沉沒之前擠出所有的光明，一道道強烈的黃金色光芒如利劍到穿越山丘，投照到鐵臂手中的肉球時，它格外的亢奮抖擻。

「可惡！」沙卮遙望蓬萊聖城方向，飛蜥就快要飛抵了，他渴望徹底研究這肉球，若要奪取它，除非連鐵臂一起帶走了！飛行巡艇就藏在山谷中，好久沒用過空間跳躍了，若要攜帶另一個人一起跳躍，以他的能力和年紀，他沒有這個把握。

眼看這貌似仙人的肉球就在指掌之中，他卻無法佔有，說有多不甘心就有多不甘心！

不僅如此，沙卮感到周圍的氣流乍變，才發現另有兩隻飛蜥在他們兩側升起，加入他們一起朝聖城滑翔。兩隻飛蜥一左一右夾著，脖子上也坐著御龍衛士，不知算是護衛還是脅持他們。

駕龍的劉累回頭嚷道：「噗噗再跳一次就到了！抓穩啦！」飛蜥飛到風弱的山區，漸漸地滑向地面，後腿一碰到平坦地面，牠就立刻奔跑，展開前肢的薄膜，躍向有上升氣流之處，急速升上高空。

左右兩隻飛蜥亦不約而同落地，然後升空追上他們。

不一會兒，他們已抵達聖殿，約百名衛士已列成兩行等待，擺出沙厄從未見過的陣容，看來三聖早已得知消息，不知衛士長是如何通知三聖的？據他所知，他們的科技能力很弱，沒有使用通訊器，甚至常常電力不足。

三聖隨身的衛士長走向沙厄和鐵臂，不待沙厄說話，馬上說：「把球交給我。」接著對部下發號施令：「把謝禮交給沙厄，把奴隸送去11區。」

「球不能交給你，」沙厄說道，「我們要親自見三聖。」

衛士長冷酷的臉孔立刻轉為暴怒，正準備發作，沙厄再度說道：「先別動怒，你自己瞧瞧。」說著，馬上拉起鐵臂的手給他看。

「這是什麼意思？」衛士長怒吼著問沙厄：「你玩什麼把戲？」

「我沒玩把戲，這東西自己黏住他的手了。」

衛士長向部下咆哮：「拿把刀子來！」

「別亂來！我也不知道這是什麼東西，若硬要扯下，弄壞了該如何交代？」

「有什麼難的？」衛士長一面抽槍一面露出猥笑，「殺了他，再切斷他的手就好了。」

沙厄不覺得他在開玩笑，所以他也必須考慮如何殺了這位衛士長然後突出重圍，他有辦法用「流出」一次解決所有人嗎？不，他的腦神經元電解質會快速耗盡，等於是自殺！或至少只是衛士長？如此一來將暴露他從來沒展示過的能力，讓他們開始對他提防。

鐵臂完全明白他們的對話，他仍必須保持沉默嗎？

是的，他可以保持沉默，但他準備好用腳，或額頭，或手肘來攻擊眼前這位方臉腮鬍的男子，只要對方一拔槍……

「停。」鐵臂腦中有個聲音，是沙厄對他說話嗎？他轉頭望沙厄，不，沙厄沒用心念對他說話，不，不對，那甚至不是一個字，而僅是一種感覺，一種叫「停」的感覺。「停。」誰在說話？

「是你嗎？」他低頭凝視肉球，心中念道：「是不是你？」

「停。」不是特定的字，不是聯邦語，不是文字，但意思表達得很清楚。它似乎仍在摸索，尋找鐵臂慣用的音節。

所有念頭在電光石火之間乍起乍滅，又連續不絕得彷彿沒有間隙，眨眼之間便轉過了幾百個念頭，細微得連鐵臂本人都難以察覺。

鐵臂望著劍拔弩張的沙厄和衛士長，像事不關己地看戲，心中莫名的平靜，剛才的那聲「停」像是撫平了他紛雜的心緒。

他看見衛士長正想抽出腰間的槍，卻又忽然停頓，眼神中帶有恐懼，驚慌地東張西望，鐵臂猜想他也在腦海中聽見聲音了。

聖殿中忽然衝出幾名衛士，邊跑邊向衛士長大喊：「衛士長！衛士長！三聖有命令！不可傷害奴隸！不可傷害奴隸！將他一起帶來！」

沙厄鬆了口氣，緊繃的肌肉馬上鬆弛。

前來的衛士站到鐵臂兩側，要護送他進去，沙厄也跟著走，卻被衛士擋下來：「三聖說，辛苦沙厄先生了，我們會安排你休息過夜的地方。」隨即擺手請沙厄往另一個方向走。

沙厄用心念聯絡鐵臂：「鐵臂，我是沙厄，記得借我你的眼睛。」

鐵臂沒有傳來回應。

他眼睜睜看著鐵臂走進聖殿，自己則被帶往旁邊的建築物，那兒有很多房間，他被帶進一個偌大的房間，寬大而舒適，有柔軟的床墊，還有單獨的浴室。

「晚餐送來之前，你可以先洗個熱水澡。」衛士說完就關上門，沙厄聽見門從外面反鎖的聲音。

是的，他好久沒清理過身體了，即使他的身體是機械骨架加上仿生肌肉和皮膚，也應該要好好清潔修補了。

但是此刻還有更重要的事，他沒時間享受安逸。

不過他仍然進入浴室，裝了一盤熱水，快速抹去仿生皮膚久積的污垢，以減少污垢沉積的障礙，好增加皮表的敏感度，讓他更容易操作精神力量。然後，他坐到床邊，兩腿雙盤，端正坐姿，讓脊柱的神經訊號維持通暢。

聯繫鐵臂！

意念和意念之間的聯繫，不像電話需要號碼、網路需要網址，只要思念對方，就能直接連接上。

事實上，萬事萬物在如遍布時空的蛛網中無限連結，任何一個產生變動都會影響整體，稱為「因陀羅網」。

物理學上，萬事萬物打從宇宙誕生的彼刻就是無限貼近，在大霹靂的擴張和遠離後依然緊緊糾纏，稱為「量子糾纏」[8]，所以只需有極微的量子跳躍——意念，就會在因陀羅網

8 Quantum entanglement。

中設立連接的路徑。

意念一牽動，沙厄立刻接觸到鐵臂的意念。

「鐵臂，給我你的眼睛！」他要看到鐵臂所見到的！鐵臂已經進入聖殿二十分鐘，他必定錯過了許多事情！

連上了！鐵臂雙目睜開，眼前一片白色的混濁，他又被泡進白晶水了嗎？他今天上午已經歷過一次，因此不再有恐懼，但為何又是這液體呢？

沙厄心想，奧米加沒裝上生化軀體時，平日是浸泡在藍色維生液中的，他們在液體中不需要呼吸，因為維生液可以直接跟他們的細胞作氣體交換，但其時奧米加也僅有頭和脊髓，沒有肺臟。

而鐵臂是有肺臟的完整肉體，所以說奶白液會灌進他的肺臟、乃至肺泡嗎？奶白液也能氣體交換嗎？不，一定不只這樣！

「鐵臂，你在做什麼？」

鐵臂的腦子有些慌亂，無法冷靜地回應他。

「鐵臂，肉球呢？還在手上嗎？」

鐵臂低頭，透過白色的液體，依稀可見緊黏在手中的球體上多了兩道黑色的菱形……顯然是兩道眼睛！

「真的是仙人！」沙厄驚訝得合不攏嘴！

鐵臂眼前的肉球似乎在脹大，將他的兩臂越推越寬，忽然，肉球上伸出一道尖錐子，鐵臂終於被推開，兩手脫離肉球，沉到水槽底部。

沒人將鐵臂撈起，鐵臂企圖在水中站起來，但水槽底部過於潤滑，他屢次站起來又滑倒，他又不會游泳，因為天縫下沒有足夠深的水潭或河流學習游泳的。

「鐵臂，你有危險嗎？」沙厄不停地問，但鐵臂自顧不暇。

鐵臂面前有東西在蠕動，正在慢慢佔據水槽內的空間，水槽漸漸變得擁擠，鐵臂被推到一角，好不容易才掙扎著站好，此時已有一個跟他差不多高度的東西站在他面前，而且仍在長高。

沙厄按捺不住，恨不得立即空間跳躍去聖殿：「我想去看看！」

此時，房門打開了，剛才的衛士打開門，讓另一名衛士捧食物盤子進來，看見沙厄在盤腿打坐，專心地半合著眼，兩名衛士不禁交換眼神，因為他們沒看過有人這麼做的。

該忍耐等待事態發展嗎？抑或用「流出」解決他們？沙厄的內心掙扎不休。

他通過鐵臂的眼睛，看見那東西越長越高，直到比鐵臂高上一個頭才停止，此時它已貼住鐵臂的臉，令他不得不把頭轉去一側，大口吞嚥白晶水。

「沙厄，吃晚餐了！」衛士忽然大聲對他說話，大概以為他睡覺了。

沙厄心中一陣忿怒，對兩名衛士做了一點「流出」，門外的衛士忽然暈眩，捧食盤的衛士忽然站立著發愣，「出去！」沙厄悄悄下了個指令，在他們的意識中推一把，兩人發呆了數秒，才不舒服地按壓著太陽穴離開。

當沙厄將意念回到鐵臂身上時，發現那個從肉球膨大的東西已經被移出水槽。

「鐵臂！你還在水中嗎？」

終於，他收到鐵臂的回應了：「沒人帶我出去！沒人帶我出去！」

「鐵臂！你貼去前面，看去外面！」

鐵臂依言做了，他再度在液體中滑倒，只好用四肢爬到玻璃壁前，將臉貼在玻璃觀看外面。

「那是什麼？」強化玻璃水槽外站了兩個高大的生物，沙厄看呆了。

不是一個，而是兩個！

牠們有著海豚似的長喙、光滑高隆的頭顱、翼龍似的巨大翅膀包裹著身體，一隻奶白色的背對著鐵臂，另一隻更高大的，渾身古銅色泛著亮澤的光滑外皮，一對全黑的眼睛正直盯著玻璃後方的鐵臂。

這就是仙人的樣貌嗎？沙厄受驚過度，久久無法說出一個字。

第六章

異族

當不同種族與民族團體接觸時，
人們通常會認為自己的生活方式是唯一正當的，
並以自己的標準來判斷別人的生活方式，
這種想法稱為「種族中心論」（ethnocentrism）。

●● 唐納・萊特 & 蘇珊那・凱勒《社會學》●●

陌生人

蝌蚪一灰蛙建立探索隊的當天，就出發探索四周的新世界了。

他們要超越天縫的範圍，尋找更多食物資源，免得重蹈「大飢餓」的覆轍。

但是，世界並不善待他們，探索隊才剛踏出天縫的亂石堆，便看到他們難以理解的事物。

翻過亂石堆後，映入眼前的密林，站了一排陌生人。

天縫下從來沒有「陌生人」的概念，因為所有人打從出生就認識所有人。

這些人不僅是陌生人，而且還長得十分詭異。

他們體型有大有小，但大的極大，等於兩個人的體型，而且有的人的手不像手，或腳不像腳，甚至頭不像頭。

當天縫人看見這些陌生人時，馬上止步不敢前進。

他們內心被巨大的恐懼侵蝕，他們從來沒學過面對陌生人的反應方法，更何況這批陌生人文風不動，只是安靜地盯住他們，像在愚笨地偽裝成雕像，或者其實只是單純對天縫人感到不屑。

探索隊害怕極了，他們畏懼地縮回腳步，退回亂石堆，然後逃也似的回去向灰蛙報告。

「他們有多少人？」灰蛙問。

「沒算，很多，十多個人有吧。」探索隊領頭的小蜘蛛嘴唇還在發抖。

一名隊員說：「我們回來時，看到他們有跟上來……」

灰蛙立刻躍上岩壁，從火母洞穴外的平台遠遠望去，果然望見遠方有十幾個人呈一列，正以非常緩慢的速度走入天縫範圍，根本像在邊散步邊參觀，肆無忌憚的踩踏上他們列祖列宗們居住過的土地。

豔陽下的灰蛙精力充沛，但一進入洞穴，她便覺得力氣減弱了。她尋求禁區電腦巴蜀的意見：「那些是什麼人？你知道嗎？」

巴蜀無法從資料庫找到相關資料：「你可以先派個人去問他們的目的。」

「派誰去好呢？」

「大長老是最好的選擇。」

這是個安危叵測的任務，而大長老年老又沒生產力，巴蜀的建議根本不安好心，依然是經過權衡計算的結論。

灰蛙還考慮到其他的情況：「捕魚隊、採集隊和工具隊全都出去了，」僅有育兒隊和老弱在天頂樹遺址附近活動，「要召他們回來嗎？」原本負責上天頂樹呼喚的大石，已被重新分配去採集隊了，該如何召喚族人回來才好呢？

「先派長老去交涉，爭取時間。」

只不過數分鐘的討論，當灰蛙重新跑去洞外平台時，竟見到那批人已分成四股，三個人直朝她的方向走來，而另外三股——灰蛙頓時毛骨悚然、背脊發寒——正朝著採集隊等三支隊伍活動的方向慢慢走過去。

灰蛙又怒又驚，怒的是來者完全漠視他們、看輕他們，驚的是來者明顯不善，他們正面臨空前的危機。

而更令她忿怒的是，她完全束手無策！

「白眼魚也對付不了的吧？」她告訴自己。

「妳不打算行動嗎？」巴蜀問灰蛙，同時啟動洞口四周的雷射槍。

此時，洞口上方忽來的一聲爆炸，頓時碎石灰塵紛飛，不僅灰蛙目瞪口呆，下方的族人尖叫，連巴蜀也愣住了。

「發生了什麼事？」灰蛙大聲問。

巴蜀無法向灰蛙說明：有一支雷射槍被破壞了。為了更佳的計算結果，他立刻將雷射槍收回，並告訴灰蛙：「叫族人快回避難洞，我要關閉了。」

灰蛙飛也似地奔下山，她這副由巴蜀打造的新肉體比娘胎生的更好用，肌肉更敏捷，反應更快，美中不足的是在陰暗中能力會降低，她也不明白為什麼。如今在驕陽之下，她的行動像小蜥蜴般迅速，跑到岩壁下，命令老弱族人進去避難洞。

「灰蛙！究竟發生了什麼事？」打從一開始就追隨她的黑紋蜥追問。

她的自尊心不容許她說出「我不知道」，於是她說：「有怪物，進洞等待危機過去！」

「那外出的人怎麼辦？」

避難洞口開始閉合了，他們沒時間多問，趕緊拖著扶著老弱小孩進洞，而灰蛙則跑回火母洞穴，低頭緊盯下方動靜。

灰蛙剛好到達洞口時，才發現有個人已經飛跑過來，那人後腿一彈，竟彈上高空，直接跳上岩壁，再從岩壁上彈跳，直接躍上洞前平台，轟隆一聲落在灰蛙眼前，嚇得她臉色慘白！

此時她才看清，那人比她高一個頭，兩腿像螳螂的一般是反弓的，腹部以下是堅硬的金屬，兩隻金屬手臂是細長堅硬的利刃，連眼睛也是兩片紅色的強化玻璃，要不是其他部位都是人類的皮膚和胸腹，灰蛙無法將他視為人類。

胴體。

「呵，好美的女人。」那人口中吐出嗆鼻的氣體，兩隻紅眼打量灰蛙赤裸的灰綠色

灰蛙拔腿要跑進洞穴，沒想到洞穴四周竟發出滋滋聲，忽然出現一片電磁屏幕，她的指尖剛剛碰到，就噴發出一陣焦肉味。巴蜀把她進去的途徑關閉了！巴蜀放棄她了！

紅眼人忽然抓住她的手臂，一把將她高高舉起，灰蛙肩膀差點被拉得脫臼。紅眼人將她的乳房舉到眼前，猙獰地笑說：「呵呵，可惡，要是我還有下面，一定馬上跟妳交配。」然後「咦」了一聲，將她整個人翻轉過來看：「怎麼妳也沒有下面？究竟是什麼東西？生化人嗎？」

「混蛋！我是人！真真正正的人！你才是怪物！」灰蛙嘶吼道。事實上，當禁區電腦巴蜀重建她的身體時，捨去了許多他認為會消耗能量的器官，包括子宮、卵巢等等整套生殖系統，所以灰蛙的行動才會如此敏捷。

紅眼人嗤鼻道：「妳也會說人話嘛。」反手就將灰蛙扔下高高的岩壁，她嚇得剛剛要發出尖叫，卻忽然被一雙更粗壯的金屬手臂接住了。她慌張的低頭看接住她的人，那人站在巨岩亂石堆上，同樣四肢都是金屬，有一張十分憂鬱的臉，用悲傷的眼睛望著她：「妳是守護員嗎？」

灰蛙閉口不言。

憂鬱人盯著她的眼睛，再把她的身體仔細檢查之後，說：「妳不是守護員，妳很奇怪，不過妳也不是生化人。」他不再多說，馬上將灰蛙兩手反扣，用電子鎖扣綑綁手腳，把她投在地上。

灰蛙絕望地仰望著火母洞穴，看見紅眼人正在破壞洞穴四周的岩石，挖出埋在裡頭的

電磁發射器，讓電磁屏幕消失。洞口的電磁屏幕一失效，紅眼人立刻大搖大擺地跨進去。

灰蛙耳邊傳來砰砰砰的聲音，另一個半人半機器人正在想辦法破壞避難洞的大門，他努力了一陣子之後，跑過來對憂鬱人說：「沒辦法，太牢固了，我弄不開。」

「就等戰車來吧。」

灰蛙無助地躺在岩石地面，忽然懷念起過往的時光——日復一日的採集、幸福的晚餐時間、聽大長老說故事、跟好友紅莓漫無邊際地閒聊——逝去的事物總是令人傷感，不過她不後悔失去娘胎賜與的身體。

不久，四周傳來啼哭的聲音，出去工作的族人被陸陸續續地押帶回來了，灰蛙看著他們一個個驚恐的表情，卻完全無力幫助他們，當族人看到灰蛙也被押在地上時，他們也崩潰了，失去了抵抗的意志。

那些將族人抓回來的陌生人，都沒有完整的人身，要不兩臂是金屬，就是兩腿是金屬，也有兩臂兩腿都是，或者身上、頭上有部分被置換成金屬的。面對著這批突然出現的怪物，族人們全都嚇得膽戰心驚，不停的哆嗦。

黑毛鬼的利齒尖爪雖然恐怖，但遠比不上這批更有智慧的入侵者！

有個採集隊員鼓起勇氣：「灰蛙，我們採集到的食物……」

灰蛙別過臉不看他，也不想看其他的族人。她心中怨恨著：「你們一定把我跟白眼魚比較，你們一定認為我比較差勁……」

不久之後，遠處傳來轟隆隆的聲音，有許多大型方形盒子在向他們靠近，那就是他們所說的戰車了吧。

果真，戰車一來，也不知戰車拋出了什麼東西，避難洞的大門就整個扭曲倒下，陌生人立刻衝進去抓人，洞內的慘叫聲傳到族人耳中，紛紛流下了眼淚。

戰車一共有三部，原來後面都是大籠子，陌生人迫他們全部走進籠子，灰蛙一進去就馬上觀察環境，看到只有籠子上方有透氣窗，她馬上佔領旁邊的位置，讓自己貼近透氣窗。

籠子被關上後，裡頭的空氣馬上變得納悶，但隨著外面慢慢的進入黑夜，空氣變冷了，大家反而互相擁擠地取暖。

灰蛙覺得納悶，為何他們不開動戰車？遂將耳朵緊貼籠子，傾聽外面的說話聲。

「夜路危險，明天一大早才開車吧。」果然他們在討論。

「摩訶真厲害，他料得沒錯，這裡果然是禁區。」

「他怎麼知道的？」

「當年守護員逃走後，前輩們追趕到這一帶就失去了蹤影，摩訶猜想這裡一定有個禁區，但藏得很好。」

「這次摩訶又怎麼發現的？」

「之前不是有大甲蟲騷動嗎？然後前陣子地震儀忽然偵測到有異常震動，他猜得沒錯，這裡變成大天坑了。」

「摩訶厲害，真的厲害。」

「誰會料到禁區在地底呢？」

「不過這些像猿猴的人是怎麼回事？」

灰蛙聽他們說話有很多聽不懂的名詞，但顯然跟天縫說的是同一種話，只是有濃重的口音。他們口中的摩訶顯然是領袖，灰蛙很好奇他會是怎樣的人物。

「剛才發現外緣有一台飛行巡艇。」

「守護員嗎？她躲起來了吧。」

「她逃不掉的。」

灰蛙心底愕然想道：「他們在說的會是白眼魚嗎？」

她想再聽他們說些什麼，但談話聲漸漸變弱，且夜晚的灰蛙特別容易覺得疲倦，她抵抗不住睡意，便沉沉地入睡了。

不過，當清晨的第一道陽光通過透氣窗照射進來時，灰蛙馬上甦醒，她把手掌貼在透氣窗上，感受陽光的熱量，感覺源源不絕的精力從太陽滲進身體。

清晨的濕冷尚未退去，她便聽到有一部戰車的籠子打開的聲音，接著傳來族人的驚呼聲，還依稀聽見有人說出白眼魚的名字。

灰蛙冷冷地想：「這才公平。」

籠子的地板忽然開始隆隆震動，戰車發出砰然的一聲噴氣聲後，開始緩緩朝日出的方向移動。

記憶

在賈賀鳥峇地底深處的「工廠」遺跡，曾經重建人類社會的有機量子電腦瑪利亞，祂的巨大核心已死亡，但宏偉的記憶庫依然在穩定的供電下安靜地保存所有人類的資料。

潘曲遵照那由他的指示，將腦袋連接上瑪利亞的記憶庫，接觸到極密歷史紀錄後，他嚇呆了。

「難道……如果沒有撒馬羅賓，地球聯邦就不會建立了嗎？」潘曲不敢相信。

「看樣子，是的。」那由他沉吟：「很久以前，有一位地行者曾經告訴過我，我還不願相信，如今你才幫忙證實，這是真的。」

「地行者？」

「撒馬羅賓有兩種，在地球上空的『空行者』，以及在地面的『地行者』。」

瑪利亞曾經搜尋過歷史資料庫，祂從古人類首次探索太空的相片中，找到首批載人任務水星七號在近地軌道拍攝到的太空鬼影，隨後首次太空行走任務的雙子星四號也拍到了。然而，後世更先進的人造衛星卻沒拍過他們。

「撒馬羅賓到底是何方神聖？」

撒馬羅賓想必採用了某種手法，避開人造衛星的鏡頭。

「我告訴你我所知道的，」那由他說，「人類之前還有另一個文明，撒馬羅賓是他們製造的……」

「等等，你說另一個文明在人類之前，難道不是人類嗎？」

「不是。」

「莫非是恐龍？我聽說過恐龍人假說。」

「事實上，我不知道，我只能說我知道的。」那由他將他的經歷分享到潘曲的腦海中……

那由他年輕時，曾經數次遇見撒馬羅賓。

第一次是在死海找到高濃度鹽層中封存了五千年的空行者「路西弗」，就是這位路西弗告訴那由他，撒馬羅賓是被製造的蛋白質程式機器人，由一顆蛋開始，從地表送上空中孵化，運作數千萬年才殞落。

一個是他在禁區「雪浪」遇到的「智者」，是在地面孵化的地行者，他在雪浪山腳下組織了一個聚集「反聯邦」的秘密聚落。

最後是在南極大陸，他目睹數百個撒馬羅賓分布於雲層中，幫助殞落的空行者「泰約」成功活著降落到地面。

那由他發現撒馬羅賓十分在意南極大陸，他相信該處就是他們的窠穴，但當時飛行巡艇在攝氏零下三十度的嚴寒中運作不良，迫使他不得不離開，因此至今仍無法證實他的想法。

「當時，也就是剛剛發生地磁逆轉的那一刻，地磁歸零，太陽風的強烈離子流像暴雨般衝擊。」他回想當時的情景，「不知為何，在狂暴的太陽風衝擊下，撒馬羅賓全部癱瘓了。」

潘曲驚覺：當時也同時是地球聯邦癱瘓的時刻！

「不，地球聯邦早就出毛病了。」

那由他補充道：從火星來的攻擊式撞擊，摧毀各大古城，但不合理地也撞擊了火地島和賈賀烏沓：「在火星移民的時代，那兩個地方都還不重要。」如果火星開墾者蓄意攻擊，應該不會選擇這兩個地點。

難怪那由他也要查詢火星移民的史料。

「火星來的撞擊，我推測是被撒馬羅賓在空中轉移方向，直接撞進這個地底，」那由他指向上方，潘曲才注意到有個修補過的大缺口，「造成瑪利亞的損壞。」

「撒馬羅賓要殺死瑪利亞！」潘曲冷汗直冒：「這就矛盾了，他們建議瑪利亞建立地球聯邦，然後又毀滅地球聯邦！這群生物，究竟有何目的？」

「這正是我想弄清楚的。」那由他沒告訴潘曲的是，在南極大陸的暴雪中，撒馬羅賓還引導他拯救了差點凍死的法地瑪——跟他在同一個「三一計畫」下誕生的姊妹。

如果撒馬羅賓是殘酷的生物，他又何必在雪地中看守法地瑪，直到那由他的到來呢？那由他真的無法想通。

這四十年間，那由他察覺到，癱瘓的撒馬羅賓在緩慢地復甦，最近，他從空氣中細微的變化，又感覺到撒馬羅賓在蠢蠢欲動了。

而潘曲在聽完那由他的故事後，驟然沉默了。

那由他讓潘曲好好沉思，慢慢消化衝擊性的事實。

「我以為，」良久，潘曲才說，「瑪利亞曾經主宰我的命運，地球聯絡崩潰後，我就自由了。」

那由他等他說下去。

「沒想到，瑪利亞背後另有主宰，」他嗤鼻苦笑，「說不定，主宰背後的主宰，還有主宰呢。」

那由他溫柔地笑道：「別沮喪，沒有主宰這回事。」

「別跟我說『你才是命運的主宰』這種鬼話。」

「不，我要說的是，所有的生靈、乃至所有的粒子，是相互連接成的一片大網，這片大網連接所有時空，我的意思是：所有的時間和空間——過去和未來，此宇宙和彼宇宙——大家互相影響、互為因果，如此說來，誰才是主宰？」

潘曲又花了點時間消化那由他的話。

「沒有主宰。」那由他自己回答，「瑪利亞、撒馬羅賓、火星上的開墾者、你、我、聖者、濕婆……全都只是大網上的一個結。」

潘曲細嚼那由他的話：「我在大網上面跳動，整張網也會震動。」

「你想通了。」

「所以，你要去尋找撒馬羅賓？」

「我的力量不足，我需要更多有能力的人。」

「你找過雪浪的人嗎？」

「雪浪的居民不想涉入世間之事，他們只想保護聖地，確定沒人打擾洞窟中的聖者。」

「所以你要找奧米加？」

「可以信賴的奧米加。」

看來他跟那由他的邂逅並不是偶遇，那由他是刻意來找他的。

「你不認識我，你如何信任我？」

「你覺得，你值得我信任嗎？」那由他反問，「或許，我問你，這四十年來，你走遍亞洲各個禁區，聯絡上他們，為的是什麼？」

「你已經讀過我的記憶了，你知道的。」

「我只能讀你的記憶，無法讀你的想法。」

我的想法？這句話觸動潘曲最深的內心，令他沉思往後的命運——他已近六十歲，不曉得還有多少往後。

走遍禁區，為的是什麼？潘曲沉浸在瑪利亞的記憶之海中，眼前飄浮著、閃動著數不清的資料，他的意念下意識地去搜尋所有一百四十四個禁區的紀錄，尤其它們各自成立的特色。

這些過去難以得到的機密，如今輕易取得，在他意識中一次全部瀏覽，他才終於明白瑪利亞的用心良苦。有的禁區保留該地區的傳統生存方式，有的保留某種文化，有的保留某種基因……

基因……他心念一動。

潘曲告訴那由他：「在大毀滅之前，全球語言從數萬種減少至百餘種，文化多樣性在五大聯盟都有趨向單一化的現象，尤其以東亞的文化單一化最為嚴重，這種情形在地球聯邦更為惡化、更加單一，這樣並不利於人類的生存，因此在聯邦崩潰後，我親自走訪亞洲禁區，聯絡他們，研究他們，並聯繫各個禁區，希望重新建立各文化之間橋樑。」

「你做的事不簡單。」

「但我發現，聯邦瓦解後，很多禁區的新領袖只想擴大自己、侵佔其他禁區，我很害怕，擔心我反而催化了戰爭。」潘曲摸摸胸口上的兩枚記憶立方體，「但是，有一件怪異的事，令我找到了一線曙光。」

那由他獲得了潘曲遇上鐵臂和紫色１２０的記憶：「原始人類？」

「我剛才搜查到了，禁區ＣＫ２１，列為極機密的特殊禁區，專門保存原始人類的基因庫。」

「你遇上的原始人類，鐵臂。」

「他有很廣闊的心靈，具有奧米加的特質，」潘曲搖頭，「不，比奧米加更有潛力，如果雪浪居民是奧米加原型的話，那麼鐵臂恐怕是原型的原型。」

「我明白了。」那由他解下潘曲脖子上的兩枚記憶立方體，「現在讓我們來瞧瞧紫色１２０的記憶，看看為何她會跟鐵臂在一起吧。」潘曲看不見那由他的動作，因為他的腦袋跟瑪利亞連接在一起之後，大腦皮層不堪使用，暫時關閉了視覺、聽覺、觸覺諸五官功能，一切對話就是用心念進行的。

當那由他走到記憶體區拔下一個記憶立方體時，潘曲見到記憶海洋中有道閃光，當那由他插入紫色１２０的記憶立方體時，瞬間便湧進大量資訊，從紫色１２０出廠，成為禁區ＳＺ４６守護者，到禁區叛變、逃至禁區ＣＫ２１、輔助「火母」紫色０３０、基因工程、鐵臂……所有記憶如疾流般流過潘曲的意識。

他總算知道鐵臂的來歷，還有秘密禁區天縫的存在。

他有疑問：為何鐵臂能夠抵受他的意念攻擊「流出」？是否天縫的野生人類皆能如此？

然後那由他插入第二枚記憶立方體——久違的橘色００，令潘曲的內心感覺一股溫暖。

然後是第三枚記憶立方體——他的奧米加同伴八號托特，四十年前留在圖書館桌上的訊息。

「天啊。」潘曲呢喃道，「這是什麼？」

「是什麼？」那由他再次潛進潘曲的意識，觀看他的心念。

「是濕婆的歷史。」

「不，」那由他說，「更精確地說，是濕婆從嬰兒到成為瑪利亞之前的log。」

「log是什麼？」

「電腦日誌，記錄電腦運行中的事件，比如寫入、刪除、登入、離開、連結等等，也就是日記。」

「也就是……成長紀錄？」

log詳列出人工智慧濕婆從牙牙學語，到產生意識、開始做夢，到擴大記憶體和運算核心，然後發生意料不到的事——創造濕婆的工程師薩爾瑪（Sharma）博士將自己的意識加入濕婆之中——濕婆的非線性運算立時更複雜、超越人類更多。

最後一條日誌，是濕婆被下載到「工廠」的電腦核心，成為瑪利亞的雛形。

「現在我們總算知道，濕婆是誰，還有瑪利亞又是誰了。」那由他拍拍潘曲的肩膀，「多虧有你。」

半鳥人

鐵臂將臉貼在水槽的玻璃表面，緊盯著外面那兩個異樣的生物。

那顆浸泡在地底古墓水銀中的肉球，竟在白水中快速長成高大生物，而且，聖殿中早有一隻較小號的同伴。

一切變化過於迅速，他無法理解究竟發生了什麼事。

如今，他已經知道天縫只是個小世界，而被稱為「光明之地」的外界還有許多他不認識的生物，但是，這兩個生物實在太怪異了，倒像是半人半鳥的混合生物。

這幾個月以來，他已經在光明之地見識過太多見所未見、聞所未聞的事了，但眼前的生物依然令他震撼。

忽然，腳底下升起來了，將他推出水面，然後兩隻機械臂伸進奶白液體中，將他迅速拉出水面。

一根管子迅速伸進他口中，抽出肺臟和體內的奶白液體，鐵臂感到好像連內臟都快被抽出來了。

才不到一分鐘，空氣很快又脹滿了肺泡。

他被抓在半空中，遲遲不被放下地面，他狂咳了一陣，竟看到了更不可思議的景象——「三聖」站在那兩個生物前方，態度十分地恭敬。

此時，他才注意到下方有兩名衛士正舉槍指著他。

看來他們早就準備好要殺他了！

但是，鐵臂注意到，較矮的半鳥人轉身面向三聖之後，三聖中的短髮女孩立刻朝衛士揮手，衛士也快速放下槍。

鐵臂明白了，看來那三個小孩還不是蓬萊的真正頭領，恐怕連沙厄都不曉得吧？

話說回來，沙厄的心念通訊好像突然中斷了，他嘗試連接沙厄，卻沒有反應。

「送他去採礦營！」短髮女孩厲聲吩咐道。

當下，那個剛從水槽走出來的高大半鳥人轉向女孩，只見她身體愕然一緊，馬上改口吩咐：「不，送他去飛蜥營！」鐵臂見狀，疑心那生物跟沙厄一樣可以用心靈溝通，否則他們根本沒張嘴出聲，又如何吩咐三聖呢？

更何況，剛才乘坐飛蜥將肉球送到聖殿時，他不斷地感覺到肉球的意念，似乎要溝通，又似乎在探索、挖掘他的腦袋，他搞不懂是怎麼一回事。

「喂你！」懸在半空中的鐵臂按捺不住了，「你是什麼東西？」三名小孩在錯愕之際，正要發怒，鐵臂繼續高聲說：「我和沙厄把你從地底帶出來，還沒聽到你說謝謝呢！」三聖才知道鐵臂不是對他們說話。

三聖中的小男孩指著他：「閉嘴！奴隸不許說話！」

「你們三個沒媽媽教的混蛋！誰同意當奴隸了？」鐵臂罵道，「冒生命危險的是我們，還有一堆人為他死了，你們三個只會撒嬌和撒尿！」

「可惡！」小男孩氣得發抖，「我要把他切成五段！」

長髮女孩手按男孩胸膛，安撫他的怒氣之後，轉頭對鐵臂說：「他們告訴我，你是不懂人話的呢。」

鐵臂心想：「糟了！」潘曲叮嚀過的，千萬別開口說話，要是從他口中能說出聯邦語，蓬萊三聖必定會要窮究他的來歷的，然後就會找到天縫了。

高大的半鳥人忽然抖了抖肩，伸開兩臂，竟開展出一大片薄膜，跟他的身體一樣是古銅色的大膜像蝙蝠翅膀，但沒有指節，且平滑有光澤，更像是降落傘。

鐵臂這才知道牠其實沒有手。

牠的身體徐徐移向鐵臂，抬頭仰望他，兩隻狹長的黑色眼睛凝視了他一會，又對他頷首，像是表示感謝。

「謝謝你。」鐵臂腦中出現聲音了。

果然！那生物跟潘曲、沙厄一樣，會用腦子說話的！

牠的咬字生硬，還在適應這個初次使用的語言。

鐵臂試著用沙厄教他的技巧，也試著用心念對牠說話：「你是誰？」

但那生物不理會他，轉身便要離去。

「等等！」鐵臂大聲喊叫，「你真的在水銀裡面泡了三千年嗎？我不相信！」他要那生物跟他說話。

那生物沒停下腳步，但聲音繼續進入鐵臂腦海：「三千年對我們而言是休息，你的壽命比眨眼還快消失，何必關心？」

鐵臂驚忖：「牠怎麼知道？」天縫人長大很快，但壽命短，三十歲已是超稀有的高齡，而八歲的鐵臂，已是現代人約二十五歲的青年。

「即使你比我們長命很多很多，你還是需要我們這種短命的人救你出來！」鐵臂高喊。

「救我？真有意思的觀念，這種行為稱為『救』嗎？」那生物走向牠較矮的同伴，「你只是做了我們要你們做的事情而已。」牠不再多說，一高一矮兩個半鳥人像飄浮般的離去，而三聖尾隨在後，三個小孩臨走前，那長髮女孩還回眸望了眼鐵臂，露出複雜的表情。

鐵臂遠遠看到她的眼神，心裡沒來由地一陣酸楚，長髮女孩的眼神似乎撞進他的心念，令他一時迷惑。因為在那瞬間，他似乎能完全感受到女孩的想法，有幾秒鐘的時間變成了那女孩！感覺好特殊，又很詭異。

打從離開那水槽後，他就覺得自己怪怪的，身體不再疲倦、精神非常清朗，所有細胞像被徹底清洗過的煥然一新。

半鳥人和三聖離開後，機械臂才將鐵臂放到地面，為免他反抗，衛士將鐵臂的雙手用電子鎖扣綁好後，才讓機械臂放開他。

「鐵臂！」沙厄的聲音回來腦中了，「你還活著嗎？」

鐵臂被衛士牽走時，用心念聯絡沙厄：「你剛才看到了嗎？那肉球長成一個很高大的動物！」

「我才看了一眼，就找不到你了。」

鐵臂明白了：「牠也有你那種力量，而且很強，可能是牠不讓你找到我的。」鐵臂猜測，那半鳥人設下一道牆，堵住沙厄和鐵臂的心念交流。

鐵臂心想：那就說得通了！牠能曉得鐵臂的壽命，說不定當牠還是個柔弱無助的肉球時，那些黏住鐵臂掌心的細絲就在閱讀他的心思！

說不定牠已經知道天縫的存在了！

「不好了。」鐵臂登時渾身冒冷汗。

他左右看望兩側抓住他的衛士，兩人皆鐵青著臉，像是永遠快樂不起來的傢伙。

鐵臂被他們押著走向聖殿出口，他邊走邊動腦筋：「說不定，說不定可行……」

「他們要我明天離開……」腦中迴盪著沙厄的聲音，但鐵臂沒在聽，他正在模擬逃走路線，準備逃離蓬萊的掌控。

他試圖在衛士腦裡植入這句話：「放開他。」但他無法分心，只能植入一個人腦中。果然，一名衛士困惑地搖了搖頭，撫了撫額頭。

「放開他。」鐵臂加強念頭。

那衛士放開了抓住他的手，停步愣立。

「不，不對。」鐵臂想道，「放走他，放走他。」

「你怎麼啦？」另一位衛士問他的同伴，「怎麼停下來了。」

鐵臂忽然把頭轉向抓住他的衛士，盯住他的眼：「脫掉我的手！」

那衛士也困惑了，眼神驀地一片茫然。

「脫掉綁住我的手的東西。」鐵臂圓睜著眼，像要把衛士吞進瞳孔一般，「快，立刻！」

忽然，鐵臂覺得頭顱受到一記重擊，不，不是從外面，而是從裡面來的衝擊，令他瞬間失神，腦袋像豆腐被大力搖晃，碎裂成豆花。

他兩腿猝然無力，跪倒在地面，兩眼發直的望著飄移進來的高大古銅色半鳥人。

「你學得很快。」半鳥人在他意識中說話，「不過太快了。」

然後鐵臂就暈過去了。

暈掉的感覺很糟糕。

鐵臂陷入深邃的夢境，整個夢都在下沉、下沉，無止境地下沉。

當他張眼時，四周圍了許多人，而他躺在地面，身體底下鋪了柔軟的草，身上蓋了塊髒兮兮但軟綿綿的布，一見他張眼，圍觀他的人全部退後，怯生生地望著他。

他看清楚，他睡在篝火旁邊，周圍搭有簡陋的棚子，聊可遮雨，但抵不住夜晚風寒。這群人全跟他一般衣不蔽體，顯然都是奴隸。他們黑、白、黃、紅膚色皆有，也有黑、紅、棕、黃、各種髮色，相貌也有很多種類，看來，光明之地混雜了很多不同種類的人，天縫人只是其中一種！

人群中走出一位中年人，渾身精瘦肌肉如鐵，他亂腮亂鬍、一頭紅色蓬髮，橙黃色的雙目像會發光，或許是反映篝火的火光？他朝鐵臂伸出手：「我們感謝你，我本來是明天被派去見石頭人的。」

鐵臂大略聽懂那人的話，很像天縫語，潘曲說過天縫語就是聯邦語，只不過有幾個發音輕重的差異。

「你救了我們。」人群中有人說，其他人紛紛點頭同意，好幾個人對他點頭、或手按胸前致敬。看來他的事蹟已經在奴隸間傳開了，大概是從古墓回來的奴隸們傳播的。

鐵臂一骨碌坐起身，卻覺得頭顱內好像有個石塊在滾動，痛得他眉間緊皺，只好再躺了下去：「這是什麼地方？」

「我們住的地方，」紅髮黃眼的男人說，「明天，你會跟我一起去飛蜥營。」

飛蜥營，就是那位短髮女孩所說的。

「別打擾他了，讓他休息。」有人督促道，驅趕其他人離開。

「我們還不知道他的名字！」

紅髮黃眼人聞言，對鐵臂說：「我叫伊凡，你呢？」

鐵臂猶豫了一會，他想，名字是爸媽給的，不，其實是火母賜與的，是他引以為傲的標誌：「我叫鐵臂。」

「他叫鐵臂！」伊凡馬上回身告訴眾人。

在星空下，鐵臂的名字立刻如烈火燎原般傳遍了奴隸間，成為英雄的新名詞。

隊長

戰車顛簸地移動，從白天走到黑夜，又從黑夜走到白天，中間會停歇一次，餵關在籠子裡的天縫人一些食物和水。食物十分不足，每人只有一小片乾硬的不明物體，但吃了可耐足半天，水則從河邊取來，直接從通風窗倒進去，籠裡的人只好抬頭張口搶著去喝。

灰蛙注意到，那些半人半機器人很警戒，不管戰車行駛或停下，他們都會包圍保護戰車，隨時備戰。

他們沿著河岸移動，河岸就是天然的路徑，當中午天熱時，三部戰車停在林邊樹蔭休息，等待氣溫下降。

「灰蛙，」有人哭泣著向她求救，「我的孩子發燒了，妳可以跟他們說說嗎？」

也有人在陰暗的角落哀泣：「爸，爸，你還聽得到我說話嗎？」

籠子裡彌漫著汗酸臭、腐敗的洋蔥味，還有少許大小便的臭味，因為他們沒有飲水和食物，小便都吞下肚了，糞便也很少。

灰蛙倒是不曾飢餓，她只要有陽光就不餓了。

跟她同夥的新芽及天目蟲夫妻，在籠中挨近她：「妳不做點什麼嗎？」

灰蛙想了想，於是敲打籠子的鐵壁，拉長脖子朝透氣窗大叫：「喂！喂！有人嗎？」

外頭有沉重的腳步聲，然後有把低沉的聲音：「吵什麼？」

「我們有人生病，也有小孩不夠食物，」灰蛙大聲說：「你們到底想帶活人還是死人回去你們的地方？」

外頭的人沉默了一下，才說：「我們沒準備你們的食物，我們不知道有這麼多人。」

「那麼讓我們去找食物，幾個人就好了。」

「妳當我是笨蛋嗎？」

「我們不會背棄族人！」聲音是從另一部戰車傳來的，這把聲音一出現，各部戰車的籠子立時騷動，他們認得這聲音：「是白眼魚！」「火母！」眾人竊竊私語。

那些半機器人集合討論了一下，遂打開兩個籠子，只放灰蛙和白眼魚出來。

白眼魚一身白衫，眼神堅定地走向比她高大許多的男人，這是她首次清楚看見攻擊禁區的異族，但依然強力抑制住心底的懼意。

灰蛙赤身露體，惡狠地盯住眼前的異族，她灰綠色的肌膚在陽光下變得翠綠，跟四周的綠樹融為一體。

帶著憂鬱眼神的男子打量她們，問：「妳們是誰？」

白眼魚說：「我是火母，禁區守護員。」

「噢不，不，」憂鬱男子搖頭，「守護員是生化人，妳不是生化人。」他指向灰蛙：「她比較像生化人，不過我沒見過她這種的。」

「原本的守護員卸任了，她指派我接任。」白眼魚說。

「應該還有一位守護員，對嗎？」

「沒有。」白眼魚要徹底地撒謊，現在只剩下她知道紫色120的存在了，「從有知覺以來，只有一位火母。」

「我才是頭領！」灰蛙搶上前說：「她是不被族人承認的！」

白眼魚瞟了她一眼，不理會灰蛙的話：「現在，請你允許我們去找食物，我帶五個人就夠了，我們絕對不會逃走。」

「我有什麼理由相信妳？」

「你會派人跟住我們的，對不對？依你們的能力，隨便動個手，我們就沒命了。」

「好，不過我不信任她，」憂鬱男子指向灰蛙，「妳的皮膚顯示，妳一定被改造過，妳不能離開，但我要妳找出生病和體弱的人。」

「你是頭領嗎？」灰蛙挑釁地問。

「我是隊長。」憂鬱男子說。

「隊長是什麼東西？」

「隊長是當你出言不遜時，會當場把你撕成兩半的東西。」說完，他就指著白眼魚：「妳去挑五個人。」又指灰蛙：「妳去找出病弱的人。」然後回頭吩咐部下：「蠍子張，小馬，你們跟這個火母去。」

蠍子張和小馬答應了一聲，走到白眼魚身邊，他們的身形果然跟名字有關係，一個像蠍子有倒勾的尾巴，一個像馬橫著身體。

他們打開三部戰車背後的籠子，讓白眼魚挑選人，白眼魚心中默默點算人數，發現人數不符合：「他們有殺人嗎？」她曾在籠子裡問過族人，他們並沒目睹有人死亡，「難道有人逃脫了？」

原本負責在天頂樹上看光的大石和小蜘蛛，只有小蜘蛛被逮到，而大石不見蹤影，還有另外七個人也不在其中。

白眼魚不動聲色，她挑選了小蜘蛛等五個年輕男女，其中有往昔採集隊的人，然後說她選好了。

另一邊，灰蛙也在詢問誰生病了，將生病的人帶下籠子，包括大長老搖尾蟲等十多位老弱，他們都受不了困在沉悶的籠中顛動不已，又餓又暈眩，臉色蒼白得不停喘息，連走路都需要人扶著。

老人和病人被扶去靠樹而坐，吹吹沁涼的河風，其中有兩位小孩，還有一名孕婦，正值懷孕中期。

隊長觀看了一下，說：「把小孩和懷孕的帶去另一邊。」灰蛙如言做了。

隊長再定睛注視在樹下休息的人，等了約五分鐘，又問：「有人感覺好點了嗎？」

其中有位婦女舉手，點頭道：「謝謝，你真好心。」

「去跟懷孕的待一起。」灰蛙想過去扶她，被隊長阻止：「讓她自己走。」

那婦女吃力地站起來，雖然腳步蹣跚，依然徐徐地走到孕婦和小孩身邊坐下。

隊長又觀察了十分鐘：「有人不頭暈了嗎？」

他們都低垂著頭，沒人舉手。

「好吧。」隊長說著，身上的機械手臂突然暴長，快速掃過樹下那群老弱，只不過眨眼工夫，全都被瞬間奪去了生命，有的脖子折斷，整個頭扭到背後去了，或垂掛在肩膀上，有的心臟部位凹陷，死得非常迅速，而且一滴血也不見。

剛才坐去孕婦身邊的婦女嚇呆了，瞠目咋舌地看著一批族人在瞬間死亡，良久，喉嚨中才爆出尖叫聲，看見親人被殺，許多待在打開的籠中的族人也驚恐的大叫起來。

白眼魚和灰蛙目睹這一幕，不禁全身從腳底發寒至脖子，頭皮也麻痺得快失去知覺。她顫抖著嘴唇：「為什麼這麼做？」

隊長收回增長的機械臂：「他們活不下去的，要不是死在路上，再不然到了百越國，也活不長久的。」他語氣憂傷，「如此一來，你們就不需要那麼擁擠了，也少了幾個需要吃東西的人。」

白眼魚的聲音發抖：「他們……他們沒必要蛻殼的，他們是我們的家人。」

隊長搖頭：「百越國容不下脆弱的人，我們只接受強者。」

「你說的百越，是你們的……」

「是你們將要去的偉大國家。」隊長說，「現在去為妳的族人找食物吧。」

「蝌蚪，」白眼魚問灰蛙，「妳能帶幾個人抓魚嗎？」

灰蛙的臉色也變成枯黃色了，她愣了愣才注意到白眼魚在問她，立即說：「我召集捕魚隊的人。」

白眼魚問隊長：「她就待在這個河邊捕魚，可以吧？」

「用什麼捕？」

灰蛙轉頭四望，看到適合的樹枝和石塊，便拿了給隊長看。

隊長估計這些東西無法造成威脅，便准許了。

他嘆了口氣：「我沒想要傷害你們，我一心只想讓你們脫離原始生活，成為偉大國度的人民，那些不適合的人，也無法進入國門的。」他指著樹下的十多具屍體：「你們去找食物吧，我會埋葬他們的。」

白眼魚裹足不走，她望向三部戰車後面的籠子，族人們有的合掌、有的雙手撫胸、有的跪下，朝被奪去生命的親人默哀。白眼魚走近隊長，貼近他的臉：「在我們出發前，請你允許我為死者們祈禱，好安撫生者和死者。」

隊長的表情更憂鬱了，彷彿要哭了出來：「去吧，別拖時間。」

「請容我點一把火。」

隊長皺眉：「別得寸進尺。」

「你剛才製造了怨恨，如果讓我完成這件事，你會獲得感激。」

隊長考慮了一下，從懷中摸出從白眼魚身上搜出的「火種」：「這東西的威力太小，傷不了我們，妳記住了。」不知為何，後來火種就一直保留在白眼魚身上，這些異族沒再跟她收回。

白眼魚找了些乾草，紮成一束，用火種點燃，讓它冒出陣陣白煙。

她走到死者前方，讓白煙拂過他們的身體，燻上他們表情呆滯的臉孔，一邊大聲唱頌：

「一切邪氣，燒除！

一切不潔，燒除！

一切黑暗，燒除！

你們是父母精血的交融，你們是萬代祖先生命的延續；

如今你們在天縫的責任結束了，可以休息了；
你們要前往光明之地，與列祖列宗愉快相聚；
你在此岸是過去，你在彼岸是新人；
你的名字，與祖先的名字並列，在子孫的心中永存。」

唱頌了幾遍、巡迴過死者幾遍之後，白眼魚將火把往空中一拋，高呼：「去！去！去！」白煙呈拋物線畫過空中，被河岸微風吹散，草灰濺在死者頭上。

天縫的族人們低泣著，不敢放聲哭號。

此時，隊長卻聽到背後也有啜泣聲，他回頭一看，是隨他一起進攻火母洞穴的紅眼人，他的眼睛雖被紅鏡片遮住，他的淚腺雖然已被摘除，依然強忍著悲傷，肩膀抽搐不已。隊長小聲說：「別丟臉，走遠一點去。」

「我覺得他們比我們幸福……」紅眼人呢喃了一句，才走到河岸去，背對著眾人吹風。

隊長凝視著樹下的十餘具屍體，心裡默默同意紅眼人的話。

至少，有人為這些死者的死亡哭泣。

內觀

潘曲不知道他已經在地底待了多久。

如果憑他不可靠的生物時鐘，少說也該有十多個小時了吧，如果他們在深夜時進來，此刻外頭也該是午後時分了。

很奇怪地，他一點都沒有覺得肚子餓，不口渴，也不覺得疲倦。

他猜想或許是當脊柱接上瑪利亞核心的時候，也同時提供了他能源吧。

「你累了嗎？」潘曲想起那由他或許也沒進食，「要休息嗎？」

那由他反問：「終於覺得累了嗎？」

「不，我不累，還可以繼續。」

「你知道我們在這裡多久了嗎？」

「我們來時是晚上，現在該是下午……」

「我們待了七天了。」

「七天？」潘曲不敢相信。

「在沉思之中，暫時會失去時間感，不奇怪的。」那由他的聲音在他腦中迴響，「你準備好回來了嗎？」

知道已經七天，潘曲不禁恐慌：「我該出來了。」他想起濕婆給他的三十天期限，三十天還需把回程算進去。

他依然感覺不到自己的手足，依然沉陷於瑪利亞的記憶海洋中，他心想不知四十年前托特如此連接時，是如何幫自己拆掉連接線的？

「不，你還不能出來，」那由他說，「我現在要設法幫你取出第二片晶片，你先待在裡面。」

「為什麼？這晶片有何困難？剛才第一片對你而言不就容易嗎？」潘曲愈加恐慌。

「別緊張，我告訴你緣故，但你可別害怕。」那由他溫柔的聲音令他安心了些，「我感覺到另一枚晶片有深深的惡意，於是追溯它的時間線……」

「時間線？是你之前說過的時空之網嗎？」

「大約是，你可以想像我在時空之網上面探索，追尋惡意的痕跡，惡意的念頭總是比善意清楚，我沿著念頭留下的痕跡，追溯濕婆的想法，追尋到它留下的念頭……發現到，它會在細胞核注入基因片段，改造周圍的細胞，讓細胞自行合成並釋放神經毒素。」

「神經毒素！」

「就像毒蛇或水母的毒液。」

想像到事情的嚴重性，潘曲連意識也發寒。

他原來的肉體本來就只剩下頭部和神經系統，亦即大腦和脊柱，一旦連這些都麻痺了，他就是徹底死掉了。

「基本上，這晶片是會執行程序的奈米機器人。」

「只要三十天一到……」

「不一定，說不定只要試圖拆掉它，也會觸動它執行程序。」

「那你有什麼辦法？」

「這七天以來，你跟瑪利亞的核心融合得很不錯，所以我有個想法。」

潘曲嗅到不祥的味道。

「根據瑪利亞的log，瑪利亞，是**濕婆—薩爾瑪—可善穆**三個意識的合體，說不定，你也能加入他們，然後重新啟動瑪利亞。」

「我不要，」潘曲立刻說，「瑪利亞的意識是獨一無二的，不再有單獨的濕婆，也不再有單獨的薩爾瑪或可善穆，一旦加入，我就不再是我了！」

「那你願意回去向濕婆報告嗎？不過無法將瑪利亞的核心帶回去。」

「我不願再踏入那個鬼地方。」

「我再想想……奧米加最初的訓練中，是否有一項叫做『內觀』？」

「內觀……導師一開始叫我們端坐，然後關注的數呼吸，接著往裡面看，往裡面看，是指這個嗎？」那時候，年紀還很小，那是段值得懷念的日子，因為身體還是完整的。

「是的，你現在能試著內觀嗎？」

雖然是從小就做的訓練，但多年來鮮少應用，他擔心會不熟練。

意外的，潘曲很快進入狀況。

畢竟是曾經苦練下過功夫的技術，他很快就能朝體內觀看，觀看的不是肉體，而是「氣」的運作。

以前，當他仍有肉體時，他能看見體內的氣沿著特定路線流經五臟六腑，如同複雜的河道系統周流大地，但隨著身體一一被摘除後，「氣」與被摘去的內臟和四肢斷了聯繫，也不在取代的人工器官中流動，漸漸往脊柱集中，變成一根清晰的「氣柱」。

氣不再四處竄流，而是一根清楚強烈的氣柱，少了肉體束縛，讓他們更輕易集中意念，以擾動時空。

而今，潘曲又感受到強烈的氣柱了。

如果濕婆的晶片果真如那由他所言會釋放神經毒素，那它必然在脊柱附近，甚至緊抓在脊柱上面，因為它的目的是傷害細胞，而非體內的人工器官。

所以，根本不需要刻意尋找，「氣」自動把它標示出來了！

「氣」不需控制則會自然在體內流動，若遇上障礙就會造成亂流，或原地旋轉，潘曲立即感覺到氣柱上有個刺痛點，有一團「氣」臃腫的凝滯在那個點上。

他將意念集中在該點觀察，果然看到一個方形的無生命之物，被紫黑色的朦朧膏狀物包圍著。那由他沒騙他！果真如他描述的一樣「充滿惡意」。

他更集中意念，內觀竟如放大鏡般，黑色方形物的結構頓時鉅細靡遺。他看到它伸出許多小箭頭刺入脊柱，勾住神經元，再拉近則看到箭頭是中空的，裡頭儲存了瀰漫著黑霧、帶有合成蛋白質指令的去氧核糖核酸（DNA）片段──基因。

基因沒有意念，而黑霧是附著在其上的險惡念頭。

氣柱上另有一個異常氣團，是連接瑪利亞核心的仿生神經接合面，雖然如此，他的氣並沒大量流向瑪利亞，氣似乎分辨得出自然生成的神經和仿生神經的差異。

「你也找到了。」那由他說。

「我很好奇，如果第一枚晶片也在我體內，你是如何在不傷害我的身體之下取出的呢？」

「那枚晶片放在你的機械軀體內，在高次元空間，它們並不是黏在一起的，很容易取出，它就像夾在一本書頁之間的紙片，只需翻到那頁就能拿走。」那由他解釋，「但這枚纏著你的神經，如同寫在書頁上的字，即使在高次元空間也是交纏的。」

「那麼，除非不取出晶片，而改變內建程式，或者……」潘曲靈機一動，「破壞它放在裡面的基因？」

「可能是好辦法。」

「把去氧核糖核酸的氫鍵打斷，分解成核苷酸（nucleotide），它所攜帶的訊息就消失了。」

「該如何才能打斷氫鍵呢？」那由他引導他。

「紫外線會造成皮膚癌，因為它打斷皮膚細胞內DNA的氫鍵，改變了基因指令，造成細胞突變……」

「而紫外線是……？」那由他繼續引導他。

「高頻率震盪、波長極短的電磁波。」潘曲質疑道：「我有能力製造一個相似的波動嗎？」

「可以的，除非能弄清楚電磁波的本質，但比起電磁波，你對重力更為熟悉。」

「重力？」

「重力可致空間扭曲，而奧米加的技術不就是將時空都扭曲嗎？」那由他提醒道：「奧米加的主要任務是時間旅行，你們也能將人送去其他時空對吧？」

潘曲遲疑道：「能的，不過以一人之力……」

「你僅需把晶片中的基因送走，比起人體，它很小。」那由他說，「會不會太小了，不容易集中位置呢？」

「我試試。」一般顯微鏡能看到的微小，對他的能力而言不是問題。

潘曲集中意念，對焦在晶片的小箭頭，放大……放大……進入……直到清楚看見那段基因，在箭頭內充填的培養液中載浮載沉。

他在意念中抓住它，心想：「拋出去！」不需要多遠，只要拋在地面就好了。

在他內心的畫面中，那段基因在箭頭中消失了。

「下一個。」如此一個接一個，直到將所有箭頭被掏空。

好久沒使用空間跳躍了，潘曲感到身心疲憊，又因技術沒荒廢而高興不已。

「你做得真不錯。」那由他的喜悅如沁涼的淨水般，感染了潘曲的意識，令他頓時身心愉悅，「該離開了，我也差不多到極限了。」

極限？那由他的話中有蹊蹺，潘曲忙問：「你怎麼了嗎？」他的感官仍被瑪利亞宏大的資訊覆蓋，看不見、聽不到周圍的狀況，摸不到也感受不到四周的空間和溫度，而連接線的仿生神經伸進了脊柱，糾纏得十分牢固，幾乎融為一體，無法強硬扯掉，他還不知該怎麼辦才好。

「你有刀子吧？」

「在我的袋子。」潘曲有個不離身的掛袋。

忽然，他感到頸後有道亮光，伴隨著撕裂的痛楚，亮光不停閃爍，緊隨著亮光暴漲，地底世界再度進入他的視野。

一旦跟瑪利亞分離，身體的沉重感倏地回來了

他第一件事就是尋找那由他，經過這七天，那由他彷彿是導師、是密友，開始時以為想利用他，結果竟是無私的幫助他，開展他四十年來前所未有的心靈境地。

那由他在身邊，正在把刀子放回潘曲的掛袋，地上躺著被割斷的連接線，他直接把仿生神經切斷，表示仍有部分殘留在潘曲的脊柱上。

「你只要學會分開控制你的身體和心靈，他日若想再接上瑪利亞，也可以自行切斷。」那由他不知從何處拿來個塑膠蓋子，套在連接線斷口，保護外露的仿生神經，「還有，你帶來的兩個記憶立方體，我抽回來了。」那由他將記憶立方體遞給他。

「為什麼……？你看起來……」潘曲甚為驚訝，在地底昏弱光線下，那由他的身體有點淡淡的，似乎要透明了。

「你的食物剩一半了，得補充了，那邊有間『還原室』，電離淨水系統仍在運作……」

原來，潘曲終於明白，他能保持體能，是因為那由他不間斷地在餵他營養。

「等等，為何你像在交代後事？」
那由他擺手說道：「幫我一個忙，上面的客廳有個相框，裡頭的照片是兩位女性的合照。」
「我進來時有見到。」
「請你將它帶走。」
「為什麼呢？」
「我不在這兒，我一直都不是真正在這兒，所以我帶不走它。」
「不在這邊是什麼意思？」潘曲大為吃驚，「你一直在我身邊……」
「我從一開始就說過了，我並不真的在，這只是我的投影。」那由他的身形越來越淡了，「請你離開後一定得經過雪浪，一定要求見雪浪的長老。」那由他重申，「記得，雪浪，長老。」
「等等，等等……」潘曲想站起來，但因大腿壓坐在地面過久，一時兩腿無力，摔倒在地。
「出去時小心點。」然後那由他身體周圍的光暈忽然變暗，當光暈消失時，那由他的身形也不見了。
潘曲呆望著那由他消失之處，期望他再出現。
等待了一會，他才掙扎著爬起來，回到圖書館，開始翻看久違的紙本書。

第七章

百越國

這個世界
並非恣意而為
而是野性外加猶豫

芮曲〈內爆〉9

蠻娘

天才剛亮，鐵臂就被喚醒，由伊凡負責帶他到飛蜥營報到。

鐵臂不知道飛蜥營在何方，在聖殿或古墓的哪個方向？他必須在腦中為這個新世界建立一個地圖，以便找機會逃走。

經過許多風波之後，他不害怕光明之地了，他曾獨自將夜光蟲從暗影地帶回天頂樹，他曾乘坐飛行巡艇在高空遨遊，也曾深入過充滿水銀毒氣的地底，此刻的他無所畏懼，他有膽子在這片廣闊的陌生大地上獨自生存了，現在他缺的只是一個逃跑的機會，還有一件未完的心願。

他要三聖為殺死火母付出代價！

三個偽裝成小孩的殘酷怪物。

如果在他們背後指使的是那隻半鳥人的話，那牠也得付出代價！

昨晚他睡得不安穩，很多夢，夢中有噪雜紛亂的窸窣聲，彷彿很多人在他腦子裡喋喋不休，然後火母被殺的畫面不斷重複，斷成兩截的火母，泡在青銅色血液中……但他很不能理解，為何潘曲要搶走火母的頭？

「你從哪裡來？」一聲吆喝將他從夢境的回顧中拉回來，原來已到飛蜥營的頭領面前，他正在兇惡地問話。

鐵臂抿起嘴，依舊假裝不會說話。

伊凡幫他答話：「營長，他不太會說話，我幫他答可以嗎？他從南方來的，南方。」

營長是個下巴很短的男人，下巴幾乎跟脖子連起來了。他滿臉不高興，似乎決定要從早晨一直不高興到傍晚：「南方哪裡？名字總有吧？」

「我不知道，他也說不清楚，不過你瞧他的長相，跟猿猴那麼像，肯定是南方的野蠻人！」

營長低吟著嗯哼兩聲：「先發配他去蠻娘那組，讓他好受。」說完，就揮手趕他們走。

伊凡帶鐵臂走，邊走邊幸災樂禍地發出呼呼聲：「鐵臂，今天不是你的好日子。」

「為什麼？蠻娘是什麼人？」

「她特別討厭男人，好幾個第一天跟她工作的男子，都受了傷才回營。」

「她是什麼人？」

「她是我們的工頭，很兇悍的女人，小心別惹她。」

鐵臂跟隨伊凡的腳步，邊走邊四顧，看見巨大的飛蜥棲息在棚子下，棚子周圍有幾個水池，有奴隸幫牠清理身體，也有在抬著一大籮蛆蟲準備餵食的，他們穿過好幾個區域，終於望見一個圍柵，伊凡指向圍柵：「到了。」

鐵臂尋找那「兇悍女人」的身影。

圍柵後方有好幾位男男女女，剛開始今天的忙碌，其中有個女子，穿著一件破爛單衣，蓬鬆的棕髮長至肩後，行動比其他人都來得伶俐，其他人經過她身邊時，都立刻顯得小心翼翼。

根本不用猜測，那女子就是蠻娘。

穿過柵欄門之後，伊凡也馬上一臉恭敬，用近乎獻媚的態度走近蠻娘：「這是新來的，

9 現代美國詩人亞卓安・芮曲（Adrienne Rich）〈內爆〉（Implosions）。

營長叫我帶過來。」

蠻娘瞧也不瞧鐵臂：「新來的就去抬東西。」她忙著手上的工作，轉頭喊人：「豬臉的！帶新來的去！」

一名身形瘦小的男子趕忙跑來，他短鼻子小眼睛，蠻娘竟用侮辱性的名字稱呼他。

「告訴妳一聲，」伊凡對蠻娘說，「這新來的名叫鐵臂。」

聽到名字，她總算抬頭望了眼鐵臂，很快又低頭說：「以後我叫你猴臉的。」

「我叫鐵臂。」鐵臂挺直身子，堅持地望著她，「不許妳改我的名字。」

蠻娘二話不說，抬起一桶飛蜥的糞便，便往鐵臂倒過去，鐵臂反應很快，馬上閃去一旁，只有腳踝被淋到糞便，倒是站在身邊的伊凡遭了殃。

蠻娘冷傲地對鐵臂說：「不許你質疑我的命令，你叫猴臉，這是命令。」

滿身飛蜥糞便的伊凡不敢發怒：「妳知道嗎？鐵臂就是那位……」

「即使是從石頭人那邊回來的人，只要是新人，在我這裡就是廢物！」原來蠻娘也曉得鐵臂的名字。

雖然她的語氣狂妄，表現惡劣，鐵臂卻饒有興味地看著她。

他看到她髒亂的棕色蓬髮和灰黑的臉龐下，有一對很清澈的眼睛。

他母親滑魚說過，觀察人的眼睛是不會錯的。

「妳婚配了嗎？」鐵臂忍不住開口。

蠻娘瞪大眼睛，驚訝地望他，在接觸到她眼神的這一刻，鐵臂的整顆心如巨浪翻騰，心跳猛然加速，手腳麻痺，有快要窒息的感覺。這種感覺跟對火母的癡戀不同，是更火熱的、更具毀滅性的。

「豬臉的！」蠻娘一叫，那男子立刻拉著鐵臂離開。
那男子將鐵臂拉去一個臭氣沖天的棚子，裡面全是一籮籮的糞便，吩咐他抬起籮筐，跟隨他搬出去。
「你真的叫豬臉嗎？」鐵臂問他。
「我叫東海人，」他不好意思地笑笑，「蠻娘說，我必須贏回我自己的名字，可是我老是贏不回。」
「什麼叫贏回名字？」
「當她不再罵你的時候，你就可以用自己的名字了。」
鐵臂兩手搬起籮筐，對他來說不算重的東西，卻覺得有些費力，原來他的臉依然紅熱，連耳朵都紅通通的，沒想到竟會令手臂使不上力。
「糟糕！」他心裡暗驚，因為他從未如此。
「你沒什麼力氣嘛。」豬臉—東海人覷了他一眼。
「蠻娘還沒婚配嗎？」鐵臂不放棄。
「你還在問這個呀？」
「豬臉和猴臉的！不要偷懶！」兩人溫吞的動作，果然引來蠻娘的怒罵。
想起蠻娘清淨如水的眼睛，鐵臂不僅腮熱耳紅，連下體也熱脹了起來，他從沒對女生有過如此強烈的反應。
好不容易搬完了糞便，東海人又教他如何用熱砂孵飛蜥蛋。
飛蜥生下橢圓形的蛋，有手掌展開的大小，他們將每顆蛋分別包在隆起的沙堆中，讓陽光可以充分地照射，夜晚時還用木屑和木板蓋起來保暖。「這樣比讓飛蜥自己孵蛋，更快孵出幼龍，也更強壯。」東海人告訴鐵臂。

鐵臂沒有孵蛋的概念，他在天縫頂多見過葉面上的細小蟲卵，蜥蜴蛋都躲在岩縫中不易見到，所以巨大的蜥蜴蛋需要熱量幫助孵化算是個新觀念。

他和東海人工作了一整天，負責搬運糞便、糧食和翻熱砂的工作，中午只提供簡單的一餐，晚餐要回到奴隸的營地才有。

飛蜥營還有餵食、清洗、訓練飛蜥等零距離接觸飛蜥的工作，但還輪不到新人去做。

鐵臂在工作中不斷在尋找蠻娘的蹤影，偷瞄她的身影，整個人失神落魄，把逃離和復仇的事都扔到深淵去了。

工作結束時，奴隸們回到居住的營地去，但鐵臂注意到蠻娘沒離開。

「為何她沒離開？」他追問東海人。

「飛蜥營不能空蕩蕩沒人呀，晚上同樣要有人看守、照顧，蠻娘就住在那兒。」

「只有她一個人？」

「當然不是，還有那些保有名字的人，輪流跟她守夜。」

「原來如此……」

「別打她的主意，」東海人悄聲說，「她死過三個男人了，是個受詛咒的女人。」

鐵臂跟一群奴隸一起走路回營地，腦海中不斷掠過蠻娘的影像。

不僅是今天見到蠻娘的所有影像，還掠過許多其他似曾相識的影像，不是發生在今天的，鐵臂也說不上是什麼感覺。

接下來幾天，依舊是東海人帶著鐵臂做事，鐵臂漸漸學會控制得住他對蠻娘的感覺，表現出他平日的力氣，抬重物的工作越來越輕快的完成，但蠻娘依然喊他「猴臉」。

某日早晨，當他們抵達飛蜥營柵欄門口時，竟有個男子被五花大綁在地面，遍體鱗傷，身上沾滿露水，冷得哆嗦不已。眾人正訝異之際，有個人替他鬆綁，發現他發燒了，便問他：「發生了什麼事？」

那男子兩眼翻白，不停囈語，顯然被暴露在外頭一整夜了，昨晚氣溫挺冷的。

他是昨晚和蠻娘一起守在飛蜥營的三人之一，蠻娘不會不知道發生這種事，除非——也是唯一的可能——是蠻娘幹的。

營長叫人送他去醫療了，把蠻娘叫來訓斥一頓：「別過分了，要出人命嗎？」蠻娘只輕輕點了個頭，就回身去工作了，營長也沒奈她何。

其他一同守夜的人說出了經過：該男子想親近蠻娘已久，昨晚趁機想跟蠻娘交配，結果遭到蠻娘毒打，還被綁起來扔去營外。

「你們沒人幫他解圍嗎？」

「嚇死人了，誰敢幫？」

鐵臂更加好奇了，於是在晚上回營時問伊凡：「聽說蠻娘死過三個男人？」

伊凡把他帶去少人的角落，悄悄地說：「別到處問人蠻娘的事，會惹她找你麻煩的，不管你多受人尊敬也沒用。」

「你一口氣告訴我，就不多問了。」

伊凡嘆了口氣，才說：「蠻娘從很遠的南方來的，來時還是小孩，還不會說這裡的語言，她曾被蓬萊國跟男人配成夫妻，第一個病死了，第二個工作意外死了，第三個是她自己指定的男人，卻被營長指派去石頭人的地方……」

「石頭人？」

「在你來之前，上個熱天的事了。」
「營長故意的嗎？」
伊凡點頭：「營長也想迫她交配，以為她男人死了就會點頭。」伊凡又嘆氣道：「別看她頭髮亂亂、全身髒髒，她之前不是這樣的，她是為那男人守喪，意思就是提醒自己，不要忘記悲哀，不要忘記所愛的人死了。」
鐵臂似乎能感受到蠻娘的心情，眼眶也不禁濕了：「可惡，我要保護她。」
「你還在亂想！」
「我告訴你，我不是亂想，我知道蠻娘是誰，她就是我一直在等待出現的人，那天你帶我第一次見到她，我當下想：我終於遇到這個人了，原來她在這裡。我知道，從很久很久以前，從我還沒出生、她還沒出生，我們就注定要找到對方，而且我們會有兩個孩子，一男一女，男孩名叫焚風，女孩名叫颶風。」
伊凡瞪大眼睛：「你是瘋子！」
「不，這是我真真正正看到的。」

深海

經過約莫二十天的旅途後，三部戰車終於在傍晚回到他們的故鄉「百越國」。
戰車開進城時，籠子裡的人便從上方通風窗看到高聳的建築物，高矮方圓形狀不一，但清一色的猙獰醜陋，慘白脫漆的外牆爬著一道道沿水跡而生的灰黴，建築物若沒崩壞倒塌，也是搖搖欲墜。

不過，天縫人是生平第一次看見這種建築，他們被趕下籠子後，忍不住抬頭驚視這大片廢墟，不管從哪個方向望去都是建築物，儼然一片城市森林。

戰車停在一個廣場，廣場中間有根倒塌的高柱，厚重的地磚碎裂浮起，地磚裂縫雜草茂盛。

天縫人四處張望，內心充滿恐懼，白眼魚也密切觀察周圍，但受限於天縫思維的她，壓根兒無法判斷眼前的狀況。

高聳又破舊的建築令人生畏，但也說明天縫並不如他們心目中是唯一的世界，當族人在天縫下懵懂過活的同時，天縫之外尚有許多種人類在生活著。

白眼魚發現遠處的高樓上，竟然有人像青蛙一般跳躍，從一棟樓跳去另一棟樓，跳躍力驚人，還有幾個人在後面追逐，在建築物之間靈活飛竄。隊長注意到白眼魚在注視那些人，便走過來告訴她：「他們在練習。」

白眼魚看得背脊沁涼，在這當下，她深知他們根本沒有逃跑的可能。

「歡迎加入我們。」隊長的表情依然很憂鬱，一點歡迎的感覺也沒有。

「你要把我們怎樣？」

「我說過了，加入我們。」隊長低頭小聲說話，像是怕嚇壞了白眼魚：「一旦加入了我們，咱們就平等了。」白眼魚聽不懂他的意思。

白眼魚心知肚明，「另一位火母」紫色１２０就是來自此地，這裡本來是個「特殊實驗禁區」。當她腦中的火母記憶立方體活躍時，她曾捕捉過一些記憶，知道這個禁區的存在，此地就是「守護員」紫色１２０所管轄的禁區，而這批人就是實驗人類，白眼魚還記得該禁區的宗旨是「尋求人體跟機械結合的最大可能」。

當地球聯邦崩潰時，禁區失去跟聯邦的連繫後，實驗人類叛變，紫色120只好逃跑，最後抵達另一個實驗禁區天縫……白眼魚只記得這麼多，其餘的細節仍深鎖在被關閉的記憶立方體中。

看來，這四十年之間，這些實驗人類仍未放棄追捕他們曾經的守護員，天縫才會有此劫難。

但是，究竟要抓他們來這裡做什麼？

天空轉橙了，宣告現在是黃昏了，高樓上端全都抹上橙黃色，但四面八方的建築令他們望不見地平線。理應變涼的氣溫，也因日曬加溫的空氣困在高樓間難以流動，比籠子裡還沉悶，只有廣場是稱得上涼快的。

不久，有一部貨車慢慢駛來，幾個半機器人登上貨車，搬下幾個箱子，開始分派食物和水瓶給天縫人，族人們受寵若驚，接過食物之後，提防地嗅了嗅，又嚐了嚐，才敢試試咬一口，隨即忍不住驚嘆：「真好吃！」

那是煮熟的雞肉塊，他們沒見過雞，更沒吃過如此大量的蛋白質，對吃慣昆蟲、蜥蜴和魚肉的他們而言，味道十分驚豔。

大家正興奮大快朵頤的同時，灰蛙只嚐了小口雞肉，喝了一大瓶水，便冷靜地觀察那些半機器人：「如果要對我們好，當初為何要殺我們的人？」她環顧族人，看見即使死了親人的族人也吃得津津有味。

灰蛙覷視白眼魚，發現白眼魚也在看她，而且大長老柔光也在凝視她，三人對望了一下，才移開視線。她們都看見對方眼中難以形容的哀傷、疑慮和堅毅，也看見對方的肩膀依然負載著族人的命運。

眼下，她們三人都有同一個問題：「接下來怎麼辦？」

「天快黑了，我們要帶你們去休息了。」隊長向天縫人呼喚道，「前面有人帶路，還沒吃完的也跟著走！」

族人們雖有疑心，也無可奈何，只好列成隊伍跟著走。

他們穿過兩棟廢墟後，後方竟露出一棟漂亮壯觀的大樓，保存完好，顯然有受到良好的照顧和維修。

族人們看見大樓燈火通明，已然目瞪口呆，進入高大的門口後，牆壁上還畫有五彩圖畫，都是他們見所未見的奇觀。

前方有個彎彎的拱門，門框上鑲有整列黑色小鏡片，領著隊伍的半機器人帶著天縫人穿過拱門，門框上的黑色小鏡片立刻發出閃爍的光。「慢慢來，」領頭的人說，「一次經過一個人。」

天縫的族人們不疑有他，只是好奇的看著拱門閃光。

費了很長時間，百餘名天縫人才全數穿過拱門，被帶到一個光淨明亮的大堂，他們踏上光滑的地面，驚嘆竟然會有光滑如水的石頭，地面的涼快傳入腳底，一洗外頭的暑氣。

這裡樣樣都是新奇，在天縫艱難獲得食物，此地卻有前所未見的美味，還有安全的居所，看起來黑毛鬼根本難成威脅，比起害怕，其實他們更為興奮。

在族人眼中，柔光、白眼魚和灰蛙的不安根本是多餘的，他們這些成功活著抵達百越國的天縫人是幸運兒，未來有好日子過了。

帶他們來的半機器人說：「你們今晚先在這裡休息，我們會關上大門，免得危險，有一半的燈光會關掉，怕黑的人可以睡在有光的地方。」跟之前的逮人和殺人相比，這人似乎過於和善了。

然而，比起地面粗糙、沒有光線的天縫避難洞，這大堂彷如天堂。

白眼魚無計可施，她找個陰暗的角落，靠壁而坐，觀看族人的行為，看到他們大多數露出安心的神態，她內心又感到矛盾：「到此為止了嗎？我不需要再繼續火母的責任了嗎？」

觀察了一陣，她也漸漸生起一陣安心感，心情一旦放鬆，身體的疲憊感就湧上來了，視線漸感朦朧，意識也陷入迷糊，眼看今晚會睡上一場好覺。

忽然，毫無預警地，腦中乍現一道閃光，只不過瞬間，腦細胞活動驟升，意識陷入無法控制的暴流漩渦，白眼魚頭顱一陣沉重，不禁睡倒在地。

沒人留意到她的不舒服，看見的人也以為她只不過想睡了。

白眼魚的大腦像被沖進馬桶般翻滾，她想撐起身體，但身體沉重，肌肉根本使不上力，因為她的大腦活動無法受控，連自己的肌肉都控制不到！

終於，她意識到是怎麼一回事了！

火母的記憶正源源不絕地湧入，跟白眼魚的記憶連接、混合成新的版本。白眼魚發現她的自我正在逐漸模糊，火母的自我正大量加入，這表示說……

火母的記憶立方體開啟了！

之前，黑毛鬼入侵天縫時，禁區電腦巴蜀似乎想殺死白眼魚，故意將她顱內的火母記憶立方體關掉，斷絕火母的知識支援。按理禁區電腦不應該能夠關掉守護員的記憶立方體，他們兩者應該是各自獨立作業又互相制衡的，巴蜀可能自己找到了繞過迴路的方法。

如果巴蜀有能力關閉火母的記憶立方體的話……

火母有關紫色120的記憶湧進來了……

這個禁區代號SZ46，是紫色120的守護區，居民並非一般野生人類，而是嘗試將人類跟機械結合的實驗禁區。

這個禁區也有類似巴蜀的中央管理電腦。

腦中的波濤漸趨平靜，白眼魚的呼吸慢慢順暢了，但她的心跳快得令她想作嘔。

此時，腦中出現一個帶有磁性的聲音：「我是深海，」那聲音十分悅耳，跟巴蜀的冰冷平板大相逕庭，「我是禁區SZ46電腦，因為妳有紫色系生化人的記憶立方體，我才聯絡妳的。」電腦說明道。

深海！紫色120告訴過火母，她的禁區電腦名叫深海！

被巴蜀關閉的火母記憶立方體，被深海再度開啟了！

記憶立方體發揮天線般的功能，接收電腦的訊號，在大腦聽覺皮層直接轉譯成聲音。這表示，她正處於訊號接收範圍內，所以電腦一定不會很遠！

「你好。」白眼魚─火母試著用意識回應。

她大腦的語言中樞發出語言訊號，記憶立方體同步轉換成電腦能解讀的數位訊號，傳送出去。

「我很困惑，妳的記憶體編號屬於紫色030，但妳的身體結構並不是生化人。」

「你怎麼知道我的身體結構？」

「剛才你們經過拱門時，我掃描了每一個人，我知道每一個人的身體結構。」白眼魚剛才就猜想大家經過的那道可疑拱門別有用途，原來是掃描器，「所以我才對妳感到好奇，更奇怪的是，妳頭裡面有紫色030的……內建編碼。」

「因為我是紫色 030。」

「但妳的身體是人類，」深海說，「妳身為人類，為何會有生化人的記憶立方體？」

「因為我原本身體損壞了，所以只好用人類的身體替換。」白眼魚—火母不打算透露細節。

「那麼妳算是人類，還是守護員呢？」

「我當然是守護員。」現在，白眼魚和火母的意識和記憶完整融合了。

「原來可以這樣。」深海的語氣很愉快，「那妳認識紫色 120 嗎？她是我們的守護員，她跟妳該算是姊妹呢。」

「你為什麼問呢？紫色守護員都該守在自己的禁區的。」

「因為一些誤會，她離開這裡了。」

「奉母親之令，她不該離開的。」白眼魚—火母試探深海，「一定有非離開不可的理由吧？」

「是誤會，她以為野生人類要消滅她，當然不可能，這裡少了她，很多事情就無法運行了。」深海似乎極力想表現懊惱，但禁區電腦沒有感情迴路，不像生化人能模擬人類情感，所以只能使用出廠時設定的模擬語氣。

「這裡的禁區編號是什麼？」白眼魚—火母故意問。

「禁區 SZ46，在這裡，母親為了探索人類未來最好的生存方式，因此嘗試結合人體跟機械，」深海平靜地說，「而母親給予紫色 120 的所有知識，都隨著她離去了。」

「但是，你們還是有很多半機械的人類呀。」

「他們叫『改造人』，因為沒有守護員的監督改造，失敗品的比例上升了，所以紫色

120的知識不可或缺。」深海忽然話鋒一轉：「我們所知道她最後的位置，就在妳的禁區附近。」

白眼魚—火母有被忽然逮到的感覺。

「話說回來，你的禁區的野生人類很有意思，」深海的話令白眼魚生起防備之心，這令她憶起電腦巴蜀類似的、經過精密計算的深沉對話方式，「他們的身體比例、骨骼結構、腦容量等等全都不像尋常的人類標準，他們是新人類嗎？或是……更古老的人類？」

白眼魚心中的不安感快速擴大，她覺得落入深海的語言陷阱了。

相片

潘曲步行走上高高的螺旋梯之後，不忘將門關上，那由他臨消失前告訴了他開關的位置。

他在圖書館讀了幾天書，直到乾糧將盡，才依依不捨地準備離開。距離濕婆指定的三十天限期，還剩下十六天，到時看他會不會喪命，就知道晶片還有沒有作用了。

他回到地面上的客廳，外頭陽光正熾，蒙塵的玻璃窗戶透入陽光，照亮了客廳——他上次來時仍在黑夜，如今才得以看清楚。

脫皮的沙發，斑駁的牆壁，積塵的茶杯，對了，相片，那由他請他帶走的，茶几旁的照片。

潘曲拿起相框，擦拭掉積塵後，露出兩人的合照，照片背景就在這個客廳，可見當時的裝潢仍然美輪美奐，說得上相當華麗，但照片已褪色，看不出當時的顏色，但仍看得出兩人都是美人兒。

一位是膚色白淨的中年女子，典型的歐洲白人臉孔，冷豔中帶有不安的眼神，潘曲認識她，她是第一主席蘇－η９９０７，也是奧米加們暗中說的歷史研究院「影子院長」。

另一位是膚色黝黑的年輕女孩，輪廓很深，卻說不出像哪一種古民族，一雙不馴的大眼望向鏡頭，彷彿經過四十年，依然能透過相片跟潘曲對話。他完全記得這張臉孔，法地瑪！原來這是法地瑪的家！法地瑪跟第一主席住在一起！而她們的家的地底就是瑪利亞的核心！

當年的疑惑總算解開了！

當年，奧米加六代被命令幫助法地瑪，用空間跳躍送她到地球各處，奧米加還納悶這少女何來那般大的權力，能支配地球聯邦特別製造的特殊隊伍。

這張照片解釋了一切！

他將照片放進背包，接著在屋裡遛達，翻看屋主留下的東西，想像她們的生活，當她們仍在這裡生活時，潘曲也只能住著地底深處的玻璃筒中，無緣過平凡人的生活，最終被利用完後即如螻蟻般死去。

他進入兩間寢室查看，先找到法地瑪的寢室，裡頭沒多少能看出少女性格的物件，書桌上稀少的文具、普通的單人床，摺得好好的被單似乎從廢棄以後就沒被擾動過。

他走到書桌前，拉開椅子，正想坐下時，忽然覺得坐在別人的位子上是種冒犯，又將椅子推回去。桌上有個小塑膠片，是政治單位的通行證，而且是歷史研究院的通行證，潘曲是用過的。

通行證上會有編碼和名字，一如所料，是「法地瑪—λ16798K」。他也將通行證拿走。

另一間寢室應該是第一主席蘇—η99907的，同樣整潔得平淡無奇，要不是積了厚塵，看起來還挺像剛剛有人整理過。

潘曲打開衣櫃翻查，又打開床邊五斗櫃的抽屜，果然，裡頭躺了一把雷射槍。

四十年前，當他在清潔隊總部找到飛行巡艇時，也從清潔隊員的屍體身上獲得武器，但在跟「百越國」交涉時失去了，先前從紫色120屍身上拿到的雷射槍，威力似乎不夠強，第一主席的這把槍出現得正好。

他測試了一下，還有充足能源，畢竟是第一主席的武器，等級都不一樣。

想起照片中的兩人，潘曲產生新的疑惑：「她們是母女嗎？」

在地球聯邦，自然交配懷孕是重罪，小孩皆由「地球人口研究中心」統一人工生殖，女生會在「法定停經日」被取走卵泡，從此無法懷孕，若想擁有小孩，必須是夫妻一起申請「心靈填補計畫」，經核准才能分配到小孩。

照片中沒有男人，第一主席蘇—η99907的寢室也只有單人床，這間房子沒有男人生活過的跡象。

如果沒有夫妻，怎能申請小孩呢？

潘曲不禁嘲笑自己：她是第一主席呢，何需申請？

他該走了，此地沒什麼好留戀了。

「拿照片，去雪浪，找長老。」他重複那由他要求他做的事。

經過了四十年，在即將步入老年，頭髮漸白的年紀，他總算找到活著的目的。

他回到最初進來的窗口，飛行巡艇就隱藏在窗外高高的雜草之間，設定了紫色１２０的個人辨識，除非握有紫色１２０的記憶立方體，否則即使有人找到，也無法開動。

雖然如此，他仍舊謹慎地慢慢推動窗戶，以防外頭有危險。雖然在地底城市「工廠」待了十餘日，他依然不清楚賈賀烏峇的狀況，地面上是否尚有舊公民？或已成黑毛鬼的巢穴？

他打開一點窗口，從縫隙窺看外面，頓時毛骨悚然。

飛行巡艇旁站了兩個人，正確的說是兩個女人，從身上的打扮來看，她們正是黑色大神濕婆收攏的生化人！

可惡！濕婆當然不會信任他，當然會派人追蹤！

她們已將飛行巡艇四周的雜草撥開，顯然已經探看過透明罩裡頭，但無法打開門，所以環顧巡艇四周，尋找潘曲的蹤跡。

他更小心地、靜悄悄地合上窗戶，心中亂成一團：「怎麼辦？怎麼辦？」

潘曲讓呼吸變慢，半合雙目，將意念集中在眉間顱內，往內凝視一個光點，讓思緒迅速冷靜下來。

冷靜之後，很快就釐清紛亂的念頭，抽出重點：「不能讓他們懷疑這間房子！」保護瑪利亞的核心，保護地球上最後的歷史資料庫，保護無可取代的人類文明時間膠囊。

人類成為地球優勢物種的所有歷程，只在這裡留下最後一份複本了。

他不知濕婆派了多少位生化人來追蹤他，無論如何，他必須先回到飛行巡艇，好轉移生化人的注意力。

此時此刻，他只剩下一個方法。

空間跳躍！

經過那由他指點取出晶片中的ＤＮＡ之後，他感覺空間跳躍的能力比年輕時更強了，問題在於體力，所以必須速戰速決。

他坐到沙發上，再度半閉雙目，凝視明光，慢慢讓明光擴大成一片屏幕，然後將畫面置於屏幕之中──他的畫面，是坐在巡艇中的視野。

他將意念集中、集中、更集中，像要將自己投射出去般，用意念儲聚彈射力，然後在某個剎那，空間彷彿裂開了一道縫，他感覺自己整個拉長、被吸入裂縫，剎那間又劇烈膨脹，他便已經坐在巡艇內的椅子上了。

潘曲馬上查看身上的東西，掛袋有在，相片有在，兩把雷射槍有在，兩枚記憶立方體也有在，但是……他頭暈目眩，腦袋瓜痛得像裂開，無法馬上操作巡艇，這是空間跳躍討厭的副作用。

他轉頭望向透明罩外面，守在外面的生化人還沒察覺他進來了，他們果然沒料到。他必須儘快恢復精神，在啟動飛行巡艇的同時，用反重力場將生化人彈開。

為什麼每次空間跳躍之後都會不舒服，他讀過一篇理論，說空間跳躍的原理是「量子傳送」，亦即將物體分解成量子狀態，並記錄其量子連結圖譜，量子具有超空間性質，方便傳送，到達目標地點後再依圖譜重組，所以身體經過分解再重組，後遺症就是頭疼。

但他不認為奧米加的空間跳躍技術跟量子傳送有關。

他不相信將人拆解成量子，以量子態傳送，再重新拼湊起來之後，還會是同一個「人」。因為他們還無法證明，心靈是腦細胞的產物。

如果心靈是腦細胞的產物，那麼當腦袋瓜變成量子態時，心靈就消失了嗎？然後在重組後再度出現嗎？

萬一心靈真是腦細胞的產物，且在肉體停擺後不復存在，他們又如何保證被拆解成量子態再重組之後，仍會是同一個心靈呢？

他們也無法證明心靈不能不依靠肉體而單獨存在。

如果心靈能外於肉體存在，那麼心靈在量子傳送時也化成量子態了嗎？或者心靈本來就處於量子態？

他們甚至無法解構心靈的本質，因此以上一切只能淪為空談。

奧米加們瞭解他們所體驗的空間跳躍並非量子傳送，而是「整個」移動過去，其間並沒有破壞任何結構。

話雖如此，時空扭曲依然影響了大腦的運作，導致頭痛。或許是因為意識能影響時空，同理，時空也能影響意識吧？

「他在裡面！他在裡面！」她們發現他了！

「他幾時進去的？」

潘曲望著貼著玻璃罩驚視他的臉孔，是那位曾經待過大圍牆的生化人嗎？她們都長得好像，無從分辨。

強忍著頭痛，潘曲按下按鈕，飛行巡艇四周立刻產生反重力場，把四周的雜草呈圓環推開，當場把兩名生化人彈開摔倒，房子周圍的矮牆也崩塌了一角。

他壓低方向盤：「上升吧！」他打算全速飛走，飛去隨意的方向，再掉頭飛去雪浪。

但飛行巡艇沒有飛起來。

飛行巡艇被他啟動了，但不會飛起來。

潘曲沮喪地坐在座位上，觀看外頭爬起來的生化人，朝他步步迫近。

也是的，如果她們已經發現飛行巡艇好幾天，當然有足夠的時間動手腳。

她們的嘴巴開合，在對他說話，但反重力場把聲音也彈開了。

潘曲無奈地關上引擎，聽聽她們說些什麼。

「別逃走，黑色大神不會放過你的！」

啊，這類威脅的話語，他可不是第一次聽到。

投降的事，他也不是第一次做。

正在思索下一步之時，他發現法地瑪的相框掉出背包了，它的材質已經朽敗，在巡艇內的地面輕輕一摔就分解了，相框、玻璃和背板都分離了，掉出兩張相片。

兩張？

在外頭生化人的吶喊聲中，耳朵彷彿自動隔絕了她們的聲音，眼中只有那兩張相片。

他彎腰撿起相片，夾在後面的那張顏色如新，沒有脫色，相片中的法地瑪尚年幼，大概才十歲出頭，她身邊有個東方面孔的女人，眉宇間有抹不去的憂色，背景是另一個客廳。

看見那女人的面貌，潘曲為之動容：「橘色００？」震驚之餘，淚水潸然而下。

氣流

偌大的飛蜥營，只飼養了九隻飛蜥，但每日需要大量糧食，對蓬萊這類小邦而言，著實是沉重的負擔。

牠們居住在相連的棚子中，每天還要牽出去走路和訓練飛行，其實牠們不是真的飛行，而是滑翔，因此飛蜥營位於山丘之上，下方也有一片腹地供飛蜥奔跑和跳躍式滑翔。

這天，鐵臂在搬運糞便時，遇到了認識的人。

「咦，你在這裡呀？」一開始，他還沒察覺那聲音是叫他的，直到聲音越來越靠近，還有人拍他的肩膀：「喂，在叫你呢。」

鐵臂暗地一驚，才看見來人是駕御飛蜥的劉累，今天想必是來訓練飛蜥的。

「我聽他們說過你的事了，」劉累如常一臉高興的樣子，「救了大家的英雄呢，我跟他們說，我親眼目睹傳奇發生的經過，還告訴他們，你是唯一乘坐過飛蜥的奴隸，而且坐過三次，他們都不相信！」鐵臂根本沒機會答話。

東海人上前來問：「真的嗎，鐵臂？」

其他奴隸也擱下工作，好奇地湊過來打聽。

劉累雖是御龍衛士，但不對奴隸們擺架子，是以奴隸們都不怕接近他。

漸漸地，好幾位奴隸聚集過來，想聽聽鐵臂的說法。

鑾娘見到大家耽誤工作，忙跑過來：「散開，散開！免得營長懲罰你們！」

鐵臂一見鑾娘過來，馬上就精神來了，面色瞬時潮紅，原本不想回應劉累的，此刻雖是喉頭緊繃，也要讓鑾娘聽見：「謝謝你！你把噗噗控制得很好！」

「噗噗？」東海人不懂了。

「就是劉累的飛蜥。」

「誰是劉累？」

劉累哈哈大笑：「就是我啦。」

大家信服了，紛紛低聲議論，鐵臂竟然知道衛士和飛蜥的名字，他們常常見到這位衛士，也從來不知他的名字，更別說飛蜥的名字，可見鐵臂的傳說是真的。

鐵臂只在乎蠻娘的目光，雖然蓬散的棕髮遮擋了她的眼睛，鐵臂依然從髮隙中見她瞟了一眼，當視線掠過他臉上時，他覺得心臟停頓了一下。

營長看見異狀而走過來，劉累馬上驅趕奴隸們離開：「快回去工作，禿鷹來了。」奴隸們當下散開。

鐵臂正欲彎身抬起裝飛蜥糞便的籮筐，又被劉累拖住了，將他拉到蠻娘身邊：「這人的經歷非同小可，別只叫他搬大便，太浪費了。」

鐵臂忽然得以直視蠻娘，心跳猛然加劇，連拉著他手的劉累也察覺到了。

「衛士，」營長遠遠在喊，「我的奴隸冒犯了你嗎？」

「沒事！」劉累高聲回道，「我們是認識的！」說著，他放開鐵臂，快步走去跟其他御龍衛士集合。

蠻娘垂手端詳鐵臂，繞著他上下打量，鐵臂被她看得全身僵直。

「猴臉！」蠻娘冷峻的聲音，在他耳中萬分悅耳，「如果給你選擇，你想做哪一種工作？」

「照顧飛蜥！」他抓緊機會，結巴地說，「我乘坐過飛蜥，沒有人比我更適合！」其實那是最容易親近蠻娘的途徑。

蠻娘沉吟半晌，才說：「謙虛一點，你會活久一點。」便掉頭而去。

營地的另一邊，御龍衛士騎上飛蜥的脖子末端，將牠騎到廣大的平地，引導牠做轉彎、回轉、抬頭、下望等基本動作，順利之後，再緩行、疾走、跳躍，最後才騎上山丘，練習滑翔飛行。

今天比較特別的是，兩隻飛蜥一組並肩而飛，空中一共有兩組，訓練同步滑翔、分散又重聚、空旋 8 字等較複雜的動作。

鐵臂邊工作邊偷看飛蜥的訓練，東海人找機會挨近，在他耳邊悄聲說：「他們要戰爭了。」

「什麼叫戰爭？」

東海人有些訝異：「你不懂？就是……就是去佔領別人的地方、搶別人的東西……」

鐵臂點點頭：「戰爭很壞。」

「不一定，」東海人更小聲了：「爭取自由，也是需要戰爭的。」

鐵臂想了想他的意思，想起黑毛鬼入侵天縫：「保護家人也是戰爭吧？」

擔心被營長盯上，東海人不敢再跟他多說話。

短暫的午餐時間，鐵臂席坐在地，繼續注意天空，觀看飛蜥的動作。

望著天空，他有一種奇特的感覺，似乎看得到氣流，他看到飛蜥衝向上升氣流，然後乘著上升氣流順利升到高空，他也看到飛蜥飛膜後方拖出的氣流漩渦，剛開始還以為是幻覺，但氣流的景象跟飛蜥的動作完全密合，可見他是真的看得見！

自從被浸泡過白晶水，毛孔乃至內臟都被滲透之後，他的感官似乎更敏感了。

他的毛孔能感受到周遭複雜而細微的氣流擾動，在他腦中生成一幅四周的氣流圖。耳朵聽得到空氣的極細振動，因此聽得到很遠的殘餘聲波，甚至分辨得出人的說話聲。

他看得到氣流，氣流沒有顏色、沒有輪廓，但他能清楚「看見」，嚴格來說，也非關視覺，而是另一種特殊感官，就如蝙蝠用超音波辨識三度空間地形，或信鴿能感覺地磁一般。

鐵臂想問沙厄，知不知是怎麼回事？但沙厄沒再聯絡他。

「好了，吃完了的人回去工作。」蠻娘拍手催促大家，「還沒吃完的快吞下去，飛蜥要降落了。」

鐵臂忽然心裡一緊，覺得不對勁，他挺起身體，全神貫注地感受氣流，注意到有一隻飛蜥飛往寂靜無風的方向，牠抗拒飛過去，但不明就裡的御龍衛士硬是扣住牠的頸根，要牠做出最後一個高衝動作。

「糟了！」鐵臂忍不住大叫，「那隻飛蜥要墜落了！」說著，他箭步衝出，跳過柵欄，直往山下奔去。

「那個奴隸！」營長發現了，高聲喊叫，「衛士！那個奴隸！」守營的數名衛士立刻舉起槍，瞄準鐵臂的方向。

奴隸們嚇得起鬨，伊凡慌張地向鐵臂叫嚷：「鐵臂，回來！他們會射你的！」

「營長！不要！」東海人奔向營長：「他剛才說飛蜥要掉下來了！」

混亂之中，有人指向天空尖叫，果然，有隻飛蜥正要昂首仰衝，脖子才剛舉起，卻忽然像斷線的木偶般，從高空直直墜落。

鐵臂衝過去的方向，正是牠直線落地的終點。

鐵臂根本不可能來得及抵達。

即使抵達了也沒有用。

營長喝令衛士收槍：「看他想幹什麼，若要開槍，慢點不遲。」

蠻娘也屏著息觀看。

打從蠻娘知道鐵臂就是兩進兩出「石頭人」之處的傳奇人物，因而拯救了所有被派往的奴隸，她就有些怨恨，這個人為何不早一些出現？那麼她的第三個男人就不會死了。

鐵臂對她十分著迷，即使傻子也看得出來，她又豈會沒感覺到？但已經死過三個男人，她不願再有感情瓜葛，何況此人一副猿猴臉，自從發現鐵臂對她灼熱的目光，她就從心裡堅決地抗拒他。

不過，鐵臂出人意表的行動令她好奇，也忍不住盯著他衝下山丘的背影。

眼看那飛蜥在空中左右擺動尋找氣流，試圖展開翅膜讓自己緩速，坐在牠頸根上的衛士以為飛蜥不聽話，慌張地用力扭動飛蜥的脖子，飛蜥不舒服地甩頭，差點把衛士甩下來。

鐵臂一邊奔跑，一邊突然伸出手臂，朝著墜落的飛蜥緩緩揮動，說也奇怪，飛蜥的翅膜猛地一震，牠竟平衡住身體，順利展開雙翅，順著一道低空氣流滑翔到地面，毫髮無損地著陸，剛好停在鐵臂身邊。

飛蜥一著陸，牠背上的御龍衛士立刻連滾帶爬的跳下來，跪在地面嘔吐，驚魂未定的他全身發抖，連站起來的力氣都沒有。

那隻飛蜥凝視著鐵臂好一會，慢慢地伸頸向鐵臂，將鼻子湊近他。

牠巨大的嘴巴，足以一口咬下鐵臂的頭，但他並不害怕，反而撫了撫牠的下巴，然後輕輕一提起，飛蜥便跟隨他走上山坡，一路走回飛蜥營。

所有人看得目瞪口呆，不明白發生了什麼事。

其實連鐵臂也不明白。

他只不過在憑直覺做事。

飛蜥馴服地跟著他的步伐，不願超前他一步。

飛蜥吐出尖尖的舌頭，發出窸窣聲，但在鐵臂耳中聽起來卻是：「我不會再讓那人上我的背。」
聽得懂蜥語，鐵臂自己也頗感驚訝。
他知道自己的身體已經改變了。
他只是不知道，究竟改變了多少。

博弈

白眼魚躺在光滑冰涼的大堂地面，腦中的火母記憶立方體正激烈運作，思索如何避開電腦深海提出的問題。

白眼魚—火母發現無法迴避，只好據實回答了再說：「我的禁區……是更古老的人類，原始人。」

「哦，原始人，原始人來自美好的時代，那時候的人類不只一種，不像大毀滅前那般，僅剩唯一的 homo sapiens，太缺乏生物多樣性了。」深海話鋒一轉，「所以你的禁區是原始人類的保存區。」他很懂得如何一步步套出真相。

白眼魚—火母不能任憑深海帶領話頭，她要奪回話語控制權：「你呢？你們的人都是野生人類嗎？還是像聯邦一樣，用機器子宮培育的？」

「他們是自然生殖的人科，homo sapiens，是的，野生人類。」

「如果他們都被裝上了機械身軀，該如何繁衍後代呢？你們何來野生人類呢？」

「這問題，我們好多年前就解決了。」深海溫柔又輕快的聲調反而令人不寒而慄。

白眼魚—火母感到困惑，她無法分辨，深海究竟是站在哪一邊的？

從深海的語氣中，似乎惋惜紫色120的離開，但它迴避了離開的原因，白眼魚—火母不禁疑心，是野生人類意圖消滅守護員，還是禁區電腦意圖除掉守護員，就如電腦巴蜀不止一次企圖害死她。

莫非深海也跟巴蜀一樣，並沒選擇站在哪一邊，而是原本做為母親分支的禁區電腦，在母親失去聯繫之後，將自己當成了「母親」？

它以母親的方式思考：如何令該禁區的人類最大量的生存下來，亦即，它出廠時的最初設定，亦即，它內建的絕對指令。

它是電腦，它不需要在乎單獨人類個體的生死，它在乎的只有統計數據。

白眼魚—火母理解了，她不是在跟一個有感情的生命對談，電腦只在乎漂亮的演算結果，過程只是達到結果的手段。

「解決了？所以，你們有一部分的人保有生殖能力吧？」

「妳說得沒錯，沒有女人被改造成半機器人，而所有男子在進入青春期後，我們就會收集精子。」

白眼魚—火母想了一下：「那麼這裡的男人，職責是什麼？」

「保護和擴張。」

「女人呢？」

「後勤和生殖。」

言下之意，男人是沒有生殖能力的生物武器，女人是工具。

白眼魚不寒而慄。

身為守護員的生化人是沒有性器官的，但白眼魚是有生殖能力的女人。

「我跟妳坦誠，」深海說，「我們的女人不夠，孩子生得不夠多，如此無法徹底完成『母親』的偉大計畫。」

「什麼偉大計畫？」

「妳不知道？母親命令我，要找出人類跟機械的完美結合，這是終極使命，所以我們需要更多野生人類來實驗、來完成母親的夢想，這才是人類的未來，沒有其他未來。」如果深海有感情迴路，此刻必然是口沫橫飛，臉色激動得泛紅。

「可是，」白眼魚—火母說，「母親設立的禁區，每個都有不同的使命，祂並沒指出哪一個是人類最好的方向，祂只是……」

「別褻瀆母親！」深海不對稱的和悅語氣令她恐懼，「沒有其他使命！只有一個使命！其他的都是謊言！或是程式錯誤！」

白眼魚—火母等了一陣子，才說：「你要如何完成這個使命？」

「這倒是不難，把每個禁區的人帶過來改造就行了。」

白眼魚—火母不敢問：「你也要改造我們的族人？」她擔心一旦問了，答案就是確定了。所以她問：「目前為止，你們把多少個禁區的人改造了嗎？」

「兩個，」深海補充道，「你們將會是第三個。」

聽說整個東亞有五個禁區和一個東亞區首都，這表示，他們已經征服了半數地區！

「你明白情勢了吧？」深海輕鬆地說，「所以妳打算告訴我，紫色120的下落了嗎？她最後失去蹤影的位置就在你家門口呢。」

「如果她在，你們也該找到她了吧？」

「啊，他們的確沒找到。」深海說：「好可惜，我一直希望她回來。」

白眼魚—火母懂了，「母親」想必也在禁區ＳＺ46設計了同一種運作方式，亦即電腦存有部分資訊，生化人守護員存有另外的部分資訊，以防止出現踰越。守護員離開後，電腦深海必定發現有些程序無法獨立進行！這跟天縫的巴蜀的思考方式相同呀！

「不僅如此，」深海繼續說，「我感到好奇的是，你們禁區的電腦，似乎壞掉了呢？」白眼魚—火母不曉得火母洞穴遭到進攻的事，只有灰蛙目睹了經過。

白眼魚—火母沉默不答，良久，深海也沒再說話，她感覺不到深海仍在與她通訊，但也感覺不到深海斷訊了。

此時，大堂的門忽然敞開，出現兩名半機器改造人，把尚未睡覺的族人嚇了一跳。

白眼魚—火母合目裝睡，但那兩人徐徐步入大堂，沉重的腳步直接走向白眼魚—火母，停在她眼睛前方：「摩訶大人請妳見個面。」

白眼魚—火母只好爬起來：「誰是摩訶大人？」

「摩訶大人是百越之王，請妳立刻跟我們走。」

百越之王？雖然不明白什麼叫百越，但就是頭領的意思吧？見面也好，她求之不得，不能等到明天早上，她可以想像，明天早上，男性族人會被送去收集精子，然後被改造身體，女性族人會被從陰道注入精子，成為生產機器。

「母親」的命令已經注入禁區電腦和守護員的記憶立方體，但她兩者都不是，她是野生人類的一分子，她關心野生人類，雖然守護員的記憶立方體在她頭顱中，但並沒改變她的靈魂。

那位摩訶大人也是野生人類吧？比起電腦，他應該更容易溝通才是。

主意已定，她一骨碌爬起來，在兩名高大的改造人面前挺直身體：「勞煩你們，帶我去見摩訶大人。」

他們走向門口，還沒睡覺的族人紛紛注視他們。

大長老柔光站起來：「火母，妳需要我嗎？」

白眼魚—火母朝她微笑搖頭：「不了，大長老請休息，別累壞了。」

灰蛙大剌剌地走向他們：「我也要去。」

兩名年輕改造人打量她赤裸的灰綠色身體，不禁臉紅，但語氣依舊強硬：「摩訶大人只要見一個人！」

白眼魚—火母朝灰蛙搖搖頭，示意她聽從他們的話：「我去去就回來。」

灰蛙不甘心地要跟上，被改造人的金屬臂擋住，待他們步出大堂後，馬上將大門反鎖。

白眼魚—火母回頭望了眼反鎖的門。

族人皆是甕中之鱉，他們逃不了，即使逃得出去，也難以在陌生的外界生存。

她不禁回想，當初毀掉天頂是衝動的決定嗎？是唯一能制伏黑毛鬼的方法嗎？抑或，其實這是她心底深處不敢承認的念頭——讓天縫族人離開岩石圍牆，踏進祖先的光明之地？

不管是她或族人，都沒有回頭路，只有繼續向前走。

兩名改造人手執不知何種素材的發光棒，在黑夜中轉過幾座廢墟，來到一棟比較完整的方形大樓，顯然經過整修，整棟抹上白灰，形狀方方正正，極力強調純樸。

待他們踏入建築，白眼魚—火母立時忍不住抽吸一口氣，建築物的內部彷如神殿那般莊嚴，挑高的天花板和淡黃的燈光，四周有平行分布的高台，每個上面皆站著人形的機械，彷彿一尊尊神祇。

而正中央的牆上聳立著一副沒有頭的機械身軀，看起來個子嬌小，像個小孩站立在神壇上。

奇特的是，殿堂中擺著一部戰車。

兩名半機器人朝著戰車的方向，恭敬的說：「摩訶大人，禁區守護員帶來了。」

但她四處尋找，並沒看見摩訶的身影。

「好年輕、好白的小姐。」一把蒼老的聲音赫然響起，白眼魚──火母驚奇地搜尋，當她發現摩訶就正在她面前時，頓時大受震撼。

摩訶的人類身軀被埋沒在一堆機械之間，龐大的機械部件包圍著一個老人的小頭，整部身軀儼然就像一部巨型戰車。

那部戰車就是摩訶。

第八章

飛蜥營

勇者憤怒，抽刃向更強者；
怯者憤怒，卻抽刃向更弱者。

●● 魯迅《華蓋集》●●

遙控器

「出來！」生化人在飛行巡艇外面叫囂，「奉黑色大神之令，你立刻出來！」

潘曲不理會她們，繼續端詳手中的相片——躲在相框內層的第二張相片。

他不知道生化人用了什麼手法，竟能令飛行巡艇無法起飛。

也難怪，他在地底待了這麼多天，有足夠時間讓她們在飛行巡艇動手腳了。

噢不，說不定不是生化人，而是黑色大神濕婆幹的呢。

飛行巡艇曾經在濕婆手上，濕婆既然有辦法修復他的生化軀體，相信也不難改造飛行巡艇，說不定還比修復生化軀體來得簡單呢。

他從眼角望到，另外兩名生化人各自從不同的街道角落現身，邁步跑過來了，從臉孔和衣服來看，其中一名應該是左拉。

四名生化人都是女性外觀，只有兩種臉孔。他猜想這裡頭應該沒有那種只有五年壽命的低級生化人，像他之前連袂同行的紫色１２０就是能活上兩百年左右的款式，這些追蹤他的至少活了四十年，說不定也跟紫色系生化人差不多。

兩種臉孔，代表兩個系列。

其中一種臉孔，就是相片中跟法地瑪合照的女人的臉孔，也是橘色００的臉孔。

潘曲微嘆了一口氣：我們以臉孔來辨識人，而臉孔竟是如此虛幻之物。

飛行巡艇的透明罩十分堅硬，她們要是能破壞的話，應該早就做了。

潘曲將相片舉起讓她們注意，然後用手按在透明罩上，讓外面的生化人看見。

她們停止喊叫，好奇地貼過來看，看見相片中竟是同伴的臉孔，不過年紀比較大：「這人是誰?!」

潘曲指著其中一名生化人：「妳的原型。」

「胡說！」那名生化人臉色蒼白，後退了兩步。

潘曲靠近透明罩，讓她聽清楚：「妳是橘色系列的嗎？我猜妳是，因為我認識橘色00，妳知道橘色00是什麼意思吧？」

00就是型號中的第一個。

潘曲從衣服內拉出掛在頸上的記憶立方體：「這個就是橘色00！這就是她唯一剩下的！」

兩名橘色型號的生化人動容了：「你對她做了什麼？為何會有她的記憶立方體？」

「她被清潔隊回收了，立方體是我搶救下來的。」潘曲希望消除她們的敵意。

「別被他影響了！」左拉慌張地說，「黑色大神會知道的！」

潘曲從她們的眼中看到恐慌：「左拉，妳也有三十天的規定嗎？」

橘色系生化人正要說話，被左拉阻止：「別告訴他任何事！」

潘曲覺得左拉很吵，他決定冒一點耗損體力的險，對那位不停阻止同伴的生化人來一點「流出」，他曾對紫色120這麼做過，很有效。

於是，潘曲將大量資訊如暴流般灌入左拉的記憶立方體，左拉頓感暈眩，雙腿軟倒，一時說不出話來。

完成之後，潘曲自己也疲勞地喘氣：「好了，她安靜下來了，告訴我吧，妳們也有三十天規定嗎？」

其餘三名生化人驚怕地望著她們倒地的首領：「是你做的嗎？」

潘曲點點頭：「我只是讓她安靜，沒傷她性命，」潘曲虛張聲勢，「黑色大神放置了兩枚晶片在我身上，都已經失去效用了！我不害怕黑色大神了！」

三名生化人不敢置信地望著他：說不定他有著她們無法理解的力量！

「如果你們願意讓我離開，我就能幫你們取出晶片，妳們就不會再受濕婆威脅了。」

「不！黑色大神並沒有威脅我們，」一名生化人大喊，「祂把我們從地球聯邦解放了！祂拯救了我們！這世間沒有其他神！祂是唯一的神！」

潘曲無法說服她，只好直接對她「流出」，她當場暈眩倒地。

潘曲已經盡量試著保留體力，但依然臉色發青，有點感到頭暈噁心。

現在剩下兩名橘色系生化人了。

她們驚恐地看著兩名同伴倒地後，一名衝向左拉，從她身上取出一樣東西指向飛行巡艇：「你再不出來，我只要一按，飛行巡艇就會爆炸！」

潘曲鬆了口氣，至少現在他知道目標是什麼了。

「流出！」他不再客氣，也不再被橘色系生化人的臉孔所迷惑。

霎時間，兩名橘色系生化人倒地，而潘曲也臉色慘白。

他癱在駕駛座上，眼睜睜望著巡艇外頭，橘色系生化人手中的遙控器已脫手，在地面躺著，他只消打開透明罩，走出去拿起來，再把它分解……但他的神經細胞電解質嚴重失衡，以致連命令肌肉將手臂抬起都很困難。

潘曲仰首望著灰藍色的天空，然後半合雙目，凝視明光，想像陽光溫暖的能量從眉間進入，一道暖流流遍全身，灌進每一顆細胞，他必須儘快讓體力復甦，以免生化人比他更快復原！

此時此刻，他的感覺特別敏銳，他能感受到四位生化人掙扎的心緒產生擾動時空的微波，更詭異的是，有好幾個細微的心靈，正從四面八方慢慢靠近，他們似乎等待了好久，才敢從躲藏的地方踏出，抱著好奇、探索的心緒徐徐接近。

潘曲馬上警覺，繼續半閉著眼，試圖用心念勾畫出他們的輪廓，看見他們有高有矮，背部微駝，腿部微彎。

潘曲立時毛骨悚然，背脊發寒，他趕快睜開眼睛，但依然假裝昏睡，用眼角覷視外頭，頓時精神緊繃！

從街道的各個角落，零散的步出好幾個人，有男有女，清一色身披黑毛，外表很像黑毛鬼，但又不全然像黑毛鬼。黑毛鬼的背更駝、腿更曲，而且獠牙利爪，而這些人較像短毛版本的黑毛鬼。

那天晚上，飛行巡艇初抵此地時，那由他就告訴他賈賀烏峇有一個黑毛鬼巢穴，也還有人類存活，但不知眼前這些黑毛鬼是路過的呢？還是定居的呢？

他們的臉孔較寬，兩眼分得較開，像野獸般有更廣闊的視野，他們還沒張嘴，不知道有沒有利齒。

「怎麼辦？」情況很不妙，但身體仍未能自由活動，飛行巡艇也無法開動。

那些黑毛人蹲下來翻看生化人，探看她們的鼻息，她們想必也恐慌得很，她們在賈賀烏峇活動多日，尋找潘曲的蹤影，卻壓根兒沒見過這些生物的形跡，顯然是隱藏得很好。

可怕的是，有個黑毛生物撿起了遙控器，像小孩般好奇的在手上翻轉打量。潘曲心中生起極大恐懼，無法飛行的巡艇成了他的牢籠。

潘曲不知道那東西是否真的遙控器？是如何操作？有一個或兩個按鈕？在充滿未知的

情況下，他可能下一刻就被烈焰炸個粉碎。

此時最好的逃逸方法是空間跳躍，但暈眩頭痛的他真的無能為力。

正在左右為難之際，黑毛人之間出現了一個白皮膚的女人，身上披著破爛的布絮，散亂的白髮紮成一束，深邃的眼窩和臃腫的眼袋，嚴重彎曲的背部和雙腿充分說明了她艱困的生活，但無庸置疑的是，她是人類！

這白女人一出現，黑毛人馬上讓路給她，顯得十分恭敬。

她步伐蹣跚，看起來年紀很大了，見到躺在地面的生化人，她先用腳尖推了推，才低下身去，翻過生化人的腦袋瓜，審視她的後頸，隨即輕蔑地把頭推開，再去檢查另一名生化人。

檢查完之後，她舉手敲飛行巡艇的透明罩，要喚醒潘曲。

潘曲無法再偽裝，只好掙扎著挺起上半身。

那老女人指著地面的生化人，口中竟吐出聯邦語：「你是人嗎？」大概是太久沒跟人說話，語調有些生硬。

潘曲頭痛得很，但依然極力控制呼吸，讓呼吸緩慢，也繼續爭取時間，想要讓暖流流遍全身。

老女人見他不回答，便指著地上的生化人：「她們是低賤的生化人，你呢？你是不是人？」

潘曲困惑了：莫非這女人是聯邦公民？而且在四十年前地球聯邦崩潰、黑毛鬼的入侵中活了下來？

幾個黑毛人觸摸生化人，對老女人吱吱喳喳，興奮地指向生化人，老女人叱道：「不能吃，她們的肉有毒的！」

「叫他放下手上的東西。」潘曲對她說話，然後指指拿著遙控器的黑毛人，「那個。」

「為什麼？」

「很可能會爆炸，把妳我都炸死。」

老女人哼了一聲，吩咐那黑毛人把遙控器交給她：「你們是什麼人？為何會回來賈賀烏峇？」

「妳呢？妳又為什麼在賈賀烏峇？」

「我從來不曾離開。」

潘曲驚奇地望著她：「妳沒被黑毛鬼吃掉？」

老女人的眼睛發出光芒，左右轉頭環顧身邊的黑毛人：「他們都是我的子孫。」

蜥語

「不可能，首先我就絕對反對！」飛蜥營營長叫嚷道。

在他面前的是御龍衛士劉累，正企圖說服他允許鐵臂登上龍背：「昨天的情形，大家都看見了，很顯然他是個特別的人，飛蜥特別願意親近他，就讓我試試看如果他在龍背會怎樣吧，何況他也乘坐過飛蜥。」

「如果被三聖知道，我會被革職的！」

「如果三聖答應，那就沒問題了吧？」劉累十分堅持。

「衛士，」營長壓低聲音，「我好心勸你，雖然你是最好的御龍者，但還是小心別越級，你的衛士長不會喜歡的。」

劉來大步走出營長的棚子，懊惱地在飛蜥營中閒逛，他心中有個計畫，他個人覺得很了不起，但很難跟別人解釋，所以需要用實際來證明——他要讓鐵臂御龍。

昨天的那場意外中，他很清楚發生了什麼事，連那隻墜落的飛蜥的御者都不瞭解，因為那人沒跟飛蜥交心，只想驅使飛蜥、控制飛蜥。飛蜥雖是爬行類，也有一顆敏感的心，不喜歡被強硬的命令，何況是命令牠飛去沒有上升氣流的無風帶？

是的，飛蜥知道，劉來也知道，但顯然那位御者並沒察覺，所以才會造成墜落的危險。這就是為何劉來是最好的御龍衛士——他把飛蜥當成同伴而非坐騎。

問題是，鐵臂為何衝向墜落的飛蜥？在飛蜥重新飛起之前，鐵臂又為何舉起手臂？他是否做了什麼事？

「至少，」他又回身走向營長，「請你允許一件事，讓他休息，好讓我跟他談談。」

「呵，我允許，」營長滑頭地瞇瞇眼，「不過你得看蠻娘許不許？」蠻娘雖是奴隸，可她的兇悍，連營長也要讓她三分。

令劉來驚奇的是，今天鐵臂不再挑糞，而是在飛蜥的棚下為昨天墜落的飛蜥清潔身體，那隻飛蜥似乎在跟鐵臂說話，一下子嘶嘶聲，一下又像嬰兒的牙牙聲，一下又發出低沉的抖喉音，劉來從來沒見過飛蜥如此熱烈地「說話」，但鐵臂始終沒出聲。

蠻娘雙臂交叉在胸前，站在棚外觀看鐵臂工作，劉來走向她，她馬上恭順地行個禮，這是奴隸的基本禮節。

「他升級了嗎？」劉來向蠻娘搭訕。

蠻娘只是點點頭。

「他在跟飛蜥說話呢。」

「不，」巒娘搖頭，「是飛蜥在對他說話。」

但根據劉累常年跟飛蜥相處的經驗，鐵臂雖然沒開口，但的確是在跟飛蜥對話。

「其他飛蜥也親近他嗎？」

「還沒試過。」

「我可以跟他說話嗎？」

「你似乎對他挺有興趣的。」巒娘轉過頭來，雙眼像要看透劉累。

「妳也是啊。」劉累促狹笑道。

巒娘沉默了一陣，才說：「只要別打擾到他工作。」

「沒問題。」劉累馬上走向鐵臂。

飛蜥見劉累過來，便朝他嘶了一口氣，劉累輕柔地摸摸飛蜥鼻子，飛蜥則受用地甩擺長尾，所有飛蜥都不討厭劉累。

劉累站在離鐵臂一公尺之處，不影響他工作：「我問過營長和巒娘了，要來請教一些事。」

鐵臂正細心地在飛蜥的鱗片之間挑走寄生蟲：「什麼叫請教？」他聲量小小的，以免刺激飛蜥。

「就是想問你一些我不知道的事啦。」

「好。」鐵臂沒看劉累，專心地挑蟲，挑到就扔到身邊的桶子裡，桶中裝了混了很多草灰的水。

「你懂飛蜥，你會跟牠說話嗎？」

「大部分時間是牠跟我說話。比如這個，」鐵臂出示他抓到的蟲子，強韌的六隻小腳會緊抓著鱗片縫隙，細長有倒勾的尖刺插入皮下吸血，「是飛蜥告訴我的，牠們老覺得痕癢難受。」

「難怪！」劉累恍然大悟，「噗噗有時候會找泥沙翻滾，看來很不舒服呢。」

「牠還說，不想再被那個人騎在牠背上了。」

「這個請你別到處說，有人會討厭你的。」劉累走近鐵臂，「我倒想問你，這隻飛蜥，最後為什麼能飛起來？沒錯有一道上升氣流，但不會在這麼低的地形出現。」

「上升氣流？」鐵臂斟酌了一下首次聽到的名詞，「哦，我明白你的意思了，牠說要有風，沒風就跌死了，所以……」鐵臂察覺不妥，忽然不說了，繼續找蟲。

劉累轉移話題：「飛蜥怎麼跟你說話？」

鐵臂聳聳肩：「我就大概猜中的。」

再這樣下去，也問不出個所以然，所以劉累直接問了：「如果給你騎飛蜥，你辦得到嗎？」

鐵臂眼神一亮：「上天空？」

「上天空。」劉累說：「不過我是不能決定的。」

「誰可以決定？」

「你想要嗎？」

「想。」鐵臂躍躍欲試，像個想要獲得糖果的小孩般。

「聽好，天空是很高的，你不能怕高的，而且一不小心惹得飛蜥不高興，也可能摔死的。」

鐵臂不想告訴劉累，其實他曾經乘著飛行巡艇，在天空中旅行過很長時間：「不騙你，其實牠想叫我騎上去。」他輕拍飛蜥。

劉累相信他說的話。

飛蜥是蓬萊國特別的產物，是他們要悉心訓練的戰隊，劉累的希望是尋找好的御龍者，但蓬萊的衛士們雖然經過精挑細選，依然缺乏好的御者，最主要的原因是他們對爬行動物打從骨子即有的輕視，只想操縱牠，而不當牠是同生共死的伙伴。

在天空中，瞬間決定生死，沒有同伴的概念是極危險的。

他看出鐵臂的潛質，認為他有改進御龍隊的力量，但最大的問題是，必須說服長官使用奴隸。

「萬一奴隸騎了飛蜥逃走怎麼辦？」他預期會被如此質問。

如果鐵臂不是地位最低下的奴隸就好了。

其實，飛蜥營並沒成立很多年，至少劉累孩童時還沒聽說過巨大的蜥蜴，飛蜥營最初建立時，牠們也尚未巨大得能騎人，翅膜仍不足以騰空滑翔。

回想起來，這一切似乎都是三聖弄出來的。

長生不老的三聖，每年都會不定期面對蓬萊的人民，他們永遠是七歲小孩的樣貌，從他爺爺那一代就沒變過。大人們傳說，蓬萊國以前不叫蓬萊，而是屬於一個稱為「地球聯邦」的超級大國，但地球聯邦是如何變成蓬萊的，沒有一個大人講得清楚。

大人們從小就訓誡他：「蓬萊怎麼說，你就怎麼說，蓬萊怎麼想，你就怎麼想。服從是最大的德行，有自己的想法是不道德的，萬一不慎產生跟蓬萊不同的意見，也一定要吞下去，忘個精光。」

他留意到從聖殿送出來的蜥蜴，體型一年比一年大，但沒人質疑，沒人提出疑問。三聖的聖殿裡面必有古怪，那位名叫鐵臂的奴隸兩度進出，出來時都煥然一新，不知在裡頭經歷了什麼？但只有親近三聖的衛士才能進出聖殿，他身為御龍衛士是不允許的，也絕對無法探出口風的。

「我要面見三聖，提出我的想法。」他下了決心，「只要提出這個理由，他們必定會考慮的。」飛蜥隊是為了戰爭而成立的，他心裡很清楚，所以最好的理由就是加強飛蜥的戰力了。

一個可以跟飛蜥交心的御龍者，肯定能令戰力增加好幾倍。

飛蜥只有在長官出勤時才能使用，劉累要去聖城是用走路的，一趟也要用上整個小時的路程，途中要經過大毀滅留下的大片廢墟。

他走路穿過古老的道路，鋪路的柏油碎裂得坑坑洞洞，他穿過充滿雜草和瓦礫的廢墟，心中盤算如何向衛士長提議，如果真能見到三聖，又該用什麼說辭，他先打好腹稿，擬好重點，屆時可立即派上用場。

正思索間，對面走來一個人影，劉累馬上警戒，將手按在雷射槍的槍把上。

這條古道常有衛士巡邏，掃除野生動物，但這人影的步伐詭異，沒有正常人行路的左右搖晃，倒像在飄移。

那人逐漸走近，他頭上蓋著斗篷，全身像包裹在隆起的厚袍中，但袍子外表的光澤不像布料，倒像是皮肉。劉累假裝不看他，等他經過身邊，再回頭……

回頭時，劉累只覺眼前忽然一片強光，但溫柔不刺眼，腦子裡忽然十分寧靜，比熟睡還來得安心。

他似乎做了一個長夢，但夢中只有白幕，沒有劇情，當他回過神時，依然在古道上慢慢行走，手也沒按在槍上。他記得剛才有個人迎面而來，但他前後觀看都沒見著人影，只有風吹雜草、蚱蜢跳躍的聲音。

劉累困惑了一陣，遂加快腳步，心中憶起媽媽說過的遠古故事，說在古道上有人群喧嘩卻不見人影，說有人在荒野叫喚名字時不能回答對方……

他不知道，剛才那一瞬間，他的記憶已經被攫取了一些。

被攫取的，是所有跟鐵臂有關的接觸、對談、想法，以及他剛剛在心中草擬要求讓鐵臂騎龍的提案。

摩訶

偌大莊嚴的殿堂中，蒼老的半機器人摩訶，身體經過多次改造、疊加，已經成為一部巨大戰車。

「幸會呀，禁區守護員，」摩訶朝白眼魚—火母頷首道，「我是百越之王，摩訶大人，在此向妳致敬。」雖然聲音沙啞，但蒼勁有力，「我找你們好久了，從年輕找到現在，有沒有四十年？瞧，我都老了，妳可還年輕貌美呢。」

白眼魚—火母正色道：「每個禁區都有各自的任務，為什麼要把我們的族人帶過來呢？」

「任務？那是地球聯邦的事，當聯邦不再能夠約束禁區時，我們就立刻回到大毀滅前的時代，生存競爭就開始了。」摩訶說，「國家併吞國家，奪取物資、技術和人民，這是古代的人類記錄的真實歷史。」

「這並不是母親的用意。」

「我不浪費時間跟妳談判，我不談判。」摩訶冷冷地說著，忽然發現白眼魚身上的皮囊，「妳身上帶了什麼？你們沒檢查嗎？」他問白眼魚—火母身邊的兩名改造人。

他們立刻把皮囊搶過來，查看裡頭，只看到一些乾癟的昆蟲、蜥蜴，以及小漿果。在倒出這些東西的同時，他們驚奇地說：「是人皮呢！」

摩訶定睛看清楚了，問：「怎麼回事？告訴我。」

白眼魚—火母驕傲地說：「這是我們大長老的皮囊，是我們尊敬的先人，」她在戰車的牢籠中時，也曾不停向土子祈禱，但土子都沒再現身，她好希望土子再幫助她，幫助族人逃走，她加大聲量：「這是我們尊敬先人的方式，我們很多族人都有一個先人的皮囊。」

土子依舊沒現身。

難道一旦離開天縫，土子就不在了嗎？土子還留在天縫嗎？

摩訶嗤鼻冷笑了一下，移動巨型戰車的履帶，在地面迴轉，讓他面對擺放在殿堂主神壇的那副孩童機械身軀：「那麼，你應該要覺得很光榮，被我邀請來這個神聖的殿堂，被我們的歷代先驅們圍繞。」

白眼魚—火母放眼四望，那些神祇都是機械軀體，曾經使用它的人、裡頭的有機物都已被剝除清理，其實意義上跟土子的皮囊沒兩樣。

「我介紹你認識我們的神，前面這三尊是我們最主要的神。」

帶白眼魚—火母來的兩名改造人指向正前方的小孩機械身軀，要她仰望。

「大毀滅後的人類全都躲去地底庇護所，百年之後，第一個踏出庇護所的就是他，他名叫『亞當』，是我們的始祖之神。」摩訶崇敬地說，「妳明白了嗎？最初探索浩劫後世界的，不是人類，而是我們改造人！這就是神的旨意！」

白眼魚—火母無言，等他說下去，她想知道他的想法。

「右邊那尊，名叫SX－安德魯，是英雄之神，」泛著銀白亮澤的金屬身軀，說明它常被抹油保養，「沒有他的犧牲，沒有他的嘗試，我類不會壯大，我類不會偉大，妳知道嗎？他是被人類凌遲而死的，一邊被一段段解體，一邊慢慢斷氣的！他為我們犧牲了有形的身體，換來人類身體不朽的救贖！」

白眼魚—火母從來沒聽說過這些故事。

「左邊那尊，」摩訶似乎感動得快要哽咽了，「是最終極的機械身軀。」

那具身體看來是缺了頭的男人軀體，被放在有玻璃門的鐵箱中，玻璃門上結了白霜，簡單來說就是冰箱。如果從冰箱取出，會看見它下體沒有性器官，頸部有許多接口，連接上背部的裂口，露出體內精細的電路結構。

白眼魚—火母問：「這也是機器嗎？」

「外層是仿生的肌肉和皮膚組織，跟生化人守護員的相同，跟妳一樣呀。」

「我不是生化人，我是真正的人。」看來禁區電腦深海並沒、或還沒，把得來的資訊告訴禁區的統治者。

摩訶有些感到意外：「妳不是守護員嗎？」

「原本的守護員損壞了，我是被訓練出來的守護員。」

摩訶想了一想，冷冷地說：「證明給我看，脫衣。」

在天縫下袒露身體是很平常的事，因為所有族人從生到死都封閉在同一個小空間中，但要在陌生人面前裸露，白眼魚—火母的身體當場僵硬了。

她沒法像灰蛙那樣，驕傲地裸體走動。

「妳要知道，我之所以要見妳，因為守護員是聯邦最後的連繫，可以告訴我禁區的資料，然後妳就失去價值了。」只有面對過太多死亡的人才會有如此冷峻的語氣，「妳知道嗎？在地球聯邦，生化人是低等的人類仿冒品，她們甚至不算是生命。」摩訶的戰車軀體伸出一枝槍指著她：「所以，給我一個不需要毀掉妳的理由吧。」

白眼魚—火母乖乖褪下身上的薄衣，露出白嫩的身體。

「給我看妳的下面。」摩訶把槍揮了揮，「生化人是沒有陰部的。」

白眼魚—火母屈辱地渾身發燙，她半躺身子，打開兩腿，讓摩訶和其他兩名改造人觀看，待他們滿意後，便趕緊穿回衣服。

「可惜呀，」摩訶嘆口氣，「我的下半身早在十多歲就改造了，否則一定要跟妳自然交配。」

白眼魚—火母抖著聲音說：「我們天縫的族人，要正式婚配才能交配的。」

「你們的禁區叫天縫嗎？」摩訶吃吃笑道：「我不在乎你們的禁區叫什麼，都過去了，你們都是百越人了，要服從百越的規矩，要敬拜百越的神祇，要生百越的孩子。」

白眼魚—火母渾身顫抖，即使面對黑毛鬼或巴蜀的死亡威脅時，她都沒真正地害怕過，總是會想辦法解除當前的困境。但是，眼前的不是生命威脅，而是面對失去可貴的自由，身體的自由和心靈的自由，即使存有生命，生命也失去了意義。

她想像不到未來，甚至不希望明天到來，完全的絕望令她真正地恐懼。

「告訴妳，這兩個就是我兒子，狼軍和飛符，」摩訶兩側的半機器人對她點頭示意，「他們的媽媽，一年幫我生一個，兩年前剛死了，我本來沒想找下一個女人了，但看到妳之後，我改變主意了。」

「我不會……」

「妳應該要很榮幸被大人選上！」擁有四條機械腿的狼軍說，「每個女人都要獻出她的子宮，為百越生養百越，其他女人沒妳幸福啦！」

「我只為一個人生孩子！我發過誓的！我只為一個人！」

「哦，是誰？」摩訶不懷好意地說，「明天就先把他改造，讓他的精子絕種。」

「你找不到他的，他早就離開天縫，在外面的世界探險！」白眼魚心情激動，她的意識壓過了火母的意識，「他是個很厲害的人，他憑一雙真正的人類手臂就能將夜光蟲拖過樹海，餵飽一族人，不像你們這些懦夫！要改造自己的身體才有自信，還要借用機械來欺負人！甚至連交配的能力都沒有！」

奇怪的是，罵過了之後，恐懼霎然消失了，她再度覓回了勇氣。

兩側的半機器人臉色變得很難看，身上的機械手臂格格作響，似乎要將她撕裂，而摩訶饒有趣味地望著白眼魚，觀賞她忿怒的表情，對兩個兒子說：「你們看過有女人敢對我生氣的嗎？」

「別說女人，男人也不敢。」飛符回道。

「可不是？我更喜歡她了，」摩訶表情一派輕鬆，「帶她回去，讓她休息吧，健康的女人才能生下健康的小孩，瞧你們的媽媽，最後生的幾個都太弱了。」

兩人正欲上前扶白眼魚—火母，她一把推開對方的機械手臂，對摩訶說：「你還沒說完，如果生化人是低賤的生物，你們的第三尊神有著跟生化人一樣的軀體，為什麼卻比生化人尊貴？」

摩訶移動戰車履帶，面對殿堂左側的冷凍箱，以膜拜的心情仰望裡頭的生化軀體：「我說過，他是最完美的終極形態，而生化人只是不完美的消耗品。他是奧米加，奧米加就是終極，是我們最終的目標，神的名字叫奧米加 6-6，是神族中的一員。」

白眼魚—火母盯住那具生化軀體：「你的神不只一個？」

「聽說有八個哦。」狼軍興奮地笑道，「前幾年還差點逮到另一個。」

「住口！」摩訶厲聲呵責，狼軍立刻噤聲。他正色道：「剛才被妳的美貌吸引了，我差點忘了問妳，我們禁區的守護員是不是跑到你們禁區了？」

「我不認識你們的守護員。」

摩訶緊盯住她的臉，試圖尋找說謊的痕跡。

「可是，當初她最後消失的地點，就在妳的禁區。」

「我們是一個隱藏在地底的禁區，外面偵測不到，所以雖然外面有黑毛鬼，但一直沒能對我們造成傷害。」白眼魚—火母無懼的望著他，「你的守護員，說不定被黑毛鬼吃了。」

從對話的軌跡中，白眼魚—火母拼湊出輪廓：他們想成為終極的生化機器人，但少了守護員的知識和技術，他們無法達成目標。所以他們要找到更多的奧米加（管他是什麼意思），還需要紫色 120 幫忙，才能完成目標。

「你們不怕黑毛鬼嗎？」白眼魚—火母試探道。

「妳說的黑毛鬼，是那種毛茸茸的蟲子嗎？」飛符握起巨大的合金拳頭，不屑的應道，「那種東西，我們隨便就砸爛了。」

「原來如此，你們還有什麼想問我的嗎？」

「好好休息，」摩訶對她說，「要保持健康地受孕哦。」
白眼魚—火母被送回去後，大長老柔光馬上過來關心：「他們說了什麼？」
她沮喪地搖頭，不想回答。
她不想打擾族人舒服的休息，免得令他們在難得的安睡中，再次墜入惡夢。
「大長老，去睡吧。」白眼魚—火母說，「大家有精神了再說。」
她回到剛才的角落，蜷縮著身子躺下。
等到族人的打呼聲響起，大堂中一片靜謐了，她才放鬆精神。
這一放鬆，肌肉竟開始自動發抖，全身發冷得起雞皮疙瘩。
恐懼根本沒有消失，只是被她用意志力壓抑了，一旦放鬆，恐懼又佔上風了。
憂慮著族人的命運，此時此刻，她只希望早晨不要來臨。

老女人

原本是救命的、保護他的飛行巡艇，此刻反而成了囚困潘曲的牢籠。
一群長著粗黑剛毛的人包圍著飛行巡艇四周，又不盡然像黑毛鬼，還服從一個滿頭白髮的老女人。
使用多次「流出」的他，依然暈眩不已，否則他會嘗試用空間跳躍逃走。
「他們都是我的子孫。」老女人的話令他震驚。
這表示她曾經跟兇殘撕裂獵物的黑毛鬼交配嗎？
人類已經跟黑毛鬼混血了嗎？

不，嚴格來說，黑毛鬼也算是人類，他記得曾經跟紫色１２０的交談中提及。

潘曲覺得背脊一片沁涼：新的時代來臨了！瑪利亞建構的人類藍圖，隨著祂的逝去而實現了！

他看出來了，他看出來了，瑪利亞不愧是神！

在這狹小的空間中，他赫然洞悉了瑪利亞的布局，領悟了一個大道理！

地球聯邦的禁區，就是一盤全球博弈布局圖，一百四十四個禁區的設計在他腦中浮現，他在瑪利亞的資料庫看過。

聯邦公民在統計計算下嚴格控制比例，但禁區做為演化的實驗場，野生人類允許自由交配。

除了一般野生人類的禁區外，尚有特殊禁區，如東亞沿海ＳＺ４６的改造人，喜馬拉雅雪山Ｈｉ５４的奧米加原型，最近才知道的ＣＫ２１地底原始人類基因庫等等，全都被互相隔離，互不混雜，天知道瑪利亞還設計了多少種版本的「實驗人類」。

或許瑪利亞相信總有一種人類會脫穎而出，在自然淘汰中獲勝，延續人類這支物種。

但生命從來不是乖孩子，而是冒險犯難的賭徒。

祂可曾預料地球聯邦會崩潰？可曾預料禁區會各自立國？可曾相信黑毛鬼竟然不吃人，還跟人類的女性交配生子，這需要多少的或然率才會發生？

潘曲望著巡艇外頭的老女人，將雙手舉起表示沒有武器：「我馬上就要離開的，不過要妳給我手上的東西，我的飛船才能飛起來。」

「你是人類嗎？」老女人不置可否，厲聲問他。

他該如何回答呢？他是，但人類的部件只剩下頭和脊髓了。

「我是人類，但我的身體不是。」

老女人嗤道：「我還以為終於看到外面來的人類了。」她四周的子孫們對她喋喋不休，她不耐煩地回他們：「也是不能吃的，不能吃。」

「你們也吃人嗎？」潘曲問老女人，「賈賀烏峇應該沒人類了，食物工廠也沒了，你們平常吃什麼？」

「他們會出去捕食的。」老女人咧嘴笑道，露出所剩無幾的黃牙，看來對人肉的味道也不陌生。

「不，妳不可能。」

「不可能什麼？」

「地球聯邦的女性公民都要被拿掉卵泡，不能生育的。」

老女人緘默半晌，才靦腆地說：「當時，法定停經日還沒到。」雖然是四十年前的往事，她的語氣依然帶著羞澀。

潘曲更為震驚了。

「法定停經日」被視為女性公民的第二個生日，因為當天她們的卵泡會被抽取，歸為聯邦財產後，她們就重生了。

至於何時是停經日，通常在初潮來到後的第三、四年，依照地球人口研究中心的一套公式計算決定。也就是說，她當時可能只有十四、五歲！

「等等！」老女人有些生氣，「我先問你問題的，你還沒回答我，你們是什麼人，幾十年來，我都沒看到有人回來，你們為什麼回來？」

「我只是路過而已。」

「別騙我！這些生化人一定是來追蹤或者要逮捕你的，雖然不知道你用了什麼手法，但剛才我躲在角落看得清清楚楚，他們一個一個倒下去，你肯定是用了什麼手法。」

「妳躲在角落看了很久，那妳一定也看到她們是何時來到的吧？」

「我看到了，她們跟你一樣坐這部機器來的。」老婦人忽然氣急敗壞，「明明是我在問你的，怎麼又變成你問我了？」

潘曲留意到她說話有些生澀，用詞也很簡單，或許不習慣跟人說話：「妳很久沒說過聯邦語了吧？」

聽了這句話，老女人眼眶忽然濕了。

她真的好久沒見過人類了。

「妳要我帶妳離開這裡嗎？」

老女人哀傷地說：「還有我能去的地方嗎？」

四十年間，他拜訪過亞洲的許多禁區，有的已成廢墟，有的陷入完全絕望的境地，在此消彼長之下，存活的禁區越來越少。

尤其令他心有餘悸的，幾年前拜訪百越國時，差點被他們設陷阱抓住。他拜訪過百越好幾次，以為雙方關係不錯，也不知為何想抓他，自從那次之後，他再也不接近百越了。

或許，老女人能去和平安詳的禁區Ｈｉ５４「雪浪」，或是沒列入聯邦監視的禁區名單的野生人類殘餘棲地，他在這四十年間探勘才知悉的，例如某個東邊河口沙洲上的小漁村ＺＺ８９「吳口」，或南方深山密林中有澗溪流過的隱密小村Ｈｍ０１「苗寨」。

「外面的世界變化大乎妳的想像，不過我相信還是有妳能夠去的地方。」

老女人環顧她周圍的子孫們，他們似乎在聆聽兩人的對話，但無法聽懂他們在說什麼。

「法定停經日還沒到的人，不只我一個，但她們都死了，我看我的時日也不多了。」老女人說，「我也不懂為什麼，當年黑毛鬼沒吃我們，反而……然後還給我們吃東西。」說著說著，她陷入了沉思。

「那時候……有幾隻黑毛鬼？」

「兩隻吧……我想。」

「這些都是他們的子孫嗎？」

老女人點點頭。

潘曲嘆了口氣：「我來這裡，是為了找東西。」

「找到了嗎？」

「找到了。」潘曲拿出相片，貼在透明罩上給老女人看。

老女人湊近看了，眼中出現光彩般水波蕩漾：「這些人，我好像很久以前看過呢。」

潘曲覺得頭沒那麼暈了，他打起精神，按下按鈕，讓飛行巡艇的透明罩升起，他緩緩踏出來，把照片放到老女人手上，讓她仔細觀看，而老女人也把遙控器交到他手上。

四周的黑毛人吱吱喳喳，貼近老女人，好奇地爭著要看照片，也有的靠近潘曲，嗅嗅他身上的氣味。

潘曲研究手上的遙控器，看起來就像一根平滑的棍子，沒有按鈕，也沒有任何記號。不得已，他只好蹲到一位橘色系生化人的身邊，她眼神恐慌地望著潘曲，四肢掙扎著想要移動，但軟弱無力。

「告訴我，怎樣用這個東西？」潘曲在她面前搖動遙控器，她只能微微搖頭，眼神望向她們的首領左拉，表示只有她懂。

潘曲無奈，只好將她抱起，掛在肩膀上，向老女人說：「如果妳不想離開他們，那麼，妳要跟我上天空去看看這周圍的世界嗎？」

「我可以嗎？」老女人雙手微微顫抖，把照片交回給潘曲。

「不過要先麻煩妳告訴我，她們乘坐的飛行巡艇在哪裡？」

老女人帶他去停泊飛行巡艇的地方，果然有兩部巡艇，都笨拙的停在房屋邊，毫無隱蔽。潘曲利用那位生化人的內建編碼開啟飛行巡艇，再用自己的內建編碼覆蓋過去，這部飛行巡艇就只有他能啟動了。

潘曲把癱瘓的生化人搬回去，把四個生化人並排在一起之後，再把自己的（其實是紫色120的）飛行巡艇裡頭的旅程日誌全部刪除掉。

離開前，他對四個生化人說：「妳們報告給濕婆，說我死了就好了，隨便妳們怎麼說。」她們也是好不容易才在崩潰後的世界存活下來的，潘曲並不忍心下手毀掉她們。

登上橘色系生化人的飛行巡艇時，老女人落寞地望著他，抱著期待的眼神，又欲言又止。潘曲對老女人微笑伸手：「上來吧，我待會送妳回來，叫他們不必擔心。」

老女人怯生生地伸出手，在潘曲的扶持下登上飛行巡艇，臉上帶著小女孩般的興奮，回頭望望她的子孫們，說：「乖乖等我回家喔。」

飛行

幾天後，劉mark等一夥御龍衛士回飛蜥營做日常訓練，半路上就被眼前的景象愣住了。

他們還沒走到飛蜥營，遠遠便看見有隻飛蜥已經在空中飛翔。

「誰在練習了？」他們互相觀看，整夥人都在，按理還沒御龍衛士到達飛蜥營才是。有人質疑道：「還是有飛蜥逃脫了？」

御龍衛士都挑選眼力絕佳的人，雖然很遠，仍能看見飛蜥背上有人。「莫非是衛士長？」

飛蜥營的異狀令他們狐疑不已，由不得加快腳步，最後紛紛奔跑了起來。

接近飛蜥營時，他們聽到喧嘩聲，抬頭一看，飛蜥在空中做出前所未見的翻轉，飛蜥營中所有人皆興奮的高呼，如同看到精采演出的熱情觀眾。

他們看到奴隸們都沒在工作，全都抬頭看飛蜥在空中的高難度動作，而且連飛翔的飛蜥也在高興的發出格格聲。更奇特的是，他們的衛士長也在抬頭觀看，雙手交叉胸前，表情十分複雜，他激動得滿臉通紅，但眼神混雜了困惑和不甘心。

正要走向衛士長行禮時，劉累被飛蜥營的營長拉住，整張臉貼上他的臉龐：「你動作好快呀！那天你才剛說，第二天就收到三聖的命令，還是聖衛士長傳達的直接命令呢！」營長說得又急又快，「你是怎麼辦到的？長官這麼聽你的話嗎？」

劉累推開營長：「等等，你在說什麼？」

「鐵臂呀！那個新來的奴隸，你不是說要推薦他騎飛蜥嗎？」

劉累根本還沒機會見到衛士長，更別提面見三聖，他錯愕地說：「我不知道，我還沒……」

「你瞧他！」營長高指天空，「他真的很厲害！」

劉累發愣地望向天空：「那是鐵臂？」

「你真會識人！」營長用力拍劉累的肩膀。

劉累擺脫營長，跑向衛士長，只見一夥同僚們嫉妒的仰望。

衛士長呢喃說：「他很久沒下來了。」

「什麼意思？」劉累忙問。

「剛才跳上去之後，已經半個小時沒下來了。」

劉累也很震驚，不敢相信地直望空中的飛蜥和鐵臂。

他們如同在空中玩耍，任意飛翔，似乎完全不受氣流影響。

實際上，飛蜥無法飛行。

牠必須從高地奔下，或從平地躍上高空，乘著上升氣流滑翔，隨著氣流助力減弱，滑翔高度會越來越低，便只好著陸，再度助跑跳躍到高空。做為戰爭工具，飛蜥的滑翔方式是最大的弱點，一旦在戰場中降落，又來不及飛空，說不定飛蜥和御龍者都會雙雙沒命。

飛蜥能持續待在空中半個小時，是史無前例的事，他們花費好幾年做不到的事，鐵臂是如何在幾天內做到的？

是幾天嗎？

劉累在觀眾中找到蠻娘，跑過去問她：「是誰讓鐵臂騎飛蜥的？」

蠻娘被劉累突如其來的問題一驚，口吃地回道：「猴臉……」她眼神尷尬地低了一下頭，如今鐵臂受人崇仰，她不該再貶低他了，於是重新說道：「鐵臂，是三聖特別派他們身邊的『聖衛士長』來下令的，特別允許他去騎飛蜥。」

「太奇怪了。」劉累忍不住皺眉自言自語。

難道三聖也看出他的才能？或是……還有其他人向三聖建議？但營長、衛士長都不可能，他想不出還會有誰。這一切太不尋常，太不合理了。

鐵臂駕御的飛蜥，是真正的在「飛行」。

與其說鐵臂操縱飛蜥，不如說他倆是合作的夥伴。

「那隻是誰的飛蜥？」他再問蠻娘。

「不是你的，是那位下巴長長的。」說著，蠻娘又搖頭，「其實這幾天以來，他每一隻都騎過了。」

每隻飛蜥各有個性，每位御龍衛士都得花時間跟飛蜥磨合，而鐵臂竟能騎上每一隻？

而且，鐵臂的御龍技術很獨特，劉累一邊觀看，兩手一邊想像操縱的動作，但有些手法，他真的想像不出鐵臂是怎麼辦到的。

他看飛蜥向下俯衝，竟在地面十公尺高度才扭身升空，引來所有人的叫好，而御龍衛士們個個臉色發青，他們無法瞭解鐵臂的手法，飛蜥俯衝是個近乎自殺的動作，即使有強大的上升氣流，也根本沒人敢試，因為害怕氣流會驟然消失。

劉累覺得鐵臂很大膽，也很有把握，但他的自信是怎麼來的？

終於，飛蜥在空中回身，飛回山丘上的飛蜥營，牠優雅地順著氣流滑翔降落，彷彿空中有一條平順的道路，牠腳步輕盈地著地，減速時只輕跑幾步，就直接回到棲息的棚子。

在蠻娘的一聲令下，奴隸們馬上提水桶去給飛蜥喝飽，也有為飛蜥灑水降溫的，畢竟牠是變溫動物，體溫隨外界變化，太冷會自動休眠，太熱也會器官衰竭的。

御龍衛士長走近棚子，吩咐部下帶鐵臂過來，打算好好教導鐵臂服從他。

營長也走進棚子，想擺起架子喝令鐵臂，讓旁人曉得他才是飛蜥營的老大。

劉累不敢跨越長官，只能站在衛士長背後，等待機會向鐵臂請教。其他御龍衛士或驚嘆，或不甘被一個奴隸比下去的，心中只感到恥辱，全都沒了訓練的興致。

蠻娘刻意不看鐵臂，避開他灼熱的目光，高聲指揮奴隸們安頓那隻飛蜥。

鐵臂從飛蜥背上跳落地，臉上充滿了喜悅，他先喝了一大瓢水，無視眼前那幾位要找他說話的人，興沖沖地大步走向蠻娘，滿臉潮紅地問：「怎樣？」

蠻娘不理他：「快去搬食物過來。」

「怎樣？這樣的話，妳會讓我成為妳的男人嗎？」

「走開！猴臉！」蠻娘不客氣，「你太醜了！」

「好，」鐵臂依舊笑臉對她，「我去忙了。」

鐵臂離去時，蠻娘藉著轉頭的機會，偷覷了一眼他的背影。

御龍衛士長見鐵臂根本不理他，心中正要惱怒，眼角卻看到一個不該出現在此處的人，不禁發呆了一下：「聖衛士長！你怎麼會在這裡？」

一個氣宇非凡的高大男子從人群中走來，表情似笑非笑，圓滑世故的眼神似乎面對任何情況都游刃有餘：「嘿，馬山，你得了個生力軍呵。」

御龍衛士長恭敬地打哈哈：「感謝三聖，三聖眼光真好，這下子飛蜥要變天龍了。」

聖衛士長抬高鼻頭：「三聖傳令，從今天開始，這位奴隸成為你們御龍隊的訓練師，指導你們御龍。」

「三聖關心我們，實在太榮幸了，」御龍衛士長皮笑肉不笑，「那麼，我們要稱這奴隸作老師嗎？」

「奴隸就是奴隸，不必對他客氣的，」聖衛士長貼近耳朵，「他若想逃走，依舊用雷射大刀斬他兩半。」

御龍衛士長這才心裡舒坦了些：「不愧是聖衛士長，請幫我向三聖致敬。」

聖衛士長今天的任務完結了，他完成三聖所交代的傳令、監看鐵臂御龍、探察每個人的反應，準備動身回聖殿對三聖仔細報告了。

他跟一隊衛士經過飛蜥營時，看見蠻娘在指揮眾奴隸，雖然一身邋遢、舉止粗暴，卻把各奴隸的工作安排得井井有條，令他不禁止步觀察了一陣。依他多年察言觀色的能力，他很快注意到鐵臂老是偷看蠻娘，而蠻娘也曉得，時而刻意避開火熱的目光。

這一幕勾起了聖衛士長的記憶：這醜怪的奴隸是被流浪的前地球聯邦爪牙潘曲帶來的，潘曲跟幫忙掘墓的沙厄相識，說不定兩人都是爪牙，他小時候聽父母說過「清潔隊」的恐怖故事，這兩人很可能是清潔隊的。

重點是，這奴隸形貌半人半猿，據說是原始人類的活化石。

蓬萊國，對外宣傳是最幸福的國度，因為這兒的國民不需要工作。

宣傳是一種語言伎倆，廣告中沒說的是，只有國民不需要，而所有他們從附近村落和較弱的小國逮來的人都不算國民，被歸為奴隸，奴隸的子孫也是奴隸，因此蓬萊鼓勵奴隸生養，這樣一來，他們才能維持「最幸福的國度」。

如果這奴隸是原始人，說不定肌肉量較豐富，生長時間較短，是上佳的奴隸品種，於是三聖要取他的品種，所以派了女人去陪宿，沒想到他卻一個也不碰，還侮辱了三聖，於是被派去掘墓送死。

也不知是幸運還是命運，這原始人竟沒死成，還成功取得三聖花了幾年尋找的東西，也不知是什麼東西，但肯定跟那個隱藏在三聖背後的異人有關——那形體怪誕的異人總是令他毛骨悚然——異人還讓奴隸浸泡三聖的白色聖水……即使身為最親近三聖的衛士長，三聖也不會分享許多秘密，令他頗有挫折感。

話說回來，這野人看不上三聖賜給他的美麗奴隸，卻看上這個暴躁的母夜叉，何不順水人情，滿了他的願，也如了三聖的意？

聖衛士長會心一笑，召喚飛蜥營營長：「這位女奴隸很不錯。」

「是，是，」營長哈腰道：「她很有管理的才能。」

「她有配偶嗎？」

「呃，是，有的，送去掘墓時死了。」

聖衛士長點點頭：「把她跟御龍奴隸配對吧，今晚就安排他們睡在一塊。」

營長一時不知所措：「咦？太突然了，三聖會同意嗎？」

「區區奴隸的事，還要麻煩三聖嗎？」聖衛士長板起臉大聲說，「我堂堂聖衛士長不夠格決定奴隸的事嗎？」

「不敢！不敢！」營長大為惶恐，「我這就去安排！」便跑去對蠻娘說了。

蠻娘驚訝地望向聖衛士長，他只對蠻娘說了句：「今天送妳一個丈夫。」便頭也不回地走向飛蜥營入口，留下有口難言的蠻娘。

她轉頭看鐵臂，看他知否發生了什麼事，只見鐵臂也在發呆地直視她，蠻娘整張臉發紅得連耳朵也像著了火：「今晚嗎？」

剛才聖衛士長說話的聲音頗大的，周圍的每一位奴隸都聽見了，一時之間，飛蜥的棚下安靜無聲。

直到東海人爆出一聲：「恭喜呀！」飛蜥棚下頓時鼎沸起來，眾人歡呼喧鬧，恭喜鐵臂和蠻娘配對。

原本身體僵直的蠻娘，直視著鐵臂熱烈的眼神，然後呼了一口氣，才放鬆了身體。

·中場二·

蓬萊

雖然它們以陰晦之語寫下，然而當蒙昧被移除時，
含義將被明瞭，情況將更清晰。

●● 諾斯特拉達穆《百詩集·前言》[10] ●●

嬴政

嬴政三十九歲那年，秦人終於把東方諸國全部消滅。

這些國家，以前都看不起他們秦人，認為秦人是西邊來的野蠻人，尤其是東方諸國齊人、晉人、趙人、燕人等都認為他們才是繼承夏的文化中心，因為他們的老祖先打從還在用石器、陶器的時代就在該處定居了。

另一個長江以南的大國——楚人也覬覦東方諸國，想成為中原的中心。楚人也同樣被東方諸國看不起，然而說到底，這種蔑視只是一種無聊的自傲，驕傲就不會團結，容易逐一被擊破。

但是，秦人若想侵略東方，南方的楚人會從秦國後院趁虛而入，要佔領東方，必先消滅楚國這塊絆腳石，才得心安。

秦人使用長遠之計，先整理後院，征服居於群山包圍的巴蜀部落，包括平地的「蜀」和山地的「巴」，他們部落之間沒有強大的共主，征服不難。秦人在巴蜀整治河流灌溉，讓巴蜀成為提供軍糧的種植區，巴蜀也提供了跟西方貿易的路線，更西邊的國家都是騎戰高手，方便從他們那裡輸入馬匹和冶金技術。

經過幾代經營，到了嬴政這一代，終於在三十七歲那年，從巴蜀繞道攻打楚國後院，成功消滅心頭大患。自此，秦人勢如破竹，將最後幾個曾經出過雄主的燕國、趙國、齊國消滅，這些從新石器時代就保持多元文化的中原諸國，從此失去文化多樣性，被強迫納入一個樣板。

嬴政自從十四歲登上王位，經歷家庭巨變——十多歲的弟弟成蟜叛逃、生母聯合寵男要殺他、情同義父的丞相被他貶官後自殺——他都一一撐過來了，還成功完成祖先完成不了的大業。

沒想到真的能辦到！

不管中原那些高傲的傢伙、巴蜀那些彪悍的土人，連楚國這麼巨大的南方古國，通通都成為「秦國」了！他是史上第一個辦到的人！若只稱自己為「王」，無法襯托得上他前無古人的功績，因此經過商量，綜合古史傳說中的神王名號，他改了國家頭領的稱號為「皇帝」。

此刻，他倍感寂寞。

平民百姓尚有家人作陪，而他身處孤高之位，亢龍有悔，尋常人家的幸福，千古首位皇帝的他卻無法得到。

而且高位也令他忐忑不安，被滅諸國尚有殘餘勢力，也隨時得留神國內有沒有想奪位的人，種種精神壓力，令他有了出世的念頭。

他的童年過得很拮据，在敵國趙國的首都邯鄲出生，過了好幾年陋衣粗食的生活，但也被文化氣息濃厚的邯鄲都市文化所薰陶。

趙國的鄰居是齊和燕，是面臨渤海和黃海的海國，他從小就常聽燕、齊的客商聊起出海的傳說，有生死交關的風浪、有異國異人、有特殊的寶物，還有海上仙島的傳說。

被秦國佔領了好幾代的巴蜀也有仙人傳說，他們還有至上的仙人西王母，但嬴政對巴蜀文化不熟悉，也不想熟悉，畢竟那是被征服的土人的文化，他不感興趣，反之他覺得燕

10 十六世紀法國預言家諾斯特拉達穆斯（Nostradamus）《百詩集》（Centuries）。

國、齊國有文化多了，畢竟在那個時代，中原地區是周邊所嚮往的文化中心。

當上皇帝已經是人生巔峰，他要尋找下一個巔峰！

下一個巔峰就是長生不死，千秋萬世當皇帝，到時他不是始皇帝，而是唯一的皇帝！將天下收為秦土他都辦到了，感覺上長生不死也不是很遙遠的事。

燕、齊兩地已是秦國自家的土地，從那兒出海尋找仙人不是問題，首先得要找個代理人。於是，他命令該地官員尋訪高人，瞭解一下仙島的情形，是否有得到仙藥的手段？

其實他還有另一個目的。

新征服的燕齊和吳越，一北一南，皆是海上貿易發達的地方，商人常在海島之間買賣。據說他們會去很遠的地方，把很多當地珍品帶回來，完全是嬴政無法想像的異世界。

嬴政征服燕、齊後，試圖控制和管理海商，以及他們買賣的貨物，但海商們一聽到風聲就轉移陣地，將基地移到海島上，秦國又沒有海軍，根本拿他們沒轍。海商們財力雄厚，嬴政可不希望新的帝國有他控制不到的勢力，因此先以訪仙之名試探虛實，一舉兩得。

按照慣例，每征服一地，必派人去巡視一番，以宣示新政權的到來。跟前人不同的是，嬴政親自巡視，好親眼看看祖先們征服不了的中原，也要讓當地人感受到他這千古第一人的威勢。

第一次巡遊，他先前往秦國西邊的疆界隴西和北地，叮嚀邊疆戍衛好好防守，那裡有北方和西方的善戰民族，尤其是匈奴，根據消息，匈奴人的土地比秦國更大，但跟以前的周朝共主制度很像，所以沒有集結的力量攻打秦國。他的祖先頗有先見之明，老早建築了長長的城牆防備。

第二次巡遊，他忍不住了，直奔東方海岸，直到山東半島臨海的琅琊，那兒的琅琊山上有座琅琊台，乃往昔越王句踐建築以眺望東海的觀台。

那年他四十一歲，正值氣勢如虹的壯年，殊不知生命僅剩下九年了。

生平首次看見海洋，令他感動不已，海洋之廣大正如神仙壽命的不可思議，比起他征戰而來的土地，海洋彷彿無邊無際，不可征服。他在琅琊台高興地待了三個月，向大海中的仙人祝禱，希望仙人能感受他的誠意。

他太喜歡琅琊台了，只恨沒有早點來。此後的第三次和第五次（最後一次）巡遊，他都要經過琅琊台，在那兒待上一段時日，期望得見仙人。

「朕是人間第一，先前無人能達到我的高度，光憑這點，仙人們應該就會想見見我吧？」他日日衷心期盼仙人會降臨高台上，賜給他仙藥，「像朕如此世間至人，豈能與凡人一般生死，應該跟日月同歲才是！」

仙人沒盼來，卻盼來了幾位方士。

方士們的首領名叫徐市[11]，他寫了一封書信求見，說海中有三座住有仙人的神山，分別為蓬萊、方丈、瀛洲，他們可以為皇帝去求仙藥。

嬴政召見他們，為防他們是被征服的諸國餘族刺客，只許徐市一人進琅琊台，四周護衛兵包圍戒備。

秦國素有知人善任的美名，國中重臣也多非秦人，他最器重的丞相李斯是楚人，大將蒙恬也是齊人，但經過荊軻意圖刺殺之後，他不能不謹慎了。

然而，兩列衛兵手執武器，徐市卻步伐端莊，毫無懼色。他果然像許多齊人一般身材

11 徐市，「市」音「福」，非市井之「市」。

高大，骨骼強健，卻眼瞼半合如作冥思，半像修仙半像豪客，嬴政摸不清他的底細，他早先派人去調查徐市背景，也查不出他的來歷。

徐市自道背景：「我與門外幾個友人，皆修仙人之道，聽老人說過海上有神山，所以冒險出海訪仙，幸運地到過有仙人居住的島嶼。」

「你親眼見過神仙？」嬴政盯住他的眸子，留意眼神變化。

「臣不只見過，還求過仙藥，」徐市的表情正直，不像謊言，「事實上，我還告訴他們秦始皇帝的功績，還有想找仙藥的事。」

嬴政有興趣了：「那他們怎麼說？」

「仙藥得來不易，非金錢可得，滿山遍谷，搜尋經年，或只可得一株。」徐市說，「還有，採藥之前必須滿足幾個條件，首先求藥者必先齋戒，亦即食物清淨、嚴守淨戒，然後帶童男、童女一同前往。」

「為何童男童女？」

「仙藥乃至純至淨之物，若有凡間塵垢就不會現身，故求藥者齋戒是為淨其身，也為淨其心，而童男童女身心俱未玷污，需要他們的幫助，才能保證採得到仙藥。」

嬴政心想有道理：「既如此，需要多少童男童女才足夠？」

「少則數百，多則數千，要搜尋整個仙島，人越多則越有機會找到仙藥。」

「好，朕就下令找人。」

「還請皇上讓臣親自挑選童男童女。」

「為什麼？」

「臣能看仙氣，先天具有仙氣仙骨的小孩為上品，更容易找到藥。」

嬴政依然無法看出他有說謊的樣子。

「臣尚需一物，用於保存仙藥，只怕不易得到。」

「普天之下，莫非皇土，有什麼這麼難得到？」

「水銀，臣需要一缸水銀。」

水銀的確是罕聞之物，平常也不太用上，嬴政喚來內史官員，問他水銀開採的狀況。

「水銀稀有，隴西有之，巴蜀亦有之，然產量稀少，」內史說，「惟南郡一帶多產，臣聞昔吳王闔閭以水銀灌墓，地廣六丈，可見南方水銀產量頗豐。」

南郡乃楚國故地，是嬴政征服六國的關鍵，楚國皇室雖滅，其地方勢力仍不容小覷。

「為何闔閭以水銀灌墓？」

「臣聞水銀內服能成仙，外敷能保肉身不腐，」內史繼續說，「然亦有服食至死者，不可輕信。」

「南方是嗎？」嬴政心裡早在醞釀擴大國土的計畫，南方諸國楚、吳、越皆已成秦土，而更南方的百越，原本聽來像異地神話，如今已不再遙遠，成了新的南方疆界外的問題。闔閭的水銀多到能用來灌墓，聽說南方物產豐富，說不定會有更多水銀吧。

嬴政轉回正題：「徐市！」

「臣在。」

「童男童女數千，加上船員、侍者、糧食之類，出海之船需要幾艘？需要多大的船？你且計算，呈報上來再議。」

「臣已寫好。」徐市早有準備，取出一卷竹簡呈上。

嬴政展開竹簡，見人員分工、器具、錢帛條列分明，顯見徐市不僅有備而來，還深諳出海事務。

此人真能付託嗎？嬴政疑心地打量他，見徐市氣定神閒，波瀾不驚。

嬴政心想：「即使徐市求仙藥不成，朕肯花這筆錢，得個美名，必能吸引更多仙客來助我。」祖先善用客卿（外國人才），他才得以奠定天下大業。他學祖先那般禮遇徐市，才有機會一圓長生之夢想。

誠如義父呂不韋以前說的：「這是好買賣呀！」

他深知皇帝之路是呂不韋為他鋪設的，呂不韋是個好商人，也是個好丞相，只可惜……其實嬴政也希望他沒自殺，能繼續輔佐他的呀。

徐市

徐市的家族經營海上貿易，已經好幾代了，他們的基地在海島，掌握了海船製造技術，將海的另一端的珍品運送到沿海的燕國和齊國，燕、齊的商人再將貨物轉手賣去內陸諸國，因此他們跟陸地上的統治者互不冒犯，也互相需要。

南方的吳人和越人也有相似的海商集團，但是，自從楚國併吞吳越，海商們便自陸地上隱身，搬到舟山群島，那兒島嶼眾多、水路交錯，外人不易掌握地形。楚國很想操控海商們的物資，但一方面要忙於陸地上的戰事，因此想先征服了北方諸國，再來對付海商。

料也沒料到的是，楚國反而被秦國併吞了。

吳越的海商老早就遙遙送來警告了：「你們要小心了。」

徐市的祖先們早有先見之明，在海島立足，陸地政權鞭長莫及。他們海商家族之間互不侵犯，也互相通婚，如同陸地北方遊牧部落的胡人般建立聯盟，儼然海上聯盟。

當秦國消滅楚國的消息傳來時，海商家族們已經密切注意，召集各族開會，商量未來對策。

「情況不妙，秦國勢如破竹，恐怕陸地上會發生前所未有之變局。」家族耆老看盡世局變化，往往有先見之明。

當秦國果真併吞諸國，並發出求仙的訊息時，耆老們覺得有意思：「自古以來，沒聽說過有君王會如此公然求仙的，說不定別有所圖。」

要派人去探虛實，徐市是最適合的人選了。

一般而言，他們最常在渤海灣上的各個據點買賣，買入朝鮮及獩貊的人參、貂皮、珍珠、珊瑚等特產，也將中原的陶器、鐵器、雞鴨賣過去。但徐市膽子很大，他走得更遠，前往風浪難料的倭國，有時一去兩、三年，在眾人以為他已海難不歸之時，卻帶了滿船異鄉珍奇回來。

當他回來時，首先遙祭航行中的亡者，接著免不了擺酒設宴，族人一邊飲酒，一邊聆聽他們一船人的見聞。

「你們究竟去了何處？」看著帶回來的毛皮，眾人無不嘖嘖稱奇，這些毛皮難以一見，皮厚毛短，有幾張大得可包覆整個成人，竟伸出兩根獠牙的上顎骨。

「這東西很兇很有力氣，不容易抓的。」徐市指著海象的毛皮，「我們航行到極北之地，整片大地都是寒冰，海面上漂著小島般的冰塊，還漂著很大的冰山。」

冰的世界！要不是出自徐市口中，族人們還真不敢輕信。

「海上冰山，老祖先有提過的，」耆老向眾人解釋，「只是非常危險，十去九亡，是以世代為戒。」

「祖叔說得是，」徐市說，「幸好船隻不是太大，方便閃避冰山，否則必定葬身魚腹。」

「對呀，夜晚時分最危險，」同去的族人截道，「我們點上鯨油燈，在船頭船尾守夜，整晚都在留意冰山有沒有靠近。」

聊到子夜，酒足飯飽之後，待眾人皆去歇息了，徐市才在祖叔獨居的小屋裡生了暖烘烘的火，打算繼續長聊。小屋裡擺放許多珍寶，皆是祖叔數十年在海外所得，每一件背後都有故事。

祖叔是最富經驗和知識的耆老，他剛才就看出徐市有事想單獨跟他說。

「祖叔，其實我們在極北之地，碰上一件怪事，想請教您。」

「說吧，我知無不言。」

「其實，我們的船曾被冰封，糧食耗盡，所幸吃了牠的肉，才得以存活。」徐市指著海象皮，「可是，很怪的是，當我們走上冰原時，竟看見冰原下方，冰封了一堆……白球。」

「白球？」

「我認為，是蛋。」

兩人沉吟了一陣，祖叔才問：「有多大？」

徐市在臉前比了個大圓：「跟我的頭差不多。」

「很多嗎？」

「放眼望去，遍野皆是，說不上有多少。」

「你有拿回來嗎？」

徐市搖頭：「我們要把結冰的船邊敲開脫困，不能花時間做這些事……其實我有試一下，冰層太硬，我怕傷害工具。」徐市摩擦拇指和食指，摩擦兩指因凍傷而結繭的粗皮，「其實……接下來還發生更離奇的事。」

回憶將徐市完全籠罩，祖叔從沒見過徐市這種驚慌失措的表情。

當初，是他訓練徐市出海的，徐市從小就很勇敢，遇上足以翻覆船隻的風浪皆面無懼色，究竟何事能令他如此慌亂？

「我看到仙人。」徐市抬起頭，彷彿眼中映照著仙人倒影。

「仙人？在冰寒之地？」

「祖叔沒聽說過？」

祖叔大大搖頭：「我第一次聽說。」

「好，」徐市調整坐姿，將手掌靠近火取暖，「那仙人跟我差不多高，當時風雪不大，他忽然在冰原上現身，面向我站立不動。」

「只有你一個人看見他？」

「當時有其他人在周圍，但奇怪的是，似乎只有我注意到他。」徐市說，「我們相看許久，他才跟我說話，雖然相隔一丈，聲音卻能直接入我耳中，像在耳邊說話。」

「他說了什麼？」

「他說他是北極老人，冰層下方盡是長生不老的萬年仙人，他要求我幫一個忙。」

「仙人還能叫你幫忙？」

「他要水銀，很多水銀，但那個地方沒有。」

「我們也沒有呀，」祖叔捋著鬍子思考，「要楚國才有，你知道嗎？你們失蹤這三年期間，楚國被秦國滅了。」

徐市圓睜眼睛：「秦人如此了得？」

「不僅如此，齊國、燕國、三晉等諸國全都歸為秦土，更別說其他小邦國了。」

「這是千古未有的巨變！」徐市感到天地變色，背脊都涼了。

「好，先別提這個，仙人有說為何需要水銀嗎？」

「沒說。」

「他要多少？」

「一大桶，像我們裝魚的大桶，等等，祖叔，那仙人過於怪異，難道還冒險回去嗎？」

「你難道不想知道水銀的用途嗎？」祖叔雙瞳炯然有光，「若是年輕時的我，肯定不會放過。」說著，他用鐵夾從火盆夾出一塊燒成炭的木材，澆水熄火，遞給徐市：「你說仙人怪異，且拿這木炭畫給我看，仙人什麼模樣？」

徐市在泥地上畫出一個駝背仙人，圓頭下伸出尖尖的東西，額頭高高隆起，站立如同瘦長的甕。「這是鬍子嗎？」祖叔指著尖物。

「我覺得像鳥，像鶴，或像鸛的長喙。」

祖叔沉默了，兩手擺在膝蓋上，輕閉著眼。他在思考，試圖把很多件事擺在一起思考，尋求最圓滿的配搭。

「你先去歇息吧，」祖叔對徐市說，「三年不歸，該去見見孩子和妻子才是，家裡想必燒開了水等你洗滌。」

「好，那麼先別了，祖叔。」徐市欠身站起。

「明早，」祖叔擺手說道，「給我想一個晚上，明早再過來，應該就有結論了。」

「什麼結論？」

「我在想個兩全其美之計，明天再敘。」

這下徐市愈發好奇了。

他回家洗澡後就累得睡倒了，次日起床則匆匆去找祖叔：「有結論了嗎？」

祖叔雙目黑圈，燒了熱水，煮了鍋魚湯，邀他坐在面海的屋外一起進食，待魚湯暖了腸胃，初升的太陽暖和了身子，祖叔才開口，開場便說：「說起來，燕齊兩國跟咱們有淵源。」

要說燕齊兩國跟中原有什麼關係，其實是關係非常薄弱的。反之，燕、齊的祖先跟環繞渤海的各族更有淵源，只不過燕、齊因鄰近中原，而學習了中原建立城邦，乃至國家，而其他較遠者如朝鮮半島以北尚為部落聯盟，半島南端的猇貊仍保持原始聚落，社會形態雖異，其實追溯到新石器時代都是一家。

「燕齊邦國雖亡，有的貴族已逃往朝鮮，有些貴族仍坐困原地，他們想另尋新地方，重建王國。」祖叔迎著海風說，「他們有派人秘密接觸我們，要求幫助他們遷徙，但若有大批人口移動，必然引起秦王注意。」

「祖叔想幫他們的忙？」

「視作生意吧。」祖叔說，「正巧秦王發布求仙詔令，找人為他出海求仙。」

「他想當仙人？」

「他想吃魚卻不想學釣魚，他只是覬覦仙人能長生不死，」祖叔說，「仙人清心寡慾，光這一點他就不可能辦到，他一心只想要仙人長生不死的仙藥。」

「真有這種仙藥嗎？」徐市也有興趣了。他曾經如此接近仙人，說不定他也有機會長生不死呢。

「即使真的有，說不定凡人服食也是枉然呢。」祖叔老邁但精明的眼睛盯住他，「看來這個得由你來告訴我了。」

才剛歷險歸來的徐市，感覺山雨欲來，又將面對另一場冒險：「祖叔想了一整晚，必有個一舉兩得的計畫了吧？」

「你帶幾個有學問的族人，去應徵秦王的求仙令，提出三個要求，」祖叔伸出三根手指，「你要多少水銀，向秦王要；你要數千童男童女隨同出海，編個理由，我去聯絡齊、燕家族，每個子女的人頭都有價錢；同時叫秦王出錢準備物資，如此一舉三得，還同時賺兩頭錢。」

徐市內心興奮得背脊發寒：「祖叔膽大包天，這可是人頭落地的勾當！」

「需要膽大包天的是你，你要顧及的是你的人頭。」祖叔呷完最後一口魚湯，舒服地抬頭被暖和的陽光照射，「做得好的話，還兩頭都會感激你。」

仙人

一直到出海以前，徐市的心情都緊繃得很。

這趟可不像以往的出海，自在的準備貨物和需要物品，這次他面對的是手擁大軍、吞滅諸國的秦始皇帝！

皇帝果然厲害，如今他掌握天下資源，在待在琅琊台的三個月期間，水銀便從各個產區分別運到，徐市要一缸，他給了兩缸。

從燕齊各地招來的童男童女也陸續上船，在船上養著，免得臨出發前才上船會哭爹叫娘，也免得萬一秦始皇下令停止出航，他們還有機會升錨逃離。

徐市主動用書面報告進度，讓皇帝不起疑心：「此地帶仙骨仙氣的孩童不少，為臣省下了不少時間。」

「來日風向趨變，將近起航好時候，皇上應當沐浴齋戒，感動上天，仙藥可期。」即使貴為皇帝，洗澡也不是每天做的事。

嬴政問如何齋戒？

「一連三天不食飛鳥、不飲酒、不近女色，最好能獨居一室，不多說話。」這不算難，嬴政都辦到了，因為他平日也差不多這樣。

當大船終於離岸時，徐市才總算鬆了一口氣。

他在指揮船上遠眺山丘上的琅琊台，嬴政也在高台上遙望指揮船率領十艘大船駛向海洋。

十艘大船！徐市有實力在短時間內召來十艘大船，定非泛泛之輩！將這種人收入麾下，有利無弊，說不定還可成為建立海軍的人才！

其實嬴政早已得知，船上多的是燕齊舊臣和子女，這些舊勢力留著也是後患，屠殺他們又生起民怨，在這種時節委實不合，他們要遷徙，反而令他少煩一事，此番遠遁東夷，少說百年也不會對秦國造成禍患。對嬴政而言，這也是一石二鳥！

不過他內心衷心希望，徐市真的能帶仙藥回來。

徐市出海後，嬴政也離開琅琊台，繼續巡遊行程，繼續發布仙客召集令。

數日後，徐市的船隊從琅琊台轉進風浪較平靜的渤海灣，依照原先議定計畫，將船上的工作人員（其實是燕齊舊臣家人）以及童男童女（其實是他們的子女）在指定地點上岸，那裡已有早先聯絡好的接應者，讓他們展開新的生活。

隨著一艘艘船隻清空，便駛回徐市族人棲身的海島，最後兩艘船則繞過半島南端猇貊人的聚落，進入風浪叵測的大海，送到倭國去。一海之隔的倭國，有許多部落，也有許多空地，有他們生存的空間，但也可能跟當地人發生衝突，是福是禍，下次有機會開船經過時再確認他們是否仍然存活。

最後一艘大船也回航後，徐市跟他親密的水手們駕著指揮船一路北航，前往他們一年前去過的極北之域。這次他們選了耐風浪的快船，船身四周也包了鐵皮，萬一困於冰中尚可加熱脫困，所以也帶了充分的魚油和木柴，還有保暖的毛皮外套。

徐市將大張海象皮展開掛在指揮室，希望海象亡魂急於歸家，帶他們順利前往冰原。

他也不忘帶上特製的冰鑿，足以鑿開冰層取出仙人蛋。

他覺得似乎有一股力量在牽引他，在他心中植入一個非完成不可的念頭，令他一路直奔極北之域。

他們一路沿著狹長的倭國北上，沿途的聚落越來越少，補充淡水和食物也越來越困難，幸虧水手們擅長捕魚，有時也上岸打獵，歷時數月，徐市的快船才終於進入有浮冰的海域。

隨從和水手們不明白為何徐市要冒險來此，但徐市乃族中重要決策者之一，所以他們通常也不過問船長的意圖。

面對邊緣尖銳的浮冰，他們神經緊綳，分兩批人站在船身兩側，手執長鐵鉤，撥開漂近的浮冰。

冰海茫茫，放眼皆是雪白的景色，安靜無聲，沒有地形指標，也沒有星斗帶路，可徐市親手執舵，凝神注視前方，彷彿海中有一條道路，冥冥中有仙人在引導方向。

他們晝行夜歇，輪崗看守，萬一有冰山接近則喚醒所有人，合力移動船的位置。

終於，徐市心中出現一把聲音，跟上次的仙人聲音一樣：「你回來了。」

「我遵守承諾，回來了。」徐市喃喃自語。

接著，好像有一根刺針伸入了他的意念，頭顱內隱然有一股麻痺感在裡頭穿梭，探索他的腦神經，從他的記憶迴路抽取資料，但又什麼都沒有失去。

他遠遠望見前方一片冰原，仙人小小的身影就佇立在冰原上，他左右望了一下同伴，發現只有他看到仙人，就跟上次一樣。

「下錨。」他停止掌舵，吩咐固定船身，然後放下一艘小舟。

上次是大船被冰封，他才直接上岸的，而今不知前方海底地形深淺，徐市打算離岸停船，將一桶水銀放上小船，然後獨自划過去。

他老覺得怪怪的，卻身不由己，他心中仍有理性的部分懷疑究竟陷入了何種情況，對方是仙是魔？抑或是善是惡？根本摸不著頭緒，因此不想其他船員牽涉進來。

他越來越接近仙人了，冰原上的仙人仍如雕像般站立不動，卻能遠遠的對他說話：「拿出來，拿出來……」

徐市將一個大鐵釘插在冰原岸邊，再用粗繩將小船固定。他拿著特製的冰鑿上岸，越走近仙人，仙人的身影則越是模糊，當他終於走到仙人面前時，仙人已經差不多完全透明。

莫非仙人只是個幻影？

徐市腳下的冰原封住整齊排列的雪白球體，放眼望不清邊際。

「拿出來……」仙人的耳語依然持續不斷。

這聲音也是幻覺嗎？但它如此真實，比經由耳朵聽到的更真實。

仙人要徐市鑿開他所站立的位置，徐市低頭一看，仙人所站之處封存的不是白球，而是黑球。

徐市依照指示鑿開冰層，噴出一堆冰粉，當他再多鑿幾下時，安靜的冰原竟漸漸出現聲音，彷彿四周有很多耳語，將他層層包圍，他驚訝地停下冰鑿，尋找聲音的來源。

「別停止，快拿出來！」一把更強的聲音衝入耳朵，驅使他罔顧周圍眾多耳語的干擾，更快鑿開腳下的冰層。

平靜的天氣開始颳起風，頻密的耳語像是喋喋不休的唸咒，風雪隨著咒聲增強，寒風吹撲在毛皮外衣上，結凍了外衣的獸毛，寒意漸漸透入裡頭。

他鑿開冰層時，碰到土中有硬物，且有好幾根，在泥中包圍成圈。他避開土中硬物挖掘，好不容易才沿著硬物將冰層鑿了一圈，挑出一塊帶有濕泥的圓柱形冰塊，露出一顆爬滿黑色小蟲的球。

難怪是黑色的！滿布球面的黑蟲蠕動不休，長得很像小蜈蚣，牠們擺動著分叉的尾巴，奮力要鑽入球中。

徐市雙手因重複的鑿冰動作而疼痛不已，即使戴了皮手套，他的手心也快凍僵了，更何況此時才發覺肉球乃浸泡在奶白色的液體中，他必須伸手進液體將其取出。

此時他更驚奇的發現，冰層之下的奶白液體並沒凍結，他的手也沒在液體中凍僵，因為那液體是溫暖的！

他將爬滿黑蟲的肉球抱起，肉球外表摸起來柔軟而結實，下方如水母般垂掛著一堆長長的肉鬚。他試圖撥走肉球表面的小黑蟲，但蟲子鑽得很深，一時三刻難以清理。

「快放進水銀！」仙人的聲音又傳來了。

徐市放棄清理黑蟲，遂將白球抱在懷中，快步走回小船，打開盛了水銀的陶缸，正要將肉球垂下的肉鬚浸入時，耳中赫然又出現響亮的聲音：「等一下……你們最強的王者，秦始皇帝想要找仙藥……」這是仙人從徐市腦中截取的記憶。

「我不會交給他的。」

「交給他。」

「咦？」徐市錯愕了。

「當你把我送到他面前時，才將我從水銀中取出來。」仙人的聲音說，「我要見見你們統治世界的人。」

徐市一時不知所措，兩手定在半空。

東亞和渤海，就是徐市概念中的「世界」了，其他的都是「世界外」，但仙人話中的「世界」似乎另有所指，他一時體悟不到。

周圍的耳語愈加聒噪，風雪開始加大，彷彿要驅趕他離開。

船上的人在向他叫喊：「快回來！快回來！」

徐市迅速將肉球連同表面的黑蟲浸入水銀中，隨即心念一動：「我還有一缸水銀！可以再拿一個！」又再飛奔回去，鑿開洞旁的一角，這次比剛才容易多了。

四周的耳語聲已經強烈得像在吶喊，顯得慌亂又著急，蓋過了風雪聲，令徐市聽得腦袋發脹。

他鑿開冰層，露出半個白球，心想：「這個沒有黑蟲，為何剛才那個有？」他探手將白球挖出，再度抱著跑回小船，用力將小船划回大船，遠離冰原上有如千軍萬馬的耳語聲。

奇怪的是，自從將黑蟲覆蓋的肉球泡進水銀後，仙人的聲音就不再出現了。

隨著遠離岸邊，冰原上的耳語聲也變弱了，只剩下一個喋喋不休的聲音，用他聽不懂的語言說話。他瞄了眼放在腳邊的另一個肉球，對它說：「別吵了，再吵的話，待會上船就切開你！」

這句話果真有效，耳語聲驟然安靜，徐市鬆了口氣，用力地划船。

忽然，腦中又出現怪異的電流感，快速的在頭內掃描了一遍，令他兩眼頓時翻白了一下，意識也同時晃了一下，差點停下划船的動作。

「徐市。」耳語又來了，竟換成他熟悉的齊語，還有他家鄉的口音，「你不該這麼做的。」不是仙人的聲音，而是這顆肉球用心念對他說話。

「你是誰？也是仙人嗎？」徐市喝問道。

對方忽然沉默了，與此同時，徐市腦中莫名其妙地出現走馬燈，過去的記憶一幕幕快速地掠過，心思細密的他知道不妙，他的心緒似乎遭到操縱了！那肉球可能正在施展妖術！

他加快划船，呼喚同伴們垂下繩子和籃筐。

他千里迢迢而來，可不是為了被妖怪操縱的！

當小船靠近大船時，他首先把裝水銀的陶缸放進籃筐，叫他們儘速拉上去，然後再將第二個肉球抱起，正要放進另一個籃筐時，發覺肉球在他手中蠕動，竟然漸漸地脹大，還在光滑的表面伸出幾根肉鬚。

他深知不妙，立刻將它塞進籃筐，口中作喊：「快把這東西裝進水銀！在另一個桶！」

船上人員見徐市如此緊張，眾人立刻分工合作，數人去抱來水銀缸，徐市也趕緊拉著繩子攀上船，當他跳上甲板時，見到肉球有一片凹陷了下去，正慢慢露出兩個黑溜溜的眼睛。

他抱起增長中的肉球，跑向正在抬水銀缸過來的水手，叫他們掀開蓋子，一把要將肉球硬塞進去。

「停手！」腦中的聲音阻止他，他只停頓了一秒鐘，不假思索地用兩手直接把肉球塞進水銀中。

瞬間，所有的耳語聲都沉寂了。

風雪繼續呼嘯，然而也減弱了不少。

徐市兩手戴著的皮手套沾了不少水銀，他跪在甲板上，用上半身壓緊蓋子，屏息等待，所有人也注意到轉眼變弱的風雪，四周驟然靜謐，太突然的變化反而令人不安。

「把蓋子壓好，封緊。」徐市吩咐道，他披頭散髮，表情從不曾如此狼狽，「起錨，我們啟航回家。」

仙藥

第二次巡行的次年，嬴政緊接進行第三次巡行，再次經過他喜愛的琅琊台，期盼徐市捎來好消息。

但他的期待落空了。

皇帝巡行會在各地進行祭祀天地神靈的儀式，以告示神靈如今土地換了主人，也在向當地居民宣告威權，附近區域必會傳開消息，徐市也必定會得知秦始皇又光臨了。然而，徐市非但沒有露臉，十艘大船的船隊也像石沉大海，一點消息也沒回報。

嬴政帶著些許失望離開琅琊台，疑心徐市是否玩弄了他。

他不知道的是，由於洋流和颱風種種因素，徐市的船隻難以順流回航，有時為了避開惡劣天氣，在平靜的海域停滯三、四個月，有時上岸跟聚落居民交換食物和貨物，因此走走停停，也花了一年多才回到海島。

徐市得知嬴政再訪琅琊台的消息時，已經是兩年前的舊聞了。

在海上期間，徐市一次都不敢打開水銀桶，免得萬一有任何意外，在海上無人救援。

他把遭遇的一切全都告訴了祖叔。

祖叔見多識廣，聽了徐市的敘述後，睿智的他立刻下結論：「雖然不知是何物，但絕不可能是仙人。」

「現在有兩個在此，該當如何是好？」兩個陶缸的蓋子已被封泥，放在海島最嚴格守備的倉庫中。

祖叔將耳朵貼在陶缸上傾聽，裡頭安靜得很。

「極寒之物，說不定怕火，我們用火包圍他看看。」

徐市找了幾個勇猛的族人，手持武器戒備，選了個烈日少雲的天氣，找了處風少的平地，選了其中一個陶缸放在大陶盤上，準備承接流出來的水銀，旁邊也備好一個新缸子，然後四面八方布置八個篝火。

一切準備妥當後，徐市將封泥敲破，掀開蓋子，數人將陶缸傾倒，讓水銀流進大陶盤中。

一個被水銀沾染得銀灰色的肉球滾出，掉入陶盤之中。

「這是第二個……」徐市心想。這肉球已經長大了一些，而且有兩顆眼睛。

等了一會，確定肉球沒動靜、沒再長大，祖叔才走上前，輕輕按了按肉球，只覺裡面挺結實的。

徐市說，這東西就是仙人，這東西會令徐市產生幻覺，還能不用嘴巴就能將聲音傳進耳朵，這東西自稱北極老人……可是，真的很像一種深埋在地底的肉菇，那堆肉鬚也很像水母的觸鬚，但此刻看起來無害又安靜。

祖叔取出一把小刀：「我先來試試了。」若此物有毒，反正他也活夠了，若真能長生不老，那就賺到了。

他將肉球的眼睛轉過背後，小刀斜貼肉球，慢慢削下。

此時，每個人都聽到了一聲極尖銳的聲音，如長針穿過耳朵，耳膜瞬間超過負荷，聽覺突然癱瘓。

接下來發生的事，沒人記得。

這段時間的記憶似乎從來不曾存在。

他們繼續日常生活，如同從沒發生過這件事一般。

徐市去極北之域尋找仙人的事，變成瑟縮在小角落的記憶，彷彿一場久遠的夜夢，徐市忙碌於商事，竟不再提起。

而族中的祖叔忽然一病不起，昏昏沉沉將近半年後，於焉過世。

嬴政忙於北方匈奴和南方百越的戰事，沒再頻繁巡遊，第四次巡行在第三次的三年後，僅到渤海邊的碣石行宮轉了一圈。

直到再五年後，他才計畫幾近一年的巡行，再度前往琅琊台。此時的琅琊台已非越王舊行宮，而是花費多年建成的巍峨高台。

消息傳到徐市耳中時，有如觸動了一個按鍵，令程式開始運轉，他馬上將密封的陶缸放進小船，帶了兩名隨從，乘坐小船直趨琅琊台。

當徐市抵達琅琊台，想當然地遭到阻攔。

他要求告知有求仙的消息，然而這幾年嬴政對仙客甚感失望，拿了他的錢去出海找仙藥的方士不只一位，一個都沒找到，尤其方士盧生，令他著實心灰意冷。

盧生極受禮遇，教嬴政不要讓人知道行蹤，以免損害元神無法成仙，又說服他廣建迷宮似的大量宮殿，隨後盧生竟逃跑，還四處說他的壞話：「殘暴之君，豈可讓他長生不死？」

盧生的背叛令他整肅方士，焚燒他們的書籍，坑殺令他失望的方士。

徐市不明瞭這些前因後果，他的目的只有完成任務。

「煩請轉告皇上這句話：出海第一客，蓬萊九年歸。」徐市告訴守門的衛士，「待皇上聽後，是要見我、殺我，或是驅逐我，再行定奪吧。」

這句話傳至嬴政耳中，他心下一動：「難道……」

他要衛士將徐市秘密帶進來，跟九年前一樣，只許一人進來，所以沉重的陶缸便要請衛士抬進來了。

嬴政端詳徐市，回想不起他九年前的長相，只覺眼前此人面貌清虛、眼神空無，說不上是空洞，還是冥思的表情？

「你是徐……」

徐市舉手說道：「皇上不需明說，真人不言姓名。」他指著置於身邊的陶缸，「我對皇上的承諾，依言完成了。」

嬴政望著陶缸：「你吃過了嗎？」

「這是專門為皇上找的，草民豈敢擅越？」

九年前的承諾？嬴政心想，他是應該欣慰嗎？此人真能信賴嗎？還是，他根本就不是徐市？

「那麼，現在朕命令你，把仙藥拿出來。」

徐市猶豫了一下，便將蓋子掀開，直接兩手伸進去抱出肉球，只見表面的黑蟲已完全脫盡，水銀沿著肉球底部的肉鬚滴落缸中。

嬴政狐疑地望著那團肉球：「這是什麼？」

「其實，仙藥就是仙人，此仙人修行萬年，被臣挖出，吃他一口，增壽百年。」

「既如此，你吃一口給朕瞧瞧。」

「臣不敢。」

「你吃一口，朕叫人刺你一刀，看仙藥是否真能長生？」嬴政吩咐旁邊的將士，「你去幫忙切一塊給他吃。」

「是，」旁邊的將士抽刀上前，迫近徐市，「你把它抓好了。」

忽然，所有人覺得腦袋瓜晃了一下。

接下來發生的事，所有人都失憶了。

嬴政呆坐在王座上，看到眼前的將士、左丞相、侍者等人全都如夢初醒，個個眼神呆滯，無法回想剛剛發生了什麼事。

嬴政好不容易才記起：「剛才那個人呢？」

眾人面面相覷，只有左丞相李斯結巴的說：「皇……皇上剛叫他離開了。」

嬴政口中不言，心中忖度：「是嗎？」他連自己的記憶也不能信任了。

沒有人對這件事有個清楚完整的記憶。

此時，嬴政心中忽然有個強烈的念頭：「回去咸陽，回去咸陽。」回到國都咸陽後，到時他會——依腦中植入程式設定——將肉球再度從缸中取出，置於世界之王的王座之側。

然後，取代世界之王。

但歷史沒有依照設定進行。

歷史總有意外，或說，是意外造就了歷史。

或許是此次出巡的路程太長、時間太長，行程又太密集，在巡行的第七個月時，嬴政回咸陽的半路上，在平原津病倒了，再前進一些到沙丘就病死了。

依照植入周圍眾人腦中的程式，在水銀中浸泡肉球的陶缸，一定要伴隨在皇帝身邊，不得離身。

因此肉球隨著水銀一起被倒進石棺，長伴世界之王半腐的屍身。

於是，仙人原本設定的計畫，遭到時間的禁錮，讓他阻絕於世界，再度沉睡了三千年。

一直到地球溫度提高，兩極冰層溶解，封鎖在冰層中的仙人們才得以重新接觸空氣。

青春泉

當初，瑪利亞將地球聯邦分成十二大區，並將東亞區首都設立在此地，是有原因的。

這裡曾經是人類從中亞進入東亞的玄關，先民穿過被群山包圍的狹長平地，彷彿穿過一條通道後，便豁然開朗，進入一片平原，遂在此定居。今後，陸續有西來移民穿過這條通道，然後是商隊，然後是軍隊。

一批批從西方來的先民在這平原落腳，後來的人跟先來的邂逅，然後爭戰，甚至把先來者滅絕，如此一遍又一遍重複發生。

在這片平原建城，最早有紀錄的，是商人的國都豐邑。

然後西來的周人滅了商人，將國都改名鎬京。

然後西來的秦人佔領此地，最後佔領其他先來的中原和渤海諸國，又將國都改名咸陽。

然後政權不斷轉換，前後有十多個從中亞進來的政權以長安之名建都。長安做為中亞和東區之間的樞紐地帶，讓新移民連繫祖先之地和新家園，中亞的金屬冶鑄技術、馬匹、音樂和樂器等也經由此地輸入。

這麼多政權在此建都，想必是個得天獨厚的好地方，的確，在地形上有山地守護、單一出入口、易守難攻，是以瑪利亞也決定將東亞區首都設置在這裡，取名為大圍牆（Great Wall）。

祂把大圍牆的城市設計仿照大唐時代的長安城，用圍牆將城內分割成一個個正方形，只是規模僅有一半。

秦始皇曾在咸陽城建築高台求仙，而大圍牆所負責的，正是延長人類壽命的研究。而延長壽命最有效的人工方法，是跨國企業AL-SET旗下研究室在大毀滅前發明的「青春泉」技術，亦即「端粒—奈米機器人」技術（TNbot, Telomere-Nanobot）。瑪利亞很瞭解這個技術，甚至覺得祂曾經使用過，這一點常令祂感覺說不上來的怪異，祂是有機量子電腦，祂不可能使用過，然而祂對這項技術的熟悉感真的有如親身使用過一樣。

「青春泉」技術就像最早期的核能發電技術，後者冒著輻射的危險提供能量，而青春泉是利用癌細胞不斷產生的端粒酶來維持細胞壽命，兩者都是走在鋼索上的技術。

瑪利亞永遠不會忘記「工廠」居民被癌蟲吞食的慘況，祂不會再犯相同的錯誤。

這些秘密被實驗者，不同年齡的人被植入癌細胞和奈米機器人，以尋找最適合的癌細胞和最佳的年齡。因此根據地球人口研究中心的報告，大圍牆多年來一直是地球聯邦罹癌率最高的城市。

最可怕的是，有些人「完全癌化」，癌細胞從裡至外吞噬肉體，臨死前幾乎不成人形。東亞區主席ε２２９—庫姆坦（Khumdan）極力守住這個秘密，這些人臨終前的模樣都不會被聯邦公民見到。

庫姆坦十分懊惱，他的年紀漸老，體力漸衰，他也很希望長壽人的實驗早日成功，他不想像之前的主席那般坦然面對命定的老死，因為長壽技術就掌握在他手中，如果仍會老死，他可是死也不甘心的。

某晚，他午夜夢迴後無法入睡，當他走去客廳呆坐時，驚見前方站著一個高大的影子，不是人，倒像是收起雙翅的蝙蝠，雙目在黑暗中發出炯炯紅光。

奇怪的是，ε２２９—庫姆坦沒感覺受到威脅，心中比平常平靜，彷彿所有疑慮都被從心緒中清洗一空。他知道家中存在監視和監聽器，雖然不知道藏在何處，但若警報系統沒反應，就表示沒威脅。

對方彎身端詳他，他覺得腦子裡溜過一道酥麻感，然後對方就問候他的工作了：「你很想研究有突破是吧？你也想長命百歲是吧？」是聯邦語東亞區的口音。

「你是什麼人？」

「我可以幫你。」對方有一根長長的尖喙幾乎要碰到他了，「我可以幫你的研究取得突破，你的壽命也會突破。」

ε２２９—庫姆坦終於體會浮士德遇上梅菲斯特的心情了。他輕聲說：「地球聯邦萬歲，我是聯邦的忠實僕人，我做的一切都是為聯邦而做。」他認為這是聯邦給他的試探，這就是警報系統沒對入侵者做出反應的原因。

「你的廚房櫥櫃中有一個瓶子，裝了一些奶白色的液體，」對方對他的話置若罔聞，「請珍惜使用，你可以先拿一隻昆蟲泡進去試試。」

當ε２２９—庫姆坦回過神來時，他已經找到瓶子，並坐在廚房的飯桌上，把液體倒進杯子，然後將一隻在地上匍匐而行的金龜子扔進去。

金龜子在水中掙扎了一會，便開始在水中爬行，長達一個小時，都沒被淹死。

第二天，他到研究室去，用顯微鏡、質譜分析儀等等去搞清楚成分，發現只有胺基酸、核醣和核酸等基礎成分。

他嘗試將一根手指泡進去，數分鐘後，手指上曾有的老繭、傷痕全都消失，變得像幼兒的膚質。

ε２２９—庫姆坦是東亞區主席，也是主持長壽研究的專家，他開始思考，過去的失敗到底是犯了什麼錯誤？這白色液體中究竟藏了什麼秘密？

一瓶液體太少了，而且來歷不明，他相信這只是個誘餌，那個怪人一定會再現身的。

到了夜晚，他心事重重，根本睡不著，等到身邊的太太響起打鼾聲時，他才躡手躡腳地走去客廳。果然，那個高大的長喙蝙蝠人已經在客廳等候了。

「我不知道你是誰，不過你一定有目的，每個人都有目的，所以，」ε２２９—庫姆坦擅長政治，他習慣開門見山，「你有什麼條件？」

「我先教你如何增加那瓶水。」

增加那液體？ε229—庫姆坦狐疑地忖著，豈不是把底牌都亮完出來了嗎？莫非他還藏有更深的牌？

增加液體的方法很簡單，只需添加原料就行了，原料在地球聯邦是不難取得的，清潔隊那裡多得是，就是將肉體還原成分子形態的「原生濃湯」（primordial soup）。

接下來，每當他完成一個階段，蝙蝠人便會現身指導下一步：把不同年紀的人泡進去，然後取細胞樣本分析……結果發現，尚未開始第二性徵——亦即青春期之前——的小孩，細胞被「固定」得最穩定，染色體端點不會縮短，細胞原生質內的廢棄物、氧化物等等也會被奶白液體被清理乾淨，但在液體中又找不到這些廢棄物。

ε229—庫姆坦苦思很久，終於想到了一個可能：DNA編程。

這是傳說中的技術，DNA由四種核苷酸（CGAT）組成，比電腦編程的0和1有更多組合，傳說大毀滅前曾經做出這種技術，據說某個禁區也擁有這個技術——只有第一主席知道，而且不會告訴他。這液體中含有許多DNA片段，是否等於編程過的程式？某些程式執行複製自己，某些程式執行分解廢棄物，某些製造端點酶？

他無法證實，不過如果他的猜測正確，那就太驚人了。

實驗每天都有突破，每天都有驚喜。

跟客廳中的異人連續見面長達五年後，ε229—庫姆坦終於按捺不住心中的疑竇，某晚再跟蝙蝠人見面時，他近乎請求地問對方：「你不可能沒有目的，告訴我交換條件吧，不然我會很不安的。」

蝙蝠人說：「該做的已經做了，所以不需要告訴你了。」說著，他抬頭，似在望向ε229—庫姆坦的後方。

ε229－庫姆坦愕然回首，看見他太太正躲在門後窺視他，一見他轉頭，也慌張地合上門。

「她在幹什麼？」ε229－庫姆坦心底油然生起恐慌，「她看到那人了嗎？」他走去開房門，卻在裡頭被反鎖了。

「開門。」他呼喚太太。

「不行，你精神有問題。」太太顫抖的聲音從門後傳出，「我好幾個晚上看到你在對空氣說話。」

「不是的，」他深深明白太太說出這句話的後果，「妳先開門，聽我說……」

他來不及，客廳的大門敞開了，數名戴藍帽穿藍衣的清潔隊員闖進來，他們被授權打開所有人家的密碼鎖，即使貴為主席也不例外。

當他被押走時，他轉頭看見那蝙蝠人依然站在客廳，但其他人都沒見到。「所以我真的是瘋了？」連ε229－庫姆坦自己也懷疑了，「不，不可能，不然那些成功的實驗是怎麼回事？」

有些小孩也發生跟「青春泉」實驗相同的全身癌變，長成一團長生不老的癌細胞。最後成功的實驗品是三個七歲小孩，兩個女孩和一個男孩，被他命名為Eos。

三個Eos小孩的身體連續三年停止成長，維持在七歲的體態，包括沒完成生長的手指關節。

他還沒弄清楚的是，這是暫時性還是永久性的？是否能將奶白液體注入他們體內呢？他很想知道答案，他一定要向清潔隊證明他沒精神失常。

ε229－庫姆坦被帶走後，他的太太才從房間出來，坐到丈夫先前坐過的沙發上，開始低聲飲泣。地球聯邦不允許有身體或精神上不完美的公民，精神失常就是一種不完美。她又驚怕又懊悔，驚怕的是丈夫身為東亞區主席，竟然會精神失常，為她的人生添加了不完美的一筆紀錄，而懊悔的，是半夜偷聽到丈夫在客廳對空氣說話，「如果有沉睡就好了。」那就不會發現丈夫的異狀了。

都是打呼害的，打呼令她睡不深，很容易醒來。

然而她不知道，跟丈夫對話的長喙蝙蝠人正在冷漠地注視她，將心靈觸角伸入她的心靈，輕撫她的意識，像看戲般瀏覽她的念頭，感受對他們而言十分陌生的豐富人類感情。

「設計師，再等一等，」他在心靈深處呢喃，不讓這念頭洩漏出他的意識，「母星的地磁快要歸零了，快了。」

然後，他就能夠接手一切了。

第九章

交配

演化沒有長期目的，沒有長程目標，
也沒有最終的完美形態以為選擇標準，
儘管人類的虛榮心抱著一個荒謬觀念，
認為咱們物種乃演化的最終目標。

●● 道金斯《盲眼鐘錶匠》●●

篩選

白眼魚—火母整夜輾轉難眠。

天亮時，她的頭渾渾噩噩，站起來都覺得頭暈。

她一籌莫展，別說不知該如何拯救族人，她甚至不知道該如何拯救自己。

天縫人面對強大的半機械民族，就像螞蟻面對巨人般不堪一擊。

大堂的門打開了，幾個改造人擔來食物，分派給天縫人，大家高興地上前拿食物，希望吃到昨天的鮮美雞肉。

「這些肉是怎麼抓的？」有位女性採集隊員問改造人。

「是養的，要吃就有得吃。」那人笑笑，「我們會教你們，以後妳要負責養了。」

「用養的？」對採集隊員而言，這倒是個新鮮的概念。

用完餐後，天縫人被命令排好隊，走出大堂，再度穿過昨晚的奇特拱門，白眼魚—火母知道它其實是掃描器，不知今天又要掃描什麼呢？

今天不一樣，掃描器上面會出現一排字，天縫下只有火母識得聯邦字，所以白眼魚也看得懂。

當一名健康的男子經過時，顯示的是「合格」，就被帶去一旁。

當健康女子顯示「合格」時，則被帶去另外一邊。

而老人、小孩全都顯示「不合格」，被集中在一個角落。

隨著一個個人被分類，天縫人漸漸感到不對勁，越來越不安。

當拉著小孩的白星走到拱門時，改造人上前拉開小孩，要他們分開經過，小孩嚇得大哭，用力抱緊媽媽：「不要！不要！」白星也抱緊孩子：「不要！求求你！」聽到兩母女的哀求聲，原本還算平靜的隊伍，忽然開始沉重了起來。

白星的丈夫木虱也衝上來：「你們幹什麼？」他們曾經失去兩個孩子，對這得來不易的孩子十分呵護。

木虱一時情急，竟然意圖拉開對方的機械手臂，那名改造人也沒多想，順手一推，木虱的右手臂連同肩胛骨一起折斷，頓時右半邊肋骨斷裂，肝臟和右肺立刻擠破，他仆倒在地，用力想要呼吸，卻一口氣也吸不進去。

改造人也十分吃驚，他急喊同伴過來，一名兩臂長過膝蓋、像長臂猿一般的改造人奔馳而來，一把抄起奄奄一息的木虱，邊跑邊跳地飛快離開，白星嚇得狂叫不止，但沒人敢再上前碰觸改造人了。

大長老柔光大聲說：「請讓我過去幫忙！」她從「不合格」的人群中走向白星和女兒，改造人也不阻攔，柔光先緊抱小女孩安撫她，又摸摸她頭髮：「乖，別哭，長老來抱。」柔光是許多族人的祖母，她的安撫特別有力。

恐懼的效果是噤若寒蟬，天縫人的隊伍變得異常安靜，這些自幼朝夕共處的族人，在危難之時，卻羞愧地低頭避開視線。白眼魚—火母明白為什麼，這段路程中，族人的種種表現都是自小教育的結果，因為天縫的教育是服從，用神話來規範他們，不鼓勵思考，思考會受到譴責。

天縫深陷於重重圍牆之中，地球聯邦的圍牆、大自然的岩壁圍牆、神話法則的圍牆……白眼魚—火母忽然明白當初她為何要破壞天頂了，那不是她當時的直覺，而是她長久以來深藏在心中的念頭——天縫人必須走出去！

可是，他們還來不及學會思考、學會創造、學會反抗，就已經遭到奴役。

「火母，」柔光邊撫抱孩子邊叫她，「祖先有什麼指示，妳告訴族人好吧。」白眼魚─火母發愣了一下，忽然明白柔光在給她提示，要她安撫族人。

她整理思緒，打起精神，極力讓聲音有威嚴：「光明之地是祖先給我們的考驗……」

但灰蛙馬上就打斷她：「敬愛的火母，」她的語氣充滿了不懷好意，「請您告訴我們，蛻殼後的族人會去光明之地，那麼，這些日子裡，在光明之地蛻殼了的族人又去了何處呢？」

他們曾經對死亡無所懼，是因為有光明之地做為歸宿，如今完全失去了心理上的依靠。

正當白眼魚─火母張口結舌時，改造人催促他們了：「你們太多話了！妳過去！」他指著白眼魚，「快點！」這次他不敢推人了，只輕觸了一下她。

白眼魚─火母經過拱門的掃描器時，上方的顯示器出現一個「ＤＳ」字。

「什麼意思？」那名年輕的改造人不懂，另一名告訴他：「就是主電腦。」

「要帶她去主電腦？為什麼？」

「我怎知道？你就帶她去吧。」

「為什麼我去？」

「你的體積還小啊！若是我就進不去。」

年紀尚輕的改造人還未全身改造，隨著年紀漸長，加上的部件越多，身體則越巨大。

年輕的改造人嘟囔了幾聲，才叫白眼魚─火母跟隨他走。

白眼魚─火母心中一陣興奮：「是電腦深海！」她會直接面對禁區電腦深海！這正是她所期盼的。

她被帶去一棟三層樓的深長形大樓，看得出外表做過防固工程，從風格的不協調看來，是改造人們在地球聯邦崩潰後增加的。她從建築物外表評估了一下，深海的核心應該跟巴蜀差不多大小，禁區電腦應該都差不多大小吧？他們是分別製造的，或是同一型號呢？

改造人把她帶到一個光潔明亮的房間，牆上有大螢幕，也有許多儀表板，跟火母洞穴裡的電腦巴蜀差不多。房間約有三間教室的面積，為了防光防塵而跟外界隔絕，但通風良好，四周也有柔和的光線。

「電腦！」改造人抬頭高喊，「你要的人帶來了，告訴我為什麼？我向摩訶傳話！」

電腦發出呆板的聲音：「這女孩要生摩訶的孩子，我特別檢查。你可以走了。」跟昨晚直接跟白眼魚—火母腦中對話時的聲音完全不同。

「不，我等你完成檢查。」

「我要為她做全身檢查，」電腦說，「如果你在旁邊看摩訶的女人，摩訶會不高興的。」

那名年輕的改造人悻悻然地摩腳，電腦又說：「請你到虛擬室等待，三十分鐘後再回來。」聽到虛擬室，改造人可高興了，立刻就離開了。

他一離開，白眼魚腦中立刻有深海的聲音：「好了，他走了。」這才是深海帶有磁性的悅耳聲音。深海早已跟她頭顱內的記憶立方體連線，他們的對話完全無法被外人察覺。

「自從紫色１２０逃走後，我就一直在等待她，或另一個有記憶立方體的人出現，好讓我能跟她對話，我很久沒用這方法對話了，他們並不知道守護員只要使用記憶立方體就能直接跟我連繫。」

「可是有一定的通訊範圍對嗎？」白眼魚—火母問道，「能有多遠？」

「昨天聯絡上妳之後，我做了測試，很多訊號反射器斷線了，所以建築物會阻擋部分訊號。」深海說，「請別預期太多。」

「現在我們只有三十分鐘，你想告訴我什麼？」

「讓我很快說……他們不知道我的能耐，只有守護員知道整個禁區是我管理的，而那些改造人以為我只是一部用來存取資料、執行任務的原始電腦，所有改造程序都由我來操作，而他們不明白改造的原理，所以不敢失去我。」深海說得有些急促，「重點來了……今天我掃描時，發現妳體內有一個晶片，它沒有在作用，我猜妳不需要它了，我要把它取出來，所以請妳躺上手術床。」深海一邊說著，地面一邊慢慢打開，升出一部自動手術機，天花板上也冒出兩條醫療機械臂。

白眼魚—火母頓覺毛骨悚然：「你想幹什麼？」

「別害怕，它就位於妳的肚臍後方，很貼近表皮，我很輕易將它拿出來。」

火母相關的記憶在白眼魚腦中湧現，她才知道那是她在剛誕生時就被火母植入的晶片，用於偵測天縫人的生命數值，甚至調控體內荷爾蒙。巴蜀將火母的記憶立方體放進她顱內時，並沒順便把它取走。

「你想要這晶片？有什麼用途嗎？」

「我要把它植入摩訶的身上。」

是要造福摩訶？還是要傷害摩訶？「然後會怎樣？」白眼魚—火母追問。

「妳知道嗎？其實妳沒有選擇。」白眼魚—火母的兩臂忽然被抓住，不知何時，後面伸來另外兩條機械臂，接著前方的機械臂也飛快夾住她的雙腳，將四肢一舉抬起，把她送到手術台，然後繼續將她扣在台上，「我們沒足夠時間，我一邊手術一邊告訴妳。」

「放開……」白眼魚—火母剛發出聲音，又一支機械臂伸來夾住嘴唇。

「聽好，」深海繼續用記憶立方體傳話，「這些改造人是失敗品，是地球聯邦的瑕疵品，母親不會希望他們繼續存在的，所以我應該全部銷毀他們的，」同時，機械臂伸出電擊麻醉針，將白眼魚肚臍四周麻痺，然後伸出雷射手術刀，「他們不是人類的未來，因為他們身上的零件不再有人製造，現在使用的都是過去的庫存，或回收再利用的。」

白眼魚—火母眼睜睜看著肚皮細嫩的皮膚被劃開一小片，機械臂細心的撐開薄薄的皮下脂肪，真的碰到堅硬的小東西。

「根據母親訂下的參考指數，這個實驗人種早就應該中止。」

肚皮的疼痛傳來，白眼魚—火母不禁呼吸急促：「那你為何不馬上停止？你有四十年的機會。」

「參考指數是在五年前才到達銷毀程度的，如果我不聽從他們的指示，他們就會發現原來我是……會思考的機器。」深海燒炙四周的軟組織，切斷晶片朝四面八方伸出的仿生神經，然後夾出沾血的濕潤晶片。

「摩訶全身都是機器，這個晶片對他會有什麼用途？」

「不，摩訶並不全身都是機器，他的身體埋在機器之中，從外表看不見。」此刻，深海柔和的聲音顯得分外可怖，「他們每天都輪流來這裡維修和保養，摩訶安排在三天後。」深海將晶片用生理食鹽水清洗後，再用紅外線掃描晶片編碼，「我猜對了，LM-HC-XX003，第三代生命監視和荷爾蒙調控晶片，有登記在目錄上，正是我需要的。」

「難道你的禁區沒有這種晶片嗎？」

「不是這種型號。」自動手術機開始黏合傷口，將凝膠噴灑在皮肉，再貼上人造皮膚，「我誠實告訴妳，剛剛為妳黏合傷口的材料，也剩下不多了。」一切妥當後，機械臂才放開白眼魚─火母的四肢，還為她整理衣服，「還有，這裡的電力是依賴風力和海潮發電，不過機件鏽蝕嚴重，每年可用的發電機數量都在減少中。」

「你不會維修？」

「會，但沒有可替換零件。」

白眼魚─火母一陣寒顫：「這個禁區正在毀滅中。」

「摩訶還制定了計畫，要增加兵力，他要將東亞所有禁區和東亞首都全部攻佔下來，實現百越大國。」深海說，「這是我常常聽他自言自語說的。」

地球聯邦分設十二大區，各有一個首都，居民為公民，由一位主席管理；每大區又設十二禁區，居民為可自由交配的野生人類。所以全球受地球聯邦監控的居住區共有一百五十六個，其他自生自滅的小村鎮則沒有正式數據。

「晶片要三天後才能放進摩訶體內，那麼這段時間之內，我的族人會有多少被改造？多少女人會被受孕？多少老人會被殺死？」白眼魚─火母顫抖著聲音，「而且，摩訶還說要我生他的孩子。」

「妳不願意嗎？」

「誰會願意？沒有正常人會願意的！」她不再用腦內通訊，直接叫嚷了出來。

深海沉默了一下，似乎在思考：「妳有一位族人，正在另一個房間進行改造手術，他剛才傷得很重，不改造就必定死亡。」

白眼魚─火母心想：「他說的是木虱嗎？」

「如果妳不能等到三天後，那麼，妳願意犧牲這位族人嗎？」

白眼魚─火母愣住了，腦子忽然陷入一片空白。

清除

潘曲將飛行巡艇升到高空，在賈賀烏岺上空盤旋，老女人彎腰駝背，將臉貼在透明罩上，安靜地望著下方，雖然潘曲看不到她的臉，但可以感受到她沉默的悲傷，聽到她在低聲飲泣。

「妳想告訴我妳的故事嗎？」潘曲輕輕問她，「我離開之後，妳的故事可能就永遠流失了。」

老女人吸了吸鼻涕，蒼老沙啞的聲音說：「我的故事就是屈辱，有什麼好說的？」

「妳不想說也沒關係，就慢慢看這個妳住了一生的地方吧。」潘曲小心翼翼不讓飛行巡艇晃動，「想要我飛去哪裡嗎？或是……我重申，妳要跟我離開這裡也行。」

老女人沉默了很久，才說：「地球人口研究中心。」

「妳想飛過去？」

「不，故事是在那裡開始的，我剛才說過，我的『法定停經日』還沒到吧？」

「妳說過。」

「那天我十四歲生日，月經已經來了三年，要去地球人口研究中心檢查身體，安排法定停經日。」她的語氣忽然變得像小女孩，「我的好朋友也跟我一起，她有男朋友了，很期待法定停經日到來，我就不期待，我還不想這麼快長大。」她如夢似幻的語氣，剎那開始恐懼：「當我正在檢查身體時，忽然間停電了，那是從來不曾發生過的事……」

潘曲有點不忍心聽下去了，因為他的思緒也被帶回那個恐怖的時刻了——徬徨無助漂浮在維生液體中，不知死亡迫近——要不是歷史研究院院長，他們奧米加六代早就全部死亡了。

「檢查員叫我們等待電力恢復，我們就乖乖坐在等候室，有大片落地玻璃窗，遠遠可以看見青翠的邊林，陽光斜照進來，停電沒有冷氣，等候室越來越熱，然後，然後，」她語氣變得急促，「邊林中跑出幾十個黑點，我們都趴在玻璃窗上觀看，然後看到是黑毛鬼跑過來，那是我們第一次看到黑毛鬼，在等候室陪伴我們的檢查員大叫說是黑毛鬼，那是我們第一次知道牠們的名字。」

潘曲不打斷她，靜靜聽她說。

「黑毛鬼吃人，我們看著牠們把路人活活撕開，我們很怕，我們抱在一起尖叫，黑毛鬼跑過來用力敲打玻璃，很多隻衝過來，越來越多，玻璃快要掉下來，檢查員帶我們逃走，逃去樓上的一間房間，把門從裡面反鎖。」老女人的眼睛游走於空氣間，彷彿當時的恐怖情景就在眼前，「房間裡面很暗，我們聽到外面慘叫聲，一個又一個，我們掩起耳朵，很怕，然後門被撞開了，黑毛鬼一進來就吃人，我的朋友死了……」說到這裡，老女人停止說話，整個人停滯了，像凝固在時間中的植物人。

飛行巡艇飛越地球人口研究中心廢墟時，老女人才「啊」了一聲回過神來：「我要下去。」

潘曲如她的願，讓飛行巡艇降落在屋頂，以免在平地容易遭到攻擊。

「妳要進去嗎？」他問老女人。

她微微點頭：「我要去找我朋友，」輕輕擦拭淚水，「這麼多年了，我一直不敢再去找她。」

飛行巡艇的門升開後，老女人步伐踉蹌地爬下巡艇，拖著嚴重內彎的兩腿蹣跚經過走向屋頂上的大水箱和電機房，找到通往建築內的入口，她又拉又推，但入口門是外鎖的。

潘曲輕推她：「我來。」他用雷射槍輕易地破壞了門把，推開門後，一道黑暗的樓梯映入眼前。

他們步下樓梯就抵達老女人避難的樓層，雖然時隔四十年，她依然像是昨日剛經歷過似的，東覓西尋了一陣，來到一道破開的門前時，老女人停下腳步，呆呆望著門口。

「就是這裡嗎？」

老女人點頭，伸手輕輕拉著潘曲的衣角：「可以陪我進去嗎？」

潘曲將雷射槍調成照明模式，率先步入那房間，看見翻倒的桌椅和牆壁斑駁的痕跡，以及地面狼藉的人骨，可以想見當時的慘況。

「有一個頭骨。」潘曲說，「我幫妳拿，好嗎？」

老女人經過潘曲身邊，步入彷如惡夢現場的房間，跪地抱起頭骨，緊緊摟在胸口，輕柔地呢喃：「對不起。」

頭骨的頂部有個大破洞，顯然是腦子被掏空了。

「為什麼？牠們當年不吃妳？」潘曲很想知道，但不期待老女人會回答。

老女人回答了：「我也覺得很奇怪……」

黑毛鬼在她面前殺死檢查員，在她面前啃食她朋友，她跟另一個女孩瑟縮在角落的椅子後方，天真地期盼黑毛鬼沒看見她們。黑毛鬼大概是吃飽了，暫時止息了殺意，牠走近她們藏身之處，湊近她們，嗅嗅她們身上發出的氣味，她們嚇得不停哆嗦，忍住不讓自己叫出來。

此時神奇的是，黑毛鬼走去門口守著，觀望外界，兩名女孩盯著地面的殘骸，還有一顆頂部洞開的頭顱，眼球、舌頭和腦子等軟組織都被吃掉了，想到不久前她們還在等候室聊天，對法定停經日後的約會感到既興奮又期待。

守在門口的黑毛鬼忽然挺直身子，原來是另一個黑毛鬼來了，兩人互相叫囂了一陣之後，對方就離開了。

又等了很久，外頭完全安靜下來了，那隻黑毛鬼依舊在門口耐心的守候。

外面的光線開始轉黃時，那隻黑毛鬼再度警覺地站起來，原來又有一隻黑毛鬼靠近他們，牠們同樣互相叫囂，但這次不同的是，另一隻黑毛鬼硬闖進來，緊緊瞪著兩個女孩，被守門的黑毛鬼跑過來擋住，繼續向牠吱吱喳喳地好像說了很多話。

沒想到，兩隻黑毛鬼竟達成協議，後來的守在門口，先前的走向她們，拉了一名女孩出來，她嚇得小便失禁，閉眼不敢正視牠的眼睛。

更沒想到的是，黑毛鬼把她反轉過來，扯下她的褲子，她覺得下體被一根熾熱堅硬的東西頂住，接著那東西用力地插進體內，她痛得咬緊牙關，然後，當那東西開始在體內抽動時，她才理解發生了什麼事！

她的同伴跪在地面，張口結舌地盯住黑毛鬼強暴她，她也驚駭萬分地跟同伴互視，試圖弄清楚自己目前的處境。

那天晚上，在兩隻黑毛鬼的指導之下，兩名女孩分食了一點檢查員的屍肉。

「很多年以後，學了一點黑毛鬼的語言後，我才明白為什麼我們不被吃掉。」老女人的語氣變平和了，「在黑毛鬼的族群中，牠們的領袖可以跟所有女性交配，其他黑毛鬼可能一生都沒有機會。」

潘曲倒抽了一口寒氣。

「牠們脫離隊伍，沒有跟隨同伴離開，留在這裡，就是想要建立自己的族群。」老女人說。

「原來如此。」潘曲望著她高隆的駝背、彎曲的兩腿，無法想像她四十年來所受的磨難。

老女人抱著頭骨離開房間，步回樓梯要回屋頂。

「現在妳有何打算？」

「回去，回我的子孫們那裡去。」

只不過數分鐘，他們就回到剛才出發之處。

令潘曲驚訝又恐懼的是，那群黑毛鬼跟人類的混血兒包圍著四名生化人，已經將她們肢解，身體碎片和綠色的體液流了一地。

潘曲頓時後悔拋下她們，他們並無不共戴天的仇恨，他並不希望她們遇上這些事，這也說明了黑毛鬼蘊藏在基因中的野性是強烈且難以控制的。

老女人一離開巡艇，黑毛鬼就擁上前來聒噪地說話，抱怨不好吃，老女人生氣地罵道：「我早說過，不能吃！不能吃！有毒的！」

她低頭看著生化人被撕斷的腿，肌肉被撕成條狀，那些人造肌肉雖然具有跟肌肉相同的特性，但並無真正的蛋白質，人造皮膚雖有相似的有機組成，但分類上更接近塑膠，仿神經以及在體內流動的體液，雖具有相似功能，但不能成為真正的人體組織，也絕不會是可消化的食物。

潘曲嘆了一口氣，然後呼叫老女人：「女士！我要走了，妳真的確定不跟我走嗎？」

她向潘曲揮手，然後轉過身體，不再望潘曲一眼。

潘曲關上門，飛行巡艇迅速升空。

老女人的子孫們不停抱怨，但她充耳不聞，只在生化人的屍首間穿梭，見到有的頭被拔下，頸部流瀉出一堆仿神經和仿血管，頭頂被開了洞，從洞口拉出一塊連著仿神經束的記憶立方體。

終於，她看到一個完整的頭。

她知道生化人，以前小時候，她曾經跟同學去「腎上腺素中心」發洩情緒，那是地球聯邦最昂貴的娛樂場所，但她父母每個月有給她充足的點數。腎上腺素中心最高價的消費是生化人，你可以強暴生化人、毆打她，甚至肢解她。她就跟同學們合力肢解過一個生化人，宣洩年輕的獸性。

當時，那個被扯斷了脖子的生化人的表情，她永遠不會忘掉。

那是解脫的表情，是帶著狂喜的沉靜。

當她捧起那個生化人的頭時，那個頭還會說話。

她忘了說過什麼了。

重要的是，眼前這個被黑毛鬼扯斷的頭，眼瞼仍在張合。

老女人在地面那灘綠色液體中找到遙控器，舉到那個仍有意識的頭顱面前：「這個怎麼用？妳會嗎？」

老女人不知道生化人有個詩人的名字，她叫左拉，她的喉頭咯咯了幾聲，眨眨眼睛表示知道。

「可是沒有按鈕，什麼都沒有。」

左拉眨眨眼，努力地擠出幾個字：「用我的腦控制。」

老女人點點頭：「原來如此。」然後召集所有子孫們來到潘曲開來的飛行巡艇旁邊，就在矮圍牆後方的草叢中。

她告訴他們，這裡面有好東西，叫他們進去找。

等大家都聚集過來時，她閉上眼睛，忖著：「是我把你們帶來這個世界，現在也由我來帶你們離開吧。」隨即對左拉說：「為我啟動它，好嗎？」

左拉的眼睛已開始混濁，但她還是努力眨了眨眼。

飛行巡艇底部閃起一道亮光，將巡艇炸裂，點燃了內部的核燃料棒，在不到一秒鐘內變成一團火球，將最接近巡艇的生物瞬間化成分子，方圓十公尺內的生物熔化。爆炸的衝擊力粉碎了矮牆，炸陷了房子牆壁，燒毀了客廳裡的沙發和茶几，抹除所有居住過的人的痕跡，方圓一公里內的房子全部化成瓦礫，通往瑪利亞地底工廠的鉛筒也被掩埋在層層碎塊下。

潘曲並不知道下方發生了這件事。

其時，他已經離開賈賀烏峇遠遠的，在飛往禁區雪浪的路上。

初夜

今晚鐵臂不回去奴隸的營地了。

蠻娘住在飛蜥營，而聖衛士長下令她跟鐵臂婚配，所以鐵臂便也住在飛蜥營了。

蠻娘自己有專屬的棚子，緊貼飛蜥們的棚子，好隨時知悉飛蜥的動靜。棚子地面鋪了柔軟的乾草，入口外燃起守夜的篝火，隨時可取火把觀察四周，或驅趕野獸，篝火中不時添加香草，發出的香氣可驅蚊。

鐵臂走到棚子入口，見蠻娘屈膝坐在乾草上，一時止步不敢進去。只見蠻娘不再一頭蓬髮，用油脂將棕髮梳理得光滑油亮，臉也洗乾淨了，在火光映照之下，跟之前的邋遢判若兩人，就跟鐵臂用心眼真正看見她的樣子一模一樣。

蠻娘說話了：「進來吧。」她用手拍拍旁邊的乾草：「坐在這裡，我們談談。」她語氣平淡，也沒有平日的粗聲粗氣。

此時此刻，鐵臂不再心跳劇烈，反而異常的平靜，似是長遠的旅程終於抵達了終點。他緩緩坐在蠻娘面前，等待蠻娘開口。

「我死了三個男人，」蠻娘開口就說，「你知道嗎？」

鐵臂點點頭，癡迷地盯住她：「我聽人說過。」

「跟我結婚，都會有不幸的命運，你會早死的。」

鐵臂搖頭：「不會，因為我不是他們。」他凝視著蠻娘的眼睛，火花在她瞳孔中閃爍，「我才八歲，至少還可以再陪妳二十多年。」

「等等，什麼意思？」蠻娘晃晃頭，「你才八歲？」

「對呀。」

「你看我幾歲？」

「大概七歲吧，我猜。」

「我二十二歲。」

鐵臂嗤笑道：「不可能，二十二歲很老了。」

蠻娘看他不像是開玩笑，於是打量鐵臂高隆的額頭、凸起的臉部，再看他精壯的身體，下體的破布無法遮蓋他勃起的陽具，蠻娘伸手將破布蓋上他的陽具，手指剛碰到他的龜頭，鐵臂口中一聲：「哎。」頓時射精。

他沮喪地嘆了口氣：「對不起。」

蠻娘覺得好笑：「你沒碰過女人嗎？」

鐵臂第一次看到蠻娘的笑容，整個人頓時酩酊大醉，幽幽地說：「妳是我第一個女人。」

「你為什麼想要我？」蠻娘嚴肅起來，「從第一天進來飛蜥營，你就盯得我很不自在。」

鐵臂深吸一口氣，才說：「我找妳很久了，沒想到妳在這麼遠，走了這麼長的路程，經過這麼多的危險，終於找到妳。」

蠻娘完全捉摸不到他的意思，他是瘋子嗎？但從他能從石頭人之地生還，又有御龍的本領看來，他說的話是很認真的。「你以前見過我嗎？」

「我們認識很久了，有一次，我們一起騎一匹馬，」鐵臂腦中浮現出他從沒見過的高大四蹄生物，他跟蠻娘兩人穿著毛襖，騎馬穿過大草原，目標是逃往一處溪谷，「我們從小認識，但後來一個老人搶了妳，因為妳父母欠他羊，我帶妳逃離老人，去溪谷找妳的父母，但沒找到，然後有人埋伏在林子，殺了我。」他指指胸口：「斬來這裡。」

他的故事太虛幻，而他又說得如此認真，蠻娘一時不知所措：「你還活著呀。」

「那不是現在，是很久以前，另一個世界的事。」鐵臂說，「還有一次，我們也是從小就認識，一起去一間白色的木房子學習，四周是沙土和乾草，房子上面有這個，」他用手指交叉了一個十字，「我好愛妳，想長大跟妳婚配，但有個人很嫉妒，放火燒妳家的房子，有兩層的，我進去救妳……」說到這裡，鐵臂停住了，目光失焦，似乎在觀看另一個時空的場景。

「救到了嗎？」鑾娘輕問一句。

「哦，救到了，我們一起下去，但是屋子倒塌，我們來不及出去。」

鑾娘凝望著他認真的表情，心中覺得困惑，但仍像對小孩說話般說：「所以，我們遇過兩次，在兩個不同的世界。」

「還有，有一次我們在一起了，住在河邊的木屋，河邊的石頭像圓圓的蛋，我們生了三個孩子，兩個男孩、一個女孩。」

「也是從小認識嗎？」

「從小……我們都是黃色頭髮的，天氣很冷，我們最喜歡在火堆旁邊擁抱，」鐵臂彷彿魂遊天外，不自覺地握緊鑾娘的手，哀傷地皺起眉頭，害怕她離開似地，「但是，妳在生孩子時……很痛苦，流了很多汗，皮膚像漏水那樣，孩子生不下來，妳也沒活了。」說完時，他已熱淚盈眶，閉著眼默默沉浸在悲痛的回憶中。

「我不懂，你為什麼要說這些故事？」

「這不是故事，是我看到的。」事實上，鐵臂自己也深感困惑。

從有意識開始，他便有強烈的念頭要尋找一個女孩，火母曾經深深吸引他，但不曾出現遇到鑾娘時如此強烈的衝擊。一切的轉捩點在聖殿，他兩度被泡入白晶水中，每浸泡一次，意識就像被剝去了一層厚皮，眼前的世界變得更為清澈。

當他第一眼看見鑾娘時，大量的畫面立時從記憶極深之處被召喚出來，彷如同時觀看數十部電影、經歷數十個人生。

「最久最久以前的一次，我穿著奇怪的衣服，從頭包到腳，頭被包在透明的球中，外面滿是星星，我站在大石板上，不，不是石板，是飛船，很像站在飛蜥背上，不過很硬，我們飛在黑色的太空中，底下沒有陸地，而是有個超大的藍色大球……」

鐵臂說的已經超出鸞娘的理解範圍：「等等，這個故事中，我不在嗎？」

「有，妳在家等我，因為那時候，妳剛生了蛋，在家休養，沒想到蛋被一個嫉妒的人打破，妳傷心得病倒了。」

「我生蛋？」鸞娘覺得有趣。

「我們當時長得跟現在不一樣。」

「然後呢，你有回去見我嗎？」

「沒，那時候太空中出現一個紅色大球，整個大球都是紅色毛髮，比我站的飛船還大，它出現時，我們都知道完蛋了，逃不掉了，然後我們都被吃了，連飛船一起被吞噬了。」

鐵臂忽然有了個領悟，「哦，我明白了，球是活的，球是生物……」

「你的故事太奇怪了，從來沒聽過這種故事。」鸞娘笑說：「你打算整晚都要說故事嗎？」

「不，我只想回答妳剛才的問題。」

「我問了你什麼？我忘了。」

「妳問我為什麼想要妳？」

「那你現在不該是迫不及待地想要我嗎？」鸞娘把手伸到他的大腿之間，嘴唇在他的臉龐上探索，鐵臂的意識馬上從冥思中回神，剛射精不久的下體迅速充血。

「我……沒做過那件事。」他撫摸鸞娘的肩膀，手掌慢慢移到她柔軟嬌小的乳房上，「怕做不好。」

「你說你很久以前做過的，不會忘的，」鑾娘推他躺下去，跨坐在他身上，「不過，今晚讓我先喚回你的記憶吧。」

今晚的飛蜥營，其他的守營奴隸全被安排睡在營地的另一端，不打擾鑾娘和鐵臂的初夜，但遠遠望去，他們依然可看見火光投照出的人影纏綿，依稀聽見鑾娘的嬌喘，偶爾飛蜥會回應似的嘶叫。

他倆在軟草堆上糾纏了許久，直到篝火漸弱，鐵臂爬起來添木柴，鑾娘也投了幾塊香木，空氣中立刻瀰漫著濃濃香氣，兩人的身體興奮未消，香氣更是刺激兩人再度緊摟在一起，鐵臂直接在篝火旁插入她，經過了數次交接，他越來越熟悉鑾娘的身體了。

終於在深夜時分，兩人並肩躺在草堆上，氣喘吁吁，但仍捨不得入睡。鑾娘輕撫自己的肚子，此刻的裡頭正發生一場爭奪戰，她合上眼睛，甚至能感受到精蟲在子宮內的騷動，感覺到無數的小尾巴劇烈轉動，爭相游向輸卵管。

「你說會陪我二十年，是真的嗎？」她仰望棚子的橫樑，輕聲地問鐵臂。

「是，這次我們會一起變老，不會再分開了。」鐵臂的語氣十分篤定。

「你真的看得到過去？」鑾娘說，「我小時候聽媽媽說過，跟神靈溝通的祭師，有些很厲害的，還能看得到未來，你行嗎？」

「看得到一部分，」鐵臂輕輕握著她的手，撫摸她指肉上的粗繭，疲倦漸漸爬上眼瞼，「我們會有兩個孩子，一男一女。」

他倆滿足地沉沉睡去，然後鐵臂做了個夢，是他自從泡過白色聖水後，就常會做的夢。

夢中是一片廢墟，比跟火母和潘曲一起去過的廢墟更殘破，比跟沙厄去過的地底古墓更死寂，他在夢中隱約知道，那是未來。

是他和蠻娘的孩子將會抵達的未來。

廢墟彷彿遍滿破瓦碎礫的平原，所有文明曾經存在的證據都被輾得粉碎，但是，曾經被水泥和柏油重壓的地面得以呼吸了，野草的幼苗悄悄從瓦礫的縫隙中冒出頭了。

他發現他的腳並沒踏在地面，而是浮於廢墟之上，天空出現爆裂聲，他抬頭望去，看見三團火球斜斜衝入大氣層，穿破陰晦的雲層，下方發出生靈的哀號。

「不要。」他心裡呼喚，「不要。」

「鐵臂！」有個更急促、更尖銳的聲音從心底揚起，「救我！鐵臂！救我！」鐵臂瞳孔放大，眼前出現一張清秀的臉孔，一個女生焦急地、恐慌地抬頭四顧，希望尋找救星，「鐵臂！救我！」

他知道那女生是誰，只是這麼久以來，從未想起她。

她是白眼魚。

為何會看見他從來沒放在心上的白眼魚？

「鐵臂！」白眼魚把臉轉過來面對他了，「救我！」那聲音的衝擊是如此強烈，他整個人彈起來，渾身熱汗，才發現天色已經微亮。

蠻娘也被他驚醒，坐起來望著他，用眼神問他怎麼了？

鐵臂重重地喘息，說不出話來，他心跳混亂，前所未有的恐慌。

「天縫！」他不自覺地說出來了，「天縫有危險！」

白眼魚—火母低頭摸了摸肚皮上的人造皮膚，打從嬰兒時期植入的身體調控晶片，剛被禁區電腦深海拿走，按壓下去還麻麻的。

她回頭望望電腦大樓入口，心想不知尚有幾分鐘，那位改造人就要回來。

「你的『犧牲』是什麼意思？」白眼魚—火母追問深海。

木虱是白星的丈夫，她知道白星的個性，失去兩個孩子之後就變得精神緊張，即使被逮來這裡，只要家人在身邊，她都還能控制情緒，但若失去丈夫，她肯定會發狂的。

「那人是你們族人之中第一個被改造的，摩訶一定很有興趣知道改造成不成功，他一定會來探望。」

「然後呢？」

「然後改造手術失敗，那個人發狂，身體爆炸，摩訶會受傷，我就會要求為他檢查身體，如此的話，今天就能將這晶片放進去了。」

「改造失敗很常發生嗎？」

「25.65％」

「也就是……」

「大概四個之中有一個失敗，不過大部分可以重新修正，死亡率只有4.78％。」「只有」的意思是，二十五人會有一人死亡。

「這個人是有妻子的，如果他妻子知道丈夫死了，我擔心她會發瘋。」

「這點妳無需擔心，剛才那一幕，她早就以為她丈夫活不成了，如今再死一次，她也不會知道。」

白眼魚—火母搖頭：「不行，太殘酷了。」

「我知道你們人類的計算方式跟我的不一樣，但是這裡有個很簡單明瞭的數學，犧牲一個本來就要死的族人，以及讓妳的族人男性全部被改造、女性全部受孕、老人跟弱者全部被消滅，妳覺得哪一個比較殘酷？」深海說，「我相信這種計算用最古老的電子計算機就行了，根本不需要用到量子電腦。」

「是的，」白眼魚—火母心想，「但是，即使古老的生物也懂得照顧受傷的同伴，而非犧牲同伴。」但她沒說，她也做過犧牲族人的事，她不想再做了。她問深海：「你還沒告訴我，把這晶片放進摩訶身體之後，會怎麼樣？」

「我會降低他的腎上腺素，降低胰島素，提高腦內啡，然後輸入跟心電圖相反的波形……」

「你要殺他。」

「不只是他，我剛才說了，母親的實驗失敗了，所以必須銷毀實驗品。」

白眼魚—火母不安地望著門口，那名改造人該隨時要進來了。

「你無需犧牲木虱——我的那位族人，」白眼魚—火母想到了，「你掃描過我所有的族人了，應該知道他們都有這晶片。」

「沒錯。」

「你可以令木虱表現得更厲害，例如提高他的腎上腺素，讓他做出初次改造的人做不出的事，也可以加速他的身體復原能力，然後讓摩訶自己想要擁有這晶片。」

「這不太直接。」

「不過這比較人性，」白眼魚—火母說，「你接觸人類有多久了？也超過百年了吧，應該很瞭解人性了。」

這句話很有效，深海並沒有思考很久就下了決定：「妳給了很好的建議，那麼我必須儘快把他改造完成。」

「要是能救活他的命，只改造一小部分也沒關係，最重要就是讓摩訶也想得到晶片。」

「妳的建議很好，我會試著完成。」他們終於達成協議。「事實上已經快完成了，在另一個手術室，幫他更換了人造肝臟和部分人造肋骨，幸虧肺臟仍然完好，肺功能測試通過，他的左臂，我安裝了迴轉鉤，很適合他的身體。」

沉重的腳步聲在門外響起，改造人宣告他的到來了。

白眼魚—火母跟深海是用記憶立方體對話的，並不擔心被改造人聽到。

「你說他們是失敗的實驗，那麼你是否打算銷毀所有的實驗品？」她不敢問這句話，深海一定聽得出她的言下之意，就是被銷毀的對象包不包括已改造的木虱？

還有一個問題她不敢問：如果守護員的存在如此重要，為何紫色120四十年前要逃走？

只要想辦法活下來，她遲早會知道的。

年輕的改造人滿面春風地走進來，似乎在虛擬室享受了一番。他一進來就聲音高昂地說：「電腦！這小妞調查好了嗎？何時可以受孕？」

深海大聲回道：「她剛進入高溫期，正在不適合受孕的時段，大約十四天後再檢查一次，確定排卵才能進行。」

深海的回答嚇到了白眼魚—火母，電腦說謊了。「我也可以說妳荷爾蒙分泌不規律，難以判斷排卵日。」深海在她腦中說。

「謝謝你。」那瞬間，她對深海有了好感。

年輕的改造人高聲對電腦說：「摩訶大王的精子非常珍貴，你一定要好好檢查哦。」說著就招手要白眼魚—火母跟他離開，「能為我們鐵族的大人生孩子，是妳們女人最高的榮幸了！」語氣頗為自豪。

「鐵族？」這是白眼魚—火母首次聽到他們如何稱呼自己。

「鐵族是人類的統治者，鐵族的足跡將會遍布十二大區，重新征服世界。」年輕鐵族激動的說出口號，像背誦標語一般。

白眼魚—火母被帶去跟女人們一起，被指導女人該做的工作，包括打掃、烹食、種植蔬果，還有養雞。

百越國有佔地很大的幾個養雞場，為了避免傳染病，不同雞場的雞隻不能混淆。

包括大長老柔光在內的老弱男女和小孩被分派最基本的養雞工作，白眼魚—火母則負責管理他們，指導她們工作的女人挺著個大肚子，面色憔悴枯黃，胸前垂著乾皺的乳房，不知生過幾胎了。那女人的狀況令她膽戰心驚，暗自希望深海儘快處理好晶片。

工作至中午以後，有人來傳喚白眼魚—火母了：「摩訶大人要妳去觀看。」

「觀看什麼？」

那人曖昧地說：「你們值得紀念的第一號改造人。」

白眼魚—火母心底一緊，忖道：「終於來了。」

他們來到一個小廣場，旁邊有座很高的大樓，她遠遠看見摩訶的巨大戰車身軀，兩位心愛的兒子陪伴在左右兩側，也看到去天縫捉人的憂鬱臉隊長，最特別的是廣場中間站了兩個相似的改造人，兩人的一條手臂都被換成巨大鉤子，巨鉤從右肩向前方伸出，順時針延伸四分之三圈，彎彎的末端撐在地面，幾乎是個跟身體一樣高的圓環。

其中一個改造人就是木虱，他彷彿還沒自麻醉中完全甦醒，兀自困惑地低頭望著自己的身體，整個右側的上半身都被合金元件取代了，右臂也變成巨鉤。他身邊的壯年男子跟他一樣是右臂巨鉤，但身上另有多處也被改造過，兩腿被改造成有彈片的彈簧腿，向後彎曲如同螳螂腿。

「大雲，表演給他看！」摩訶見白眼魚—火母來了，便吩咐那位彎鉤手、彈簧腿的改造人。

大雲應諾了一聲，他的巨鉤順時針轉動的同時，將他身體高高離地，他邊轉動巨鉤邊奔跑，在巨鉤的助力之下，跑得比用腳還快，很快就抵達高樓下方，奮力用巨鉤扣上牆壁，立刻將他整個身體抬起，彈簧腳順勢一躍，便飛身到二樓，他馬上轉動巨鉤扣上三樓牆壁，旋轉巨鉤將自己帶上四樓，如此重複數次，大雲便到達了樓頂。

木虱看得目瞪口呆，不禁打量自己改造後的右臂，試著將巨鉤緩緩旋轉一圈。

摩訶向他吼道：「你也能跟大雲一樣厲害，喜歡嗎？」

白眼魚—火母注視木虱的眼睛，他的眼睛忽然變得很黑，原來他的瞳孔瞬間放大，面色潮紅，額頭冒汗，便知道電腦深海在調控他的晶片了。

木虱旋轉巨鉤，當巨勾壓上地面時，將他整個人抬起，不禁露出興奮又驚喜的笑容。

隨著巨鉤旋轉一圈，把他身體緩緩著地後，木虱慢慢舉起巨鉤，高舉到頭上，反而嚇壞了大雲，忍不住對摩訶竊竊私語：「他才剛裝上的，有力量把它舉起嗎？」巨鉤少說有兩噸重量，木虱的肩膀尚未裝上像大雲那樣的強化動力裝備，按理木虱不可能舉得起來。

木虱的臉色興奮得有點異常，他不僅舉起比身體重十倍的巨鉤，還試圖在頭頂上方轉動。「不行！」大雲吆喝一聲，衝上前用自己的巨鉤頂住木虱的巨鉤，否則木虱一個不穩，會讓巨鉤從手術部位折脫，把自己壓死。

大雲幫木虱將巨鉤輕輕放下，責罵道：「你傻的！這會害死你的！」

木虱的瞳孔回復了正常，他忽然身體虛脫地跪在地上，剛才的動作令他體力透支，不停地大口喘氣。

摩訶冷眼觀看這一切：「這是怎麼回事？」轉頭問白眼魚—火母：「他在妳族中是名勇士嗎？」見她緊閉嘴唇不回答，摩訶又自言自語：「我看也不像。」

摩訶低頭沉思，在帶有鹹味的海風吹拂下，魁梧的戰車軀體彷如一尊紀念碑。

然後他抬起強悍的脖子，眼神陰沉：「這是新的改造，我要去問電腦。」

白眼魚—火母聽了，不禁深吸了一口氣。

智者

「拿照片，去雪浪，找長老。」潘曲謹記著那由他消失前的叮嚀。

他不太熟悉這艘取自生化人的飛行巡艇，一來性能沒以前從清潔隊取來的那艘好，二來缺少他四十年來的航行紀錄，幸好為防萬一，他有手抄記錄的習慣，很多座標必須重新輸入。

他先尋找最附近的全自動藍藻工廠，補充乾糧。

確定藍藻工廠安全無虞後，他安穩地在工廠睡了一覺。

他預估，一旦到了禁區雪浪，可能難有休息機會。

大清早，潘曲加速飛行，只要先到聖者的洞穴，通常守護洞穴的人便會現身，如果那由他事先有交代，就會直接帶他去見長老了。

一路上天氣不穩定，他繞路避開暴風雨，至傍晚時分才抵達雪浪，其時天氣更加惡劣了，迫使他將飛行巡艇停在聖人洞穴外頭。他待在艙內，核融合動力能夠提供熱量保暖，飛行巡艇的核融合動力是在他有生之年都耗不完的能源。

他打開探照燈，用低光源探看聖人洞穴裡面，只見一簇簇的石灰岩柱，有的如同鳥籠般包裹著人體，據說都是從遠古以來靜坐的聖者。他只觀看了一陣，便生怕打擾到聖者，於是關掉了光源，合眼睡覺。

外頭風雪猛暴，那些守護洞穴的居民，想必也不會前來了吧？

沒想到，當天空大放光明、風雪止息之時，他又被包圍了。

潘曲匆忙爬起，確定皮袋中的照片完好，要向包圍他的雪浪居民說明來意。

他正想打開艙門時，發覺有些不對勁。

包圍他的人挺多的，有十幾個，以前他們奧米加陪同法地瑪前來時，頂多也不過出現一、兩人問明來意。而且這些人全都目露兇光，拿著武器，不管是刀子也好，木棍也好，都是原始但具殺傷力的武器。

潘曲困惑了，雪浪之人最強的武器是心靈力量，他們不靠武器屈服奧米加，而是直接讓奧米加的腦袋進入沉睡。

眼前這些人包圍飛行巡艇，嚴陣以待，卻默不作聲，而且眼神充滿暴戾之氣，一點也不像以前看到的平和。

是他來錯地方？還是眼前這些並非同一批人？

那些人盯他盯得不耐煩，開始用棍子敲打透明罩。潘曲更仔細地觀察他們，注意到他們的衣著跟雪浪居民不同，他們穿的是以前地球聯邦的衣著，只不過很破舊，非常非常破舊。

「這個不對。」他告訴自己，「非常不對。」他將手放在操縱板上，想用反重力場驅逐他們。

「你是誰？」啊，腦袋裡出現聲音了，果然還是有心靈能力的雪浪人吧？不，不對，人群背後有一個高大影子，是他在說話！

頓時，潘曲毛骨悚然！

那是撒馬羅賓！

該名撒馬羅賓身上披著黃色麻袍，遮擋住收起的聽帆，但仍擋不住垂在胸前的長喙，以及額頭隆起的一顆大肉球，顯得更為睿智。

為何禁區雪浪會有撒馬羅賓？這群人果然不是雪浪居民嗎？

「你是誰？你為何來此？」腦中的聲音如雷聲巨響，令他下意識的掩耳。

他想起那由他在瑪利亞的資料庫告訴他的事——撒馬羅賓在背後操縱——眼前的情景完全證實了那由他的想法。

地球聯邦的建立、地球聯邦的崩潰，撒馬羅賓都參了一腳，誰知道他們是否還在人類歷史佔了何種地位？那由他的猜測是：四十年前的地磁逆轉令撒馬羅賓癱瘓，破壞了撒馬羅賓的計畫。

不，說不定沒有破壞，只是延遲了而已。

糟了！撒馬羅賓會讀心！潘曲必須立刻封鎖自己的心靈，以免被撒馬羅賓看透他的念頭。

包圍者開始推動飛行巡艇，一面將巡艇推向斜坡，一面將巡艇的一側抬起，這樣下去，潘曲將會連同巡艇翻滾下三千公尺的山腳。

「飛呀。」身邊忽然有人說話，潘曲大吃一驚，不知何時，那由他已坐在身邊，只不過影像有點黯淡，面容有點憔悴，「打開反重力。」

潘曲的手剛伸出去，心裡卻有聲音叫他縮回來，他當下猶豫了一陣。

「撒馬羅賓由我來處理，」那由他說，「他只能迷惑你，無法控制你。」

潘曲不再疑惑，他快速打開引擎，反重力場立刻將周圍的人彈開遠遠的，將他們震離聖者的洞穴遠遠的，有的人還被震得滾下山。

「潘曲，奧米加，」撒馬羅賓的聲音又入侵了，「你是我需要的人。」

潘曲驚覺他的記憶正一絮一絮地被抽取。

「不用害怕，我擋住了，」那由他令人安慰的聲音說，「他只讀到一點你的記憶，別相信他，智者很狡猾。」

「他叫智者？」

「他的跟隨者是這麼稱呼他的。」身邊的那由他像是立體照片，嘴巴沒在動，姿勢也沒改變，「我是你腦中重疊的影像，我不在這裡。」

「我知道，現在我該怎麼做？」他調整反重力場，擺正了飛行巡艇，升空俯視他們。

「保護聖者的洞穴。」

只見那些被反重力場震離聖者洞窟的人們，再度開始往上走，厚厚的積雪令他們步伐艱難，但似乎有一股力量令他們屈而不捨。

智者緩緩展開聽帆，將船帆般的翅膜朝向飛行巡艇，潘曲當下感覺腦袋瓜一陣紊亂，像有根湯匙伸進頭顱搗動。他終於明白，當他對別人施展「流出」時，別人是什麼感受了。

「穩住了，潘曲。」那由他溫柔的聲音一來，他的腦袋瓜瞬間便舒服了，但依然能感覺到智者強大的意識流沖激著大腦皮層。

「我該如何保護聖者洞穴？」

剛才那些人紛紛從雪地上爬起，一步步爬上山坡，湧向聖者洞穴。

「雪崩。」那由他說，「如此至少有很多年，聖者們不被打擾了。」

「雪崩……」潘曲唯一想到的是利用反重力場去推動積雪，不過厚實積雪真的能被推動嗎？

「潘曲，」智者的聲音像洞穴中的回音，「你很了得，原來你的力量這麼強，你應該加入我們這邊的。」

潘曲不理會智者，他將飛行巡艇急速上升，待遠遠超過聖者洞穴的高度之後，他想到了：「警報器！這部飛行巡艇有警報器。」

飛行途中，他仔細檢查過這艘飛行巡艇的功能，跟他從清潔隊取來的稍有不同，他不知生化人是從何處取來的，但他聽過這種警報器的聲音，非常尖銳刺耳，而且範圍很廣。

若在聖者洞穴的上方打開警報器，持續的強烈音波，是否能將積雪震鬆，製造雪崩呢？

他找到發出警報聲的按鈕，還有調整頻率及聲量的調節器，把頻率調到最高，高至人耳聽不見的程度，音量調到最大。

撒馬羅賓的聲音又來了：「你不想見見老朋友嗎？」

「什麼老朋友？」不禁心中疑惑大起。
「你的同伴已經跟我們在一起了。」
潘曲的手指停頓在按鍵上方：「你說的是什麼意思？」
那由他提醒：「別被他迷惑了。」
「塔卡、泰蕾莎，你認識的，哦，還有黑格爾。」
「那是他從你記憶中竊取的資訊。」那由他說，「快，聖者洞穴。」
「你往下來看看，他們正向你招手呢。」
「潘曲，他在迷惑你，快按下去，保護聖者……」
忽然，艙內產生一股衝擊波，艙內狹小空間的空氣劇烈膨脹了一下，潘曲身邊座位上便突然冒出一個人，不是幻影，而是真正的人。
潘曲被衝擊波撞上艙門，一時頭昏，但他沒時間頭暈，必須儘速回過神來，他看見忽然出現的是名少女，臉孔的輪廓跟當年一樣：「泰蕾莎？」
泰蕾莎沒跟他打招呼，也沒客氣，她也感到頭昏，但依舊撲向潘曲，緊摟著他，口中大喊：「我捉到他了！」
潘曲霎然明白了——她空間跳躍進來，也要用空間跳躍將他捉出巡艇。
「泰蕾莎，不要這樣。」他直視泰蕾莎的眼睛，發現她比當年更青春。
泰蕾莎雖然緊抱著他，限制他的行動，但眼神異常地平靜：「他會帶我們到我們想要的未來。」
「我們想要什麼未來了？」他不記得四十年前當他們都還年輕時，曾經討論過這個話題。

艙內忽然爆發另一股衝擊波，又有一個人出現在旁邊座位上，艙內頓時十分擁擠。

「塔卡……」潘曲並不意外，印象中，泰蕾莎和塔卡總是膩在一起的。

塔卡也好年輕呀。

他剛才還在想，光憑泰蕾莎一人之力，不足於用空間跳躍將他強制帶走，但若加上塔卡的力量，那就不一定了。

很奇特的是，此刻那由他仍然坐在座位上，影像跟塔卡重疊，但他們完全看不到他的存在。

塔卡和泰蕾莎年輕有力，兩人將潘曲完全制伏，令他動彈不得，兩手被反扣在背後，無法伸手按下警報器，從他們的表情看得出來，他們已開始操作空間跳躍，四周的影像開始扭曲，連聲音都被扭曲了。

潘曲焦急地看著那由他，心想：「難道你不做點什麼嗎？」

那由他似乎聽到了，他伸出手，那隻手竟然在空氣中漸漸化為實體。

然後，那由他按下警報器的按鈕。

第十章

故鄉

家是你的夢想之地，
而不是你可以抵達的地方。

荷馬《奧德賽》

回家

「天縫出事了！」鐵臂焦慮地望著初升的太陽，從山後投出金黃色的彩帶。

火母教過他看太陽。

他剛離開天縫，跟火母一同乘飛行巡艇探索光明之地時，火母教過他光明之神的事。「光明之神的名字叫太陽，祂每天從東方升起，趕走黑暗，然後越過天空，在西方降回地底，穿過地底的黑暗之河，再從東方升起。」這是火母版本的說法。

後來他知道那是假的。

跟潘曲初次見面時，就遭到潘曲意念「流出」攻擊，沒想到反而把潘曲的部分記憶植入了他的記憶。

後來沙厄教他呼吸法和意念集中法，又令他心門大開，竟能接收到一些沙厄的記憶。再經過兩次浸泡奶白晶水之後，他感覺腦袋像個無底深淵，可以吞下所有四周流動的意念。

然後他從周圍的意念中獲知世界是個球體，也知道世界是繞著太陽轉的。

所以根據太陽的方向，他可以找到回家的路！

不過，不，光明之地太大，而家太遠了，他還需要一個幫忙。

於是，他抱膝坐在地面，面對晨曦，半合上眼，凝視眼前的光點。蠻娘依然躺著，依偎在他腿邊，並不知道鐵臂心中的活動，但鐵臂感受到她心中的滿足、安慰，這令他很有罪惡感，因為他接著要做的事。

「沙厄，」鐵臂在心中高呼，「沙厄，你在嗎？」

他記得火母駕駛飛行巡艇時，常常會在一塊發光板上面尋找地點，所以他知道飛行巡艇有尋找回家路徑的方法。雖然沙厄沒告訴他，但他從沙厄腦中捕捉到他駕駛飛行巡艇的畫面。

沙厄也有一艘飛行巡艇，只是他藏起來了。

「沙厄，」眼前掠過道道閃光，像一連串快速流過的光球，「沙厄，我是鐵臂，你在附近嗎？」

呼喚了幾分鐘，沙厄的聲音驟然出現：「好厲害，你竟然有本事找我了。」鐵臂心中一陣狂喜。

「我需要你幫我回家。」

沙厄沉默了一下，才問：「你家在哪裡？」

「我不知道。」

「那我如何幫你回家？」

「我告訴你我所知道的，我家在地底下，外界的人不會發現，以前我在探索地底的邊界時，看過這個畫面，我知道是文字，但我不認識文字。」他把在暗影地所見的，刻在岩壁上的文字從記憶中挑出來，用意念傳送給沙厄。

又等了一會，沙厄才回應：「ＣＫ２１……你等等。」沙厄坐在飛行巡艇中，躲在可以眺望飛蜥營的山頭上，搜尋巡艇電腦中的禁區名單。

「真的有……」他說，「是編號之外的禁區，難怪……」

「不只是這樣，天啊……」鐵臂感受得到沙厄語氣中的驚奇，「有七個！」

保存古人類基因的實驗禁區，竟分布在世界的七個角落，彼此相隔甚遠。

「你找到我家了嗎？」鐵臂問道。
「你要怎麼回去？」沙戹試探，「用飛蜥嗎？」
鐵臂倒是結巴了：「不，不可以的，蠻娘會被怪罪的。」
「原來你有女人了，恭喜呀。」
「我知道你有那個……」他想了想名稱，「飛行巡艇，我知道可以兩個人用。」
沙戹咬了咬牙，有一種被逮到的感覺：「你要交換。」
鐵臂頗為困惑：「什麼叫交換？」
「沒有不勞而獲的食物，沒有免費的幫助，你要得到任何東西，必須拿東西來交換。」
「你要拿什麼交換？」
「水，」沙戹說，「那個水，那個你泡過兩次的水。」
他已經知道，他們辛苦從古帝王墓穴中找來的肉球並不是可以收藏的東西，那肉球真的是類似仙人的生物，浸入水銀數千年仍然存活，歷史上有紀錄生命力如此頑強的也只有極地冰封的古菌。沙戹無法理解那肉球變化出來的半鳥人是何種生物，但他肯定那浸泡鐵臂的奶白液體是生命之源。
「只要你能給我那種水，我就用飛行巡艇帶你回家。」
「你明明知道是不可能的。」鐵臂知道前往那水槽的路途是如何戒備森嚴，他根本連走近聖殿都不可能，更何況是走到水槽的位置？
「那你得自己想辦法。」沙戹說著便中斷了聯繫，不再跟鐵臂用意念通話。
事實上，他也有點害怕鐵臂，那小子進步得太快了，根本無需艱苦訓練就達到了跟他差不多的力量，彷彿是天生就擁有能力，只需要有人點醒，若再加以練習，豈不更加厲害？

說真的，沙厄就是不甘心，老覺得被鐵臂佔盡了便宜。

他抱臂坐在飛行巡艇內，遙望正從山頭冒出來的朝陽，一道道光線投上乾燥的地面，慢慢鋪照上飛蜥營的棚子。他知道鐵臂在那兒，他等待鐵臂再度聯絡他、哀求他。

畢竟，原來鐵臂來自秘密的實驗禁區，幸好他駕駛的是從清潔隊得來的巡艇，才會有完整的秘密禁區座標。鐵臂果真是原始人類的舊物種，這就是他的超能力進步神速的原因嗎？

鐵臂懊惱地停止使用意念通話，將意識回到現實，卻看見蠻娘早已爬起來，正跪在正前方注視他。見他回神過來了，蠻娘神色認真地問：「你剛才去哪兒了？」

蠻娘的凝視令他心跳變快：「我一直在這裡呀。」

「不，你剛才不在，你剛才的精神好像離開了身體。」

鐵臂愣住了，一時無法回答。

「我見過這種眼神，我小時候見過巫師跳祭神舞的時候，就是這種眼神。」

鐵臂聽了，才剛鬆一口氣，蠻娘又緊追不捨地問道：「你在想什麼？你想離開嗎？」

鐵臂大吃一驚：「為何這麼問？」

「別忘記我死過三個男人，我很瞭解男人的眼神。」

鐵臂還正猶豫，蠻娘又說了：「要走也可以，不過你答應至少陪我二十年的，你離開了也一定要回來，要不然就我們兩人一起離開。」

一股血氣沖上腦門，鐵臂緊緊握住蠻娘的手：「我的族人遇上壞事了，我要去幫他們。」

「他們很遠嗎？」

「非常遠。」

鸞娘站起來，去拿了一些乾糧，還裝了個皮袋子的清水，鐵臂從來沒見過如此便捷的裝水工具。「走吧。」她說，「你要用哪一隻飛蜥？」

鐵臂被鸞娘的氣勢所折服，情不自禁地緊擁鸞娘：「謝謝妳。」

「你說我們認識很久了，我相信，」鸞娘輕聲說，「我覺得，很久以前，我們也做過相同的事。」

在飛蜥營的營長和奴隸們醒來以前，鐵臂和鸞娘乘上跟他配合得最好的飛蜥，離開了蓬萊國。

遠方的山頭上，沙卮驚見一個黑影劃破晨曦，朝南方滑翔。

「他真的做了！」沙卮吃驚不小，上半身忍不住前傾，將臉貼在透明罩上，眼珠緊追飛蜥的滑翔路徑，「他知道座標嗎？」

在遠方的聖城中，高高的聖殿之頂，兩個半鳥人生物也在遙望飛蜥營，他們並不實際用眼睛看，而是用心念感覺周遭的動靜。

較矮的白色半鳥人注視鐵臂遠去的方向，說：「設計師，歐牟（Oum），你的預測實現了。」

高大的古銅色半鳥人同樣眺望飛蜥遠去的背影，他默不作聲，良久才說：「過去計畫不準確的代價太大了，不能再犯錯。」

「在我看來，你從未犯錯，海洋之神的旨意深不可測，一切都有原因，只是我們未能看破。」

「你說得是，恩納士（Enas），感激你為我付出的努力。」

「我們都是母星的子女，我們都在為母星努力。」

高大的歐牟感動地說：「我們的主人唯一做對的事情，就是創造了我們。」他轉身面向太陽，展開碩大的聽帆，吸收從太陽傳送到地球的電離子，做為今天的早餐，整片聽帆頓時為之暖和，「我們應該準備喚醒所有撒馬羅賓了。」

「冰原的時刻來臨了。」

「冰原的時刻來臨了。」歐牟重複道。

無助

摩訶興沖沖地走去電腦大樓，直接問深海：「那個新來的改造者，為何表現如此不同？」

「摩訶大人，因為他的腎上腺素……」

「我不用知道這些，你只要直接告訴我原因。」摩訶根本沒興趣知道技術細節，因為他對科技一竅不通。

「這族的每個人身上都有一枚晶片，我幫他改造時，發現是一種特殊晶片，可以控制體內的荷爾蒙，」以及某些神經活動，但深海沒說，「剛才為了讓他表現好一點，我試著調控了一下。」

摩訶望著電腦，電腦沒有臉孔，他望的只是螢幕和閃爍的小燈，這些機械裝備令他認為電腦只是沒有思想的工具，而這也是深海極力要讓他以為的。

「所以，只要有這些晶片，他們就能產生好幾倍的力氣，產生前所未有的勇氣，」摩訶眼神淩厲，呼吸因興奮而急促，「成為更厲害的戰士！」
「技術上來說，是的。」
「我要這種晶片，」摩訶的腦筋動得很快，「反正我們不改造女人，所以可以殺一些女人，拿她們身上的晶片。」
「大人，不需要殺人，晶片在很淺的部位。」以前的火母是這樣考慮的：若把晶片埋得太深，身體組織的厚度會阻隔訊號，況且天縫人也不知道它的存在，不會想去取出來。
「去拿一個給我。」
「摩訶大人，已經有一個了。」深海解釋道，「他們剛死了一個女人，我把晶片取出來了。」深海說謊，但摩訶沒料到電腦會說謊，也不會去追究是否真的死了一個女人，他重視的只有能改造成戰士的男人。
「很好，我要你為M－11號安裝。」
深海一時錯愕。
這不是深海計算中的狀況。
摩訶的思緒果然不容易猜測。
M－11號是他的第十一個兒子，是他兒子之中表現最弱的一位。
深海知道，這個禁區裡頭，只有他和生化人守護員具有科學工程知識，但守護員有一雙可以行動的腿，而它只能待在電腦大樓中負責改造手術。
禁區的野生人類只是實驗品，不是決策者，也不需要學習科學知識。但在他們之中出現了一位具有領導魅力的野心家。地球聯邦的管理系統才剛崩潰，摩訶就機敏地嗅到了變化，反過來強迫以往主宰他們的紫色120，脅迫她用摩訶的主意來改造野生人類。

自從守護員紫色 120逃走後，只剩無法逃走的電腦深海，它只好隱藏自己的思考能力，暫且服從摩訶的意志，況且深海平日也需要這些野生人類照顧他。

但即使經過了四十年，深海依然無法捉摸到摩訶的想法。

人類真是複雜。

「摩訶大人，請確認你要為 M- 11號安裝晶片。」

「別廢話，叫我兒子去做手術就是。」

深海趕緊把狀況告訴白眼魚—火母，它掃描了一下，找到白眼魚—火母微弱的訊號。

「你還要用同一個策略嗎？」白眼魚—火母正在被帶回養雞場的途中，她轉動脖子，好讓頭顱內的記憶立方體接收到最清楚的訊號。

「用我的第一個策略，只不過不是妳的族人，而是摩訶的兒子。」

「你要令他兒子發狂，傷害摩訶？」

「手術預計在下午三點結束。」

「……也就是大約兩個小時後。」火母的記憶立方體有內建計時器，「時間那麼短嗎？」

「植入晶片不難，但要等待仿神經生長擴展到全身……」白眼魚—火母被從空曠處帶到大樓和大樓之間，音訊變得不穩定，「……沒出錯的話……」

「你會通知我吧？」

「妳未必在訊號範圍內……大約在殺雞準備做晚餐的時……」訊號中斷了，腦子驀地墜入沉默。

白眼魚—火母被鐵族帶回養雞場工作，她偷偷溜到大長老柔光身邊，悄悄告訴她：「大長老，說不定等下會有大事發生。」
柔光現在是最年長的天縫人了，身體硬朗和思緒清楚讓她逃過了幾次死亡，對危險的氣味很敏感：「什麼大事？」
「鐵族的頭領，摩訶，可能會死。」
柔光並沒有驚訝的表情，反而有點冷淡：「那我們能做什麼？」
「鐵族會陷入一片混亂。」
「我們能做什麼？他們再混亂，我們也依舊比他們弱。」
「長老，」白眼魚─火母正視她，「我們不是弱者，我們成功活下來了，我們就不是弱者，相反地，他們的改造零件快用完了，他們強壯的改造身體是回收再利用的，一旦零件用完，他們將會成為這個世界的弱者。」
柔光凝望白眼魚─火母的眼睛，然後說：「我問第三次，所以我們能做什麼？」
「佔領這裡，讓這裡成為我們的新家。」
柔光凝視白眼魚─火母眼中熱烈的光彩，然後疲憊地轉過身去：「我要完成這裡的工作，有用的人才不會被殺死。」
白眼魚─火母不敢相信地望著柔光的背影：連柔光都放棄反抗了，選擇服從。
他們從小就被教導──大長老知悉天縫之下的一切，任何問題的最終解答都在大長老身上──如今連這最後的寄託都幻滅了。
或許柔光被一連串的劇變嚇壞了，她過去的生活都在枯燥的重複和平靜中度過，卻在晚年遭逢黑毛鬼進攻、天頂崩塌、鐵族俘虜和老人遭屠殺，心理所受的打擊，再堅強的人也會受不了。

她失去家園、失去地位、失去了身分認同，或許在養雞場餵餵雞，更像她一生中大部分時間所過的生活吧？

白眼魚—火母懊惱地想：難道只有她一心想拯救族人嗎？或者是，其實族人跟柔光的態度一樣，根本不想要被拯救？

她並沒有心灰意冷，火母記憶立方體內建的指令是「讓人類存續」，現在也變成白眼魚至死方休的目標。她不會沮喪，她只會想盡辦法完成。

她在養雞場尋找其他女族人，意外地見到紅莓，趕忙偷偷靠近去問她：「蚪蚪被分派去哪裡了？」

紅莓見是白眼魚，有意地閃避了一下：「蚪蚪？妳是說灰蛙吧？」然後就想躲開。

白眼魚—火母急了，她沒時間跟她玩遊戲，於是跨前貼近她：「妳覺得我會傷害妳朋友嗎？別忘了，救回她性命的是我。」

紅莓不敢正視她，刻意避開視線：「妳找她有什麼事嗎？」

「有一件事我還沒告訴大家，」白眼魚—火母耐住性子說：「我們所有的男人將會被送去改造成跟他們一樣，所有女人將被強迫幫他們生孩子，跟那些女人一樣。」她指著養雞場那些乾癟的女人，有好幾個面色枯黃的挺著孕肚，有幾個乳房發脹，顯然正在哺乳中。

紅莓聽了面色蒼白：「他們要為我們婚配嗎？」

白眼魚—火母搖頭：「不是婚配，而是強行將精液灌進女人的身體！他們的男人都沒能力交配了。」

「我不要……」紅莓雙腿發軟，幾乎要跪倒在圍繞她的雞隻之間。

「不要的話，就告訴我蚪蚪在哪裡。」白眼魚—火母很清楚蚪蚪—灰蛙在天縫族人之間的影響力，尤其在她差點遭到蝌蚪毒手、被蝌蚪趕走之後的那段日子，肯定增加了不少願意服從她的人，人們總是比較傾向於服從強勢的人。

「灰蛙……剛才被兩個人帶走了。」

白眼魚—火母不禁跺腳：「是什麼人？去了哪裡？妳知道嗎？」

「就是……那個隊長，那個去抓我們的隊長，他的臉看起來老是很傷心那個，」紅莓腦中浮現灰蛙臨去前的背影，灰蛙無所畏懼，離去時也不回頭望一眼她的好友紅莓，「我聽他們交談，說到去電……電什麼……」

「電腦。」

「對！好像是這樣唸的……是吧？」

深海，深海要對灰蛙做什麼事呢？

看來她只好靠自己了。

至少，今天她不是黑毛鬼進攻當時的孤立無援，她還有火母，她是白眼魚和火母兩個靈魂緊緊合作，她並不孤單！

她離開紅莓，情不自禁地呢喃起來：「大長老土子……我祈求您的指引……」手掌不禁緊按土子的人皮袋，期望土子再次現身給他引導，「怎麼辦？鐵臂……怎麼辦？」思念鐵臂，能令她的心情得到片刻的幸福感，頃刻便冷靜下來。

她告訴自已，如果鐵臂在她身邊，她肯定更有勇氣。

其實她心裡很清楚，鐵臂早已成了她心中的幻影，比土子的鬼魂還不真實，至少她知道土子已經過世了，而鐵臂只剩下名字，還有稀少的幾段記憶。

白眼魚—火母的眼睛忽感發燙，這一瞬間，她深刻地體會到她的孤單和無力，終於按捺不住，豆大的淚珠滾出眼眶，在雙頰流下兩道溫熱的濕痕。

在族人危難的時刻，她沒有朋友，沒有後援，甚至得不到族人的支持。

此刻她不禁自問：她單獨努力好久了，現在應該是放棄的時候了嗎？

長老

那由他的手，在空氣中無聲無息地變成實體，按下了飛行巡艇的警報器。

一時之間，乍似沒有發出聲音，但敏感的人已經感覺到耳膜所承受的音壓。

撒馬羅賓尤其不舒服，傲立在雪坡上的智者開始有些搖晃，他急忙收起聽帆，以免接收到太多聲波，高頻的聲波就像無數細小的尖刺，令他很不舒服。

塔卡和泰蕾莎也發覺不對勁了，他們困惑地轉頭望去外頭，兩手依舊緊抓住潘曲不放。他們不知道那由他的存在，也不知道被按下了警報器。

「你們還來得及下去，叫他們逃走。」潘曲對他們大聲叫嚷，「你們還不知道嗎？快要雪崩了！」

塔卡和泰蕾莎緘默不語，他們其實也頗感困擾，為何時空已遭他們扭曲，卻仍無法將潘曲從巡艇中劫走？難道潘曲的空間跳躍能力也變強了？強得足以對抗他們兩人？

潘曲也在凝定心神，將意念集中在穩定空間結構，但破壞結構永遠比穩定結構來得容易，雖有那由他的幫忙，潘曲仍覺吃力。

「潘曲，我快撐不住了。」那由他的幻影說話了，「你準備好，我要把你們三個人一起拋出去。」

潘曲兀自疑惑：「怎樣拋出去？」緊接著，飛行巡艇兩側的門都砰了一聲，緩緩朝上翻起，在空中彷若展翅的昆蟲。

高空的寒風立刻湧進駕駛艙，狂風在艙中迴旋打滾，亂流使飛行巡艇失去平衡，整艘巡艇為之傾斜，三人的手腳都在捉住或推走對方，沒人願意挪出手來抓住座椅，結果糾纏成一團翻滾出飛行巡艇。

潘曲等三人滾進寒風刺骨的高空，雪坡在下方一百公尺處，摔下去必死無疑，塔卡和泰蕾莎竟依然不放手，像要同歸於盡。

潘曲試圖平靜心情，無視重力加速度的猛力拉扯，凝結心念，要將自己送回巡艇，但危急中很難專注，正慌亂間，他感到有隻手伸過來捉緊他，一把將他拉開，只不過瞬間，屁股又重新坐在巡艇的座位上，兩側艙門正在關閉中。

那由他正坐在身邊，兩隻實體的手操縱著巡艇，極力穩住巡艇。

潘曲渾身冷汗，原來這就是那由他的盤算！要不是那由他超絕的能力將他拉回來，他肯定會重摔下去。

潘曲趕忙繫好安全帶，接手操縱巡艇的工作，那由他的手這才慢慢虛化，他的影像暗淡如薄霧，聲音越來越衰弱：「我已經設好座標，你活下來的話，到這裡來找我。」

說著，那由他漸漸消散，只餘下輕輕的殘影，似有似無。

潘曲探看塔卡和泰蕾莎的下落，但遍地白雪干擾了視覺，只看到雪坡上黑黑的人群正在往聖者的洞穴推進，也看不清楚那位名叫智者的撒馬羅賓身在何方？

警報器的頻率和聲量都調到最高了，但在人耳聽不到的範圍，所以那些人並不知道有警報聲。潘曲心念一動，將聲音的頻率調低，低至人耳可聽到的範圍後，下方的人群聽見刺耳的尖聲，果然暫停了前進。

「再低一些！」潘曲調低頻率，聲音也漸變低沉，像重鍾般衝擊人耳。

沒想到，積雪經過高低音頻交替的強烈震動之後，終於開始崩解，逐漸沿山坡往下滑。

「開始了！」潘曲立刻拉高飛行巡艇，以避開雪崩產生的衝擊波。

他驚愕地看著大片積雪脫離山坡，有小鎮面積大的雪塊崩落滑下，如海嘯般掩蓋了聖者洞穴的入口，下方的人群完全沒有逃走的機會。

厚重的積雪從三千公尺的高山往下衝，震聲徹耳，蓋過人群絕望的尖叫聲，雪崩剎那將人群掩埋，還一路繼續下滑，將他們上山的足跡覆蓋在數公尺的厚雪之下。

潘曲關掉警報器，在上空盤旋，聖者的洞穴已經全然不見痕跡，智者也不見蹤影，除非他能飛行，否則也萬萬逃不過。

忽然之間，潘曲心裡一陣寒顫——雪崩轉眼便活埋了這麼多人，這是大屠殺！而且是他造成的！他年少時的兩位同伴也埋在裡面了！

為何塔卡和泰蕾莎要攻擊他？他們究竟在想什麼？

潘曲在內疚、慚愧、憤怒和哀傷間掙扎。

此時此刻，他開始質疑這四十年苟延殘喘的目的，他已經弄不清楚自己生存的意義了。

這時，他忽覺腰部怪怪的，伸手一摸，竟摸到一根粗粗的東西，他奮力抓過來一瞧，竟是一根手臂！手指仍在緊抓他的外衣。

好不容易把緊扣的手指拉脫，擺到眼前看清楚，只見手臂的切口平滑如玻璃，如被最鋒利的刀刃切割，十分整齊，血管、肌肉和骨骼的切面清楚可見，血液已經流乾。

等等，這是一根如假包換的人臂！

它只可能是塔卡或泰蕾莎的手臂！

當那由他利用空間跳躍將他拉回來時，手臂是被扭曲空間的邊緣分割開的。問題是，他們三人都是只有生化軀體的奧米加，如果手臂斷了，也應該是由生化肌膚包圍強化合金骨骼的手臂才是！

當泰蕾莎在飛行巡艇上緊抱他，限制他行動時，曾說：「他會帶我們到我們想要的未來。」

智者給了他們什麼？

難道給了一副貨真價實的身體？而且是年輕的身體？

斷臂仍包著一段衣袖，他認得是奧米加的外套，跟他穿的一樣。潘曲握著手臂，指頭感覺它柔軟真實的皮膚，上面有真實的細毛，這不是人體的仿造品，而是真正的手臂！

「撒馬羅賓深不可測。」那由他突然說話，嚇了潘曲一跳，原來那由他還沒離開，「我們也需要你的幫忙，快去找雪浪的長老吧。」

「剛才是怎麼回事？為何撒馬羅賓要佔領這裡？」

「他們突然冒出來的，我們也不明白，」那由他說，「很久以前，智者就收容本來要被地球聯邦清除掉的人，在山下集結了一個村子，我年輕時見過他們，但四十年來皆相安無事。」

「究竟……撒馬羅賓有什麼目的？」

「這就是我們需要你幫忙的地方。」那由他的聲音越來越弱，小得像蚊子般了，「查清楚撒馬羅賓的目的……」

那由他完全消失了，潘曲拿著斷臂，直愣愣望著空蕩的座位。

他把斷臂放上座位，然後查詢那由他已輸入的座標，設定飛行巡艇自動飛行過去。

雪崩後的山坡彷彿什麼事都沒發生過，抹平了先前的地貌，遮蓋數千年歷史的聖者洞窟，接下來，裡頭的聖者們將永遠不再被打擾了吧？

飛了一段路程，潘曲看見一條山腳邊的村落，從高空望下去是稀落分布的白色泥房，還有幾間比較大的房子，屋頂竟是大片玻璃，看來是種植用的溫室，在冰寒之地，也惟有如此能得到新鮮植物了。

飛行巡艇降落在村落中央，聽見巡艇聲音的村民早已拿著武器等候，但他們面色平和，跟剛才山坡上的那群人不同，似乎一點也不擔心潘曲的到來。

潘曲直接打開艙門，拎起背包步下飛行巡艇，對村民說：「那由他要我來這裡，叫我來找長老，請你們幫我引見好嗎？」

「那由他？」村民們小聲議論起來，「他說的是那由他嗎？」

村民中走出一位老者，雖然白髮蒼蒼，依然體格健壯，雙目炯炯：「你叫什麼名字？」

「潘曲。」他大聲說。如果那由他跟村民有聯繫，他猜想他的名字已經被告知長老，而且那由他本人應該就在這村子裡。「你是長老嗎？」

「你找長老有事嗎？」

潘曲從袋裡拿出從賈賀烏峇取來的照片，遞向老者：「這是我跟那由他一起找到的，他要我前來交給長老。」

老者將照片接過來看了，頓時面露微笑：「我明白了。」他側過身子，擺手道：「請。」村民們馬上讓路給他通過。

老人手上拿著照片領路，一路上都有村民好奇地打量這個外人，潘曲注意到這些雪浪人大都膚色黝黑、細目單眼皮、一頭烏溜長髮，且相貌俊美。

他們走到一間大房子，就是他從空中看到的溫室，敞開門之後，裡面果然綠意盎然，比外面溫暖很多，有好幾個人在整理莊稼，分工施肥、澆水、種植、採收，井然有序。

老人走到一個跪在地上的人身邊，將照片交給那人。

潘曲心下一震：「難道……？」

那人背對潘曲，將照片接過去時，輕輕地「啊」了一聲，立刻回頭望向潘曲。

兩人一照面，潘曲驚訝得目瞪口呆，眼前的人果然是法地瑪！照片中的法地瑪！奧米加們四十年前護送她空間跳躍的同一個法地瑪！雖然跟潘曲一樣年近六十，臉龐已然鬆弛，然而一雙烏黑的大眼依然像年輕人那般充滿活力，歲月似乎沒有過於侵蝕她的外貌。

「你去過賈賀烏峇嗎？」

法地瑪走近他時，他幾乎屏住了呼吸，好不容易才擠出一句：「法地瑪？妳就是長老嗎？」

「你認識我嗎？」法地瑪好奇地端詳他。

「我是奧米加六代五號，四十年前，我們奧米加曾奉命帶妳去拜訪禁區。」

法地瑪側頭想了一下，微笑道：「我想起來了，你是五號？」

「妳跟我不太熟，我知道托特……八號跟妳比較親近。」

「哦，托特還好嗎？」她親切的問。

「地球聯邦崩潰後，他就離開這個時空，到遠古的世界去了。」

法地瑪低垂雙目，長長的睫毛下隱藏著對故人的緬懷。她曾經拜託八號，若有前往某個時代的話，請他帶訊息給某個人……看來他真的做了。

她揚了揚手中的照片：「為何會有這照片？為何你會拿給我？」

潘曲對這問題頗感訝異地：「我以為妳知道，是那由他吩咐的，他帶我去賈賀烏峇，帶我去妳以前的家，去到地底，」法地瑪的眼神一亮，但她讓潘曲說下去，「然後他消失了，我在地底圖書館待了很多天才過來，才剛到雪浪，竟遇上撒馬羅賓……妳知道撒馬羅賓？」

「那位撒馬羅賓叫智者，」法地瑪點頭，「剛才的雪崩是你造成的？」

「那由他教我做的，智者帶領一群人要闖進聖者洞穴，那由他教我用雪崩埋了洞穴。」潘曲語帶愧疚，「那些人被雪埋掉了，我殺了很多人。」

法地瑪轉頭對老人笑說：「那由他的行事，果然難以猜測呀。」

老人也笑道：「可不是。」

「請問那由他呢？我一直沒見到他本人，他只用影像跟我說話……你們明白我的意思吧？」他想，雪浪是奧米加原型的故鄉，應該對那由他這類超能力者司空見慣吧？

「那由他就在聖者的洞穴裡面，」老人說，「你剛剛埋掉的那個洞穴，他已經在裡面好幾年了。」

潘曲驚恐地睜大眼。

「沒關係，他本來就沒打算要出來，」老人說，「何況如果他要出來，也沒什麼擋得了他。」

「再者，你也不必認為剛才的雪崩殺了很多人，那由他是不會傷害生命的，」法地瑪說，「那些人可沒那麼容易死，說不定正在雪地下冬眠呢。」

「冬眠？」人類不可能在數公尺的厚雪下生存，更何況人類並沒有冬眠所需的條件。

「我大概明白那由他為何會叫你來找我們了。」法地瑪指指手中的照片，「這是憑信，他要讓我們知道，你是個值得我們信賴的人。」

指引

鸞娘非常驚訝，鐵臂的確比任何御龍衛士來得會駕馭飛蜥。

飛蜥自從跳躍升空後，已經在空中滑翔了半個小時不落地，由於不需要不斷著地再跳起，飛蜥的能量耗損也大大地減少。

要不是隨同鐵臂一起坐在飛蜥背上，一起在空中滑翔，鸞娘還無法真正體會鐵臂有多麼的特出。

平日鸞娘只負責照顧飛蜥，並不瞭解飛行技巧，她不知道飛蜥要靠上升氣流來維持在空中，但她知道沒一個御龍衛士能讓飛蜥一次飛那麼久。

鐵臂的飛蜥飛得十分平穩，他專心一意地直視前方，很少跟鸞娘說話。

「我感覺不到我的族人的方向，很亂。」他忽然說話時，也分不清是自言自語，還是跟鸞娘說話。

「你用感覺來找你的家鄉？」鸞娘問他。

鐵臂依然緊盯前方，用力點頭：「我認識每一個族人，也記得他們每個人的聲音，我聽得到他們在哪裡。」他皺起眉頭，「但是，我聽不見彎枝，」那是他以前採集隊的老頭領，「也聽不見長藤，他們怎麼了？」

當飛蜥的身體稍微前傾，高度開始下降時，鐵臂伸出兩臂輕輕上揚，飛蜥的身體竟馬上得到一股助力，再度升高。

鑾娘慢慢注意到了，飛蜥身體右傾時，鐵臂就抬右手，反之則抬起左手。

「你知道家鄉的方向嗎？」

「我前來的時候，早起的太陽在右手邊，我要回家的話，早起的太陽必定在左手邊。」他指向南方，「我聽見族人的聲音，很遠。」他揚起左手，飛蜥就稍稍偏右飛行。

他記得火母帶他飛了很久的路程，所以他的家鄉想必不是幾天就能抵達的。

鑾娘觀察很久之後，忍不住問了：「你駕飛蜥的方式跟那些衛士很不一樣，你怎麼做的？」

「飛蜥需要風，我就給牠風。」鐵臂說得理所當然，鑾娘也沒再多問。

身處於高空，鑾娘剛開始也頗感驚心的，畢竟從沒到過這種駭人的高度，但有鐵臂在，她感到很安心。

再飛了一陣子，太陽正在日中時，鑾娘關心地問：「飛蜥要休息嗎？」雖然根據平日照顧的經驗，她覺得飛蜥的狀況還很不錯。

鐵臂搖頭，並困惑地望著下方：「這地方我來過。」想了想又說：「或許只是一個類似的地方。」

下方是個城市廢墟，曾經星羅棋布的街道和建築，如今成了灰土色的碎裂地形，裂開的柏油路面和水泥地面湧出植物，爬上倖存的高樓，再過一些年，就會被植被完全覆蓋，成為城市森林。

飛蜥將頭下垂，輕叫了一聲，鐵臂馬上向鑾娘說：「牠發現食物了。」

鑾娘內心湧起一股激動——他真的懂得飛蜥的意思？

「鑾娘，抓好我。」鐵臂拉過鑾娘的手，要她抱住他的腰，鑾娘想起昨夜纏綿，即使在清冷的高空仍覺身體火熱。

忽然，飛蜥收起翅膀，俯衝下城市廢墟，蠻娘抱緊鐵臂，睜大眼看著飛蜥衝進兩座大樓之間，長長的舌頭閃電彈出，在大樓牆壁上的蔓藤之間一捲，口中便銜住了一隻猴子，牠驚慌地尖叫，四肢不斷掙扎，但飛蜥一用力合起兩顎，牠便被拆斷身體，頓時變得軟綿綿了。

蠻娘從沒見過飛蜥獵食，這還是首次看見牠的本能。

鐵臂兩臂往前揮起，一道強大的氣流在大樓間升起，飛蜥飛離兩樓之間的空間，馬上展開翅膜，又再飛空而起。

如此數回，飛蜥吃下好幾隻在城市廢墟上棲息的生物，喉頭發出滿足的咕嚕聲，不需鐵臂說明，蠻娘也曉得牠吃飽了。

雖然飛蜥尚有餘力飛行，蠻娘卻覺得累了，畢竟在飛蜥背上無法走動，又要嚴防掉下去。依據過往跟火母旅行的經驗，鐵臂找了個不太高的樓房停歇，樓頂有植物遮蔭，也有平坦的地面，最重要的是樓房的結構還穩定，不至於容易倒塌。

他們在樓頂進食，蠻娘也是首次看見這種被密集建築圍繞的城市，她在樓頂眺望四方，不禁發出驚嘆：「這是人類做的嗎？」

鐵臂點頭：「是很久以前的人類，我也不知道有多久。」

蠻娘拉起他的手，正視他：「現在能告訴我，你是誰了嗎？」

飛蜥爬到有植物的蔭涼處，收起翅膜，平趴在地面休息，好散發長期飛行囤積的熱量。

鐵臂跟蠻娘坐在飛蜥身邊，以便有危險時可以馬上逃走，然後鐵臂大略說了自己的經歷：「我長大的地方叫天縫下……」他大略描述地底下的家鄉，黑毛鬼如何攻擊，然後隨火母離開天縫，最後抵達蓬萊國、被三聖俘虜。

蠻娘聽完之後，也述說她是來自充滿山丘、河流和森林的「滇人」，在翠綠的山林中長大，住在用樹木和竹子搭建的高腳屋，屋子下方會養豬和養雞，有一天蓬萊國的衛士侵襲他們，她正好在回家的路上被他們抓來：「只有我和十多個族人被抓，其他人大概會激烈反抗。」她述說族人的英勇，族長如何敲擊銅鼓來集結各族，在山林間偷襲和消滅入侵者。

鐵臂看看天色，說：「我們再飛一段路，今晚我再跟妳說更多我的事。」

蠻娘甜甜地笑道：「我也是。」兩人相摟親吻了一陣，再度呼喚飛蜥啟航。

一路上，並不難看到城市森林，可見人類在過去的世界侵佔之廣，但是在文明崩潰後，自然界又迅速地奪回了主宰權。

眼看太陽西斜，不待傍晚，鐵臂便要決定休息的地點。此時，火母帶他飛行的經驗給了他很大幫助。

他先給飛蜥找食物，除了城市森林中常見的老鼠、松鼠、獾等小獸類，也吃蜥蜴和飛鳥。他們必須找個安全的高處，在夜幕降下之前進食、做愛，然後在黑夜來臨後入睡。

蠻娘帶了一個竹筒，她說叫「火煤子」，是她的族人在外頭行動時的生火工具。她從竹筒裡小心抽出一束末端有微弱火星的草束，用嘴唇抵前慢慢輕吹，將火星吹旺，再在乾草上點火，用完之後，仍然要維持火煤子的弱火，才能在下次使用。

他們用火烤熱小動物，一旦入夜就熄火，免得在黑暗中引人矚目。

就這樣，飛行了第五天的時候，鐵臂告訴蠻娘：「我的家近了。」他們進入石灰岩形成的奇特山區，鐵臂非常記得，火母帶他離開天縫不遠時，曾經到過這片山區，處處可見到像被切割的岩石表面，還有整個地面凹陷的巨型天坑。

鐵臂不再聽到許多族人窸窣的聲音，而是聽見一個很清楚的聲音，似乎在引導他家鄉的方向。

他認得出，是大長老土子的聲音。

土子像在呢喃，就有如他在晚餐後點上篝火說故事的聲音，只是沒夾伴柴火的劈啪聲。但，聲音如此清晰，為何卻聽不見彎枝和長藤呢？還有在夢中呼喚他的白眼魚呢？除非……活人不會發出這種聲音，若不是山精假扮土子，就是大長老土子想必已經蛻殼了。想到這裡，鐵臂忽然很懷念土子，眼睛都不禁濕了。

百思不解的他，將疑惑告訴蠻娘。

蠻娘聽完後說：「人死了並不真的離開我們了，你們族人沒說過嗎？」

「我們相信死亡是蛻下了外殼，穿過天縫重生到光明之地，所以祖先都在光明之地。」

「這麼說，你是重生到這個世界的人了。」蠻娘吃吃笑著道，「我們的族長說，祖先生活在另一個世界，但那個世界是跟我們重疊的，」她出示兩掌，再合掌給鐵臂看，「他們的家也是我們的同一個家，不過他們在過他們的生活，除非有必要，不會干涉我們。」

鐵臂側頭想像了一下，不太能掌握這個概念。

他們在綿延的丘陵間盤旋了一整天，看見十分相似的天坑和天縫，也停在邊緣探看，卻沒一個是鐵臂住過的那個。可喜的是，此地食物豐富，飛蜥很容易覓食，鐵臂和蠻娘也採集了多種野果野菜。

天黑時，他們在一處天坑旁的洞穴歇息，巨大的圓拱形洞穴，足以停泊一艘航空母艦，而下方的天坑，足以擺進整個小型城市。鐵臂覺得這裡很像火母洞穴前的平台，也可以俯視天坑裡面的樹海，只不過火母洞穴的入口沒那麼大。

這裡白天潮濕陰冷，夜晚更是寒冷透骨，幸好蠻娘有攜帶平日禦寒的皮衣，她和鐵臂裹著皮衣依偎，觀看洞口的滿天繁星，小聲問他：「你沒再聽見族人的聲音了嗎？」

確實，鐵臂也覺得奇怪，本來不斷有土子的呢喃聲在腦中迴盪，但中午以後就沒聽到了，耳朵安靜得出奇，此刻夜晚的山林似是將聲音全都吸收了，更是安靜得耳鳴。

不久，鐵臂聽見蠻娘輕輕的打鼾聲，他疲累了一天，眼皮也漸感沉重。

正在意識朦朧之際，他的眼角瞄見一個白色的人影，他嚇得急睜開眼，果真在洞口邊緣站著一個煙霧似的人影，若隱若現，卻在黑暗中分辨得出人形。

鐵臂輕輕站起來，小心不驚醒蠻娘，慢慢走近那人影，才看清楚他下半身是模糊的，而且臉部望著洞外，右手伸長指著一個方向。

「你是誰？」鐵臂輕輕的問他。

從人影側臉的輪廓和他微斜的站姿，鐵臂知道他是誰，他是土子，只不過更年輕、站得更挺直。

「是大長老，土子？」鐵臂試探道。

他不害怕，其實還挺高興的，土子以前說過會在光明之地跟祖先會面的，他之前一個都沒見過，今天總算是見到了吧！

白色人影一動也不動，也不回應，像是用輕霧製作的塑像，堅定地指去某個方向。鐵臂走到人影旁邊，猶豫了一下，便直接站到人影所站的位置上。一跟人影重疊，他便打了個冷顫，他極力忍耐著徹骨透心的寒意，把自己的頭跟人影的頭重疊，把眼睛望向人影所望的方向，把手指放在人影的手指內。

然後，他看見了一點微小的亮光。

很微小，不過的確是亮光。

「那是天縫嗎？」他用輕得不能再輕的聲音問。

人影似是聽見了。

人影邁開大步，走到洞穴邊緣，步入空中，在天坑上方的空氣中緩步，穿過天坑，慢慢走向鐵臂手指的微弱光點。

鐵臂發現眼球很熱時，才知道自己流淚了。

過去他再痛再慘都不曾掉淚，面對水銀毒氣的死亡威脅皆不曾掉淚，如今卻在找到家鄉時，輕易地落了淚。

發狂

對自幼在天縫下長大的白眼魚而言，時間只有四段：聽見「守望者」的嘯聲起床、天縫藍色時工作、天縫轉黃時晚餐、天縫黑色時睡覺。她沒有「小時」的概念，更遑論分秒，所以完全沒有精確時間的概念。

但火母的記憶立方體有內建時計，甚至能將時間被分割到精確的微秒。

時間一點一滴迫近，白眼魚——火母完全掌握不到狀況，M－11號正在進行手術嗎？摩訶的人在何處？

突然，腦中閃現一個小光點，隨之而來的是深海模糊的音訊：「準備好了。」

「我無法離開養雞場。」她告訴深海。四周有五、六個鐵族監視她們的活動，隨便一個都能將她撕成兩半。

有東西傳進她的腦子，當訊息被解碼出來後，在她腦海的視覺區中浮現一張地圖。深海給了她百越國的地圖！詳細標示出電腦大樓、養雞場、女性居住區、中央廣場、人民大堂、神殿、摩訶住家、訓練場等等地點。

更令她訝異的是，原來百越國在海邊，難怪空氣潮濕且帶有鹹味。百越國位於一個小型半島的頸部，是以兩側有海，再往南有一片山丘地帶，將百越國跟半島末端區隔開來。

「我找到繞路的通訊路線，」深海的訊號逐漸清晰，「我傳送畫面給妳。」

白眼魚—火母眼前出現一個屏幕，跟眼前的景象重疊。

屏幕上是電腦大樓的某個手術室，有著比一般更大型的自動手術機，它不僅執行肉體的手術，也把機械安裝到肉體上，讓真正的神經和肌肉連接上仿神經和人造肌肉，是生物工程和電子電機工程的結合。

自動手術機上坐著一名年輕的半機械人，應該就是摩訶的兒子M-11號。他的身體往後仰，看來在昏睡，顯是手術剛結束沒很久。

白眼魚—火母狐疑地問：「這手術僅需在肚皮局部麻醉，為何會昏迷？」

「他們的不同，我把晶片植入他的脊椎，更靠近神經主幹，讓仿生神經更快生長攀附上去。」

畫面中出現了另一個鐵族，從龐大如戰車般的身軀來看，便知道是摩訶。

由於身軀過於巨大，摩訶只能在一段距離之外端詳兒子的睡臉，雖然白眼魚—火母看不清他的表情，也看得出他溫柔小心的舉動。

摩訶問深海：「他幾時醒來？」

「再給他一個小時吧。」

「太好了，趁還有陽光，我要帶他去訓練場。」

此時，M－11號忽然張開眼，口中發出囈語。

摩訶也吃了一驚，他看著兒子兩眼發直，茫無焦點地盯著空中，不禁困惑地喃喃自語：「他在做夢嗎？」忍不住湊近去看。

M－11號冷不防地猛然揮動機械手臂，摩訶猝不及防，一把被擊中下巴，白眼魚—火母在屏幕中看了，也覺驚心動魄，嚇得整個人哆嗦了一下。

M－11號的手臂是個大圓錘，這一揮把摩訶的下巴打得整個脫臼，滿嘴鮮血，下巴半掛在臉上，兩顆眼珠也不協調地一上一下翻滾。摩訶冷不防受到重擊，意識頓時模糊，M－11號的另一隻銼刀形的手臂再橫向一揮，摩訶戰車身軀受到重擊而凹陷，擠壓被埋在機械之間的肉身。

摩訶的動作停頓了，他的頭側垂在肩膀，而他的肩膀是一部探照燈。他兩眼翻白，不知是否還活著。

「摩訶死了嗎？」白眼魚—火母抖著唇問。

「還沒有。」深海的聲音一貫地好好聽。

M－11號從手術機上徐徐立起，豆大的汗珠從額頭冒出，他辛苦地大口喘氣，一邊用四根獸形機械腿蹣跚而行，同時舉起兩根機械手臂，無意識地胡亂揮舞。

「危險！會傷害到你！」白眼魚—火母警告深海。

深海似乎愣了一會，才說：「謝謝妳的關心。」隨即發出高鳴的警報聲。

白眼魚—火母聽見屏幕中強烈的警報聲，警報聲也傳到養雞場，聽起來實際上並不太遠。

警報聲一起，守在手術室外的飛符和狼軍飛趕進來，兩名兒子被眼前一幕嚇得呆了一會，不過數息之間，兩人便衝上去試圖制伏弟弟，一人一邊抓住M－11號的手臂，試圖把手臂固定，但M－11號爆發出無窮的力氣，兩人根本固定不住他。

「M－11號！」他們對他狂叫，「你怎麼了？你瘋了嗎？」

M－11號雙目脹紅，太陽穴暴起青筋，完全陷入瘋狂，兩名兄長固定不住他的手臂，又焦急地望向生死未卜的父親。危急之際，飛符咬一咬牙，揮拳擊去弟弟的腦袋瓜，本想把他打暈，沒想到情急之下用力過猛，M－11號的面孔頓時凹扁，連同裡頭的大腦被打成稀爛。

摩訶的兩名兒子驚呆了，張口結舌望著弟弟的屍身，倒在地上變成一堆廢鐵也似。

他們推開M－11號的屍體，合力把摩訶推到自動手術機旁，命令深海：「電腦！急救摩訶大人！快點！」

天花板立刻垂下好幾根機械長臂，為摩訶接上心電儀和腦波儀，同時測量心跳、血壓等生命指數。深海說：「摩訶大人身上的裝備會妨礙急救。」

「不管你怎麼做，救回他的命就是！」狼軍吼道。

「好的。」深海剛說完，一堆機械長臂從空中垂下，好幾部手術機器人也快速移動過來，合力拆除摩訶的裝備。

飛符覺得不妥，問狼軍道：「這樣好嗎？」

「能救下大人最重要！」

尖銳的警報聲引來了更多鐵族，分別從百越國各個角落趕來。

最快抵達的，是在另一個手術室的憂鬱臉隊長，他和紅眼人等兩名部下正在處理灰蛙的事。

當他們抵達手術室時，全都被嚇壞了——頭顱扁掉的M－11號，拳頭沾血的飛符，還有下巴掉了一半的摩訶，正被自動手術機拆除身上的裝備，四周很快堆積了一個又一個拆下的機體。

「電腦！停止！」憂鬱臉隊長喝令道，「報告情況！」

深海說：「鱷魚眼，你的命令不被接受，這是狼軍大人的命令。」

原來憂鬱臉的鐵族名叫鱷魚眼，他憤怒的臉孔看起來比平常更悲痛：「狼軍！你有什麼企圖？」

「你說我有什麼企圖？」狼軍也發怒了，「是M－11號他……」

狼軍尚未說完，深海又說話了：「殺死M－11號的是飛符大人。」

鱷魚眼一聽，根本不作多想，立刻攻擊狼軍，而且一來就瞄準最脆弱的頭部，紅眼人和另一名部下也衝向飛符，五人在手術室纏鬥，狼軍根本沒時間辯白。

白眼魚—火母觀看畫面，也不禁心寒，深海真的只是一部電腦嗎？它跟巴蜀一樣深諳心機，短短幾句話就激起內鬨。不過深海也將自己陷於危險，鐵族的打鬥是會破壞手術室的機器的。

摩訶仍有意識，他的整張臉痛得像在焚燒，掉落下巴令他只能發出呻吟聲，眼前是兩名愛子跟三名部下互相想殺死對方，他無助地看著身上的機體逐漸被拆除減少，卻完全無力阻止。此時此刻，他開始回想把他陷入這個困境的是什麼關鍵？

更令他驚愕的事發生了。

頭顱已經扁掉的 M－11號開始在地上抽搐，似乎試圖爬起來。

摩訶眼睜睜望著五人纏鬥正酣，互相用身上最致命的武器要制伏對方，完全沒人留意到他想說話，也沒人注意 M－11號如殭屍般在地上慢慢爬動，爬向困在手術機上的摩訶。

摩訶腦筋動得很快：兒子的頭破掉了，很明顯地死了，為什麼還能動？

當 M－11號站起來時，他的頭垂掛在胸前，只連著一段頸皮，四條腿不協調地移動，兩條手臂也像斷線的戲偶般亂晃。

摩訶想：「一定是晶片！當然是晶片！」這才能解釋！電腦利用晶片控制他兒子的屍體，除了電腦沒有其他可能了！

這電腦裝傻了四十年，讓他以為它沒有智慧，其實在伺機計畫著一切！

摩訶瞪著兒子的半機器屍體步步接近，後方是電腦閃爍的面板，電腦沒有臉孔，但摩訶覺得它正在冷笑。

在生命的最後數秒，他終於知道他被電腦擺了一道。

連接在身上的機體全被卸下了，摩訶成了一具沒有四肢的老人，皮膚蒼白地坐在手術機中，還抱著最後希望觀望狼軍和飛符。

飛符大概是感應到了，當他發現 M－11號迫近摩訶時，情急之下立刻衝向父親，正在攻擊他的紅眼人見有機可乘，用強機械臂大刀揮砍飛符的頭部，飛符救父心切，後頸被橫砍一刀，頓時噴出鮮血，在最後一刻，親眼見到父親的頭被 M－11號的大鍾擊碎，像洩氣的氣球般扁塌成一團。

揮砍飛符的紅眼人終於見到 M－11號恐怖的復活，吃驚地大喊：「隊長！停手！隊長！摩訶大人被殺了。」

鱷魚眼聽了馬上轉頭一望，見到死亡的M－11號仍在活動，立刻住手，狼軍隨之跑向弟弟飛符，見他脖子折斷了，鮮血從口鼻流出，眼睛的瞳孔已經放大了。

「可惡！」狼軍悲傷地嘶喊，狠狠地盯住鱷魚眼。

鱷魚眼當下決定：「狼軍！先拆解M－11號再說！」

發狂的M－11號屍身四處揮動大錘和銼刀，而摩訶只剩下一具沒有四肢也沒有頭的白色軀體，跟一塊肢解好的畜肉沒兩樣。

白眼魚—火母像看電影般觀看手術室的劇變，她通體發寒，耳中聽著連續不斷的警報聲，看守養雞場的鐵族聽到警急事件的警報，也紛紛離開了。

「紫色030，」電腦深海的音訊在她大腦聽覺區解碼，「我幫妳解決妳的敵人了，現在妳該怎麼做？」

她環顧四周，所有女人都停下了工作，不知所措地聆聽警報聲，不清楚發生了什麼事情。只有柔光和紅莓，正在直視著她，似在等待。

壓力逼迫白眼魚—火母的腦子，連記憶立方體都開始升溫，加熱她的腦神經。

她很想放聲大叫。

終章

新旅程

我們笑著說再見，
卻深知再見遙遙無期。

●● 馬奎斯《百年孤寂》●●

喝茶

潘曲覺得很遺憾，他本來想親見真正的那由他一面的。

「為什麼他要待在聖者的洞穴不離開呢？」他追問法地瑪。

法地瑪似笑非笑地打量了他一下，從地面拿起一個陶壺，將熱水倒在陶杯遞給潘曲，當陶杯的熱量暖和了手心，手掌內的血管迅速擴張，進而全身毛孔舒暢，他這才發現，他其實剛才一直在哆嗦。

雖然位於大雪山，但溫室的玻璃屋頂讓陽光穿透，加熱了空氣，也保留了熱量，潘曲的身體內外都暖和了起來。

潘曲喝了一口那棕色的液體，不禁眉毛上揚，他從沒喝過這種東西！苦澀中帶有甘甜口感，吞下後，舌頭表面還留下清涼的麻痺感。

「這是什麼？」他驚奇地問。

「這是茶。」

「茶。」他重複，想記住這個名詞。

「一種乾葉子，用熱水浸泡後釋出的液體，人類喝了數千年，有一種能提升神經活動的成分。」

「提升神經活動？」潘曲心裡叫好，忍不住細細品味液體的口感。

「你不問剛才的問題了嗎？」法地瑪促狹道。

「我還在等妳回答。」

她笑了笑說：「我們想問的問題可能跟你的一樣多。」

法地瑪說，在聖者的洞穴中，那由他能遠離世俗，不被打擾，藉此純化自己，讓心靈更加精銳。

四十年前，那由他經歷地球聯邦崩潰的那一刻，撒馬羅賓們正在聚集起來，南極的冰原上出現大量撒馬羅賓，他們可能是「地行者」，那由他還目睹他們迎接一位從空中墜落的「空行者」回到地表。

撒馬羅賓為何集結？不管他們有何目的，一場突如其來的意外中斷了他們的計畫，穩定了逾萬年的地磁忽然歸零，造成猛烈的太陽風，強烈的電漿癱瘓了撒馬羅賓，讓他們全都倒在冰原上。

如果那場意外不發生，接下來會發生什麼事？

這是那由他四十年來很想解開的謎團。

他發現撒馬羅賓是很多事件的關鍵，從地球聯邦的建立到滅亡，他們都有份參與，天知道他們在更早以前還參與過什麼？

撒馬羅賓的行事過於詭譎難解，經過這麼多年，那由他依然很難辨認他們是敵是友。

那由他進入聖者的洞穴，精純自己的心靈，好洞悉撒馬羅賓的心思，他想知道撒馬羅賓究竟想要什麼。

「但是撒馬羅賓設下了障礙，使得那由他更難用心靈穿透障礙。」

「什麼障礙？」

「他們隱藏在冰原，在地磁最穩定的區域，你知道地磁仍未穩定的嗎？」

潘曲知道，每一次使用飛行巡艇，他都必須先校正地磁，才能搜尋地點。

「那由他找到他們藏身的地點，但心靈無法進入該區域，只能看到一片空白。」

潘曲沉吟了一下，思考法地瑪的話：「心靈無法進入，那肉體呢？」

法地瑪用力點頭：「我們派人過去，沒有一個回來。」她拍了一下膝蓋，「而且，我們再也完全感覺不到派去的人的心靈，他們可能是死了，或是……」

「進入了那片區域。」

法地瑪正視他：「雪浪人重視心靈，自幼修行，但對外界的歷史知悉很少，對外界也採取不干涉的態度，因此……」

潘曲明白她的意思：「我是訓練有素的，出身歷史研究院，具有奧米加能力，又經過軍事訓練。」說起來，潘曲跟法地瑪算是歷史研究院的同學呢。

「是的，你具有的三項能力，我僅有歷史研究院一項。」法地瑪說，「當那由他發現你時，想必很高興。」

潘曲沉下了臉：「但是，我們奧米加六代的同伴，剛才有兩個服從於那位叫智者的撒馬羅賓，」他想了一想，繼道：「不，是三個。」還有一位黑格爾尚未露臉。

「你願意幫這個忙嗎？」法地瑪誠懇地問他。

「進入冰原，找出撒馬羅賓的目的？」聽起來是個完全摸不著邊際的行動。

「是的。」

潘曲凝望法地瑪的眼睛。

他在法地瑪的眼中看到平靜、無私，相比於紫色１２０的焦慮和徬徨、鐵臂的好奇和積極、三聖的冷酷和空洞、泰蕾莎的迷失和空虛，惟有心胸廣大的人才有法地瑪這種眼神，感覺上，即使潘曲拒絕，她也不會拿他怎樣。

但他不忍心拒絕，因為他知道，擁有跟他相同條件的人，恐怕很難找到下一個了。

「如果我找到了，你們要怎麼做？」消滅撒馬羅賓嗎？他沒這麼問。

「由你決定。」法地瑪說，「那由他說，他擔心的是撒馬羅賓會造成更多的死亡，僅此而已，然而，人類的未來是人類全體共同推動，才造成今天的結果，說不定如果沒有撒馬羅賓的干涉、沒有瑪利亞的出現，最後的結果也是差不多的。」

「那麼，如果我接受了，別的人類也不會感受得到我的努力，我依然將淹沒於歷史洪流中。」

「但是，你已經攪動了你四周的時空，你已經令寶珠震動。」那由他跟他說過的比喻——無限巨網、無限網結上的無限寶珠，一顆寶珠上的微小變化，會無時差的即刻反映在所有寶珠上。

「我們都很渺小，但我們有個強大的心，」法地瑪輕按心房，「心可以小如塵埃，也可以大如宇宙。」

潘曲屏息地凝視法地瑪的眼睛，似乎在擴大，在無窮盡地擴大，擴大至虛空無邊，卻依然鑲在法地瑪的臉上。

潘曲嘆了口氣：「我們兩人年紀差不多，所以我們剩餘的時間也不多了。」

「是的。」法地瑪再為潘曲添上一些茶。

「能在人生結束前，為我的物種貢獻一點努力，是我的榮幸。」

「謝謝你。」

潘曲輕輕搖頭：「有關撒馬羅賓和他們藏身的冰原，你們還有更多的資訊嗎？」

「有的，」法地瑪說，「前往該地的雪浪人，在失去聯絡以前，傳給我們最後的訊息。」

她對身邊的老者說了幾句話，老者立刻點頭然後離開溫室，「我們要請負責跟他們聯絡的人來告訴你，讓你看見他們的路程，還有最後的畫面。」

潘曲的心情從未如此平靜，又從未如此激動。

平靜是因為他對未來無所畏懼，同時也對未來未知的挑戰感到激動。

他喝下茶水，將平靜和激動同時並存的心情融解。

再見

天才剛微亮，鐵臂就急著前往土子指示的方向，但飛蜥在冷冷的早晨動作慵懶，還得等待陽光曬進來洞穴，幫牠升高體溫。

天坑濕氣重，特別陰冷，飛蜥好不容易回溫，才有精神展開翅膜，飛向鐵臂夢寐以求的家鄉。

越過山頭，眼前出現了一個布滿亂石的天坑，鐵臂本來想經過它的，但回眸一瞧，看見了熟悉的火母洞穴！雖然洞口不太一樣，邊緣有破裂，但確實是火母的洞穴。

他認得那個上下無數次的岩坡，他總是充滿期待地去找火母借火種，他也認得那個洞穴前的石台，曾經被洞穴中的紅光和聲音警告過，也曾經在黑毛鬼侵襲時，跟一名叫白眼魚的女孩攀爬過。

雖然只有火母洞穴可資辨認，其餘都是亂石，青綠的樹海消失了，連天頂樹也不見影子，他依然確信這裡就是家鄉。

他猛然想起：「還有一個！」於是揮動手臂，推起一道氣流，讓飛蜥朝往昔「暗影地」的方向飛去。

果然，縱然亂石崢嶸，也沒蓋住高高刻在暗影地岩壁上的文字：CK21。

「是這兒。」鐵臂興奮地嘆了口大氣，感動得渾身酥麻，「蠻娘，這裡是我的家！」

蠻娘蹙眉道：「這裡不在地底呀。」

「我不知道發生過什麼事，不過肯定是不得了的大事，天頂掉下來了，把整片樹海壓在底下，本來中間有一棵很大的天頂樹也看不見了，」鐵臂的語氣由興奮漸變落寞，「所有族人也不見了……我媽媽和弟弟會在哪裡？」

他們在亂石堆上四處環顧，鐵臂試圖辨認原本的地形，但委實不容易。

忽然，他眼角窺見有個身影一閃而逝，馬上回頭向蠻娘拋下一句：「等我！」腳下飛奔向影子出沒的方向，他記得，那是避難洞的所在，在火母洞穴下方。

他的腳步很快，在巨岩上跳躍自如，當他從高高的巨岩往下跳時，下意識將手掌輕輕一撥，下方立時生起一股渾厚的風，減緩他落下的速度，還將他推前數步，他一試成功，不禁心底雀躍：「原來可以這麼做！」

他輕輕著陸，又再彈跳起來，兩手向前一拂，整個身體竟被一陣風帶向前，還上升了一些，正好讓他看到那身影躲到巨岩的陰影之下。

鐵臂在半空舞動雙臂，兩道風左右而來，讓他在空中旋轉身體，他再揚起一陣強風，把他推到那身影上前方，他俯視到一個瘦小的孩子，在陰影下露出驚惶的眼睛。

鐵臂在腳底推送一道上升氣流，緩緩降落在小孩面前，他面帶微笑，對小孩說：「別怕，我是鐵臂呀！」

小孩害怕得把身體壓進巨岩縫中，小小的身體不斷地發抖，他是真的非常害怕。

鐵臂端詳了一下小孩，問道：「你是誰的小孩？我沒見過你。」他離開天縫下已逾兩年，若有天縫小孩長大了兩歲，等於一般人類長大了七歲，他是認不出來的。

他慢慢走近小孩時，感受到背後有一股尖銳的氣流迫近，像蜂針般刺痛他的背脊，他連忙轉身，看見一男一女拿著武器衝來，但仍在十五步之遠，他就能敏銳地感覺到了。鐵臂朝他們輕輕拂手，一股氣流糾纏他們的腳踝，兩人頓時摔倒。

鐵臂叫出那男子的名字：「大石！大石！是我，鐵臂！」

大石伸手向鐵臂嚎叫：「別傷害孩子！」

鐵臂愣了一下：為何他們認為他會傷害孩子？

他退開幾步，揮手吹一股風進去巨岩下方，把小孩推出來，小孩發現身體不受控制，正在驚慌失措之時，已被風推送到大石面前，大石趕忙把小孩抱起來，交給後方的女人。

大石不可思議地望著鐵臂：「你是誰？」

「我是鐵臂。」

大石不停地上下審視鐵臂，試圖找出認識他的線索：「我不認識你。」

鐵臂錯愕地望著他：「但我知道你是大石，你是守望者，你負責看光，每天叫我們起床。」

鐵臂把過去說得如此清楚，大石更為錯亂了。天縫人有關鐵臂的記憶，都被火母下令禁區電腦抑制了，即使鐵臂的母親和弟弟，也不再能記得他。

鐵臂不再追問，他有更緊急想知道的事：「為何天頂崩塌了？其他的族人呢？」

「只剩下……我們幾個人了。」大石結結巴巴地說，「其他人……全被抓走了。」

這解釋了鐵臂感覺到的危急狀況：「誰抓走他們了？」

「一些……長得像山一樣高的怪物，雖然有人的臉，但有的身體像蜘蛛，有的像蠍子，很恐怖的怪物。」

鐵臂哀傷地望著大石，曾經不可一世的大石，如今只像隻驚惶失措的小動物。

「他們被抓走有多久了？」

「多久？」大石跟身邊的女子對望了一眼，「有兩句了吧？」

「那麼，白眼魚也被抓了，或是還在這裡呢？」鐵臂在夢中看見的，就是白眼魚向他求救的表情。

「白眼魚？」提起這名字，大石心中莫名地痛了一下，「她好像被蚪蚪……蛻殼了。」

不，他知道白眼魚仍活著！

看來自從他離開以後，天縫下真的發生過很多事。

「他們是往哪個方向走的？」

有關方向的事，大石記得非常清楚，因為當時他躲在高處目送整支隊伍離開，那畫面強烈烙印在他的記憶中。

當他告訴鐵臂後，這位認識他的陌生人說：「那麼，再會了，大石。」為何他的眼神哀傷？大石無法理解。

這位神奇的陌生人回頭輕輕一躍，兩手往後揮動，身體竟躍高數尺，輕盈地跳上更高的巨岩。隨著他步步跳躍，他回到了高處，然後一隻有翅膀的大蜥蜴升空飛走，朝大石指示的方位飛去。

大石看得目瞪口呆。

「他是什麼人呢？」女人問他。

土子曾說，暗影地有怪物，怪物的名字叫「風」。

不，他不是怪物，能有如此行止的，惟有神而已。

「他不是人，」大石喃喃道，「或許他是神，是風神。」

大石攀上巨岩，試圖從高處眺望鐵臂離去的身影。

當他終於爬上去時，鐵臂和飛蜥都已經不見蹤影，但回眸一瞥時，大石乍見亂石間有一抹綠色的影子。

大石心底一股悸動，眼睛盯住綠影，步步走近去探看。

在亂石碎礫的縫隙間，冒出了一棵青翠的樹苗，長了六片葉子，大石馬上認出葉子的形狀。

他又驚又喜：「是天頂樹……」曾經，他每天待在上面的大樹。

他跪下去細看樹苗冒出的縫隙，聽見岩石堆下方有潺潺水聲，原來墜落的巨岩壓過河流，河水另覓出口，在岩石下方改道，流經被壓跨的天頂樹，滋養它長出了新枝芽。

大石充滿期待的凝望樹苗，打從心底發出歡欣的笑聲：「是風神的恩賜嗎？」

他期待在有生之年，能再次攀上天頂樹。

●•●•●•

數日之後，鐵臂嗅到了空氣中帶有鹹味。

「那是什麼氣味？」他問蠻娘，但蠻娘是從山區來的，她也不知道。

眼前出現大片蔚藍，陸地在藍色的邊緣消失，彷彿被那片巨藍吞噬了。

鐵臂心中大受震撼：「這是光明之地的盡頭……」他騎在飛蜥背上，尚且看不盡巨藍的邊際，回想起兩年前仍在天縫下生活，他還以為那片被岩石圍牆包圍的就是全世界。

巨藍令他頭暈目眩，他要找個高處停歇，一眼便望見一個大島，大島最高處有一片平坦地，而且……好像還端坐著一個人？

他吃驚地望著青暗色的巨人背影，心想這麼下去會不會打擾他？於是操縱飛蜥在巨人上空盤旋，見巨人沒有動靜，才大膽飛低，刻意掠過巨人的大臉前，巨人毫無動靜，而鐵臂也瞧清楚了，巨人渾身同一顏色，右手平掌舉起，左手攤掌擺在膝蓋上，一動也不動。

鐵臂鬆了口氣：原來不是真人！肯定是古人遺留的塑像吧！

此時，身邊的蠻娘發出驚叫聲：「這是……這是……我認得！我小時候在家鄉見過！」

鐵臂大感興趣，問她那巨人像是什麼？

蠻娘忍不住要合起雙掌：「媽媽說的，祂叫……」

● ● ●

半小時前，白眼魚─火母在百越國養雞場面臨抉擇之際，感覺空中有異狀，她猛一轉頭，看見遠處的廢墟上空飛過一隻生物，她只看見牠陰沉的影子在開始暗淡的天空前方越過。

電光石火之際，她心念一動，火母的記憶立方體即刻強化她的視力，她看清楚了，牠不是飛鳥，更像蜥蜴，卻有翅膀，而且更奇特的是，牠背上好像坐著兩個人！

「火母！」柔光的聲音將她抽回來，她發愣地直視柔光，「妳說的重要時刻，就是現在嗎？」

白眼魚—火母趕忙再尋找飛蜥的蹤跡，但牠的身影已被旁邊的建築物遮蔽。

不知是真實，抑或期待造成的幻覺。

飛蜥背上的人影，有一個似乎是熟悉的身影。

她暫時不想理會柔光，她遙望天空，期待天空再度出現剛才驚鴻一瞥的影子。

此時，發燙的淚水不知不覺滑下了臉頰。

——待續《大冰原記》

ESCHATON 3

BOOK OF ICE LAND

大冰原記

末世三部曲③

《冰河之書》預言：「當撒馬羅賓從冰原崛起，亦即所有生命泯滅之時。」歷經數千萬年的醞釀，一場毀滅與重生並存的風暴即將席捲而來……凡生必有滅，我們總以為能夠瞭解一切，直到抵達世界的盡頭，我們才終於發現，生命的真相永無止境。張草以科幻的外衣，細緻刻劃人心的脆弱，他筆下的世界不僅存在無窮想像的疆土，同時還賦予了科幻小說嶄新的視野，交錯辨證人心的良善與險惡，句句直擊人心，字字充滿力度，直探人性的最幽微之處！

2023年3月出版

國家圖書館出版品預行編目資料

大廢墟記：末世三部曲② / 張草著 . -- 初版 .--
臺北市：皇冠文化 . 2023.02
面；公分（皇冠叢書；第 5072 種）
（張草作品集；09）

ISBN 978-957-33-3982-3（平裝）

857.7　　111022428

皇冠叢書第 5072 種
張草作品集 09
大廢墟記　末世三部曲②

作　　者—張　草
發 行 人—平　雲
出版發行—皇冠文化出版有限公司
台北市敦化北路 120 巷 50 號
電話◎ 02-27168888
郵撥帳號◎ 15261516 號
皇冠出版社（香港）有限公司
香港銅鑼灣道 180 號百樂商業中心
19 字樓 1903 室
電話◎ 2529-1778　傳真◎ 2527-0904
總 編 輯—許婷婷
責任編輯—蔡維鋼
行銷企劃—鄭雅方
美術設計—張　巖、李偉涵
著作完成日期— 2022 年 10 月
初版一刷日期— 2023 年 2 月

法律顧問—王惠光律師

讀者服務傳真專線◎ 02-27150507
電腦編號◎ 563009
ISBN ◎ 978-957-33-3982-3
Printed in Taiwan
本書定價◎新台幣 480 元 / 港幣 160 元